魂と罪責

ひとつの在日朝鮮人文学論

野崎六助 著

インパクト出版会

序章　魂と罪責

故郷喪失《エグザイル》は、それについて考えると奇妙な魅力にとらわれるが、経験するとなると最悪である。人間とその人間が生まれ育った場所とのあいだに、自己とその真の故郷とのあいだに、むりやり設けられた癒しがたい亀裂。その克服されることのない根源的な悲しみ。なるほど文学や歴史には、英雄的でロマンチックで栄光に満ち、勝ち誇ってさえいる故郷喪失《エグザイル》生活の逸話が数多くふくまれるが、それら逸話たちは、気の滅入る別離の悲しみを克服せんとする苦闘そのものに他ならない。故郷喪失《エグザイル》生活のなかでは、いかなることを達成しようとも、それは絶えず相殺される――永遠にあとに残してきたものに対する喪失感によって。

だが、真にエグザイルになることは救いがたい喪失へといたる条件にすぎないのに、なぜそれは、現代文化において、活力にあふれ豊饒ですらあるモチーフへと、いとも容易に転換されたのだろうか。現代という時代そのものを、精神的な孤児状態もしくは疎外状態を特徴とする不安と別離の時代と考えるのに、わたしたちは慣れてしまった。……現代の西洋文化を支える作品は、大半が、故郷喪失者《エグザイル》、移住者《エミグレ》、避難民《レフュジー》による作品である。……批評家のジョージ・スタイナーは、次のようなうがった命題を提案さえしている。二十世紀の西洋文学の全ジャンルは「脱領域的《エクストラテレストリアル》」であり、故郷喪失者《エグザイル》によって、故郷喪失《エグザイル》について書かれた文学となり、まさに難民の時代を象徴している、と。

――エドワード・サイード『故郷喪失についての省察』1984　大橋洋一訳

語りえないものを前にして想い屈してはならない。

言葉を喪えば、人は、未来への希望を喪う。

いくつかの情景に立ち会うところから始めよう。
一、一人の男が飛行場に降り立つ。そこは六十年前の虐殺現場だ。虐殺の事実が封印されていた時期も久しくあったけれど、今は、歴史が追悼されようとしている。男は見る。白骨を、ほとんど全身の骸骨を、頭部だけの頭蓋骨を、両側のそろっている肋骨を、錆びた金属片のような骨盤の欠片を、きらきらと歯並びの美しい顎だけの遺骸を。白骨を、ただ骨となってしまった人びとを。
学童服のボタンが、名前の彫られているハンコが。死者を特定できるかもしれない遺品の数かずとともに掘り出されてくる。男は見る。

そこは男の故郷でもあるが、作家である彼は長くそこを訪れることを許されなかった。初めて訪問を果たしたとき彼は、滑走路に到着したジェット機のなかで人骨の悲鳴を聞いたという。地下に埋められた骨たちが砕けて軋む。ブシッ、ブシッ、プシシッ……と。ありえない世界の色彩と音響を目の当たりに繰り拡げてみせるのがこの作家の怖ろしさだから。あるいは彼の頭骨の奥深くでは、鳴りやまない悲鳴がきしきしと響きわたっていたのだろう。

済州国際空港からもどっても彼の時間の感覚は亀裂したままだ。自分は日本にいるのだろうか、それともまだ、済州島にいるのだろうか。だが記憶のメカニズムが年表のような配列を呈さないのは、彼の世界にあって、いわば常態なのである。彼はある集会に立って、自分が「鴉の死」という作品を書いてから五十年になると語り、つづいて、飛行場で発掘された遺骸を見てきたとつなげようとして──絶句した。

何からの絶句なのか。嗚咽がこみあげてきて言葉に詰まったというのがわかりやすい答えだ。だが、じっさいは別の戦慄が彼から発語を詰まらせたのではないか、とわたしは思う。まったく時間が経過していない。彼が虐殺事件について初めて書き、以降の数十年をひたすら書くことに費やしてきた歳月。時代は移ろい、かつての蒼白な青年も老いた。だが、五十年。まったく時間が経過していない。彼は「鴉の死」を書いた場処に変わらず立ち、変わらない場処に白骨が現われてきた。外部の現実時間はただの数字でしかない。

これは、金石範の最近の文章「私は見た、四・三虐殺の遺骸たちを」（08・02）に描かれた情景である。

二、一人の男が関西で教壇に立つ。在日朝鮮人と被差別部落住民の多い地域で「解放教育」の理想がかかげられていた。彼はその一環として朝鮮語の授業を受け持つことになる。彼はあいさつの言葉を述べる。かえってきたのは熱烈な歓迎などとは最も遠いものだった。「チョーセン帰れえ！」。むろん帰るところなどない。帰るところがないから在日《エグザイル》なのだ。しかしそうした理屈のとおる相手であれば、解放教育という題目も生まれはしなかったことを、彼は身をもって知らされていく。

公立の定時制（夜間）高校で実施された解放教育。人が人を差別しない、他人の痛みを分かち持つ、という教育実践。生徒たちの目に理想がどう映ったかは容易に想像できるだろう。何であれ教育とは押しつけだ。自分たちは理想のための実験台なのか——。不満の鬱積は現場教師に集中する。とりわけ朝鮮語教師に。

きみたちの罵る〈チョーセン〉とは、怒りではない。虚勢だ。虚勢に負ける〈朝鮮〉ではないぞ、おれは。彼は粘り強く自分の位置を確保するべく努めた。

ある生徒が彼を襲った。「帰れえ」とは、もう言わない。叫ぶ。「わしらをさらしものにするおんどれはなんぼのもんじゃい」と。この支離滅裂な攻撃こそ、絶望的な隘路から発されたか細い通行路だった。彼は言葉によってではなく全身をもって生徒を受け止める。受け止めなければ彼の実存が虚しくなる。

朝鮮語でまず覚えるべき言葉は、三つ。父《アボジ》、母《オモニ》、愛《サラン》。

きみは《さらしものになっているのではない。さらさねばならないことをさらしあっているのだ》と、彼は語る。己れをさらすとは決して一方通行的な行動ではない。さらされる自己があって、さらす他者との出会いがある。逆もまた成り立つと。

これは、金時鐘の最も著名なエッセイ「さらされるものと、さらすものと」（『「在日」のはざまで』所収）に描かれた情景である。

三、一人の男の、これは、少年時代の回顧だ。兄がいて、父がいるだけの家庭。父は、妻に先立たれ、日々の労働と子供たちの世話に明け暮れる孤独な男だった。頑なに日本語を話すことを拒否し、かといって、息子に母国語を教えることもできなかった。日本で生まれ育った兄弟は当然、日本語しか喋れない。父子には言葉をとおした触れあいが損なわれていた。父の沈黙は、沈黙というより、朝鮮男の固い殻だった。そこに少年は悲惨をみた。

ある夜半、おかしな気配で彼は目覚める。闇のような人影が視界をおおっていた。父だった。父が天井からぶら下がった電燈のコードをいじっている。首を吊ろうとしているのだった。

彼と兄は同時に跳ね起き、父に取りすがった。孤独にぶら下がろうとしている、あるいは、ぶら下がる途上の父を止めたのだ。そのさいに取り交わされた緊急の言葉の応酬を、彼は明瞭に記憶していない。刻みこまれているのは、父の目を濡らす涙だ。そして、おそらく「死なないでくれ」という子供の哀願と、「止めるな」という父の悲痛な叫びと。子供の哀願は日本語であり、父の叫びは朝鮮語だ。言葉も情動も、まるきりすれ違っていた、というのがこの回顧の決定的な色合いだ。仲介するものがない。

長じて作家になった少年にとって、これは、いかにしても逃れえないあからさまな記憶だ。これ以上に語ることなど不可能だが、かといって回避することもできない。事態は、天井の強度が大人の体重を支えられず、首吊り自殺失敗という、笑うに笑えない結末でいったんは終わる。終わらないのは、少年の心に焼きついた黒々とした傷だ。作家は、首吊りに失敗する人物を幾度もいくどもその作品に投影することになる。

これは、高史明のエッセイ「失われた私の朝鮮を求めて」（『彼方に光を求めて』所収）に描かれた情景である。

四、一人の男がありあまるエネルギーを事業につぎこんだ。だが文学青年の夢にも似て、無謀に立ち上げた印刷会社は軌道に乗るよりも早く、資金繰りの面から崩れていく。コネも後ろ楯も資産もない、一介の在日朝鮮人青年に錬金術の女神は微笑まなかった。

親戚から土地を借り、宿縁の父親からも金を借りる。銀行に信用金庫、はては街金融と、考えつくあらゆる所から借金する。その末路は倒産だった。会社の整理はなんとか無事に済ました。金融暴力団の追いこみも辛うじてすり抜けた。だが血縁との因縁が振り切れない。最終的に彼を破滅に引きこむかと思える父親との対決が避けられなかった。

この父親は、芸のないいい方になるが、怪物だ。無数の刀傷を背負い、喧嘩出入りのさいはサラシを巻いて乗馬ズボンで正装する。この恰好で、息子である彼を襲撃してくる。窓から侵入してきて勝負を挑むのだ。

父親がなぜこう執拗に我が子を襲うのか。明確な理由を彼は知らない。わからないところが、いっそう父親の像を怪物化するのだが、一方で、この怪物の血を分けた息子であるという不条理に彼は苦しめられている。控え目にいっても、その陰惨な暴力とエゴをそっくり受け継いでいる息子なのだ。父親が彼を本能的に憎むのは、鏡を見るような自己憎悪に駆られた、自らも制御できない破滅衝動なのかもしれない。正視しがたい宿怨だ。

明け方に乗りこんできた父親は彼をズタ袋のように殴りまくる。無抵抗のまま肋骨を折られた彼は叫ぶ。「あんたはおふくろも、兄も、姉も、妹も殺した。そしておれまで殺すのか」

これは、梁石日の自伝エッセイ『修羅を生きる』に描かれた一情景である。

こうして上げていくと際限がないようにも思えてくる。いずれもエッセイという形で表出されたもので、偽りも誇張もない感情と行動とが、無造作に投げ出されている。それでいて、長大な小説の頂上に押し上げられたような、眩暈のともなう達成感と墜落感をもたらせる。一編の長編小説のみが備える重たい衝撃を内包している。

ここにあるのは、魂と罪責についての雄弁な惨劇だ。作られたものではない。作為を弄したものではないだけ衝撃もまた真っ直ぐに当たってくる。

ここにあるのは、なにものかの原風景だ。それを文学と呼んでもいい。しかし大方が慰撫を求める優しげな〈文学〉とは、なんと隔たっていることか。在日朝鮮人文学の野蛮なほどの膂力がどこから発してくるにせよ、支払われた犠牲は厖大であるにちがいない。負荷がどれだけ積もれば、こうした原風景にいたるのか。

だが、ここにあるのは岐路でもある。引き返すか、どこまでも進むか。沈黙するか、敢然と発語に身をゆだねるか。言葉を捨て去り仮死にもぐりこむか、それとも全的な言葉の回復に投企するか。中間はおそらく、ない。絶対の訣れ道だ。

本書は、在日朝鮮人文学という用語を使う。

在日朝鮮人文学とは、在日する朝鮮民族による文学である。

朝鮮民族の在日居住は植民地支配から始まった。起源は明らかであり、日本の近現代史の多くの期間にわたる。日本の敗戦と特殊な脱植民地化過程によって、その状況は確定されていった。故郷喪失者《エグザイル》ではあっても他地域には類例がない。そのため、個人に負わされるアイデンティティの確立も入り組んだ様相を呈する。現実的にも、精神の上でも、孤立を強いられ、民族的な誇りから遠ざけられるケースが少なくない。

歴史修正主義は、この領域にも、爪痕を残そうとするだろう。本書には、そうした修正主義への譲歩は組みこまれていない。

在日朝鮮人文学は大きくいって、二つの範疇に分かれる。在日朝鮮人〈日本語〉文学と在日朝鮮人〈日本〉文学と。前者を、在日朝鮮人語文学と呼ぶ説もあるが、本書では採らない。理由は適宜、明らかにされるだろう。在日朝鮮人〈日本語〉文学とは日本語で書かれている外国文学という意味だ。日本文学をふつうに読む尺度では充全に理解できない。両者の差異はきわめて明瞭だが、説明には細心の注意を要する。詳細は後章にゆずるとして、二つの比較をここに例示しておこう。

金石範（在日〈日本語〉文学）と李恢成（在日〈日本〉文学）との対照。それは、いわゆる作家小説、作家である主人公と書き手がほぼ一致する〈私小説〉とも誤読される題材の作品系列において著しい。

時制をあつかう方法が異なる。李恢成作品の時間処理は明快であり、過去の回想は常にバランスよく配されている。物語の現在時点が不安定にゆらぐことはない。追憶の主体は、過去の場面に出てくる人物より賢く成長しているので、若き日の過ちにたいしておおむね寛大なのだ。金石範作品においては、時間感覚に独特の法則がある。飛躍と断絶は当たり前のことだ。物語の現在時点は、回想次元のための便宜的な設定にしばしば使われるので、必ずしも確固とした質感を必要としていない。時間は融解する。数十年前の出来事が主人公の頭のなかで遠慮会釈なくスパークするので、読み手もその飛躍に寄り添うほかないのだ。

次には、夢のあつかいが異なる。李恢成作品では、主人公の見る夢の処方箋は、しごくみえやすい。見た夢の意味は必ず現実の場で説明される。常識的とも、フロイト的ともいえ、時制処理と同様、すらすらと読みやすい。金石範作品の夢は、無意識の、説明不能の、混沌未分にある。ユング的ともいえ、個の深層への恐ろしき道往きだ。作者はそれを強い自覚のもとに方法的に駆使する。夢幻と現実との区別は自明のことではない。

一言でいえば、金石範は、常識的な時間尺度や現実意識にのっとって作品構築をすることがない。できない、といったほうが適切かもしれない。植民地の記憶が全身に行き渡っているから、通常の日めくりによって歴史を受け入れない。日本語で書いても、思考の回路は日本人に理解しやすい形をとらない。言葉の洗練などといったレベル以前に、日本文学とは別個の系統に属しているのだ。

かといって、李恢成がそうした民族的苦渋や現実意識の断裂にまったく無縁の書き手だと断じることはできない。ただ李恢成は、在日することの受苦的テーマを日本人向けにわかりやすく伝える資質に恵まれた作家だった。失礼、今も作家である。

もう一例あげれば、梁石日（在日〈日本語〉文学）と金鶴泳（在日〈日本〉文学）との対照がある。父親像の描き方、造型の方法に本質的な差異がみられる。両者の父親像は、理不尽な暴力、コミュニケーションの断絶、息子たる作者のいだく憎悪などの要素において、似通った印象をもたらすことがある。けれども、似ているからといって一からげにして評価することなどできない。

差異は、父親像の内在化において明瞭に表われている。金鶴泳は、多くの作品に主人公の父親を登場させ、さまざまな虚構の設定も付与し、アプローチを試みたが、その距離感は一定だった。悲しくなるほど一定だった。均一の遠近感。それを打ち破るにはついに到らなかった。したがって、金鶴泳の一側面をなす父子相克のテーマは、近代日本文学の父子和解という見慣れた構図の一角に行儀よくおさまってしまう。金鶴泳は作品の源泉として父親モデルを巧みに活用し、作品に命をふきこみ、歩留まりよく使いきったといえる。

梁石日作品の父親像ははるかに原初的だ。はなから物語の外部にあって、作者すらその処理に困っていたように印象される。外部に在るのでコントロールできない。遠近法でつかまえるなどもっての他だ。父親はいつも突如、物語のなかに躍りこんできて、暴虐と破壊のかぎりを尽くすと、さっさと退場してしまう。ある時期までの梁石日小説は、こうした怪物をどう捕捉し、いかに墓碑銘を打ち立ててやるかの苦悶に痙攣していた。

簡単にいえば、梁石日作品において、作者と父親像とのあいだには植民地の歴史の闇が漆黒に横たわっている。もちろん金鶴泳作品の父子にも同じ構造は同等の強度で厳然としてある。いや、むしろ、父子関係にそのつど小説的背景の肉付けをする技術においてなら、金鶴泳のほうがずっと器用だった。遠近法に進歩がなかっただけだ。金鶴泳の主人公が父親にいだく嫌悪の諸相は、親父を忌避する型の青春文学に恰好のカタログを提供している。といって、日本人にわかりやすいように媚びたのではなく、そこには在日朝鮮人二世を縛る苦悩の断片も盛大に流しこまれていた。〈彼〉にとって父とは〈父性＝故国＝北の共和国〉という抑圧システムの顕現にほかならなかった。金鶴泳が在日文学者として早くから韓国政権支持を表明したのは、要するに、父親憎悪を貫きたかったからではないか。そんな極端な勘繰りすらしたくなる。だが、そうであっても、金鶴泳はやはり志賀直哉的潔癖症の個性にとどまったと思う。

誤解はないはずだが、念のためにことわっておく——。在日朝鮮人〈日本語〉文学と在日朝鮮人〈日本〉文学という分類は、たんに理解の方便として仮設しているにすぎない。便宜的な分類法なら他にもあるし、また、それについては後章で述べることになるだろう。二つのカテゴリの提出は、何ら価値判断を有するものではない。どちらが優れているとか劣っているとかの評価をくだすつもりはない。そんな位階制を文学論に持ちこんでも無意味である。

在日朝鮮人の用語とは別に、在日者（zainitimono もしくは zainitisha）という用語を使うことにも少し惹かれたが、一貫して通すには無理があるだろう。わたしは当事者ならざる日本人なので、在日者と表記しても、そこにまったく力をそそぎこめない。

本書は在日朝鮮人文学論であるが、対象とする作家たちの全員、全作品をすべて網羅的に論じたりガイドを試みたりするものではない。あるいは、ふれるべき作家、照明を当てるべき作品のいくらかを素通りする結果も予測される。

論議の前提として、文学作品として優れたものを選別して論ずるといった方向はとっていない。もともと育ちが良くないせいで、わたしには、そういう選別の欲求があまりないのだが、もっといえば、優れていない作品を対象にして有益な発見に導かれる可能性に惹かれる。テクストはテクスト。駄作も名作も歴史的価値としては変わらない。文学以前を承知のうえで書き走っていくパーツも生じるかもしれない。それは在日朝鮮人文学論として是非とも必要とされるプロセスなのである。

素朴にいえば、いったい日本人に在日者の何がわかるのか、という疑問が前面にある。元も子もないといってしまえばそれまでだが、初歩的なハードルは常に畏怖にみちたものだ。植民地主義の記憶が身体回路にあるにしろ、ないにしろ、同じ日本の地にあっても、日本人と在日朝鮮人が同一の時間感覚、同一の共同体意識で生きることは金輪際ありえない。時間に関する考察は後にまわす。わたしの年代では、幸いにして、植民地主義者の身体感からはすでに切れているわけだが、やはり、父祖の血を受け継いでいないと断言することは不可能に近い。であれば、〈彼ら〉の書く日本語作品を、もちろん日本語だから意味を取ることはできても、真に血のたぎりを持って理解することまではできないのではないか。言語テクストなら鑑賞・理解はできる。だが言語テクストがつくられてくる創作回路までは理解が行きとどかない。たぶん、いや、届かないだろう。だからといって、引き返すわけにはいかない。

あるいはこの領域において、だれも正当な研究・論述をなしてこなかったのではないか——と、そんな不遜な夢想にすら、わたしは捕らわれることがあった。

エドワード・サイードは、「ナショナリズムは、故国《ホーム》の肯定と他国からの流民《エグザイル》の排除だ」と、簡潔に規定している。《ナショナリズムは集団に関係する。しかしエグザイルは、そのきわめて痛ましい意味において、集団の外における孤独の経験である》と。さらにいう——。

故郷喪失者《エグザイル》は、彼らのルーツから、彼らの土地から、彼らの過去から、切り離されている。

故郷喪失者《エグザイル》は軍隊や国家をもたない。たとえ、しばしば、それらを求めることはあっても。それゆえ故郷喪失者《エグザイル》は、みずからの破壊された生をたてなおすという緊急の必要性を感ずるあまり、往々にして、みずからを、勝利を約束されたイデオロギーの一部、あるいは復権を果たした民の一部であると考えることを選ぶ。

――「故郷喪失についての省察」大橋洋一訳

そして故郷喪失者《エグザイル》は、「底なしの喪失感の埋め合わせに、〈全世界〉を外国としてみることで、独創性あふれるヴィジョン」を手にする。

この規定は、在日朝鮮人が日本社会で民族の共同体集団を形成しているという点を除いては、在日朝鮮人にもほぼあてはまるだろう。もちろん、ほとんどこうした集団の埒外にいる単独の在日者に関しては、全面的にあてはまるかもしれない。

ヴィジョン。総体的なヴィジョンとは常に喪失とひきかえなのだ。

だが在日朝鮮人が世界史的な故郷喪失者《エグザイル》と異なるのは、次の点だ。

民族の共同体集団の背後に分断祖国があり、その人為的な軍事境界線には常に緊張があること。そして、その一方と日本国には国交がなく、ことに近年は〈臨戦〉体勢が構えられていること。

故国の分断のみならず、その一方の日本社会との敵対は、ただでさえ複雑な在日朝鮮人の実存形態をさらにいっそう輻輳する個別性に分裂させている。在日朝鮮人が、少数民族集団の均質の顔を維持しつつ、そこに還元されえない個体の雑多な集合であるなら、精神の共同性が自明にありながらも、共同体意識はそこからの背反としてはたらく。在日朝鮮人の孤独とは、まず第一に、その所属性《ビロンギングネス》からの孤立（自ら彷徨い出るのであれ、追放されるのであれ）かもしれない。

在日朝鮮人は、ポストコロニアルの産物たる少数民族状況の典型といえる。だがその独自性は他のどんな民族とも似ていない。けれどもまったく類例をみない症例なのではなく、関連項目はたやすく見つけられる。したがって、在日朝鮮人文学研究者に求められるのは、何よりもまして横断的観点だろう。

対象への愛と、低所から事象を結びつける「地に呪われた」感性と。必要なのはその二つでいい。

本書は一つの在日朝鮮人文学論であって、類書が何を主張しているかには、ほとんど関心をはらわなかった。構成を述べておこう。内容は、目次によって、だいたい把握できるだろう。

第一章「在日朝鮮人の原像」　植民地がつくった存在。原像が語るのは、歴史が少しも進歩していない不均等な凹所だ。世代は移り変わっても、変わらない停滞がある。過去に学ぶといった奇麗事は成り立たず、原像は幻像――いっそういえば亡霊であるかもしれない。

第二章「金嬉老は私だ」　犯罪によって照射される社会とは、最悪の暗部だ。暗部は在りつづけている。実存という犯罪を引き受けねばならなかった者らの辿った道は、不思議と明るい。

第三章「言語と沈黙」　日本語を使う詩人たちの壮烈な自爆。詩という爆薬を身に巻き、絶対の忠誠を〈言語〉に捧げる。それは日本語でも朝鮮語でもないが、同時に、日本語と朝鮮語のどちらでもある。沈黙に徹底して抗うのなら、内破する言葉に賭けるしかなかった。

第四章「凄愴な夜が暗く鳴り渡る」　在日小説は、いかにしても、二つの局面に分岐している。後期植民地小説と前期植民地小説。つまり、ポストコロニアルの近代小説と、聞き書き・自分史・自伝の根っ子を強く残した記録文学と。

第五章「物語《イストワール》としての歴史《イストワール》」　海から流れついた屍体。港に、浜辺に。目に焼きついた腐臭が消え去ることはない。虐殺の被害者の物語を鎮めるすべはどこにもない。叙述の順は、現実とは逆に、朝鮮戦争から済州島蜂起となる。どちらから語られようと、まったく一つながりの出来事だった。

第六章「激しい季節」　最終章は現状のいくらか雑駁なレポートとなる。全体的に激しいわけではないが、かくも激しく燃え上がっている。意味づけは後回しでもよかろう。末尾が未完として閉じられたことによって、本書の意義もより深みを得たように思える。

以上が、本書の構成である。

第一章　在日朝鮮人の原像

1　イーサン・イーサン――李箱および金素雲

ソウルで児童雑誌を準備していた頃のことである。鍾路二街にある喫茶店で、客の落書帖をめくっていたら、ペンで描かれた一枚の自画像が目についた。がりがりにやせこけた面長の顔にぼさぼさ髪、スケッチブックの一頁に顔だけを大きく描いた上手な絵だった。絵のそばに一行の讃があって曰く、「李箱粉骨砕身之図」――これが、李箱《イーサン》こと金海卿《キムヘギョン》と私との初めての対面（？）である。／しばらくしてから、今度は絵でない実物と知り合いになった。

――金素雲『天の涯に生くるとも』崔博光・上垣外憲一共訳

1

李箱の肖像を最も精彩あるかたちで伝えているのは、金素雲の自伝『天の涯に生くるとも』の「李箱異常《イーサンイーサン》」の章だ。異常な才能が異常な才能に出会うといった発熱がそこにはある。李箱と金素雲。在日朝鮮人の原像を戦前に探っていくと、この二人に突き当たる。避けては通れない、二人の天才に。

彼らの示した原型を確かめるところから始めていこう。

李箱は、植民地統治が始まった年にソウルに生まれ、二十七年後、客地東京で死んだ。短い生涯である。

　李箱とは何者なのか。日帝時代の不幸な朝鮮人作家の一人なのか、それとも韓国文学史のページを占める先駆者なのか。あるいは、そのどちらでもなく、在日朝鮮人文学の特異な先行者なのか。

　李箱の死亡日に、ある新聞に載ったコラムには、《意味不明な数字と記号、日常の語法を乗り越えた難解な詩で、韓国文学史の異端者とされてきた詩人》と書かれた。李箱の韓国における盛名を示すエピソードを一つ。

　――三十億ウォン近い製作費で、一九九九年に映画化された、韓国版『インディ・ジョーンズ』と評されたSFファンタジー・アドベンチャーがある。『ミステリー・オブ・ザ・キューブ』。キューブとは、李箱の詩「建築無限六面角体」から取られたキー・イメージだ。発表時はだれも理解しなかった前衛詩が、民族の未来をきりひらく暗号だったという話。日帝の植民地支配は、朝鮮民族の〈気〉を断つために、風水説にしたがって半島全土の要所に鉄杭を打ちこんだという。日帝が残した禍根の鉄杭を、李箱の暗号解読によって掘り出して撤去せよ。このファンタジー・アドベンチャーにおいて、李箱は国民的英雄だ。

　一方の日本ではどうか。

　近年、日本語訳の作品集成（崔真碩《チェジンソク》編訳）が出たほどだから、その名に一定の拡がりはあるのだろう。

　李箱の短い生涯は、東京で終わっている。一九三六年、「二十世紀出張所」と呼んでいた宗主国の帝都東京に渡った李箱は、翌二月、西神田警察署に拘引され、一ヶ月ほど拘禁を受けた。

留置所で健康を悪化させ、保釈出所後、病院で死亡した。《一九三七年四月十七日午後三時二十五分、東京帝大病院物理療法科病室で客死》と金史良は、その無念を刻みこむように、正確な時刻を添えて書いている。

一ヶ月もぶちこまれることになった予防拘禁は何によるものか。「風体不審のため」とか「思想犯の嫌疑を受け」とかいう記述はある。いかにも不逞鮮人といった風体をした者が一ヶ月も留置されるのは当時としては当たり前であったのか。死期を早めたことは間違いないだろう。もう少し後に、李陸史《イユクサ》（1904—44）や尹東柱《ユントンジュ》（1917—45）のように獄死した抵抗詩人がいる。李箱はそれには当てはまるまい。奇矯と伝えられる言動と風貌で帝都を闊歩したとき、彼の運命は決まった。そしてモダニストの死は自業自得のごとくにもみなされた。奇妙な不遇さは、後の時代にも続くことになった在日朝鮮人という様態を先取りしていたようにも思わせる。

彼のペンネーム李箱は、工事現場で「李さん」と間違って呼ばれたことに因んでいる、というのが定説だ。「イーさん」は発音として日本語の異常と重なる。彼はそれが気に入って「異常の可逆反応」を李箱名で発表した。こうしたダンディズムは異常をてらった彼自身の思惑をこえて深遠な意味を帯びざるをえなかった。たんなる呼び間違いが、朝鮮人の名前をみな李さんか金さんと取り違える日本人の一般的な無神経さと映り、彼には腹立たしかった。彼はそれを揶揄するように「イーさん＝李箱」を名乗った。そこに抗議などを読み取るのはこじつけになりかねない。しかし事柄はすでに彼の個人的な条件には収まりきらない。植民地人の名前はおしなべて李さんか金さんに単純化されるほど、日本人にとっては重要視しえない事柄だった。名前と言語を奪い日本への同化を強いるという極端な政策は、こうした無神経から自然と出てきたのだろう。李箱は自らのペンネームを賭けて創氏改名を予言したといえなくもない。

李箱の日本語で書かれた詩「異常の可逆反応」の書き出しは次の数行である。

任意ノ半径ノ円（過去分詞ノ相場）
円内ノ一点ト円外ノ一点トヲ結ビ付ケタ直線
二種類ノ存在ノ時間的影響性
（ワレワレハコノコトニツイテムトンチヤクデアル）

直線ハ円ヲ殺害シタカ

これは詩人の最高に雄弁な自己規定の宣言と読める。〈私〉とは何者かを彼は明快に言いきっている。ここで指定されてある〈円〉なり〈直線〉なりは、李箱詩が好んだ数字遊びと同一とみなせる。〈円〉と〈直線〉とがはらむ内実を一種の擬人法として読み解けるだろう。直線は円を殺害したか。しかり。詩人の生は、幸福な円を完結することなく、本国帝都における〈不逞者としての死〉に断ち切られた。円内の一点から円外の一点に引かれた直線が彼を虐殺したのである。

李箱はモダニズムの域にとどまり、彼の自我の宣言は奇矯なものだろうか。

植民地時代の後期・末期まで生きなかった李箱からは、植民地支配の殉教者という性格は発してこない。「直線は円に殺害された」が、その前に魂まで踏みにじられることは免れた。しかし李箱がまったく無傷に時代をすり抜けたということはできない。

　李箱は、その短く終わった生をとおして在日朝鮮人の原型的な存在でありえた。彼が知ることのなかった二十世紀後半の歴史に登場した、在日朝鮮人の原像なのである。李箱がその不条理を先覚者のように感知したかもしれないことは、ペンネームに関するエピソードがいくらか語っている。

　彼の死の状況を、場所から正確な時刻まで印象的に記した、前記引用の文章を、金史良は、次のように書き出している。


　　頭のてっぺんから爪先まで可哀相なばかりの李箱だった。


　李箱について書かれた言葉で、この一文ほど痛烈で凝縮されたものを知らない。金史良は、この一行によって、李箱と金史良自身について語ったにとどまらず、後続する在日朝鮮人という不条理な存在の総体について語ったのだ。もちろん金史良がこの文章を書いていた時点で、祖国の分断と在日における定住という事態を予見していたなどとは絶対にいえない。だが彼は民族の現況をすでに正確に言い当ててしまった。そしてそれは今世紀の後半をおおって、いまだ宙吊りのまま継続している。

　ちなみにこの文章は、日本語の金史良全集全四巻に収録されていない。金史良の未発見資料は折にふれ発掘されているようだ。引用は、『〈外地〉の日本語文学選』第三巻（96・3　新宿書房）の月報の安宇植のエッセイによる。

2

李箱に劣らず文学史的にすわりの悪い人物は、『朝鮮詩集』の日本語翻訳者として知られる金素雲だ。定説をみつけにくい。

李陸史、尹東柱の像は、抵抗詩人として動かない。親日文学者として悪名高い李光洙や崔南善の場合は、戦後の日本で目立った活動がないので、悪名は悪名のまま、考察対象から省かれるようだ。

むろん、朝鮮語詩の日本への紹介者としての金素雲の功績について、異論をとなえる者はいないはずだ。だがその先覚者像は必ずしも明澄とはいえない。それは日本語と朝鮮語の錯綜した争闘に激しく損傷をこうむっているようにもみえる。

公刊されている『朝鮮詩集』は四種ある。

a『朝鮮詩集・乳色の雲』一九四〇年五月　収録詩人四三名、九八篇
b『朝鮮詩集』「前期」四三年八月　二十名、八八篇　「中期」四三年十月　二四名、九八篇
c『朝鮮詩集』五三年三月　四五名、百八十篇
d『朝鮮詩集』五四年十一月　四一名、百二十一篇

収録作にも異同がある。bの「後期」が未完に終わったのは、時節の影響だ。現在の流布本は、dだろう。この版を元に全篇の再訳を試みた金時鐘は、少年時代にaの愛読者だった。

金時鐘は、この詩集によって、〈植民地〉にも〈立派な詩〉があることに、目をひらかれたという。だがその詩はあまりに日本的叙情定型詩の〈借着〉をまといすぎていなかったか。あま

りに民族詩の韻律と朝鮮語を捻じ曲げていなかったか。先駆者は、時代の内鮮一体化の激流にどれだけ抗しえていたのか。それとも朝鮮語詩の日本語化によって、その〈尖兵を務めていた〉と弾劾されねばならないのだろうか。難問は、より多く、金素雲の後を継いだ戦後の在日文学者に引き渡されていった。あまりにも華麗だった金素雲の訳詩（とりもなおさず、非朝鮮語化だった）は、その華麗さゆえに不信を向けられたのだ。訳は〈創作〉ではないのかと。

わたしは、一種壮快な弾劾の書である林鍾国《イムチョングク》『親日文学論』（66　翻訳は76・12　高麗書林）を参照してみた。その親日文学者告発リストにも、当然のごとくというか、金素雲の名はあげられている。だがその論調は、量的にも質的にも、しごく精彩に欠けるものだ。金素雲の仕事は、《まさに内鮮の文化交流・国語普及問題に直結しているのであり、したがって、それは親日作品ではないけれどもその幇助的役割をはたしたことだけは否定できないであろう》（大村益夫訳）と、結語にある。これはほとんど無意味な文章だ。「幇助的役割」というのは、この筆者にしては、大人しすぎる。告発材料を発掘できなかったから仕方なく選んだ用語だろう。検事論告としては、己れの面子を立てただけ気の抜けたものに終わっている。

戦後の金素雲は基本的に日本を離れた。日本語エッセイ集も数冊あるが、自伝的回想は翻訳者をとおしている。一方で、佐木隆三『恩讐海峡』（92・2）のような参考文献も出現し、彼の近親を追ったノンフィクションに彼自身の〈素顔〉が暴かれることになった。下世話な興味は尽きないが、それは、詩人像とはあまりにかけ離れる。林容澤《イムヨンテク》『金素雲『朝鮮詩集』の世界』（00・10　中公新書）によれば、その抒情詩世界の柱は、恋愛と望郷の二本である。故郷喪失者《エグザイル》の悲嘆は、どれほど日本語の七五調に脱色されようが、エグザイルの悲嘆であることに変わりはない。おそらく――そうだろう。
一篇だけ例にとる。原詩は、鄭芝溶《チョンジヨン》の「ふるさと」。各二行ずつ、全六連の、第一連と第六連をみよう。

ふるさとにかへり来て
ふるさとの　あくがれわびし。

ふるさとにかへり来たれど
ふるさとの空のみ蒼し、空のみ蒼し。

同じ部分、金時鐘の『再訳　朝鮮詩集』では――。

故郷に　故郷に　帰ってきても
思い焦がれた故郷はなくなっていて

故郷に　故郷に　帰ってきても
思い焦がれた空のみ　いや高まっていて。

この例だけでも、文語調への変換、反覆句の転用など、金素雲詩の技法の手つきは明らかだろう。「故郷に」を重ねる原詩の一行を嫌い、「ふるさと」という平仮名表記の柔らかさを選び、それを各行にふりわけた。それが一点。もう一点は「空のみ蒼し」を反覆句に置き換えたこと。

林容澤の評論にも、他の詩を例示し、原文と別訳との対照を試みている例示はみつけられる。金素雲の〈創作〉が問題なのであれば、その悲哀を受け止めるべきだろう。

たとえば昭和初期の流行歌「すみれの花咲くころ」は、甘いラヴソングだが、元はフランスの「リラの花咲くころ」。さらに原詞があり、オーストリアの「白いニワトコの花が再び咲く時」。これなど、三段階の濾過をとおって、文語調のセンチメントを効かせた日本語歌詞に変容した例だ。翻案脚色による日本語化は珍しくなかったようだ。金素雲の才気にも、多少は、こうした通俗性と投機性が臭う。

しかし金素雲の成功の最大の要因が、植民地からの発信という一点にあったことは否定できない。それは全的に彼の責任に属することではないが、文学史にとって無視できる因子でもない。日本文学はある種の優越感にひたりながら、この〈植民地の小僧〉の言語的才能に讃辞を惜しまないという役柄にすっかり満足したのだ。最初の翻訳本『朝鮮民謡集』を上梓したとき、彼は二十一歳だった。彼の成功は、じつに厭味ないい方になるが、宗主国市民の側からみるなら、植民地経営の健全さを示す絶好のモデルケースだった。こんなにも優秀な青年を植民地から輩出させることは、とりもなおさず、大日本帝国の功績となるのである。

金素雲はご満悦の旦那方の共感を大いに利用したはずだ。そして彼は、才能ある個性を迎え入れ、一方で褒めちぎりながら、その民族性を摩滅させようとする同化のシステムに吊り上げられることになった。才能だけが彼を救ったのではない。だが才能による処世しか這いあがる方法はなかった。
　それは、要するに、以降の在日朝鮮人文学が一様に負わされた条件でもあった。植民地時代は、あからさまに皇民化支配の宣伝塔としての役割を強要される。屈服したケースも含め、圧力は直接的だった。戦後、支配システムは表面上、撤廃されたものの、抑圧状況は市民社会の網の目により深くより苛酷にもぐりこんだともいえる。先駆者としての金素雲が強いられた苦難は、まったく過去のものとはなっていないだろう。

2　一九四〇年のタクシー・ドライバー――金史良

必要なこと?
申請書を書くことだね
申請書には履歴書を添える。

生きた長さと無関係に
履歴書は短く書く。
必須なのは簡潔と事実の選択。
風景の変化は各住所の形で
揺れ動く思い出はそれぞれ不動の日付として。

――ヴィスワヴァ・シンボルスカ「履歴書を書くこと」工藤幸雄訳

ごく一般的には、戦前からの在日朝鮮人文学の源流として、金史良と張赫宙の名をあげるのが通例だ。それも、対照的な作品軌跡を描いた二人として。

どちらも評価は定まっている。屈辱と栄光。張赫宙については次項にまわし、華やかな金史良からみていこう。「光の中に」を書き、朝鮮戦争のさなかに消息を絶ったこの作家の像は揺るがない。ここでは、金史良の一作品をとおして、その在日的な原型性を追ってみる。

梁石日の小説デビュー作『狂躁曲』は、底辺労働としてのタクシー運転手と在日の関係に、きわめて具体的な証言となった。《私はタクシーの中で二十世紀という題目を研究した》（李箱）。

金史良の「無窮一家」は次の一行から始まる。

定刻の十一時に車を幡ヶ谷の車庫に入れて、夜更けの暗い淋しい坂道をとぼとぼ小田急沿線の家へと帰って来る崔東成の心は、今宵は殊に闇のように暗く重かった。後の空には鎌のような鋭い三日月がかかり、彼の影を影の前の地上に音なくひいている。一歩一歩それを踏みしめて行く彼は又、自分を哀れみ傷み付ける心で一杯だった。

隔日の休みが二日連勤となる労働の強化とガソリン統制。「働けど働けど……」の様相はいっそうの厳しさを増す。一生このドライバー稼業から浮かび上がれないのではないか。家に帰っても支払いの算段ばかりと思えば、さらに頭が屈する。深く落ちこんでハンドルを握っていると、曲がるべき角を直進してしまい、客から怒鳴られる。大東亜戦争前夜の作品だが、真っ直ぐに伝わってくるのは生き苦しい貧窮のすがただ。

長屋にもどると、死のような静寂と異様な暗闇が待っている。酔いどれた父が暴れまくって電燈を叩き壊してしまったのだ。母の泣き言まじりの報告に、「イェー、わかりました」と、主人公は疲れ果てた朝鮮語を返す。日本生まれの、朝鮮語をうまく操れない彼だった。内地に移ってきた親が子供は東の国で成功するようにと願い、東成と名づけた。だが成功どころか、学業さえもまともには終えられなかった。明日の朝は早いのだ。父の八つ当たりは恨めしかったが、責める余力もないほどに疲労しきっていた。

長屋の貧乏模様を淡々とした筆致で描いて、話の印象は、主人公の心象ほどには暗くない。むしろ人情もののような暖かみを発している。だがここに拡がっているのは、山中貞雄の『人情紙風船』(37)のような名もない庶民たちの貧窮ではない。植民地で食いはぐれ内地をめざしてきた同胞たちの群れだ。ここには、酒に酔ってオダをあげ、家のなかで暴れる孤独な父親という、すでに在日小説特有の表象となった人物像が早くも呈示されている。なかば日本人化した息子の哀しげな視線が父親をとらえる定型も、同様に見つけられる。

「無窮一家」は植民地時代の小説でありながら、題材にしろ、人物の心象と行動にしろ、〈解放〉後の在日朝鮮人の暮らしを先取りしたところがある。むろん作者は、宗主国の敗北を願っていただろう。その体制が破綻した後にもまだ朝鮮民族の隷属がつづくとは想像しなかったにちがいない。そう考えるのが自然だ。イメージの先取りを作者の名誉と帰することは慎んだほうがいい。金史良はこのような出口のない暮らしが打破されることを願って造型したはずなのだ。

だが、志しとは異なって、「無窮一家」は戦後の在日小説の先駆という印象をおびた。それもまた金史良の卓越したイマジネーションの結実と解すべきだろう。

結末に到って、主人公は低くつぶやく。――《俺一人ではない。俺一人ではない》と。

そう、どん底の悲劇は単一ではない。殺伐たる貧困は一人きりの運命ではない。俺である俺は、俺でしかない俺は、一人ではない。一人であるはずがないのだ。暗鬱な暗闇を凝視して、作家はそこにもか細い光を見い出すのだった。「同胞よ、立ち上がれ」とあからさまに書くことは、当時の、昭和十五年＝皇紀二千六百年の時点ではまったく不可能だったが、単純な言葉の奥に隠された嵐のような情念は、このうえもなく明らかだ。

3 憂愁なる幽囚人生――張赫宙

するとこれは俺も安原にきいてはじめて知ったんだが、朝鮮人は日本に帰化しても、三代までは元朝鮮人と戸籍謄本に記載されるんだそうだね。この元朝鮮人が引っかかってるんじゃねえかって安原はいうのさ。／で彼女は結局、何回となく見合いしたものの、どれもだめだったのさ。考えてみると因果な話だよ。世の中には元朝鮮人どころか、れっきとした朝鮮人でもそんなことは構わねえっていう日本人の男だっていくらでもいるはずだのに、吉川ときたら、朝鮮人はもちろん、元朝鮮人でもノーっていうような、わびしい血統を守ることに汲々としてるところの家のもんとばっかり結婚したがってたんだからね。何だそうだね、安原によると、元朝鮮人はいざ結婚となると、やはり元朝鮮人同士で結婚するケースが多いんだそうだね。

――金鶴泳「月食」

輝きには腐蝕が配されるように。
金史良と時期的に重なる書き手として並ぶ、一方の張赫宙であるが。
この名は、民族的背信者の汚名を被されることが常だ。
戦時中に皇民化政策に屈服し、のみならず、戦後も日本を生活の地とし、改名と帰化を果たした。その名は、文学史という範疇でさえ、名誉とは対極の悪感情の的となって久しい。
次の評価は、戦後二十年の時点でくだされた、在日朝鮮人研究者による、張赫宙への鉄槌である。悪名高い新聞小説『岩本志願兵』に向けた断罪。

張赫宙は、日本帝国主義の植民地政策を単に肯定しただけではなく、このような形で、多くの「岩本」たちを、日本帝国主義の侵略戦争にかりたて、死地においやったのである。／在日朝鮮人文学者の戦争責任の追求は、まず、張赫宙から始めなければならない、と考えつづけてきた私の根拠は、ここにある。／第二、第三の張赫宙を生みださない、ということのためにも、これは、避けて通ることのできない問題である。

――任展慧「張赫宙論」『文学』65・11・91頁

この後も、張赫宙あらため野口赫宙は数十年を生き延び著作活動をつづけたのだが、この断罪は不動だったようだ。定説である。任展慧は後に、『日本における朝鮮人の文学の歴史』を刊行する在日朝鮮人文学研究者である。彼女は、学生時代に金達寿を訪ね、研究者としての抱負を述べたさい、張赫宙のデビュー作の載った雑誌を手渡された、というエピソードを書いている。

文学的評価とは所詮、相対的なものにすぎないはずだけれど、張赫宙にかぎっては、これは動かしがたいような気もする。任展慧の論理にいくらかの修正を試みることはできなくはない。だが、核として動かないのはその情念だろう。民族共同体への裏切り。その判断に日本人のつけいる隙はありえないように思える。

名誉回復というのは当たらないにしても、再評価の動きはいくらかあるようだ。近年、『張赫宙日本語作品選』が復刻的に編まれたのもその一つだ。短編十一編とエッセイ六編が収録されているが、いずれも〈転向〉以前の作品であるため、断罪そのものには言及しえないという空しさがある。

この項は、再評価に挑戦するほどの野心はないけれど、定説では救いえていない観点をつけ加えることになるだろう。

張赫宙は〈昭和十三年〉に『春香伝』を刊行している。年譜には、この年三月から十一月にかけて『春香伝』の巡回公演が、東京、大阪、京都、朝鮮七都市で行なわれたとある（『張赫宙日本語作品選』）。この元になった戯曲の活字版であり、演出を担当した村山知義が装丁した。

微妙な時期の端境にあると思えるのだが、『春香伝』そのものには、まだ屈服は表面化していないと読める。この本には、短編が他に二編はいっていて、その一つが「憂愁人生」だ。任展慧は、この作品に「初めて在日朝鮮人が登場した」と位置づけている。

ここでも、金史良との不思議な対照があって、同様に在日朝鮮人の像を先取り的に呈示しているのだ。金史良よりも数年早いのだが、それにしても形象化方法の何という違いだろうか。小説のタイトルにも如実に表われているように――。

主人公の名は、金英一。朝鮮人の父と日本人の母のあいだに生まれた。混血というより、どちらでもないという性格が強調されている。アイノコ。朝鮮人でも日本人でもない存在。名前からして、どっちつかずなのだ。「ヨンイル」でもあり、「えいいち」でもある。朝鮮姓は、ほどなく創氏改名の時代によって蹂躙されようとしていた。名前に関しては、読み方によって使い分けのできるものがあり、その便宜的な両義性に作者は鋭敏な反応を示したようだ。

これは張赫宙の創意というより、むしろ己れの困難な位置に強いられて発見した悲惨な自己認識であるだろう。だれでもない男。名前の誇りすらもともとない。憂愁なる幽囚人生だった。これは張赫宙の擁護のためにいうのではないが、彼はその屈服や親日協力によってどれほどの栄達を遂げたのか。富を得、権勢を手にしたのか。疑わしいように思える。彼はただ生き延びるために生き恥をさらさねばならなかっただけかもしれない。李殷直の自伝小説『朝鮮の夜明けを求めて』第五巻には、特高の課長を訪問した張赫宙が廊下で無為に待たされるところが観察されている。役人にまるで軽んじられているのだ。小説であるが、主人公は《見てはならないものを見た思い》に悩まされる。言葉による背信の証拠は印刷物として恒久的に残ってしまうが、たかが文筆家の忠誠表明など権力機構にとってさして価値のないものだったろう。たとえそれが当事者にとって己れを抹消するに等しい行為だったとしても。

張赫宙は、卑劣な投企によって後代からの弾劾を受けるほか、表現者としておそらく何も得なかったが、植民地で精神を曲げて生きねばならない者のネガティヴな意識の型をだれよりも早く呈示してしまった。だから彼の屈従は、彼に特有の性格悲劇なのではなく、宗主国において隷属を受ける植民地人の超個人的な運命の原型だったといえよう。張赫宙の、〈泣き〉ばかり入った感傷的なずぶずぶの文体に接してから、このように判断するのは、曲芸にも似た議論だとも自覚するが、ある種の普遍化作業はどうしても必要だ。わたしは在日朝鮮人による張赫宙への痛烈な憎しみ（まさしく個人的な憎悪！）を鎮めることはできない。かといって憎しみを共にすることなど、さらにできかねる。

張赫宙は、在日朝鮮人の負性を先見的に定式化したのだ。彼がそのことに論理的だったとはいわない。結実は間違いなく彼の功績とは別次元から起こっている。だが、彼の造型したどっちつかずの両義的な存在、読み方で日朝双方向に使える名前、果てもなく惨めなアイデンティティ。それらの要素は、戦後の在日朝鮮人文学の根深いトラウマでもあった。望まずして彼は彼を裏切り者として断罪する文学領域の〈先駆者〉となっていたのだ。

ロスト・アイデンティティ。

ぼくの親父は　ぼくに
朝鮮という草鞋《チプシン》をはかせ

ぼくのおふくろは　ぼくに
日本という下駄をはかせた

――姜舜「パンチョッパリの歌」

この詩に定着されたような情念は、在日朝鮮人文学において無数に変奏されてきた、といっても過言ではあるまい。自ら捨て去るにしろ、何者かに奪われるにしろ、必ずそこに行き着くテーマなのだ。

内面の惨劇は、在日小説の暗い否定的な一面だ。それのみで小説を構成することはもちろんできないが、それを排除しても在日小説は成立しない。どんな意味であれ、光の中を歩む民族意識こそ正当なのだ。しかしそれがさまざまな様相をもって損なわれていった。そして在日朝鮮人という集団性の成立をみた。人間の理想が高まることによってこの共同体は形成されたのではない。そこに所属を確認する感覚――ビロンギングネスの意識は一様ではない。一様でありえるはずもない。

ただその一つの源流は張赫宙にある。民族的ユダがこうした先駆的な位置を占めることに我慢できない在日者は今も少なくないだろう。わたしが仮に朝鮮人であったなら、この種の議論にはゲーッと反吐を吐きかけたかもしれない。だが公平にみるかぎり、張赫宙の彷徨った苦悩は在日朝鮮人の原型なのである。彼の苦悩であって、彼のくだした結論ではない。彼が卑屈に表明する対日本人コンプレックスの連打には、まずたいていの人間がのけぞり返るだろう。だがそこに行き着くまで張赫宙にも苦悩は、人並みに、あったのだと信じたい。

何者でもないという意識に、人はどこまでも耐えられるものではない。たとえ問いかけのプロセスだけであっても手放すことはできないのだ。ロスト・アイデンティティは在日朝鮮人文学の聖痕ともいえる。あるいはそれが内実の一切だという勘違いも一般化しているのかもしれない。先に引用した姜舜「パンチョッパリの歌」は、後段で明確な答えを引き出している。――《今日　いかに／ぼくにあたる風圧が強くとも／ぼくはもう両棲類ではいられない》と。ところがまた、どちらでもないことを好む嗜好もある。「蝙蝠」と題された短編があって、これは、ご丁寧にも「こうもり」をハングル文字で表記し、「パッチュイ」とルビをふっている。内容は、姜舜「パンチョッパリの歌」を結論の途上へとさしもどす体のものだ。曰く、日本人でも朝鮮人でもない……。この開き直りは、ある意味、張赫宙的卑屈への後退ではないのか。

「憂愁人生」の英一の父は炭坑の坑夫、母も女工だった。坑夫同士の喧嘩で炭坑を飛び出してから流れ者の暮らしとなる。父は荒くれだが、英一は親に似ない弱虫だった。そのうち父はまた喧嘩出入りに巻きこまれ、懲役刑を科せられる。母の稼ぎに養われることになり、日本人社会に同化をはかる時期がつづく。このあたりから、作者の民族虚無主義を指摘する議論も出てくるのだろう。だがこの作品に関してそこまであっさり断定できるか、疑問だ。日本人的視点から父親の〈鮮人〉的粗暴さを描写しているとする任展慧の批判にしても、そう読めないこともないというだけであって、一方的な言いがかりのような気もする。「憂愁人生」に関して、批難されるべきは小説がまずすぎることだけだと思える。父親におとらず、母親も充分には描けていない。彼女は息子を引き回し、故郷での金策に失敗すると自殺してしまう。植民地人的視点から母親の冷たさを大げさに描いているという批判も容易に成り立つだろう。

英一は母親の親族からも見放され、父の兄のいる朝鮮へ渡る。一時的に朝鮮人ヨンイルとしての人生を送ることになる。だが暮らしは苦しく、偶然に再会した父親の仲間の同胞青年といっしょにふたたび内地にもどる。植民地からの渡航者を厳しく見張る乗船係に、今度は、日本人の名を告げて誤魔化すのだ。父が出所してきて、日本での暮らしは安定する。信州の鉄道工事の人夫として働く父からの送金で、英一は夜学に通えるようになった。だがその状態も長くはつづかない。工事現場の落盤事故によって父が命を落とす。

骨になった父とともに英一が家族にゆかりのあった土地を訪ねてまわるところで、小説は終わる。労務災害の記述から父への供養の旅まで、ラストの三ページほどは駆け足すぎるとはいえ、作家が描くべき何かをつかんだ部分だと読めるだろう。事故の《犠牲者は殆ど大部分朝鮮人だつた》との一行を書きつけたとき、張赫宙は「餓鬼道」など初期の抗議小説のスタイルを一瞬、たとえ一瞬だけだったにしろ、取りもどしたはずだ。

なお、任展慧の「張赫宙論」は、残念ながら「憂愁人生」の後半部分を黙殺した論証になっている。こうした結果に関しては、論者のみでなく、作者にも責められるべき点はある。さして長くもない短編でありながら後半の描きこみ不足から、全体としていうと張赫宙のぐちぐちした嘆き節に読めてしまうからだ。力量のなさもまた作家の戦争責任を構成するといわれれば、それはそれで反論の言葉を思いつかない。

次に引用するのは、戦前東京の朝鮮人集落を取材した張赫宙の「朝鮮人聚落を行く」（37・6）の末尾である。

これ等移住者の九割は貧農であり、小作地をとり上げられて、何うにも食ふに行き詰つて日本内地に流れ込んだ人々である。彼等がもし天性の乞食であり、浮浪民であつたら、このやうな集団部落はつくらないであらう。

堂々たる主張だ。しかし張赫宙はすぐにつづけて、《ひたひたと押しよせる哀愁に打勝つことが出来なかつた》と、得意の感傷を全開にしてしまう。なお、これは、『近代民衆の記録10　在日朝鮮人』（78・12　新人物往来社）に再録された。収録にさいして筆者は表現の一部を改め、署名を「野口」に変えた。

張赫宙については、五章でもう少し綿密に検討する。

4　滅び去る者――立原正秋

おれはいつか、朝鮮人のかしこい子が、日本人の養子にさせられて、一切の朝鮮人との係累をたちきらされて、正真正銘の日本人として生きているという話を聞いたことがあるよ。その子は、たしかに日本人としてはえらくなっていくのかもしれないけれど、親も兄弟も、親戚も、大きくいえば、朝鮮の国家も、朝鮮の民族も裏切っていくことになるじゃないか？日本人の中には、朝鮮人を馬鹿にしきっているくせに、朝鮮人のいいものだけは、こっそり横取りしようという、さもしい根性をもっている人間がいるんだよ。

――李殷直『朝鮮の夜明けを求めて』第二巻

張赫宙は戦後、帰化日本人となって野口姓を名乗った。自主的な「創氏改名」であり、その心情は《帰化を許されて》という卑屈きわまりないものだったと批難される。

立原正秋は最初から日本人の名で作家として登場した。民族的出自をめぐる魂の惨劇は、作家以前の状況で決着をつけていたのである。彼は己れを混血日本人と規定し、後には、高貴な家柄の出だったという粉飾を幾重にもふくらませた。貴族の末裔にふさわしい美意識を証明したかったのか、並みの日本人以上に〈美しい日本〉への憧憬を追い求めつづけた。

だが彼の語る自伝は、高麗青磁を模した贋造品のようなフィクションだった。立原正秋は、いわゆる「七つの名前を持った男」の通名の一つであり、純血朝鮮人たる彼を産み落とした両親も貧しい家系の出だった。彼の〈仮面の告白〉の秘密はそれ自体、興味深い文学的ドキュメントであるだろう。彼の死後、友人の高井有一によって書かれた評伝『立原正秋』は、愛惜にみちた作品だ。そしてその文庫版に付された尹学準《ユンハクジュン》（彼と同世代、同郷の評論家）の「解説」は、もう一つの小評伝といった緊迫した質を備えている。これらを前にすると、彼の仮面的憂愁人生が彼の死後に幸福な完結の環をつくったかのような奇妙な感慨にとらわれる。

だが、そうした感慨とはべつに、これは、戦後のわりと早い時期に確定された、在日朝鮮人のロスト・アイデンティティを示す一つの典型ではないかと思える。この項で考察する立原の作品「剣ヶ崎」の雑誌発表は、奇しくも、任展慧による張赫宙告発が発表される半年前のことだ。日帝支配による民族主義の屈服を戦前型とするなら、立原がひそかに営々とやってのけた日本人化工作は、別種の戦後型といえるだろう。圧制と屈従の弁証法は、よりソフトなかたちを呈しているとはいえ、民族の血がその当事者によって自己否定される痛ましい構造は何ら変わっていないようにも思える。

張赫宙が訴追されるなら立原正秋も訴追を受けて当然だ。立原正秋が赦されてあるなら張赫宙も赦されるべきではないか。この件に関するダブル・スタンダードは訝しいかぎりだ。そうはいっても事柄はもっとかぎりなく単純なのかもしれない。作品的容量からみて、張赫宙はとうてい立原正秋のレベルには及ばないからだ。非文学テクストが文学的断頭台の壇上に立たされることは、世のならいである。張赫宙がもっと精進を重ね、自然主義的なセンチメンタリズムの文体から脱却しえていたなら、弾劾者の舌鋒もいくらかは和らいだのではないか……。

立原正秋の出世作であり、回生の書である「剣ヶ崎」をみていこう。これはある混血日本人の自己救済の物語だ。これを読んで、作者の像を怒りにみちた混血青年と重ね合わせてしまった正直な読者は、かくいうわたしもまさにそうだったが、大多数だったにちがいない。読者を瞞着するに充分なだけ、自己形成小説の与件を手堅く備えていた。じっさいは、どこまでも仮面の、仮面の告白だった。作者の不機嫌な顔つきは分厚い虚構のヴェールに遮られていたのだ。

混血青年の悩みといっても、立原は「俺はどっちつかずの何者でもない」などといじいじ逡巡することはない。敢然と、朝鮮野郎の潔さを示して、一方に全身を投げ出す。俺は日本人だと。百パーセントであろうがなかろうが関係ない。俺のなかに日本人の血がゼロであろうと、俺が俺を日本人だと言ったら事実として俺は日本人に〈成る〉のだ。朝鮮男の直情によってきっぱりとなされる朝鮮人性の否定——抹殺。いっけん明快だが、これが立原に終生背負わされた十字架だった。

救われるのは言い訳がないことだ。張赫宙を（あるいは金鶴泳を）読んださいに感じる、あの、ページを閉じても納豆キムチのようにねばねばとずっと糸を引いてくるような、執拗な、際限のない言い訳。俺は悪くない俺は悪くないと無限に繰り返す、まるで文学をエクスキューズの吐け口と取り違えているような見苦しさだ。それが立原にはない。

告白される仮面の構造は単純であるとはいえ、注意深く丹精されたものだ。まず混血というフィクションが中心点に置かれる。混血の彼は半身の血を否定したい。半身の血を葬り去ることは可能だろうか。医学的な輸血の比喩をイメージしても、これが不可能事なのは明らかだ。だが物語作者は驚くべく術策をもってこれを強行してのけた。書き終えた作家にカタルシスが訪れたのかどうか知らない。訪れようが訪れなかろうが、どっちでもいいように思える。ともかく彼は作家としての出立点にこれを置いた。後戻りするつもりはなかったのだろう。

「剣ヶ崎」は、一人の作家が何度も立ち合うことのない一回性の緊迫にはりつめた作品である。文体は荘重にして華麗、ただちに物語に引きこむオーラを放っている。そうであると同時に、徹底して通俗で、けばけばしい厚化粧のドラマに仕立てあげられている。故意に選んだとしか思えないほど様式化された舞台であり、人物の構図も操り糸のままに動くのみなのだ。人物描写に華はあっても、生きた人間の息吹きを彩る意図が作者にはないように思わせる。戦争期から戦後にいたる激動を描きながら、苔むした古典世界、伝統的な能の舞台を鑑賞させせられるような印象を放つ。

しかも古典悲劇の操り糸は計算ずくのものだ。人物が血肉を備えて生きているのは作者の掌のうちだけなのだ。作者の案内する典雅な舞台は、すべて見かけ倒しの張りぼてなのか――。答えは、然りであり、否である。そこに、立原正秋という哀しい〈植民地の子弟〉が仮構し、身をゆだねようとした日本的美意識の空虚なる実体がある。

「剣ヶ崎」の物語は、現在時点、祖父康正のもとに消息不明だった父の手紙が舞いこみ、それを主人公次郎が示されるところから始まる。父李慶孝はかつて大日本帝国の将校だったが、今は、韓国の要人として登場してくる。手紙には、長男太郎の墓に詣でたいとある。

物語の中核をなす破局は、敗戦直後の出来事であり、小説の構成では後半に置かれている。それは日本人次郎が再会した韓国人の父親に報告するという形で語られる。現在点においてはすべて終わっており、主人公は十七年の歳月を経て平静な距離をもって悲劇を語ることができる。生き残った者は少ない。仮面の素材構成は周到がうえにも周到に用意されているのだ。一言、注釈しておけば、この時代に韓国を統治していた大統領の出自は宗主国日本の士官学校であり、その独裁体制にたいして「あの男は倭奴《ウェノム》(日本人の蔑称)野郎だ」という怨嗟の声もあった。

太郎と次郎と素っ気なく名づけられた混血兄弟。その朝鮮民族の父という作劇には、朴時代に顕わだった日韓の骨肉の歴史が反映していたと思える。

父の訪日までのあいだ、次郎の回想にしたがって、物語は昭和十二年にさかのぼり、そこからゆっくりと昭和二十一年の破局まで語りなおしていく。起点は父の軍隊脱走にあり、終点は後章で語られようとする。それは主人公が《剣ヶ崎とともに生き、ともに暮してきた》時間だ。事件から十七年、次郎は一度もそこに赴かなかった、と注記されている。

事件が起こるまでの進行は、主人公の胸のうちに巻きもどされる追憶に沿って語られる。作者のストーリー・テラーとしての手腕には、すでに練達のものがある。太郎と次郎の会話をとおして、混血青年の内的な葛藤も簡潔に述べられている。要約すれば、混血児の内面はいくら延ばしても交わらない二本の平行線に似ている。《信じられるのは美だけだ》ということだ。太郎と従妹志津子の関係が深まっていく。志津子の兄（彼ら兄弟にとっても従兄にあたる）憲吉は狂信的な軍国主義者であり、恋人たちの仲を引き裂く審問官の役も受け持っている。破局の前兆はあからさまに設定されている。

さらに作者は、主人公の父母も従兄妹同士だったと指定している。その結びつきを太郎も継承し、従妹志津子を愛する。いささか過度な図式化にも思え、彼らの愛を邪魔しようとする憲吉の動機（あまりの近親結婚だ）のほうが正常だと感じられてしまう。

いずれにせよ破局は起こるのだ。それはあらかじめ決定されていた。次郎が四半世紀ぶりに会った父親にそれを語るかたちにしたのも、作者の狡猾さだ。直接法で叙述するにはあまりに大味な通俗芝居。空疎で大仰すぎる泥絵の具の見世物だから。

憲吉は太郎と志津子の前に立ちはだかる。太郎は引かない。そして終戦の次の日――。それは予告された殺人の記録でもあり、言葉もどこかよそよそしい。彼らがその無意味な殺戮を回避できたとか、恋人たちにはいくらでも逃げる機会があったとかいう考慮は、物語の外縁にある。この従弟殺しこそが「剣ヶ崎」という小説の中核にあり、そこからすべて始まったのだから。

従兄弟たちの殺し合い。むろん作者はそのように露骨には語っていない。語る必要もなかった。混血児が混血児を殺すのだ。しかし作者が殺す者と殺される者に分割した役割は誤解の余地なく明瞭である。憲吉は日本人、太郎は朝鮮人。どちらも自らに流れる半分の血を無視する精神に凝り固まっている。どちらも半日本人の半朝鮮人ではないかという判断はここでは無効だ。同質の者らが殺し合うのではない。半日本人が半朝鮮人を殺す、どちらも半分を全部と信じこむことによって、この奇怪な同志殺しを完成させるのだ。それが立原正秋が編み出した、自らの民族性抹殺のための秘術であった。仮面の告白の〈日本的美〉にいくら眩惑されても、真相から目をそむけるわけにはいかない。

もう一点、素通りしにくい要素についてふれておこう。憲吉が竹槍をもって太郎を誅する場面である。道具が竹槍であること、ならびにそのシンボル効果に関して、少なからず戸惑いが残る。《ちくしょうッ憐れみを乞え、朝鮮人、憐れみを乞え!》という科白は憲吉の役割に添ったもので納得がいく。だが。初歩的にいえば、なぜ日本刀で斬殺する場面にしなかったのか、ということである。そのほうが、立原正秋の凄愴の気合いと小説のタイトルにふさわしい、と思えるのだ。

本書のずっと後の六章において、日本刀を使った同志殺しの在日小説を考察するさいにもふれる予定だが、三島由紀夫の生涯最期の一大ショーに出会って最も鋭敏な反応を表明したのは金芝河《キムジハ》だった。《どうってこたあねえよ/朝鮮野郎の血を吸って咲く菊の花さ/かっぱらっていった鉄の器を溶かして鍛えあげた日本刀さ》と。日本野郎の腹を切った三島の行為に、あたかも自分の腹を斬られたように身をふるわせたのだった。立原がこうした脈絡にある象徴法をどうして採用しなかったのか、理由はわからない。

とまれ、太郎は憲吉の竹槍によって命を落とす。竹槍。立原の年代であれば、この神国の武器によってB29を撃墜するという演習を体験しているはずだが、その狂信への忌まわしい記憶がこの場面に投影されたと解するべきなのか。

いずれにせよ、同志殺しは、この一方的行為によって閉じられるのではない。太郎＝半朝鮮人の死は、破局の片面なのである。事件後すがたを消した憲吉は半年後に事件現場にふらふらと戻ってくる。精神を決定的に病んでいた彼は間もなく衰弱してみまかる。これは、太郎を刺したときに憲吉も死んだのだと解釈するなら、ごく自然な筋立てといえるだろう。刺されたとき太郎がその受け身によって相手を〈刺した〉といってもいい。かくて憲吉は、鏡のなかの己れを撃って落命するドリアン・グレイの運命をたどった。鏡像を、双子を刺し貫く、という無益な行為に駆り立てられた。憲吉＝半日本人の死によって破局の両面がそろう。そうして、ようやく彼らの同志殺しは完済するのだ。

半日本人が半朝鮮人を殺し、その報いを受けて死ぬ。どちらも犠牲が己れの半分の領域では済まなかったことに気づいたのだろう。いっけん徒労にも思える相互殺戮によって救われたのはだれか。もちろん次郎だ。日本人（半日本人ではなく、全日本人）としての次郎だ。兄と従兄との犠牲を糧にして、彼は日本の地で〈日本人〉として生きる境地に立っていく。主人公であるにもかかわらず、彼の人物的印象はむしろ薄い。泥絵の具の芝居舞台からは距離をおいたナレーター的人物としてふるまっているからでもある。しかし次郎が作者自身と重なることは明らかだ。魂の殺戮は立原のなかで起こったのであり、作者はそれを影絵のように物語に投影させればよかった。

「剣ヶ崎」は、立原正秋が錯綜する問いを一刀両断に断ち切り〈日本人作家〉として日本社会に通有《パッシング》していくための決死のマニフェストだった。

立原の選択はあまりに特殊すぎて、つまり仮面の美学に貫かれすぎていて、範型にはなりにくかった。しかし問題を取り出してみれば、これが、在日朝鮮人文学のある種の原型を呈示していることは明らかだ。野口赫宙の卑屈さは彼にはないが、そして屈服という事実もなかったが、民族的にみれば背信者と位置づけられることは避けられない。繰り返し念を押すが、わたしには告発主義の欲求も資格もない。ただ、張赫宙が断罪されるなら立原正秋も同一の論理によって（感情によってではない）裁かれねばならないと思うのみだ。その論理を見つけ出せないのなら、簡単なことだ、この問題に口出しすべきでない。

植民地時代には裸の圧制と強制があった。戦後の日本社会にあって、同様の民族的災厄はより複雑な組成を呈している。差別を発動する側も受ける側もそれぞれに複雑化の影響をこうむっている。

立原正秋のケースは早い段階で提出されたロスト・アイデンティティの原型と考えられる。「剣ヶ崎」は彼の試行錯誤の跡を残すきわめて雄弁なテクストである。その鮮やかな美学のために一代かぎりで途切れている気配だが、原型であることはたしかだ。

立原の初期作品「セールスマン・津田順一」（56・8&9　『近代文学』）にふれて、その異民族的逸脱に注目した評論に四方田犬彦「立原正秋という問題」（『日本のマラーノ文学』07・11所収）がある。かなり強引な行論だが、立原の迷いに、白い黒人ジョー・クリスマスがフリードマン・タウンをうろつく『八月の光』の名場面を重ね合わせてみせる嗅覚には、心躍らされる発見がある。

立原は在日朝鮮人文学を拒否したが、後代の在日朝鮮人文学論が立原を黙殺する理由はありえない。日本人化なる問題意識が歓迎されないとしても、立原が背信という決意にいたるまでの思考のプロセスは、その行程のみでも、唾棄されてはならないのである。

第二章

金嬉老は私だ
―「犯罪と在日」もしくは「在日という犯罪」

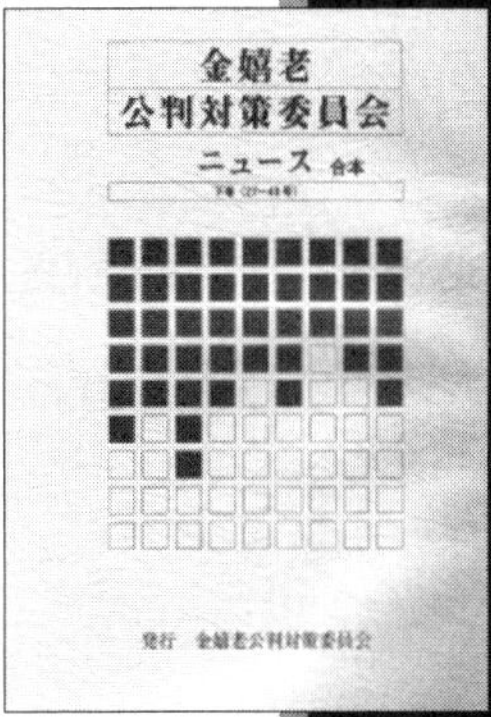

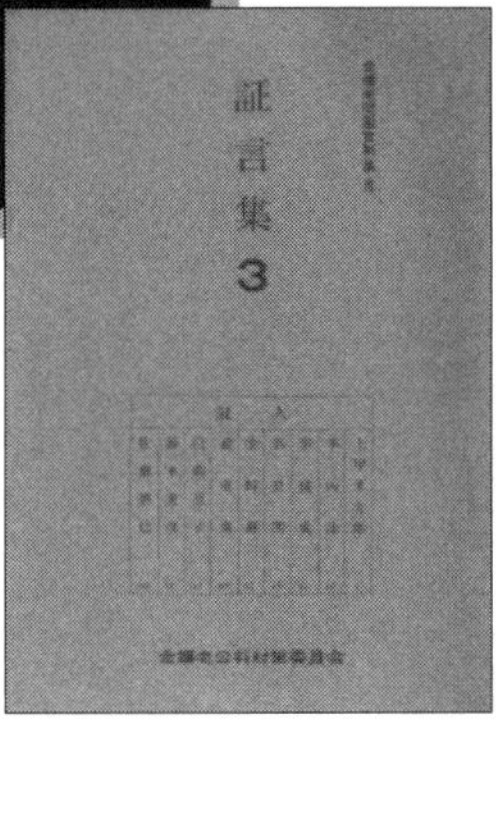

植民地体制のもとでは、感謝、真摯、名誉などは空虚なことばだ。この数年のあいだに、私はきわめて古典的な基本事実を確認する機会を得た。すなわち名誉、尊敬、信義は、民族的また国際的な等質性の枠内でしかあらわれることができないということだ。君たちが、また君たちの同胞が、犬のように殺されるそのときから、君たちにはもはや、自己の人間としての重みをとり戻すために、ありとあらゆる手段を用いることしか残されていないのだ。それゆえ君たちは、君たちの拷問者の肉体の上にできる限りの重さでのしかかり、どこかにさ迷っている彼の精神にいつかは普遍的次元を回復させてやらねばならない。

——フランツ・ファノン『地に呪われたる者』１９６６ 浦野衣子・鈴木道彦訳

仮りに僕が作家になったとしても、僕は朝鮮人を芸術として描くことはできない。なぜならわれわれ朝鮮人は、自分の生活を持っていないからです。少くとも本当の生活を持ってはいない。それは一つの根本的な理由によって、みんな仮定的な生活をしている。仮定的な生活を営んでいる。僕はその生活がわれわれ朝鮮人のものである限り、その美醜を見分けることができなくなった。……われわれには国民がない、生活がないのです。われわれには相手を憎んだり、相手を蔑んだりすることができない。実際に、現実にはあるとしても、それは根本的な一つの大きな理由によって歪められたものか、拡大されたものか、あるいは縮小されたものかです。つまり、われわれには生活がないと同様に現実もないのです。それはすべて、一つの根本的な理由によってです。

——金達寿『後裔の街』

1

在日朝鮮人文学研究に基本的な不可欠の文献は数多い。そのなかで、個人の著作をべつにして、最も重要と思えるものは、『金嬉老公判対策委員会ニュース』である。タイプ印刷の小冊子が通巻四十号まで出ているが、わたしの手元にあるのは、これの合本版になった三分冊だ。

金嬉老は、一九六八年二月、静岡県で、金銭上のトラブルから暴力団組員二名をライフル銃で射殺した。逃亡し、寸又峡のふじみ屋旅館に、ライフルとダイナマイトで武装し、人質をとって立て篭もった。この時点で自死を決意していた。

篭城は八十八時間におよんだ。その間、金嬉老は、警察官から発された民族差別発言への謝罪要求を訴える。また文化人の有志が声明を出し、説得のためにふじみ屋旅館で金嬉老と会見した。人質と犯人の関係は緊張をともなうものではなく、友好的だった。

マスコミは金嬉老の抗議を流布するのに一定の役割を果たしたとはいえ、一部は警察と緊密に連携し、逮捕時にも協力した。報道の自律性において重大な禍根を残したといえる。

ダイナマイトを身体に巻くことこそ、母親の懇願にあって止めていたが、金嬉老は、記者を装った刑事に取り押さえられたとき、舌を噛み切って最終的な精神の自由を奪還しようと試みた。だが口に棒を捩じこまれて果たさなかった。舌の傷は深く、公判のさいまで金嬉老は会話に不自由をきたした。

篭城から公判結審までの数年間をとおして、事件はたんなる刑事事件の枠にはおさまらなかった。騒然たる六〇年代後半という時代相もあった。ごく限られた層に向かってにしろ、金嬉老は、ある種のイデオローグとしてふるまったし、彼の発言はじつにしばしば〈文学〉でもあった。絶息する文学の補完、あるいは、もっといえば、文学の代用として受け取られた。

現在の時点からは異様に映るかもしれない昂揚を、特別に言葉をつくして説明する必要はないだろう。ただ、文学と犯罪を論じる基本的スタンスは慎重に定めておくべきである。短絡は表面的な議論を上すべりさせるだけだ。犯罪が当該社会の矛盾構造を照らし出すことは事実であるし、それは文学に荷されたテーマを赤裸に引き剥きもする。だが、言論者がたんに犯罪者の代弁に努めるのみなら、彼の役割は犯人逮捕に協力した一部のマスコミと自律性喪失の点で変わらないはずだ。被差別者の立場に寄り添うという大義名分は、結局、何の力にもならない。ここで犯罪というのは、公判中の金嬉老の言動すべてを包括したものを意味する。

本書は犯罪社会学のレポートではないから、文学論に関わる論点に限定する。とはいえ、同時に、文学研究者のおちいりやすい浪漫的な犯罪アプローチも慎まねばなるまい。

治安警察の一部門は在日朝鮮人を一個の社会騒擾要素としてとらえている。平たくいえば、監視対象だ。犯罪者予備軍いがいの何者でもないのである。この点は、研究者にとって、不可欠の認識だ。金嬉老を決起させる大きな要因となった、所轄署の刑事の発言の本質とは何だったか。これも、言葉のあまりの汚さから事態を拡大しすぎては判断を誤る。――彼らにとって金嬉老たちは人間の顔を持たない準犯罪者だった。そうした対処が現場の察官《サツカン》のリアルな本能だろう。むろん準犯罪者には基本的人権などない。あると前提しては警察など不要となる。人権なしの準犯罪者に挑発と恫喝をかけるのは、彼らの条件反射かもしれない。黙っていては舐められる。番犬が吼えかかるのと同様に、活字には印刷できない用語を浴びせかける。〈てめえらッ朝公《チョン》どもが朝《アサ》たれたことしやがってぇ〉。むしろ内面の恐れを隠すためにも、腰にぶらさげた制式拳銃のような〈言葉の武器〉が必要なのだろう。差別語を撒き散らすのは、彼らの日常業務活動だ。誰も確認したことはないだろうが、業務のための用語マニュアルは必ず、あるはずだ。一日一便のような健康法かもしれない。それを阻害されると彼らの存立は危うくなる。だいたい差別語なる分別用語法そのものが、彼らの獣的本能からすれば、根本的に〈狂って〉いるのだ。

だが、彼らがさらに直面したのは、その日常業務の行使について謝罪要求をつきつけられることだった。彼らの仰天と憤激は想像にあまりある。警官に郵便配達をしろというようなものだ。のみならず、地元警察はその要求を全国レベルの放送網に流された。青天の霹靂というしかない。彼らにとってイノチの次に大事な面子がボロクソに踏みにじられたのだ。金嬉老という素行不逞の、思いあがった無法者によって。

この一事をもってしても、日本国の司法権力が金嬉老に絶対的な報復感情をいだいたことは、充分に感得できる。ヤツを殺せ。是が非でも死刑にしろ。法律の恐ろしさを知らしめよ。警察に逆らったアホーを吊るせ。逮捕時に自殺を阻止したのは、一に、この報復を貫徹する国家的意志の忠実な遂行なのだった。警察を舐めた奴を死刑に処せというのは、当時の、赤塚不二夫や山上たつひこがギャグ漫画で示した突出シーンだが、それはまさしくリアルな現状認識だったのだ。

だが、金嬉老裁判は二審の無期懲役によって決着をつけられた。死刑求刑は実現せず、その意味では、警察が敗北し、弁護団が〈勝利〉したという解釈も成り立つ。

勝利？　それが勝利なのか。

論述を急ぐ前に、犯罪と在日朝鮮人文学についての一般的な観点を少し整理しておこう。

十年をさかのぼって、いわゆる「小松川女子高生殺人事件」があった。

一九五八年八月、小松川高校の女子生徒が行方不明となる。家族から失踪届の出された翌日、犯人からの電話が新聞社と警察にかけられる。死体発見後、犯人は被害者の遺品を送りつけてくる。電話は前後八回あった。九月一日、警察は犯人を自宅で逮捕した。「朝鮮人集落」に住む十八歳の少年だった。自供が始まる。さらに、四ヶ月前の強姦殺人が恣意的に容疑としてつけ加えられた。二件の強姦殺人と警察への愚弄電話（ワイドショー型犯罪の先駆けといわれた）。彼の命運はそこで定まった。物証はなく、決め手は自白だけだったが……。

このケースにおいて、被疑者李珍宇《イジヌ》は、じつに杜撰というしかない裁判によって死刑確定され、早ばやと死刑執行された。司法システムの側からみれば、快挙である。治安対象としての在日者の一人に絵に描いたような見せしめ極刑をくだすことに成功したのだ。

事件の文学的側面について、わたしは『李珍宇ノート』（94・4　三一書房）一本を問うているので、再説はしない。最低限の関連事項を書くにとどめる。

まずは、金嬉老事件との大きな相違点。

李珍宇に貼られたのは強姦殺人の被疑だ。強姦プラス殺人・計二件である。女子高生殺しに付加された「賄い婦殺し」容疑は、あまりに馬鹿げているが、馬鹿げているところにこそ権力機構の恐ろしさがある。彼らが望めば可能でないことなどこの世にはない……。強姦がプラスされたのは、司法の戦術において、死刑求刑を可能にするためだ。それ以外ではない。殺人罪のみではよほどでなければ極刑にまで追いつめられない。

強姦罪は一般的にいって、犯罪者のあいだでも軽蔑される。李珍宇を擁護するための言論もあったが、差別と貧困が犯罪をつくったという単純なアピールは、強姦殺人の卑劣なイメージによってかなり相殺された。在日者の犯罪者は民族のネガティヴな集合を体現する。金嬉老が差別を糾弾する文化ヒーローの位置をほんの一瞬でも演じることができたのは、その理由からだ。彼について語った在日者は、多かれ少なかれ自分のなかに金嬉老のような〈悪人〉が住まっていることを昂然と認めた。李珍宇の場合は、しかし、こうした共感や連帯意志がいっさいなかった。女子高生を強姦し絞め殺してしまった（と裁判にかけられた）男に進んで共感を示すことには誰もが躊躇した。その状況には何の不思議もない。汝姦淫するなかれ。聖書の戒律に突如として打たれ、自らの獣の肉慾を告発されたかのように、多くの在日者が李珍宇の恥ずべき犯罪（と立件されたもの）を前にうなだれて言葉を喪った。「李少年をたすける会」は発足したけれど、救助するという力点は、李珍宇が未成年だった事実にたいしてであり、罪状に正対するところにはない。

金嬉老が味方につけたモラル。人殺しにも一片のモラルがあるという真理。それはついに李珍宇には降りてこなかった。李珍宇が味方にしたのは文学だった。それがどこまでも彼を愚弄する〈文学〉でしかなかったことを、いったいだれが明らかにせねばならないのか。わたしは、在日朝鮮人文学者の多くが李珍宇に関してほとんど語りえない理由を、あるていど了解できているつもりだ。だが、朴壽南が李珍宇との往復書簡集『罪と死と愛と』を刊行したさい、在日社会からどれほど絶望的に孤立してしまったかは、ほとんどその一端しか想像できない。百分の一くらいは想像できるが、それはゼロと同じだ。民族の共同体から追放されることは死よりも陰惨な刑罰かもしれない。それが李珍宇への〈愛《サラン》〉の対価だったとすれば、あまりにも虚しい。

李珍宇裁判は弁護側の敗北である。純然たる法廷戦術のレベルで敗北だったと断言できる。被疑者が逸したモラルや、かわりに手にした〈文学〉とは関係ない。

話はすこし逸れるが、わたしは、最近の刑事事件で奇妙な既視感にとらわれるケースに出会った。この四月に死刑判決がくだされた山口県光市の母子殺害事件である。この事件について知ることはごく少ないが、小松川事件との相似は、被疑者が事件時に十八歳だったことのみだ。一審、二審は無期懲役、差戻控訴審で死刑判決となった。これは、検察側が極刑をくだすためにつくったシナリオを中心に裁判が進行してしまった典型に思える。冤罪ではない。検察は、一切の情状酌量が成立する余地のない〈水も洩らさぬ〉犯行供述を被疑者に認めさせたのだ。殺意、強姦の冥い欲望、残虐きわまりない犯行方法、凶悪無比の反省のなさ……。

被疑者の囚われていた劣悪な家庭環境や精神的な問題など、極刑求刑の妨げになりそうな要素は、ことごとく退けられた。シナリオには強引さが目立ち、証拠をともなわない論点もあり、それが控訴審弁護団との争点にもなった。しかし事件の煽情性は、マスコミやインターネットの過熱を呼び寄せ、結果的に、検察のシナリオは〈世論〉の〈支持〉を得たかたちになった。判決の日、作家を自称する某が、テレビのインタビューに答えて「世論は極刑を望むほうに動いた」などと喋った。何という想像力のない詐欺師か、この男は。権力犯罪という言葉があるけれど、この事件で司法がなしたことは凶悪犯罪のシナリオを書いたところにかぎられるだろう。後は観客参加で、事件のイメージは、驚くべき肥大を遂げていったのだ。〈観客〉たちの攻撃は、対〈犯人〉にとどまらず、弁護団にまでおよんでいった。法廷において、いちど供述されてしまった〈証拠〉をくつがえすことは不可能に近いのだろうか。光市事件が、李珍宇の〈絶体絶命〉に追いこまれていったプロセスを、あたかもなぞっているように思えたとき、わたしの感じたのは名状しがたい恐怖だった。

話をもどす……。

孤立した敗北の要因は支援・救対グループの力量不足にもあったろう。六〇年安保闘争の頂点をはさむ時期だ。自然発生的ないわゆる市民運動グループの成熟度という点ではまだ条件が整っていなかった。その点では、市民運動の昂揚期に併走することのできた金嬉老公判対策委員会とは隔絶している。それは、右に書いた李珍宇に課された罪状の特殊性とは別個の、さらに不利な条件だった。

その結果なのかどうか、李珍宇救援運動に関わったごく少数の人びとは、いずれも被疑者と深く濃い紐帯によって結ばれているようだ。この人たちの発言は、奇妙なことに、李珍宇無実説をはじめとして、どれも己れ一人が李珍宇を〈愛し〉理解しているのだといった私有性と自己顕示にあふれている。そういえば、わたし自身の『李珍宇ノート』もまた、かなり後発の産物でありながら、こうした濃密な私性を帯びてしまっていることを否定できないようだ。

金嬉老の場合、人物と事件の評価については、支援グループの運動的な蓄積として多くの体験が共同化されているという印象だ。極端な異見の突出も運動体のなかでの論議をとおして鍛えられていったと思わせる。金嬉老はやはり時代の子であり、李珍宇はそうでなかった。一九六八年——少なくとも彼は決起する日の時代の空気を正確に読んでいたのである。

しかし、時代の差異は、二人を語るさい、どちらかといえば派生的な要素にすぎなかった。


自らを語る饒舌さにおいても、両者は著しい対照を示している。

犯罪を語り、自己主張を開示する。そのことに金嬉老は闊達だった。殺人には目撃者がいたし、犯人としての彼には隠す点も誤魔化す点もなかった。病ましいことは何もないのである。なぜ決起にいたったのか、彼は四十年の人生の想いのたけを精いっぱい語ればよかった。差別糾弾のスポークスマンというおあつらえの役柄も自然と形成された。死をもっての決起から生き残ってしまった男としては、その役柄を演じつづけることが自己救済にも似た最上の選択だった。

一方の李珍宇は、結果的に、真っ直ぐ語れない男だった。語ることを禁じるメカニズムが彼のなかには常にあったようだ。理由は、彼の性格が半分、半分は彼のものとされる犯罪が謎だったことによる。謎なぞ謎、どこまでも謎だ。彼の犯罪を明証するのはほとんど彼の自供だけだ。辻褄の合わない自供書の信憑性を守るために、ことのほか彼が苦労した形跡もある。おかげで彼には必要なことを何も語らなかったのではないか、という不可解さがいつまでもつきまとう。この点、李珍宇には、駄作ばかり書いて頓死してしまった三文作家のようなイメージが貼りついている。次に書くべき傑作を常に期待されながら逝ってしまった男のような。

手紙の人だった、李珍宇は。だが公刊されたのは、そのなかの朴壽南と交わされた書簡のみなのだ。ベストセラーになったその手紙群がどれほど輝くものであっても、彼の書いた手紙のほんの一部でしかないという事実は変わらない。違う相手にはまったく別の顔を見せていたのではないか、というそんな疑問が湧くのをとどめられない。

犯行についての告白は、自供書以上には語れなかった。公表された手紙では、彼は、しごくもって回った文体を選んでいる。なるほど彼は犯行を認めた。「夢のなかでやったようにも思える」——それが、彼の最大限譲歩した公式釈明だった。そのため、彼の手紙は、彼の豊かな文章力もあって、一種の文学的衝撃を内に含むことになるばかりでなく、少なくない（まるきり見当はずれの）文学的支持者まで得ることになる。事件の不透明さを〈犯人〉の個性の不透明さにすり替え、のみならず、それを文学的玩弄物としていじくり回して恥じない者らの横行。それは、事件から派生した気分の悪くなるような光景だ。彼の釈明の意味作用は典型的な玉虫色だった。彼の犯罪を信じる者には苦しげな贖罪者の顔を、逆に疑う者には冤罪者の苦々しい顔を、それぞれ唯一の真実であるごとく見せた。彼がそれを器用に使い分けたということは絶対にできない。

彼は強姦殺人をやったのかやらなかったのか。

わたしにいえるのは、李珍宇が最期まで自分の家族を人質に取られていると思いこんで、言動を選ばねばならなかったということ、それだけだ。

金嬉老は己れを語りきった。その意味においてなら、幸運な完結を生きることができた。李珍宇にはそれが訪れなかった。その結果として文学に利用されたのであり、なかには文学的愚弄というほかない悪質な消費も紛れこんでいた。その意味では、縊り殺された不名誉以上の、かぎりない不運に、李珍宇は、死後も追いかけられねばならないのである。

犯罪は社会を映す。二つのケースは、その衝撃度において、犯罪者の名前とともに在日朝鮮人の歴史をきざんだ。戦後日本市民社会のダークサイドは、彼ら二人の名前によって、どんな抗議文学よりも強烈に照らし出された。同時に、彼らは、日本社会に在住する朝鮮人共同体意識を深刻に揺り動かした。彼らを考察することは、在日朝鮮人文学論の絶対不可欠の項目であるだろう。

2

金嬉老の決起の第二幕は、裁判の場に持ち越される。公判対策委員会が立ち上げられるのは、金嬉老の逮捕から二ヶ月足らずの後だ。『公判対策委員会ニュース』――この章では『ニュース』と略記する――第一号は、一九六八年六月二八日の日付。以降、ほぼ隔月に発刊され、公判過程の報告のみにとどまらない、活発な議論の場をつくった。委員会は諸個人のゆるやかな結合から発足し、控訴審結審までの七年間を、カンパと個人的献身に支えられて持続的に活動した。

事件関連で刊行されたものに、岡村昭彦編『弱虫・泣虫・甘ったれ　ある在日朝鮮人の生い立ち』（68・12　三省堂）、『金嬉老の法廷陳述』（70・1　三一書房）、本田靖春『私戦』（82・6　講談社文庫）、山本リエ『金嬉老とオモニ』（82・11　創樹社）などがある。

無名者による運動の試行錯誤の跡を記録した『ニュース』の誌面を検討することをとおして、問題のありかを探っていきたい。

誤解のないように断っておくが、刑事被告人として運動の中心にあった金嬉老は、主役であって主役ではない。運動のミコシであった側面は否定しえないが、彼を英雄視する方向は運動現場にはほとんどなかっただろう。

一言でいえば、金嬉老が生命を賭してさらした差別社会の痛みをともに〈受苦〉するというのが、全体の基調となる。これは、対抗文化の形成という六〇年代末思想の標語とも見事に合致する。時代の波だった。対策委の質は支援グループとしてあったが、単独に弁護団を支援するだけに活動がかぎられることはなかった。政治運動の合理性はむしろ排されていたようだった。どんなささいな項目でも一種の全体化視野のうちにテーマ化されていったような印象がある。支援とは全人的な行動投企なのだ。対策委は、総じて豊かな文化運動であったし、文化運動を目ざさないでいることはできなかった。

個体としての金嬉老ではなく、文化表徴としての金嬉老が中心に存在していた。

市民は彼を救助できるのか。事件の推移からして無罪を勝ち取るという方向が望めないことは、誰の目にも明らかだった。弁護団の合意は、先にふれたように、金嬉老を死刑にさせないというぎりぎりの後退線だけだったかもしれない。死刑か、無期懲役か。被疑者の有罪はすでに確定事項だった。そして文化運動の観点からみれば、彼が有罪かどうかは何ら本質的な問題ではなかったのだ。

『ニュース』の第一号には、公判対策委の活動報告と基本理念が書かれている。

委員会世話人として、大沢真一郎、梶村秀樹、佐藤勝巳、鈴木道彦などの名前。

拠点となる事務所を置き、そこで後に朝鮮語講座が開設されることになる。『ニュース』合本もその「現代語学塾」の製作になるものだ。

弁護人は、弁護団団長の戒能通孝、主任の山根二郎の他、二十数名。

特別弁護人はまだ申請中だったが、曲折の末、金達寿、岡村昭彦、佐藤勝巳などが認められた。岡村は『南ヴェトナム戦争従軍記』(65)などで知られていた報道カメラマン。佐藤は言論者として現在は対極の位置にいる人物。その急旋回の転向過程はそれ自体としても興味を引くが、本書では立ち入らない。当時はこのポジションにいて、真摯な発言を残している。

金達寿については、この時点でほとんど只一人の著名な在日朝鮮人文学者だったことに注目しておこう。金鶴泳は短編三作を発表したのみ、李恢成はまだデビュー前だった。一九七〇年代の在日朝鮮人文学の小ブームを考えれば、その前夜にもあたっている時期だが、少数民族文学の代表者という役割は、おおかた金達寿一人に負わされていたわけだ。金達寿は、李珍宇裁判にも一定の関わりを持ち、いくらかの報告文も残している。そこから伝わってくるのは、金達寿の警戒心だ。李珍宇事件にコミットし、〈犯人〉へのシンパシーや露骨な警察批判を公表すると、在留外国人である自分がどんな報復を受けるか予測できない、という警戒だ。これがリアルな防衛心情だったことは否定できない。

金嬉老事件においても同等の発言義務は、すぐさま金達寿に荷せられてきただろう。彼はいち早くふじみ屋旅館に赴いて金嬉老の説得にあたっている。裁判闘争には特別弁護人として一貫して関わった。小松川事件との関わりに示された警戒心は、完璧に消え去ったとはいえないにしても、よほどに薄れたようだ。金達寿をそこまで押し上げたのは、金嬉老事件の性格であり、支援運動の力だったと思える。

被告人は、六八年の十月三十日と十一月六日の両日にわたって、延べ九時間半におよぶ意見陳述を行なった。これは『ニュース』別冊体裁の資料集として頒布されたが、前述のように、書籍としても刊行された。

民族差別の不正を怒り、抗議を獅子吼《バッシング》する金嬉老、「七つの名前を持つ男」の肖像は、ここに確定した。「日本人になりすまして生きてきた」男、いつしか同胞を避けていたが、それでも、朝鮮人を侮辱されると腹が立った。その怒りとは俺が民族への愛を捨てきれないからなのか――。在日朝鮮人に特有のロスト・アイデンティティの悶えを、彼は、かつての宗主国の法廷を舞台に訴えた。少し後には、民族衣裳をまとって出廷するというパフォーマンスも試みたのだった。

事件から一年の報告集会が開催され、それは、『ニュース』七号によれば、次のような状況のもとにあった。

> 当日は、日比谷野外音楽堂において「東大闘争全国学園闘争勝利労学市民連帯集会」があり、これに呼応した中央大学の斗争を弾圧するために、神田地区に機動隊が出動。私たちの会が五時半開場であったため、何と会場前は、機動隊の黒とジュラルミンのにぶい光でおおわれてしまいました。私たちの予想を裏切って二百余名に達した多数の入場者は、従って、この嫌な権力の壁の中を通過せざるを得なかったことと思います。

こうして辿っていくと際限がないので、飛び石で進む。十三号の、公判報告集会（日付は、六九年十一月二八日）の記録をみよう。討論部分の筆記であり、発言者はイニシャルで示される。

討論の流れとしては唐突なのだが、一人の男が語りだし、とつとつと（二ページ以上にわたって）語りつづけていく。

ぼくはね、実は朝鮮人なんですよ。だから、ぼくはここへ、あまり熱心じゃないですけれど、来るのは、自分の生き方をね、求めたいわけです。／……それがね、求められないから、苦しむわけですけれどね。似てるんですよ、金嬉老の意見陳述書ですか、似てるんですよ、実に、自分のことが書かれているごとくに感じるんです、ずーっと。同じように刑務所に入ってきましたしね。……／ずーっとね、金嬉老と同じように子供の時から放浪して少年刑務所へ入って、だんだん大きくなっていく過程で社会の一番どん底まで降りてって、そしてこう見上げた。これは社会をやっぱり変革しなければ自分の生きる道はないと、もうそれじゃなかったら死ぬ以外ないと、いうところへきてね、共産党へ入って、……（以下略）

この人物の発言部分はOと表記されている。Oとは何者なのか。
問いは、いったん保留しよう。この章の末尾で、もういちど引用箇所にはもどってくることにして、先に進む。

3

朝鮮語講座、近代朝鮮史の学習と、公判対策委の活動は裾野を拡げていく。次に、文書のなかに明瞭に表われてくるのは、運動内部の相互批判的討論だった。この種の対立は深刻なものであれば、運動体を壊してしまう。だが活力が構成員と集団に充分蓄積されてあるなら、有益な思考プロセスとして記録される。『ニュース』誌面のところどころに残っているのは、そうした貴重な文献だ。

十四号に金達寿の「反批判文」が載る。これは、順序として、以前の号に載った二つの文章への反論となっている。一つは、武茂憲一による特別弁護人金達寿批判。もう一つは、鈴木道彦による弁護団批判。二つとも、同じ根を持ち、検事側証人として出た女性への弁護人反対尋問に関わっている。細かくいえば、反対尋問の態度、言葉の選びようにたいしてである。

殺人を目の前で目撃したキャバレーのホステスが検事側の証人として立った。誰の目にも彼女が検事の書いたシナリオに添って証言していることは明らかだった。弁護側としては、裁判記録に残るそれを、虚偽証言として即座に打ち砕いておかねばならない。それは、法廷戦術の鉄則だろう。この証人の演技が上等であったのかどうかはわからない。

武茂の文章はひどく舌足らずなのだが、この証人に向かって金達寿が巨体をふるわせて「裁判を舐めるな」と激しくなじった、という観察が記されている。この筆者には在日朝鮮人問題への徹底的な勘違いがあるようだ。鈴木の文章はもちろんもっと精密だが、論点は同じで、戒能弁護人がこの証人にたいして「偽証罪をちらつかせて」恫喝をかけたことが許しがたいと主張している。感情ではなく論理だ。ホステスは敵側証人だが、敵にたいして弁護人が検事と同レベルの《権力の言葉》を使用したことはナンセンスきわまりない。敵を《民衆の言葉》によって寝返らせるのでなく、恫喝するだけだった弁護士の手法に《権力の走狗》をみた、と。

鈴木は、金嬉老裁判に〈民衆法廷〉の浪漫を夢見て、権力の言葉と民衆の言葉といった性急な二項対立をかかげたのだと了解できる。それにしても……。「キャバレーの姐ちゃんをサベッするな」といった程度の下世話なチエを、ここまで厳正に〈民衆〉レベルに再構築しようとする論理。そうした原則主義も、公判対策委の一翼にあったことは無視できない。金達寿による反論は、原則論への常識論からの反駁であり、腹におさまりやすい。とはいえ、回顧的に読むと、常識論に飽き足りなさを感じてしまうから不思議なものだ。

一方で、韓国にまで支援運動の輪は拡がっていく。

だが論争のかたちできざまれた集団内での「対立」が鎮まったわけではなかった。十八号に大沢真一郎による論文が出て、そこまでの論争を整理し、問題点にさらなる照明を与えた。弁護団の法廷戦術と公判対策委の原則とが、どこですれ違い、どこで折り合いをつけるか。じつにバランスに優れた概括で、大沢は、部分的な発言のみをあげつらって論争することの危険さを戒めた。けれども、これはたんに中間総括のための提言ではなく、公判対策委の周辺に持ち上がった新たな論争の火種にたいする物軟らかな警鐘の意図もこめられていた。

それは、二十一回公判のさいに起こった小さな衝突に発している。戒能弁護人が金嬉老被告を大声で叱りつけた。「金、黙れ、生意気だ」と怒鳴りつけたという。弁護士と被疑者の感情的衝突はなにも珍しい事態ではない。行儀の悪い被告に弁護人が声を荒らげる場面はよくあるはずだ。とりわけ金嬉老による法廷パフォーマンスがすべての支援者や弁護団に好感をもって迎えられていたとは考えにくい。「てめえ、黙れ」と口をすべらせるほど、口舌の専門家が激昂してしまったのだろう。

この程度の衝突が「ただの喧嘩」で済まないところが、金嬉老裁判の文化的拡がりの一側面だった。事件二周年の集会で弁護人の〈差別発言〉を糾弾する声があがる。どこが差別だというのか。だがこうした滑稽な勘違いの異見を大量にかかえこんでしまうのもまた、運動の現場なのだ。大沢が批判的な文脈で紹介している糾弾発言を少し引用しておこう。

だけど、まさにそういった言葉のなかに彼が生きてきた思想性なり、そのもの自体が差別なんだ、そういったことをはっきりと表わしているんじゃないかと思うんです。……すなわち、ぼくたちの生活そのものが差別なんだということを最も端的に表わした言葉であったと思います。だからそれを失言だといって見すごすこと、それは差別をあらたに生んだことにしかすぎないと思います。したがって、ぼくたちは失言でなくして、そういった思想性そのものを断固として糾弾しなければいけないだろう。そうすることによって、ぼくたち自身の差別性というものを、そういったぼくたち自身の、差別をしないんだといった虚偽イデオロギーというものを、粉砕していかなければならないだろうと思います。

要約引用にすれば二行で済むが、無内容を新左翼リズムで粉飾する〈糾弾念仏〉の実例を示したくて、鼻をつまんで書き写した。まさにィ、そういったことのゥ、すなわちィ、したがってェ、粉砕してェ……。当時の先端の風俗である。金嬉老裁判とは、こういった旗持ちみたいなのが党勢拡大のためにデカイ面をして乗りこんでくるような、そんな場でもあったのだ。

大沢は論文の締め括りに、被告の母親《オモニ》の言葉を引いている。オモニは「戒能さんが嬉老《ヒロ》を叱ってくれてよかった」と言ったという。それが健康な、当たり前の、あえていうなら《民衆的な》反応だ。それは金嬉老支援の運動体に欠落していたのではないか。この一節にあたってホッと息をつくことができた。

4

途中、大幅に省略して、五十四回公判に跳ぶ。日付は七一年十二月十七日。

三人の在日朝鮮人文学者の、特別証人としての登場をもって、本書の興味でいえば、金嬉老裁判は最高の頂点をむかえる。『ニュース』による証言要約記録は、一二八号。別に、発言すべてを収録した『証言集』三冊がある。

三人とは、李恢成、高史明、金時鐘（証言順）である。在日朝鮮人文学が日本社会にようやく市民権を獲得しはじめた時期、静岡地方裁判所に彼らが集まったという事実は、じつに意味深いものがある。彼らはあたかも口裏を合わせたかのように「金嬉老は私だ」と言ったのだ。先立って、特別証人に立っていた在日朝鮮人文学者は、金達寿、鄭貴文、尹隆道《ユンリュンド》（大島渚の『絞死刑』で李珍宇をモデルにした役を演じた）。呉林俊は、後に証人台に立つことを予定されていたが急逝によって実現しなかった。

以下、『ニュース』一二八号の報告にしたがって、証言を再現してみる。引用文の文責は（ＨＫ）とある。おそらく梶村秀樹だろう。

李恢成の証言は三点に要約される。

第一は、彼が裁判官に（というよりも法廷全体に）向かって、金嬉老がどんな口惜しさの中であの行為に走ったか、それは被抑圧者の立場に立たない限り、分る筈がない、と言い切ったことであり、第二は、これまで自分がずっと「犯罪」スレスレのところで身をかわしてきたのは、ただ幸運だったにすぎず、本当は自分が被告席にいてもよかったのだ、と述べたことであり（これは後に金時鐘が、もっと具体的に敷衍することになるだろう）、さらに第三は、彼が金嬉老本人に向かって、「あなたが朝鮮人として最善の道を歩んできたかどうか、呵責なく自分自身を見てほしい」と要望した点であった。……このギリギリの忠告を、金嬉老はどう受け取ったであろうか。

高史明は、やはり父親の自殺未遂のエピソード（本書の序章で少しふれている）について語った。

ついで質問する弁護人が、天皇の終戦放送に涙を流した金嬉老のことにふれて、高史明の場合を問うと、高証人はこれに答えて戦時中の自分の勤労動員のことを語った。高等小学二年の彼が動員された工場では、動員学徒が逃げ出すとこれをとらえて打擲する。高少年は、撲られることは容認できなかったけれども、先生から「天皇に申し訳ないと思わないか」と言われると、どうしても涙が出た、という。もし仮に、なぜ戦争をし、なぜ動員され、なぜ撲られているのか、そのことを客観的に把握し得ていたなら、涙は出なかったであろうに――。そう語りながら、高証人は、再びこみ上げてくる思いをしぼり出すように、新たな涙とともに悲痛な声で言い放った。「そこには口で言えないくらいの口惜しさがある！」

自分が自分にとってすら受け入れられぬものであることを示すこの絶叫は、この裁判の中心命題を凝縮して示していた。われわれはこの絶叫を生かさなければならない。しかもその直後に、高証人は次のような驚くべき言葉をつけ加えるのである。「本当に日本人と仲良くして行こうとしたら、われわれは朝鮮人性を確立してゆかねばならない」。この「仲良く」というのは、容易に吐けない言葉である。その言葉が日本人を刺し貫く。これに対置して、われわれは何を確立したらよいのであろう。

弁護士につづいて金嬉老がいくつかの質問をしたとき、それに答える高史明の言葉には、やはり単に日本人の責任を追及するという以上に、むしろはるかに、自力で道を切り開き、自らの存在の責任を負うてゆく人の姿があった。

金時鐘の項目は「わが内なるテロリストの共感」と題されている。

この日の最後の証人は、詩集『地平線』『日本風土記』『新潟』などで知られる金時鐘（四二才）だった。彼は、その痩身に似合わぬ大きな声で、「まず初めに言っておかねばならないが、私は内心おだやかでないのです」と、いきなり口火を切った。むろん彼が「内心おだやかでない」のは、この法廷に出ることを余儀なくされてあがっているのも一原因をなしているが、それ以上に、過去の事例からして、日本の裁判は朝鮮人に公正平等ではないからだ、と彼は言う。そのような意表を衝く前置きの後に、日本の官憲がいかに不当に自分を扱ったかという事例の一つを細かに報告することから、金時鐘証人の証言は始まったのであった。

……「テロリスト」の「共感」を語ったのは金時鐘証人が最初にして最後だった。……弁護人が、金嬉老事件に共感したあなたがなぜ金嬉老と同じことをやらないのか、と問うと、金時鐘証人は……ほぼ次のように答えたのであった。

――たしかに金嬉老と私は同世代であり、天皇の赤子としての同じ教育を受けてきた。経歴や過去はまったく同じ朝鮮人としてのそれである。だが、決定的なちがいは、私が日本の敗戦を、朝鮮人の密集する地帯で知ったのに対して、金嬉老は朝鮮人と離れ、また長いこと刑務所などで生活して、日本人として生きることをその関心事としてきたことであろう。私はそれと逆に、自分にしみついている「日本人」を振り落とそうとしてきたのだ。そこがちがうのであって、私が金嬉老と同じことをしなかったのは、どこまでも、奇蹟に近い幸運である。

もう一点、『ニュース』同号から引用する。日本企業の就職差別にたいして裁判闘争を挑んだ朴鐘碩《パクジョンソク》による公判傍聴記である。

私が最も感動した金時鐘氏の証言は、物凄い迫力であった。……

検察官は高史明氏の証言中にいい気持ちで昼寝をして弁護側証人の発言を一切聞き入れずにいたが、鈴木道彦氏の「検察官が眠っているから起こせ」という愚劣な態度である。概括的に、李恢成氏、高史明氏、金時鐘氏の証言を聞いて、李恢成氏の証言は、あまり私自身に問いつめられる内容はなく、彼の作品も文学を通して日本人に解りやすく在日朝鮮人問題を一つひとつ訴えかけている感じだ。〝日本人向け〟ということになる。法廷での証言を聞いていても傍聴にきている日本人に解りやすく話していたようだ。高史明氏、金時鐘氏の証言は、私自身に突きつけられた問題提起であったが、朝鮮人の間でも彼等の証言を理解することはできない感じである。少なくとも私は、彼等がむずかしい内容のことを証言したと思っている。彼等は朝鮮人の気持ちを端的に言い表わしていたが日本人には少し理解しにくいと思った。三氏とも、各自の個性に持ち味を生かして証言していた。彼等の証言は、これから自己への追求と同時に、朝鮮人としての内実を深めることであり、それが自分にとっての課題である。

朴鐘碩の報告は少したどたどしいけれど、李恢成に関しては当たっているだろう。耳に優しく、あっさり要約しやすい証言なのだ。他の二人に関しては「むずかしい」のではなく、要約不能というべきだ。要約を拒絶し、要約しようとする主体に襲いかかってくる質感である。高史明の小説、金時鐘の詩そのままが、法廷で雄叫びをあげたということだ。

あえて『ニュース』からの長々しい引用に拠ったのは、当時の傍聴者の臨場感にふれたかったからである。彼らの証言は、金達寿のものも含めて、すべて彼らのエッセイ集（『わが民族』『北であれ南であれわが祖国』など）に収録されているので、今日でも比較的たやすく読める。彼らの証言の陰影の違いは、以降の彼らの軌跡に如実に表われている。彼らの文学によって日本国家の神聖な法が（当時の流行り言葉を借りるなら）不法占拠されたのだ。こうして法廷に文学が進駐してくるような事態は、単一日本社会では起こりえなかったろう。

『ニュース』の報告では、高史明の項目が最も主観的だ。引用した箇所も、必ずしも正確な要約とはいいがたい言い回しがある。そして筆者は、高史明の証言についてではなく、それによって震撼された、良心的インテリゲンチャ日本人たる己れの内実を書いている。報告の役目からは大きく逸脱しているが、そこに公判対策委の理念が集中しているという意味では正当といえよう。その理由から引用したが、あくまでHKという筆者のフィルターを通した観察だ。高史明自身の証言とは微妙な落差があるという点は注記しておく。

金時鐘の証言の結論部分については、『ニュース』に拠らず、わたし自身の要約をかかげておこう。原資料は公判対策委発行の『証言集3』だ。こちらのほうには、「わが内なるテロリストの共感」なるタイトルはつけられていない。わたしの読み取りでは、金時鐘の証言結語は二点ある。一つは、金嬉老に向かっての諫言——死ぬならいっぱしの朝鮮野郎になりおおせてから死んでみろ、である。もう一つは、日本の裁判所は金嬉老を、ひいては朝鮮民族を裁けない、裁く資格がない、という断定である。

この断定は、大島渚が映画『絞死刑』（68・2）でアジテーションした、国家権力があるかぎりR少年（李珍宇のこと）は無罪だという主張と似ているようで、まるきり違う。大島は声高な告発主義で迫りまくってきたが、たんに音量が耳を聾していただけのようにも思える。裁くことは不可能だという認定は、金時鐘のなかで、「私を断罪せよ」の暗い喚きと深くつながっている。裁く者が裁かれるという反転と、金嬉老のみが裁かれてはならないという哀しみが沸騰し、詩人はなんども立ち往生した気配だ。金嬉老は私だ、ダイナマイトどんどんの腐った朝鮮野郎が私だ。言葉としては明瞭に述べていない（法廷でその危険は犯せなかった）が、金嬉老は私だ、金嬉老である私を裁け、私につながるすべての朝鮮民族を断罪せよ、首をくれ、否、私を裁けない日本の法は金嬉老をも裁きえない、と金時鐘は言ったのである。

そうであるが、なお、わたしは、それ以上に、決定的に高史明の言葉に打たれる。打たれていたことを表明せざるをえない。

高史明の証言（弁護人質問への答弁）は、彼の第一評論集『彼方に光を求めて』に「悲劇の転生」のタイトルで収録されているが、『証言集3』の記録とは若干の相違がある。証言の末尾に、金嬉老からの質問がなされ、証人が答えるというやりとりの約三ページ分が、評論集のほうからは省かれている。あまり重要なやりとりではないにしても、省略はないほうがいいだろう。言葉の内容というより、被告席からの質問がなされた事実が重たい。この項でみた三人の証人のうち、金嬉老に直接話しかけられた記録が残っているのは高史明ひとりなのである。

高史明の証言から、わたしは、一行だけ抜き出そう。言い回しは少し変えさせていただくが、次のような認識だ。

――命を捨てる覚悟をしたとき、彼は己れの朝鮮人性を取りもどしたのだ。

ここで、前項に『ニュース』十三号から引用した発言を思い出すことにしよう。報告集会において唐突に語りだしたOという朝鮮人の発言である。《ぼくはね、ずぅーっとね》。Oは日本人の通名で、彼はそのとき初めて自分が朝鮮人であることを明かしたのだ。命を捨てようとしたとき金嬉老は己れの全人性、全朝鮮人性を感受することができた。一瞬の光芒においてのみ彼は〈人間〉でありえた。一瞬の光芒に照らされなかったら、いつまでも〈半チョッパリ野郎〉でありつづけるしかなかった。ファノンはいう。「犬のように殺されるそのときから、人間として生かされていない状況に叛旗をひるがえすために、ありとあらゆる手段を用いることしか君たちには許されていないのだ」と。三重否定、四重否定といった複雑きわまる構文は、しかし、「すべてが許されているのだ、隷属された植民地人よ、暴虐の鎖を断ち切れ」という明快なスローガンと同一の意味なのではない。絶対にない。政治の言葉と文学の言葉は別の次元にあって、人を動かす。幾重にも、幾重にも否定を重ねる苦しみの果てにしか植民地人からの脱却の道は見えてこなかった。そう、Oと名乗った男の名は高史明だった。

彼は乞われて特別証人として立ったというより、最初から裁判所の周辺に身を投じていた。公判対策委に無名者の一人として関わり、その冥いまなざしで裁判と支援行動の展開を見すえていたのだ。『ニュース』二八号の証言報告が、高史明の項目だけ激しく主観的だった理由もそこにある。なぜ金嬉老を「助け」ねばならないのか。高史明はそれを（言葉によってではなく全身をもって、全存在を賭けて証明するために法廷に立ったのだから。

『ニュース』の最終号、四十号には、公判対策委に出入りしたメンバーをふりかえる「忘れ得ぬ人びと」というページがある。そのメモリアルから、高史明の項目を抜き出しておこう。彼は「岡さん」で通っていたらしい。筆者はM・S。鈴木道彦だろう。

裁判が始まった一九六八年から、対策委員会の報告集会に、岡さんはときどき姿を現わすのだった。がっしりした身体つきで、いくぶん浅黒い顔に、いつも柔和な眼つきがやさしい。寡黙な人で、たいていはだまって報告や討論をきき、だまって帰るという風だった。

六九年十一月の公判報告会は、原宿の婦民ホールで開かれ、「みんくす」での殺人の問題に議論が集中した。そのとき岡さんは珍しく発言を求めて、「ぼくはね、実は朝鮮人なんですよ」と前置きしながら、自分がどんなに金嬉老に近いかを語った。また金嬉老の行為は「自分を殺すことによって自分を解放するという以外に手段がないところへ追いこまれた」者の行為であって、終始あれは自殺だと言っていいけれども、「ぼくは断乎として自殺したくない」「今までの負債を全部返して勝ちたいですよ」と、堰を切ったように一息にしゃべりはじめた。出席していた者は、しんとしてその話に耳を傾けていた。

その日、私たちは岡さんの本名を知り、それ以来彼を本名で呼ぶようになって、岡さんはいなくなった。またその後は旧岡さんに何かと助言を求めるようになった。第一審では証人として出廷してもらったし、最終弁論の一部については予め目を通して批判を述べてもらった。要するに私たちは旧岡さんの好意に甘えられるだけ甘えて、この運動への助力を求めたのである。やがて私たちは、旧岡さんが小説を書いていることを知り、雑誌『人間として』に連載されてたその作品を争って読んだ。この人が、現在の作家高史明である。

5

一九九九年九月七日、無期懲役囚、金嬉老は仮出獄を〈許され〉た。〈祖国〉である韓国に帰還していった。元服役囚という肩書きで呼ばれる身分になった金嬉老に選択の自由があったとは思えないから、事態は強制送還といったほうが適切だろう。

常識にのっとれば、無期徒刑は終身刑とはちがう。仮出獄させざるをえない期限はあったのである。見せしめ死刑に失敗したときから、司法権力にとって仮釈放の時は、いつか訪れずには済まされない〈屈辱の日〉であるはずだった。地に堕ちた日の丸の権威がふたたび泥にまみれるのだ。

三十一年が過ぎた。どんな事件であるにしろ、記憶を風化させるのには充分な歳月だ（と普通には思われた）。獄中で金嬉老の生命が自然と途切れてくれるなら、問題の一つの解決にはなる。〈裏門仮釈〉あつかいとなり、権力側の面子がこれ以上新たに汚されることはないからだ。しかしこの男は生き延びた。七十歳になっていた。生き延びることの責務によく耐えたのである。

金嬉老の肉体は、最後の住居であった府中刑務所から成田国際空港まで直行で運ばれた。彼はほとんど娑婆の土を踏まなかっただろう。国外追放はできるだけ能率的に処理されねばならなかった。

出国後も、手記『われ生きたり』が刊行されるなど、ジャーナリズムの関心はしばらく金嬉老から離れなかった。また、韓国での行状が一部週刊誌のページを扇情的に賑わしたり、『金嬉老の真実』（02・3）のような書物に報告されることもあった。しかし、以降の、私人にもどった金嬉老は、すでに、本書のテーマの外にある。

第三章

言語と沈黙
——チョソンマルかイルボンマルか

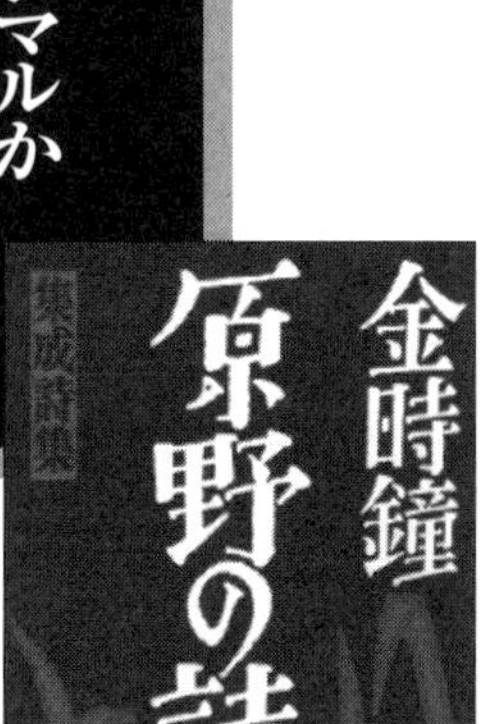

おまえたち
傷だらけの　おれの詩たち、
つぎはぎだらけの羽根と
鎖でしばりつけられた手足を持つ
やせおとろえたおれの詩たち、
おまえたち
貧しいおれの　同志たち、
いまこそ起き上がれ、
いまこそ肩を組み
夜明け前の街に出よう、

かすめとっても
ひったくっても
歯をかみならし
ムチをふって　せまろうとも
これだけはとりあげることはできなかった
朝鮮マル
朝鮮の心とたましい！

――許南麒『朝鮮冬物語』1952

私の忠実な言葉よ。
私はお前に仕えてきた。
夜ごと、お前の前に
様々な色がのった小鉢を並べてきた。
私の記憶の中に残る
白樺を、バッタを、そしてウソを
お前に与えるために。

——チェスワフ・ミウォシュ「私の忠実な言葉よ」1968

わが　ふるさとの言語《うりまる》は
ショパンのピアノ曲のよう
つややかで妙なる旋律
わが　ふるさとの文字
太陽の丸《まる》　地平線の線
めり張りの美しい文字の
王冠を戴いたチマ・チョゴリ
花びらいろの朝を弾んで

——呉林俊「わがチョソンマルに寄せる歌」1968

ころころ音をたてて笑う
美しいあなたがた
白い木蓮の咲く校庭を去る

——庾妙達《ユ・ミョダル》「ウリマル　母国語」１９９０

1

本章は言語の問題にたちいる。

もういちど一九七一年の静岡地方裁判所にもどろう。

特別証人高史明の陳述が終わったところで、被告人金嬉老が立ち上がって、証人に向かって質問をしたのだった。《……高さん自身が母国語の勉強を始めておられるということを言われたんですけれども、その点について、母国語の勉強を今になってして、はたしてそれを完全に、私たちがいわゆる朝鮮人としての自分たちの言葉、文字、その中から出てくる、いわゆる民族的な感情というものをとりもどすことができるかどうかということについては、どういうように考えていますか》と。

高史明は、一般化できる事柄ではないとしたうえで、《僕自身にとってはおそらく不可能だと思います》と、短く答えている。金嬉老の質問は、問いかけというより、喋らずにはおられなくなった様子で、まだまだ長くつづくのだが、以下は省略する。

朝鮮語を後発的に学ぶことは自己目的ではない。母国語に習熟しても、それは到達点ではなく、むしろ出発点だろう。言葉以外の領域で奪われたものを、感情や風習を、言葉によって回復できるわけではない。

一世の経験では問題にもならなかった〈母語の回復〉は、二世以降の世代のなかで大きく浮上してきたテーマだった。それを、金嬉老は、高史明の証言に動かされ、〈証人への質問〉として語ることをとどめられなかったのだろう。

この七〇年代の時点において、問題はもう一面あった。なにものかを語ろうとする場合、日本語という手段に依拠せざるをえない。日本語――かつての宗主国の支配言語を。たんなる敵性言語ではない。植民地支配の細かい触手の一ひら一ひらであった言語。抑圧システムの具体相が、言葉の、文字面のみならず、用語法、修辞、つなぎ、リズムなどの、隅から隅まで沁みとおった日本語。

日本語を使用する苦しみを表明した作家はむしろ少数しか現われなかった。だがそれは、問題が寡少だったことを意味はしない。日本語に濾過して、何かを表明しようとすることは、ある書き手にとって壊滅的な自傷性をもたらしていたのかもしれない。創作言語として一般的なレベルを学ぶまでの苦しみ、そして、それを、マザーズ・タングではない自らの舌で発語し、文字として刻みこんでいかねばならない苦しみ。それは多分、失語と紙一重の冥い場処に落ちこむことだったろう。沈黙か言葉か。二者択一ではないのだ。言葉は彼のなかで二重化している。朝鮮語《チョソンマル》なのか、日本語《イルボンマル》なのか。沈黙か、二重言語の闇深い奈落か。失語の怖れは、そのどちらのほうからも襲いかかってきた。

言葉のなかで言葉を絞殺する。

かつての植民地支配において強行された〈日本語化〉の傷跡は、成算されないまま、より錯綜したかたちで継続したのだ。

事柄の標準化は、しかしながら、できない。体験の〈普遍性〉といったものは抽出できない。在日作家のなかで一定の公約数的な対処があったとは確定できないのだ。これは、世代や生活史を異にする者らであれば、当然の結果でもあろう。しかし年代も近く、体験的にも共通するところの多い書き手にあっても、差異は著しい。幼い頃に渡日した作家のある者は、厳しい環境を生き延びるうちに、日常的には桎梏となる母語をふりきり、結果的に忘却する途に到った。その場合、日本語で書き日本語をくぐり抜ける苦悶は、彼には訪れないのだ。

金嬉老が、同じ日に証言した三人の在日文学者のなかで、最も高史明に共感を示し質問しかけてきたのは、母国との所属《ビロンギングネス》を喪い単独者の朝鮮人として這いずり回った個人史に、逃れようのない共通の闇を見い出したからだろう。それは金嬉老の感情であり、何らかの標準やそれへの手がかりに近づけるものではない。

雑誌『文学』（岩波書店）は、「朝鮮文学」の特集号を組み（70・11）、巻頭に「日本語で書くことについて」と題して、金石範と李恢成と大江健三郎の座談会を掲載した。そこでも、個々の書き手の姿勢の差異が際立つ以上には、問題意識の深化は認められなかった。在日朝鮮人文学のいわゆる小ブームは到来していたが、そのなかで、日本語で書かねばならない苦悶もまた一つのテーマとして消費されたということだろうか。

『ことばの呪縛』とは、金石範の第一エッセイ集（右の座談会も収録されている）のタイトルだが、まさしく、金石範にとって日本語は呪いであり縛りだった。そこに収められた「言語と自由」は、創作の現場における苦しみを具体的に記している。朝鮮を舞台にして作品を書くとき必要となる、人物の科白だ。済州島人なら当然、済州島訛りで喋る。作家の頭のなかのイメージは、方言によって思考を組み立て、方言の科白を配置するだろう。それを日本語化しようとするとき、彼のイメージは凍る。置き換え、あるいは翻訳作業をこうじなければ、訛りを表出できないのだ。だが、翻訳とは日本語による思考なのだ。『火山島』Ⅱ巻、第七章四では、ブオギが《お父さまのことを、そんなふうにおっしゃるもんじゃございませんですだよ》と、主人公に向かって言う。こうした翻訳小説ふうの人工的な田舎言葉の使用によって自己嫌悪の蟻地獄に引きずりこまれると、金石範は、率直に書いている。紋きり型の日本語ほど忌々しい代物はあるまい。リアリズム小説の要求する約束事には、いたるところに、こうした〈日本語の陥穽〉が黒々とした口をあけているのだろう。そしてそれに苦しんだからといって、創作は向上するわけではない。

　高史明がエッセイ「朝鮮語を知らない朝鮮人」（『彼方に光を求めて』所収）において、ジョージ・スタイナーの『言語と沈黙』（67　翻訳は69・12、70・10　せりか書房）に学ぶところが大きかったと明記しているのは、絶対に正当だった。英語圏で活動した亡命ユダヤ人スタイナーの文学批評は、故郷喪失《ディアスポラ》によって、二重言語、三重言語をかかえこまされた二十世紀ヨーロッパ文学の少数者に、普遍的な光をあてた早い試みだった。

　支配言語との格闘、全体化されない民族体験との正対。――それは、在日朝鮮人文学に固有の体験ではない。世界史的にみても、何ら特殊な事例ではないのだ。近年のポストコロニアル批評のカタログはこの件に多くの項目を加えたようだが、事象は、ポストコロニアルなどという気取った用語が発明されるより遥か以前から存在していたのだ。あえていえば、一つひとつが寒々しく孤立して。今も、たとえようもなく、悲劇的に孤立しているのかもしれないが。

スタイナーがその目録に連ねたのは、二十世紀の中半に属する名前だったが、エグザイルの文学という命名は、前世紀の後半をも全般的におおってくるのだった。故郷を追われ、母語を奪われ、二重言語の選択に直面する文学は、ミラン・クンデラ、アゴタ・クリストフ、あるいは、ガブリエル・ガルシア＝マルケス、ホセ・ドノソら、ラテンアメリカ圏に属する多くの作家たちを加えれば、有力なメインストリームを形成するといってもいいすぎではない。在日朝鮮人文学は、たとえ日本社会で少数派に甘んじるとしても、国際的な視野においては逆転するだろう。ただ、日本語というローカリティに規定されている点での不利は無視できないほど大きいけれど。

必要なのは、このものを日本文学の狭隘な美意識をもって厭らしく取りこむことでも、また逆に、日本社会の良心の証しとして非文学的な自己満足の讃辞を飾りたてることでもない。端的に、横断的論議をもっと拡大すべきである。スタイナーがウラジミール・ナボコフ論の末尾で（珍しくも熱狂的な文体をもって）書いていることは、在日朝鮮人文学にも、ほぼそのままあてはまる。――「多数の人から故国と母語を根こそぎに奪い去った擬似野蛮文明にあって、家なき詩人、言語間の放浪者こそが真の創造者なのだ」と。

2

金時鐘は、日本語で書くことの苦悶を、最も痛烈に通過し、なおかつそれを詩作品に形象化してみせた。言語の争闘を形象化しえたという意味では、ほとんど唯一の在日詩人である。

金時鐘の詩において、日本語は内破している。詩形式は屹立しているが、それを構成する言葉はいちど解体されている。日本人の日本語ではない。言葉のなかで言葉が絞殺されている。日本語に殺された朝鮮が、彼の日本語のなかで日本語を殺し返し、その実況報告を日本語でやってのけるのだ。スタイナーが、ナボコフについて「多言語を自在に横断する」といった創造過程。それは、金時鐘においては、日本語と朝鮮語との〈二言語間戦争〉として表われている。この戦争は永続的である。日帝支配は三十六年間で始末がついたとはいえ、禍根は、同じ歳月を費やしてもなお修復されないのだ。

同質、同レベル、同スケールの苦悶をくぐり抜けた者は、高史明と呉林俊だ。母語ではない言葉への呪詛は凄愴である。この三人がそれぞれの仕方で金嬉老裁判に関わったという事実（呉林俊は特別証人として予定されていたが、急逝によって実現しなかった）は、感慨を誘うものだ。けれども、二人を金時鐘と同等に論じることはできない。高史明は小説家であるし、それも一作きりで、別の場処にしりぞいてしまった（この評価については、四章5で再説する）。呉林俊の詩は魂を打ちつけてくるものだが、言葉の内破力によって詩形式まで損傷をこうむっている。日本語に殺された朝鮮が日本語を殺し返すところまでは同じだが、彼の詩はその段階で力尽きているようにも思える。殺し返すプロセスをふてぶてしく詩作に生かす、というところまで達していない。

金時鐘の最も有名な詩から始めよう。代表作とみなされ、じつにたびたび引用され、いつも詩人の名前とともに口ずさまれる詩。『猪飼野詩集』の冒頭に置かれた「見えない町」である。

なくても　ある町。
そのままのままで
なくなっている町。

〈見えない〉というありふれた日常語。それがダイヤモンドのような詩語として硬質に輝いてくるまで、詩人はどんなマジックを使ったのか。いやいや、使用されたのは魔法などではない。〈見えない〉を日本側、日本人側から吟味してみよう。これは、〈見ない・見えない・見ようとしない・見えても気づかない・見たくない〉の五段変格活用の略語だ。ほとんど記号めいているが、省略形であることによって、言葉の密度は高まっている。言葉の最小ユニットが最大のスケールをかちえている。ガラスのようにきらきら光るのではない、宝石のように冷たく眼を刺すのだ。言葉が。たかが〈見えない〉というだけの言葉が。

だが、日本人側から分析できる側面というのは、忘れてはならない。それはあくまで、日本語で詩を読む人のためのサービスなのだ。わかりやすくするために立てられた道案内の標識だと思えば間違いない。

〈見えない〉を朝鮮、朝鮮人側から吟味してみると、どうなるか。もちろんそこは外国であるから、五段変格活用にあたるものはない。〈見えない〉はとりあえず掲げた看板だ。看板の下に人がうごめく。看板の下にうごめくしかない同胞たちにとって、〈見えない〉という言葉の意味など関係ない。「見えへんで」と言われたら「はぁ、さよか」と答えれば済む。同じ大阪弁がクニのナマリをごまかしてくれる。国籍の違うけったいなナマリにも、大阪言葉は寛容だろう。第一、〈オマエラに〉見えようが、見えまいが関係あらへんのだ。どっちにしろ、そこに、朝鮮人が集落をつくって居住している事実は事実なのだ。〈見えない〉のは、そちらの都合。〈見える〉ところに引っ越すわけにもいかんのは、こちらの都合。

それが非和解的であることはさんざん承知の上だ。〈見える〉か〈見えない〉かを争うのも、愚の骨頂。かくて、〈見えない〉という日本人向けの標識の意味は、見事なほど空虚だ。中味は何もない張りぼて。二重底のからくりまでは見破れまい、日本人の浅智恵では、と作者はにんまりとしているかもしれない。

第一連、十四行の後半は――。《みんなが知っていて／地図になく／地図にないから／日本でなく／日本でないから／消えててもよく／どうでもいいから／気ままなものよ》

リズムはすでに自動生成されている。〈地図になく→地図にないから〉という語法は、〈日本でなく→日本でないから〉とも一うねりし、たんなる反覆には終わらない。この独特のリズミカルな蠕動が金時鐘の詩の真髄だ。シンプルでありながら怖ろしい深淵が招き寄せられる。否定の反覆。これは否定の否定だ。否定の反覆によって、たんなる語・イメージの二段重ね以上の、二重否定の二乗といった効果が明瞭になっているのがわかるだろう。マイナスの二乗はプラスに転化などしない。ひたすらマイナスのマイナスのマイナスの……といった連鎖になるだけだ。この連鎖に引きずりこまれる。否定の回数が、単純計算でいえば、否定し返す報復をカウントする。あくまで、単純計算の話だが。

《どうでもいいから／気ままなものよ》の二行でやっと、これを書いている朝鮮人おやじの素顔が透けてくる。だが安心するのは、早い。駄菓子屋の店先に座っている愛想のよさそうなおやじだが、油断はならない。〈見えない人間〉がぬっと顔を出し、〈イヌとウエノムはお断わり〉と言ってるみたいなところもある。これは不用意に見せてしまった素顔などではない。言葉と真意は、常に使い分けられている。仮面というにはあまりにも素顔だが、素顔というにはあまりにも詩的だ。〈チョーセンジンはズルイから嫌い〉という、日本人が他者に勝手に押しつける自画像が見事に反転されている。荒業だ。裸の人間像がここにある。もともとなのではなく、身ぐるみ剥がされたからしょうことなしに開き直って〈裸〉なのだ。ズルクもなれない日本人。《どうでもいいから／気ままなものよ》は、いきなり突きつけられてきた詩の刃《ヤイバ》だ。この二行を詩として鑑賞することはできても、複雑な言葉の成り立ちまでをすべて消化しきることはできない。わたしはホルモン鍋もキムチも苦手だ――といった胃袋のレベルにおいて、この詩の全的な受け容れから阻まれるのだ。詩作の側からは拒絶もしくは選別がある。それは、理解を拒絶する詩句を叩きつけてくるという〈見えやすい〉方法によってではなく、ごく平易な言葉のたたずまいによって表出されている。享受する側は、一定の満足は引き出すことができる仕掛けだ。〈見ない・見えない・見ようとしない・見えても気づかない・見たくない〉といった段階に応じての、それぞれの読解が許されるだろう。

「見えない町」の、仮に第一章としておく四連（各十数行）は、さしずめ猪飼野案内図といったものだ。「〇」印で区切られた第二章（詩に章題はないから、この指定は当方の論述の便宜のためのもの）は、次の一行で始まる。

《どうだ、来てみないか？》という、直裁のお誘いである。この行などは、まったくの地で、そのまま読んでおいても大丈夫そうだ。度胸があるなら覗くだけでも覗いてみな、などと作者は無礼なことは書いていない。けれど、結局、いっていることはそれに尽きる。おまえには見えるのか。見える？　そうか、そうけ、日本人にしちゃ上出来ってもんやないけ。そんなら、来てみな。来るだけじゃ物足りない。中に入って、さあさ、遠慮はいらない、入ってくつろいでくれ、と。

ここらあたりまでは、『猪飼野詩集』の一般的な質感を凝縮したイメージ展開となっている。一行あけで第三章（これも便宜的な指定）が、二段下げの一行ずつも短い形態で始まると、まったく別の色調がすがたを垣間見せてくる。それは、こう始まってくる。

イカイノに追われて
おれが逃げる。
俘虜の憂き目の
ニッポンが逃げる。

この一連は、いっけん詩「見えない町」のなかで孤立しているように読める。少なくとも、この不吉な転調を詩の前後と結びつけることはむずかしい。闊達で平明な声調が突如として苦しげに歪むのだ。だが、これは、金時鐘の詩において、むしろ基幹的な感情だ。「追われて」「逃げる」――これは、何なのか。

第三章の転調は、一ページほどで終わり、「〇」の区切りをはさんで、数十行の第四章。猪飼野を語る闊達な口調にもどって、一篇は閉じられる。《夜目にもくっきりにじんでいて／出会えない人には見えもしない／はるかな日本の／朝鮮の町。》と。

エンディングを締め括る、どちらかといえばイメージ補足の説明的な語句の選び取りにおいてすら、〈二言語間戦争〉は鮮やかに、夜目にもくっきりと、傷痕を刻んでいる。「出会えない↓見えない」という、否定のたたみかけが、言葉の鞭でもあるかのように、強靭にしなやかに押し寄せてくる。日本、朝鮮の二語が、念入りに、具象として、はめこまれる。苦界の旅程は詩句に回収され、回収され残ってもちろんはみ出すわけだが、それでも、詩は詩作品として自立し、それ自体の生命を勝ち得ることに成功している。

リズムは波打ち、詩の外部にまで打ちかかり、金時鐘の詩に接する者は、いつの間にかその詩句を口にのぼらせ、言葉のふてぶてしい連なりに頬を緩ませ、果ては、自然と身体が反応するにまかせて踊りだすかもしれない。詩とは、本来、あるいはかつては、こうした原初的な衝動を駆り立ててやまないものだったはずだ。近代ではない。近代以前において。けれども、日本語の詩や日本の現代詩人たちからは、原初的な構造は喪われている。記憶が遮断されているのではなく、伝統の回路としてなかったのかもしれない。どちらにせよ、金時鐘の詩は、詩の荒々しい原基に立ち会っている。日本の現代詩を蘇生させたのではなく、それと関わらない磁場で〈日本語の現代詩〉を蘇生させたのである。

詩が言葉から躍りだし、聴衆を舞い踊らせる。金時鐘詩の原基は、たとえば、マフムード・ダルウィーシュがパレスチナ社会で持っている詩人＝伝道者といったイメージを想起させるし、あるいは、アメリカの黒人コミュニティにおけるヒップホップ・カルチャーが八〇年代後半のごくかぎられた時期に発信していた「街頭パフォーマンス—エンタテインメント—教育的アジテーション」というアマルガムな形式とも通底する。金時鐘の詩朗読がピアノ演奏とのコラボレーションというスタイルでCDに音源化されているのも、そこには〈民衆詩〉の聴衆といった契機が抜け落ちてしまっているのだが、不思議なことではない。

複雑な内破装置を含みこみながら、謡いあげる〈叙情性〉を手放すこともなかった。金時鐘詩の稀有な生成は、いかにして克ち取られたのか。

3

日本語との永続的な闘い。それとは別個に、不可分だが別個に、もう一つの争闘があった。故国、民族、民族組織との抗いである。

不適切で、いささか時代遅れの定義になるが、金時鐘は唯物弁証法によってその内的世界を構築した詩人だ。それは、金石範が基本的には社会主義リアリズム論にしたがって創作を開始したことと、対応している。世代的区分というわかりやすい基準から照らしても、そういえる。金時鐘の、生理的な蠕動のような否定のリズムは、唯物弁証法の〈正—反—合〉の思考パターンに還元してみると、理解しやすい。理解しやすいというだけで、安易な類推を濫用することは慎むべきだが、とりあえずの参照項目としては使える。

詩人として立とうとした金時鐘の周囲にあった詩とはどういうものだったか。そこにはプロレタリア文学の時代から冷凍保存されたような世界があった。詩人が詩を書くことは期待されていず、ただ、故国の統一に奉仕しその政策に従属するだけの〈詩〉が要求されていた。

たびたび自伝的なエッセイにおいて、自嘲と含羞をこめて回想されているように、終戦時に十六歳だった金時鐘は、皇国少年であり、日本的叙情詩の囚われ人であった。長じてコミュニストとして成人した彼の前にあったのは、許南麒に代表されるような〈革命的叙情詩〉にすぎなかった。ごく最近のインタビューでは、「詩さえ書かなんだら、組織で出世したのんに」という独白がなされている。日本的叙情との永続抗争に、プロパガンダ詩の空疎さを排除する抗いがつけ加えられた。

政治と文学問題は、在日朝鮮人文学のなかに特異な痕跡を刻みつけている。ここでも、金時鐘の軌跡は、金石範のそれと重なる。忠誠を求める民族組織との緊張、創作活動への介入。組織から離脱して生きることは困難だった。ここで彼らが直面した問題は、日本の左翼作家たちが日本共産党とのあいだに体験した煉獄とはまた異なっている。在日組織は生活のより広い領域において個人を〈支配〉していた。

金時鐘は、『地平線』『日本風土記』と二冊の詩集を出した後、沈黙を強いられる。詩人たることを差し止められる。第二詩集から第三詩集『新潟』が発刊されるまでのあいだ、十年をこえる歳月がおかれている。散逸してしまった詩篇もあるというし、詩原稿を耐火金庫に保管していたという逸話も語られている。事の詳細や、詩人の格闘の軌跡は、梁石日「金時鐘論」(『アジア的身体』所収)に、併走者の苦闘の記録として記されている。それを要約することは避け、ここでは別の観点をとってみたい。

後でふれる金石範の在日小説(四章4参照)に描かれる事象もそうだが、金時鐘の通過した

〈言論弾圧〉事件の過程は、素朴にいえば、この日本で起こったとはにわかに信じられないケースだ。日本の文学者の上には起こりえない。これは、彼らの生きる場処が〈日本ではなかった〉ことの証左であるともいえる。日本のなかの異国。治外法権があるわけではないが、どうやらそれに近い。彼らの軌跡の一部は、『収容所群島』(73)を書いて西欧側の〈国際的ヒューマニズム〉に訴えかけようとしたソルジェニーツィンに似ている。在日組織すなわち〈北〉の共和国という図式になるが、社会主義国家圏に蔓延した言論への封殺は、小規模なかたちで在日の共同体にも発生していたのだった。いな、社会主義国家の支配下であれば、彼らの名前は、傷ましい粛清犠牲者の名簿のなかに捜されねばならなかったかもしれない。《ペテルブルグよ！ぼくはまだ死にたくない》というマンデリシュタームの詩句は、わたしの耳に、在日詩人から発された叫びのように木霊するときがある。けれども、ソビエト連邦詩人の、気の滅入るような暗鬱さは、彼らとはまったく無縁のものだ。

社会主義は、長く、焼けつくような理想であった。だが、現実に出現した社会主義国家の惨状は、信条を捨ててしまうか、この言葉じたいを括弧で括って別の棚に収めるかしなければ、正気では耐えられないほどの醜悪さだった。なかでも故国の惨状は……。

4

長編詩『新潟』は、一つのビルドゥングス・ロマンだ。詩のかたちで書かれた自己形成小説。冒頭には、かなり明瞭に、日本詩人の有名な作品からの転用が埋めこまれている。前にも後にも、道が、ない。金時鐘にとって、道は道でないからだ。詩は、道が見えないから始まり、海に道を踏みしめねばならないところで終わっている。

自伝ではない。自伝とは遠く離れている。

旧宗主国における自己形成小説は、別名〈教養小説〉であるように、進行する時間軸に沿って組み立てられる。だが旧植民地人による同じ試みは、別の時計を必要としている。時間は、李箱のいうように《異常な可逆反応》なのだ。「直線は円を殺戮する」。金時鐘の自己形成は、彼の言葉にしたがうなら、まず内なる植民地人の超克にあった。まず、過去にさかのぼり、それから小刻みに現在に立ちもどり、またさかのぼっていかねばならない。時間は捩じれ、錯綜をきわめるのだが、これを簡略に近道する方法などないのだ。

海。海だけが、海峡だけが通路ならば、この針の歪んだ時計もふさわしい道具なのだ。

自己形成小説としての長編詩『新潟』は、安逸な自伝への否定意志でもある。

三部構成のI「雁木のうた」。海を越えてくるのは、どよもす軍靴と、銃口。「道はなかった」「道をもたない」「道の一切を信じない」。……打ち消しは執拗だ。《ホラアナゴカイのように/這いつくばり》。詩は、故郷喪失《ディアスポラ》から、在日の現在へと重苦しく往還する。《オレア——ヤメヤア——/チョウセン/ヤメヤア——!》。そして在日の政治運動の記憶。吹田事件の具体名も出るので時期も特定できる。時空を天翔けるイメージが現われ、やがて新潟を臨む海に、宇宙からの帰還のように、降り立って終わる。

II「海鳴りのなかを」。海のなかに、丸木船。漕ぎ出すことはかなわない。《またぎきれずに/難破した/船もある。/人もいる。個人がおる。》。玄海灘を行き来する船。徴用。密航。方向は、むろん一つではない。終戦直後、謎の沈没事故を起こした浮島丸の名も出るが、それも越えられない海峡の物語の一行にすぎない。つづいて語られる父の運命。父は、個人として現われ、次には集団と化す。浜に打ち上げられる水死人の集団。済州海峡の名が書きとめられる。長編詩のなかに書かれる固有名詞は必ず象徴的な意味を帯びている。ハンラ（漢拏山）もそうだが、ここには済州島蜂起と作者の関わりが深く埋めこまれている。それらが自伝的断片として直裁に明らかにされるのは、ごく近年のことに属する。作者はそれらから離れた普遍化を試行している。《海の臓腑に呑まれた／潜水夫の目に》映るものは何か。イルカ、アシカ、セイウチ。遊泳というのは、あまりにも不吉な曳航。道はいったんは消える。

Ⅲ「緯度が見える」。緯度は新潟に降りてくる。三十八度線。それは視えるものなのか、視えないものなのか。裏切りのイメージが突然に介入してくる。明らかに在日での風景と、時期も場処も定かでない風景が、そこに重層化される。故郷の祖父がその風景に少しだけ顔を見せる。《仰げぬ太陽こそ／最たるぼくの憧れだ。》

こうして長編詩は、海を、歩いている、一人の男の遠景で、ようやく終了する。繰り返すが、これを自伝的に読み解いていく材料は、当初は、ほとんど与えられていなかった。《犬だア！》の叫びが、どんなシーンで発されるのか、詩句にのみ従ってしか、読むことはできなかった。小説は、たとえそれが社会事象と密接につながっていたとしても、一個の作品である以上、注釈なしで読めるものでなければならない。詩『新潟』の読まれる条件もまったく同じであろう。著者の実人生の断片的な知識は読解の条件ではない。

長編詩という形式は、許南麒などのプロレタリア詩系が試みているし、あるいは金芝河『五賊』（この作品の日本語訳が週刊誌にでるのは、七十年の六月）のような諷刺詩もある。金時鐘の『新潟』は、それらのどれとも違う。独自の達成だ。〈思想詩〉といういくぶん曖昧な命名は、金時鐘詩をさしてよく使われる言葉だ。金時鐘のような詩人が絶無なのだから、つかみどころのない評価は致し方ないともいえる。だが『新潟』を読んでも、思想が詩を貧しくするような硬直はどこにもない。思想の言語は厳しく締め出されている。それは、作者が、社会主義リアリズムから出立して、その外側に立つことを選んだ以上、当然のことだ。

詩は詩以外のものに奉仕してはならぬ。

その原理を押し進めた末、一個の精神形成物語としての長編詩に到った。それは口当たりさわやかな言葉で〈実存〉といってもいいし、彼自身の言葉で〈在日を生きる〉といってもいい。形式の独特さは、そのために贖われた受苦の激しさの投影だ。自伝になるべくしてならなかった。他の多くの在日者は、決して安易についたということではないが、自伝との境界について大きな制約のない小説という（じつに不純で折衷的・調停的な）形式を選んだ。折衷を選ばなかった、選べなかったことは、さらに金時鐘の詩を強固にする。その延長に実を結んだのが『猪飼野詩集』だった。

詩人の近年の歩みについては、ずっと後の、六章4にあつかわれるだろう。

なお、参考のために、金時鐘詩と拮抗しうる日本詩人の長編詩を、そのタイトルだけあげておこう――小熊秀雄の『長長秋夜《ぢゃんぢゃんちゅうや》』。《トクタラ、トクタラ、トクタラ、》

5

もう一つ、金時鐘について、見落としてならないのはエッセイストとしての側面だ。詩作とは異なる言葉の位相があり、詩には表われない独自の散文世界がひらかれている。呈示し、否定し、また再呈示するという思考プロセスは共通するが、散文であるのでより辿りやすい。

今でもわたしには、『さらされるものとさらすものと』『クレメンタインの歌』という初出の二冊での記憶が、親しいものとしてあるのだが、これらは『「在日」のはざまで』に統合・再編集されている。その巻頭「クレメンタインの歌」に、次の一節がある。

私は私の日本語でもって、実に多くのことを損ねた。父を見過ったばかりか、父につながる〝朝鮮〟の一切をないがしろにした。〝日本語〟はそのような形でしか、私に居着くことがなかったからだった。

金時鐘に自伝はないが、自伝風のエッセイは見つけられる。これなどは、そこに該当するだろう一節であり、簡単には解きほぐせない情感が錯綜している。あるいは、日本語との確執という論題では、金時鐘はもう少し平たくわかりやすい書き方を、他にいくらでも残しているだろう。そちらを採らず、ことさらこだわりたいと思うのは、ここに打ちこまれた「損ねた」という言葉の拡がりだ。どこから発して、どこまで延びていくのか。「損ねた」という他動詞は、金時鐘の文体にあっては、必ず「損ねられた」という受動詞をともなって、一つながりの思考を完結する。引用部の直後には、「父の朝鮮語が私を損ねた」という文章がつづくように——。

この一節には、じつのところ、二方向の感情が混交しているので、それを分解したうえでないと、輻輳した含意を読み〈損ねる〉おそれがある。

一つは父への感情。在日朝鮮人文学の重要なテーマが〈父親殺し〉と〈母親恋慕〉にあることは次章でおいおい述べられていくが、金時鐘を含めた一世の作品にはそれがない。とりわけ金時鐘に強いのは、逆立的なテーマだ。肉親を捨てた（見殺しにした）という自責感である。自責の想いは、金時鐘の個性もあいまって、最大の容量をもって、彼を追いつめる。《イカイノに追われて／俺が逃げる》。そのため、生な感情の塊として以外、対象化することがむずかしい。引用部も、読み流すと、そうした〈不孝〉を悔いる感情吐露に受け取れるだろう。じっさい引用の「クレメンタインの歌」は、主要に父を悼むエッセイとして書かれている。しかし丹念に目をこらすなら、「父を損ねた」という悔恨は、ここでの主たる唯一の感情ではないことがわかる。もう一つの感情とは、日本語との争闘である。ここでは、こちらの一面にもっぱら焦点を当ててみたい。

「私は私の日本語でもって、実に多くのことを損ねた」という文章の、主語は、「私は私の日本語でもって」である。この点は、まず第一に、読み誤りはないだろう。〈私〉は日本語を使わねばならなかった。そのことによって明らかに「損ねられた」のだ。だが、金時鐘はそのようには表明していない。多くのこと（もの・人）を「損ねた」――傷つけた、共生できなかった、踏みにじった、と書いている。これは、さらに、階層化して、自らを「損ねる」ことによって他をも「損ねた」という意味に分けられる。「損ねた」という結果は、行為の顛末の一面を表わすにすぎない。彼はまず自らを「損ねた」。そして、その一つらなりの行為として、他者を「損ねる」のだ。自らを損ねる者は他人をも損ねずにはおかないのだ。

この強い倫理観は金時鐘文学の一水位をなしている。被抑圧民族による告発主義の狭さを彼は警告した。――差別は差別する者の人間性を損傷させる、差別によってまず傷つくのは差別をふるまう側の人間だ。そうした確信に到るまで、呵責ない激しさで、まず、差別される側が〈全人性〉を取りもどさねばならぬ、と語ってやまなかった。この側面については、従来の金時鐘論でも中心をなしていると思われるので、詳述は避けたほうがいいだろう。

　ここで焦点を当てたいのは、詩人と日本語との距離関係だ。日本語を介することによって「損ねられた」多くのこと（もの・人）。「私の日本語」がなければ、その損傷は避けられたのだろうか。〈私が〉日本語を使わなければ、その損傷も起こらずに済まされたのだろうか。金時鐘の世代は、朝鮮語を母語として保持しながら、皇民化による日本語政策を強要された。〈二言語間闘争〉は、年少の頃から骨がらみについてまわった。彼は、しかし、皇民イデオロギーや日本的抒情詩の世界に影響をこうむった自分の個人史について、深い恥辱の念にとらわれていた。執拗なまでに自責をたびたび語ってもいる。事実がどうであったにしろ、金時鐘のモラルにあっては、彼の日本語は〈自主的に〉選ばれたものだと位置づけられる。拒絶するという選択肢もあった、だが、自分はそれをおぞましくも選び取ってしまったのだと。

　だとすれば、まず金時鐘は、彼の日本語選択によって自らを自傷した、といえるのではないか。人はだれしも深い悔恨に引きずられて道を歩む。金時鐘を刺し貫いた悔恨は、どちらかといえば、旧植民地人が追わされた集合的な荷重であって、個人に負わされる性格のものとはいいがたい。一般的な論調としては、逆に、それは告発主義の論拠となる。悔恨に自分の責任はない、何をおいても告発しきらねばならないのは日本帝国主義の罪状である、という思考回路をもって――。

告発は、己れらの責任を免罪するわけではないが、一方に棚上げしてしまうことは否めない。金時鐘が「朝鮮人の人間としての復元」(『さらされるものとさらすものと』所収)において、呉林俊を批判した根拠もそこにあった。告発の蔭に隠れる自己批判の弱体化は、在日朝鮮人を、狭い排他的ナショナリズムに置かざるをえないだろうと。

《意思表示の味方であらねばならない私達在日朝鮮人の「日本語」が、社会との疎通を図る力としては断然弱くて、「在日朝鮮人」の存在をねじまげ、抑圧するものとしては非情なまでに強大である》(「日本語のおびえ」)状況は、いかにして超克されるのか。過度の自己告発にすらみえる金時鐘の悔恨は、旧植民地人の人間性を、弱さもともども抱きとったうえで〈さらけだす〉ものだった。それが彼の原風景だ。さらす者がさらされる、さらされる者がさらす。さらけだす者がさらけだされ、さらけだされる者がさらけだす。常に関係は、相互的であり、相互侵犯的なのだ。

散文においても、この詩人の言葉は、日本語が日本語のなかで内破することによって、日本語を豊饒化させている。豊饒化という受け取り手の受益側面のみを歓ぶ論者が日本人の側には大勢だが、それはあまりにも、一国論的視野にすぎず、日本人そのものといえばいえるにしろ、悲しいまでに本末転倒だ。

言葉のなかで言葉が絞殺されるとき、彼の冥い幽冥のなかで何が起こるのか。言葉によって自傷し、その自傷は回復しえない仮死に彼を引きずりこむかもしれない。その危機の視えない者が賢しらに〈豊饒化〉などと口にすべきでない。とはいえ——。

6

金時鐘によって批判された呉林俊の問題とは、では何だったのか。

呉林俊の、詩集を除いては三冊目の著書『日本語と朝鮮人』から、末尾の一節を引いてみる。

わたしは、おそらく日本語が、そのかけがえのない自己発想の暗い躓きであり障害物であることを粗雑に切り捨ててしまえない枠を、その陰翳を領域としてひきずってはいるが、同時に操作しつつある朝鮮語を日々意識しなければ生き抜けないことをも渾然とした一体感をもって宣告できるまでに上昇しなければ**日本語は外国語**にはならずじまいの悲劇として位置するのみである。それは、現実的な要請からだけで朝鮮語を省察するのではないということに再会する。なぜならば、この異民族の言葉の把握が防禦と化してしまうに至るまで、没却するにはさきにいったような意味での時刻がまだ重くのしかかっている。言語における二重思考が、峻厳なほどの独創性を定着させるためにも、このかつては麻痺の道具としてのみ存在した無救の成熟が救済力としての言語にまでめくらめくのである。この転形をうたがうことは、もはやだれにもできるものではない。日本帝国主義は、まさしくその囚人の言語を保たされてきた朝鮮人に、このようにもさしあたりは表現することの可能な道程を切りひらくにいたった諸刃の剣として存続させている、楯の両面としての日本語をわたしに処理させる。それは、朝鮮人としてのわたしにとっては、この日本にいる限りはどこどこまで苛酷であろうとも否認することのできない加重物としてあるものである。それが、わたしの日本語なのであり、それ以外になんら抑制すべき視点はいまだ散在にしてはいないものなのである。

一読、晦渋きわまりない。二読三読すると、さらにわからなくなる。イメージとしては把握できるが、文法的に折れ曲がっている文章の流れに躓かされるところがあまりに多い。たっぷりとした一章をさいて敷衍されるべき思惟が、わずか一ページの容量に詰めこまれてしまった。(誤植もあるのかもしれないが)複雑にからまる修辞句、結びつくはずのない語と語の連結、どう首をひねっても適切でない語彙の選択、どこで切れ目になるのか見定めのつかない文勢……。

とくに、意味の分解は試みない。理由は二点ある。一、この表明は、先に引用した金時鐘の「日本語のおびえ」の一節と重なる。ほぼ同じことをいっている。差異はあっても、問題化するほどの大きさではないと思える。二、呉林俊は以後数年しか残されていなかったが多産な執筆活動において、この一連の意味を繰り返し書き直し、語り直していった。

呉林俊の思考の原理はここにある。彼は五十歳にみちる前に去り、いわば第一幕の仕事しか遺しえなかった。それらはむしろ、言葉には組み立てられていない行間の暗闇にじっと目をこらすことによって立ち上がってくるイメージであるような気がする。空白の無念。呉林俊の日本語における内破は、構築という段階まで到らず、あたかも〈自爆〉のような痕跡として残ってしまった。例示した一節は典型的なものだが、悪文という意味では、最高のサンプルとなっている。全文にわたって、まあ、独特の悪文ではあっても、ここまで強烈に螺旋状のスタイルのものはない。第一冊目の自伝的エッセイ『記録なき囚人』の「まえがき」はもっと率直に、日本語を使うことの無惨と、自分のうちに喰いこんだ日本への呪詛が表明されている。

日本語《イルボンマル》を使わねばならない苦悶は、己れの魂と肉体に沁みついた日本への呪詛と一体のものだ。どちらかを切り離すことなど考えられない。言葉は〈自爆〉するより他の手段では解放への道を歩めないのだ。この点で、呉林俊が朦朧に傾いたことは一度もない。

金時鐘より三歳年長の呉林俊には、皇軍志願兵という履歴がある。『記録なき囚人』は兵士の自伝として、在日朝鮮人文学のなかでも鋭角性を持つ。記録されるべき〈囚人〉たちの物語を、早い段階で記録したのである。

こうした概括的な、わたしの拙い記述では、未知の読者にたいして、いたずらに、呉林俊を過渡的なマイナー作家として印象づけてしまいそうだ。それは本意ではない。彼の散文の真髄は告発にはない。もっとその先、あるいは、その奥に、人知れずねむっている。『記録なき囚人』の、というか、彼の著作全体のなかで、最も躍動的な部分は、〈植民地の小僧〉が宗主国の大衆文化に目をひらかれていく記述だ。その具体性、その記憶の鮮やかさは素晴らしい。それを〈半日本人性〉と規定せずにはおられない呉林俊だったが。

もちろん、これらの一側面は、大衆文化イデオロギーが植民地人を皇民化する尖兵の役割を果たすというプロセスでもあった。だが、少年は無心にそうした娯楽に夢中になり、その過程をほとんど無心に（この点が、最も感動的だが）、回想的に再現しているのだ。彼は小学校三年の年齢で、坂東妻三郎《バンツマ》映画の〈鑑賞〉を始める。最初の衝撃、最初の文化遭遇だ。彼は銀幕に向かって黄色い声援を放つ一方で、だれかに監視されているのではないかと脅えもするのだった。《朝鮮の歴史、文化、伝統、風習、進路のいっさいから遮断されてきた少年は》さらに、日本の大衆読み物をむさぼるように読んでいくことになる。

どうしても（その意図はなくても）皮肉ないい方になってしまうのだが、こうして呉林俊は、日本語の読み書きに習熟していき、日本人の心性に染められていくのだ。自伝の第三部第二章「半日本人の極楽」は、少年の興味をとらえた講談本や吉川英治『宮本武蔵』、その他、熱血立身小説から海洋秘境小説、チャンバラ小説への熱狂が語られていく。呉林俊の一面は、たしかに、日本人の良心を抉り抜く裁断にあったが、同時に、彼ほど無邪気に、戦争期の大衆文芸を、ふつうなら隠しておきたいような、かなりいかがわしいものも含めて、愉しげに語った者はいなかったことに気づく。

それは、彼にとって、自らの親日性を懺悔するにも等しい苦痛であったのではないか。彼に責められる一点のあるわけではない。だがそれは紛れもなく懺悔――己れが己れにくだす断罪なのだ。

金時鐘における抒情詩、呉林俊における大衆娯楽。それらは執拗に、日本語のつきつける肉体の傷痕であり、迫られた日本人化の忌まわしい記憶であった。告白にまつわる苦しみにみちた〈再体験化〉による彼らの報告は、やはり在日朝鮮人文学の重要な項目として遺される。遺されねばならない。

第四章

凄愴な夜が暗く鳴り渡る
——在日小説の諸相

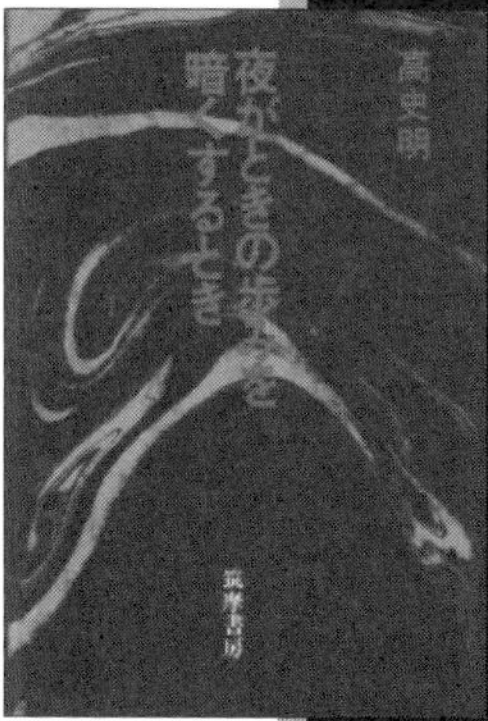

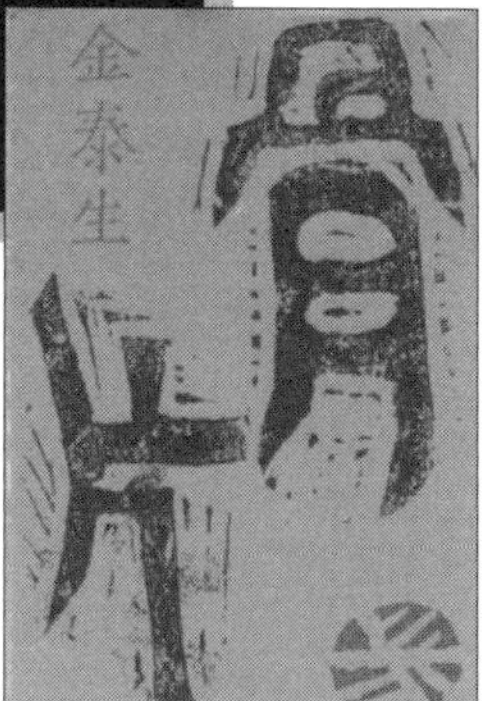

1　日本の夜と霧――金達寿

マチェック「ねえ、俺たちは二、三時間前に会ったばかりだぜ。…それなのに、まるで前から知り合っているような気がするんだ。…何百年も前からみたいに…」
クリスチーナ「話して…」
マチェック「何を？」
クリスチーナ「あなたはどういう人なの？　……あなたはどうしていつも黒眼鏡をかけているの？」
マチェック「わが祖国にたいする報われぬ愛の記念さ…いや、そうじゃない。つまり、こういうことなんだ。知ってるだろうが、俺はワルシャワ蜂起のときに地下水道に永いこと潜っていたもんだからさ。…それだけさ」。
――アンジェイ・ワイダ、イエジー・アンジェウスキー『灰とダイヤモンド』シナリオ　1957

1

この章では在日小説の主だったところがあつかわれる。時期的には、一九七〇年前後から世紀の変わり目あたりまでかかり、部分的には、いくらかさかのぼる。

在日朝鮮人小説はどんなまなざしのもとに置かれていたのか。『近代民衆の記録10　在日朝鮮人』という大部の資料集があり、編者の小沢有作による解説「経るべき歴史の通路にて」は、その適切なサンプルを呈してくれると思われる。小沢はそこで「在日朝鮮人の生活史は、在日をいかに生きるかの探求の歩みである」と確言している。この観点をここに紹介するのは、二つの理由からだ。一は、差別の問題と誠実に取り組み、それが解決可能だという確信において言論を展開する日本人研究者の典型的な考えをとりだすため。二は、七〇年代後半という、日本の言論社会の平均が現在よりずっと在日朝鮮人にたいして公平たりえた時代を想起するためだ。

小沢は、右に書いた信念にしたがって、在日朝鮮人の内面を知らねばならないという義務を自分に荷す。そして学ぶべき在日朝鮮人による文献を解説していく。「民衆の記録」という資料集の性格もあり、あげられる書目は生活記録にかぎられている。けれどもその幾冊かが本書でふれている本と一致するように、文学と生活記録を厳密に区分けする基準はない。加えて、小沢のアプローチは、在日小説に惹かれる生真面目な日本人読者の姿勢とも近似している。〈在日をいかに生きるか〉の探求は、必ず在日朝鮮人の主要な関心なのだという信頼によって、記録であれ小説であれ読まれていく姿勢だ。

一種のモラリズムが、記録を調べ、小説を読むという行為の前提に置かれる。こうした時代もあったのだと回顧することもできないではない。しかしそれは二重に間違っている。第一、そうしたモラリズムは勢力が非常に弱まっているだけで消え去ったわけではないし、また、それらが過去になっているとしても代替する原理はどこにも生まれていないからだ。ともあれ認めねばならないことは一つだけある――。記録であれ小説であれ、在日朝鮮人文学に積極的に惹かれる層は、三十年前よりも決定的に減少していると。したがって、文学研究も、必然的に少数者に向かってのものとならざるをえない。

在日朝鮮人文学は、ある外国文学研究者のいう、次のようなポストコロニアル文学定義に重なる。――《ポストコロニアル文学は、作者の人生というテクストの外部を参照することなしには読解不可能とみなされることになったテクストなのである。それらのテクストの多くは、暗黙のうちに自伝的に読まれることを承認してしまっている》（中井亜佐子『他者の自伝』07・12 研究社）

他者――テクストの外部とは、要するに、ポストコロニアルの状況全体だ。在日朝鮮人においては、民族の血つまり旧植民地人としての出自、喪った時間、奪われた言語、制限される人権、荷重となる差別、その他ひとの数だけある個人的災厄と苦悩……といったものだ。こうした外部を付属させたもの以外として読まれることが難しい。そしてこうした外部は、当事者以外にはほとんど共有できないたぐいの体験なのである。これは、たしかに在日朝鮮人文学の一側面を示す定義であるように思える。

小説である前に〈自伝〉として読まれてしまう。あるいは、書き手の意識が〈自伝〉と虚構《フィクション》とのあいだを彷徨する……。在日朝鮮人の記録を学ばねばならないという受け手の誠実さと、書き遺さねばならないという送り手の衝迫とは、矛盾なくまじわるだろう。テクストは〈他者＝外部〉とともに享受されることを当然とみなされる。

〈自伝〉と〈小説〉の衝突は、いまなお在日朝鮮人文学の領域に多くの痕跡をとどめている。記録を読むことと小説を読むことの差異は、しばしば脇に寄せられてしまう。

在日朝鮮人文学は、旧宗主国文学のような発展形態をたどることができない。在日朝鮮人文学の自伝性は、在日朝鮮人文学の内部と外部の双方向から作品を引き裂く。分裂の圧力は、一般的に、作品を豊饒にするより無惨に破綻させる方向にはたらく。個別にみていけば、一人の作家のうちでも創作の途上において退行がみられるケースもあるのだ。在日朝鮮人文学の少なからざる作品から文学的成熟を阻んでいる要因は、結局、いっさいの伝統を持ちえなかったという痛切な歴史に還元されるだろう。この点を直視しない歪つな文学論は、かつての植民地主義者による不当な差別となんら選ぶところのない畸形のまなざしだと思える。

金達寿、金泰生、金石範、金時鐘といった〈近代文学〉の書き手と、鄭貴文、李殷直、鄭承博、成允植などの〈植民地小説〉の書き手を隔てるものは何なのか――。一世の世代から検討を始めると、必ずこの設問に突き当たるはずだ。避けては通れない。それは、彼らの技量や文学者としてのスケールとは別のことだ。彼らのうち、とくに後者では、持続的な執筆活動を認めることが困難なのだが、その点も含め、在日朝鮮人文学の全体と現時点とを確かめなければ、答えは容易に見つけ出せないだろう。

以上が、本章全体の前説。

2

在日朝鮮人文学を戦後日本に始まる事象と限定するなら、金達寿の名前がその最初のページにくる。幼くして渡日し、独学で地歩を築くエネルギーと才筆は、いかにも〈第一章〉にふさわしい。創作歴は戦中から始まり、「戦後プロレタリア文学」陣営のほとんど唯一の朝鮮人文学者となった。その牽引的な位置は、七〇年代の初頭までは不動だった。

ここで注記しておきたいが、一般の文学史記述では、戦後の左翼系文学を総称する用語がまだ確定していない。雑誌名で『新日本文学』派、一時期のみ分派を形成した『人民文学』派、同伴者的スタンスを守った『近代文学』派などの固有名詞を使うのは、煩瑣でわかりにくい。面倒なので、本書では、「戦後プロレタリア文学」という用語を用いる。新説を立ち上げるとかいった自負はなく、あくまで記述の便宜のためだ。なお、たんに「プロレタリア文学」と指定するときは、定説にある戦前の文学運動ならびに作品のことを示す。

すでにみたように、金達寿は、六〇年代に起こった二つの犯罪事件の弁護に関わった。代表長編として『玄海灘』『太白山脈』があり、他にも短編、エッセイに優れた独自のものが残されている。名声は揺るぎないはずだが、にもかかわらず、すでに「過去の作家」という儀礼的な棚の隅に追いやられているような気配もある。のみならず、『太白山脈』につづく大作を書くべくして書きえなかったことに対しての厳しい批判も死後に起こった。たしかに、その活動の後期の主眼は、創作にではなく、『日本の中の朝鮮文化』十二巻にまとめられる啓蒙的な文化史家の仕事に移行していた。後代が常に公平な観点に立つわけではないにしても、金達寿の昨今の、あまり輝かしくない評価は何に因するのだろうか。その点を掘り下げてみたい。

代表長編の他に、作者には、燃焼度の低い長編が数編ある。『故国の人』『日本の冬』『密航者』。これらは、しごく残念な意欲作と評せるものから、まったく擁護しにくい低調作といった幅を持つにしても、儀礼を持って素通りするのでなければ、失敗作と断じるしかないテクストなのだ。金達寿の最良の作品は、部分的であっても、行間から民族的体臭が立ち匂ってくるような具体性がある。端的にいえば、失敗作の文章はこの精気から見放されている。多少は見つけられるものもあるが、細部にわたって萎れているものもある。いったいどんなメカニズムでこのような結果が生じたのか。

ことは、金達寿という個別性を襲った〈悲劇〉とかいった解釈では済まないはずだ。ここにあるのは、在日朝鮮人作家が直面させられた困難の、一つの原型ではないだろうか。〈彼ら〉のうち、持続的な創作活動を数十年にわたって展開しえた者がごく少ないのは何故なのか。なぜ書けなくなったのか。これは、日本人作家の多くが示す老化の早さや才能の立ち枯れといった平均寿命のケースとは、ほとんど関係ない。途上の失速は、いわば、出立から定められていたとも考えられる。

二つの方向から追ってみる。一つは、一般的な創作方法意識の問題。もう一つは、金達寿に課された「政治と文学」の特殊状況。

3

かつての宗主国言語を使うことへの葛藤は、金達寿にはそれほど強く訪れていないようだ。むしろ彼は、最初から、小説の創作をいかにかちとるかという側面に貪欲だった。私事を綴る作文なら方法意識など無用だが、彼が目ざすのは、朝鮮民族を描くためのダイナミックでフィクショナルな方法だ。それを日本文学から抜け目なく盗み取ること。〈旦那方〉の芸事の滋養のある部分のみかっぱらってくるのだ。彼の学習はその点で、まことに実利的で道理にかなっていた。基本的には社会主義リアリズムの立場に立つにしても、彼は、志賀直哉を写生文の手本として貪欲に摂取したと明らかにしている。この点で金達寿は冷徹な実際家だった。〈戦後プロレタリア文学〉の隊列にありながら、創作方法をそこから学びうるという幻想は持たなかった。〈内なる異国文学〉と称された日本人作家の戦後文学に親近は示していない。植民地の過去しか持たない自民族の近代文学の伝統を当てにできないことは、いうにおよばずだった。多少とも先人に値するのは、金史良のみだった。

日本人にとっては〈神々しく〉さえある志賀の文学的遺産も、反面教師以外のものではなかったろう。むしろ金達寿に有用だったのは、彼が《わが師》と呼んではばからない伊藤整の存在だ。後に『小説の方法』(48)『小説の認識』(55)としてまとまる伊藤の合理的な創作方法理論を学んだのである。〈同伴者作家〉伊藤の称揚は意外ではなく、西欧の近代市民文学の教養を伊藤からてっとり早く取りこんだということだ。その着眼は健康だった。

小説は社会を描き、歴史を描き、民族の現在を描かねばならない。市民文学という一般的プロセスを経ずに〈解放〉をむかえた在日朝鮮人文学にとって、その要請は、あまりに急激な転換として感じられたろう。だいたい在日朝鮮人文学というカテゴリにしても、後から形成されていったものであり、戦後初期の時点でどれだけ明確に概念化されていたかは疑わしい。

書き手の側にしろ受け手の側にしろ、旧植民地人による文学というイメージをまだまだ断ち切れなかったはずだ。

植民地文学論の視点をここに適用してみることは、著しく時期外れであるのは否めないにしても、無駄ではあるまい。旧大日本帝国に特有の症例を持った植民地の解放。その解放と少数民族集団としての在日朝鮮人の成立。――その二点が単線的な過程でなかったことは、歴史を知る者にとっては自明だろう。しかし同様の認識の延長に在日朝鮮人文学論が構築されているとはいいがたい。断絶が、決定的な断絶が、あるのである。解放から、民族文学の成立まで、直線の連続は、つながらない。そして、その断絶を、最もみやすい形で個人の作品的軌跡に映しだしている者が、金達寿なのだ。

イギリスのマルクス主義文学理論家テリー・イーグルトンは、主要にアイルランド文学についてだが、次のようにいっている。《植民地に住む書き手は、シニフィアンの溢れんばかりの豊かさと、指示対象の貧困さがいかに不調和であるか、辛辣に意識している》と。

イーグルトンはここで、旧植民地文学の断片性に注意を向けている。豊かなリアリズム小説が植民地の現実にとっていつも彼岸のところにあるという指摘は重要だ。ポストコロニアル文学は《現実そのものの貧弱さと、その現実を記録するために用いられる自意識的に練りあげられた言語のあいだ（にあいた）アイロニーに満ちた裂け目》に苦悩している。イーグルトンの分析は、宗主国イギリスと旧植民地アイルランドにたいしてのものだが、他の特殊例にも読み替えることができる。「シニフィアンの溢れんばかりの豊かさ」とは、金達寿の文体が放つ圧倒的な民族の体臭を意味する。「指示対象の貧困さ」とは、それを方法的に駆使する手段が肉体化されていないということだ。

ただ「植民地に住む書き手が……辛辣に意識している」という評価は判断がむずかしい。「辛辣に意識している」のはむしろ、分析者の主観のようにも思える。また《彼らは、自らを生み落とした国民からも、作品を読んでくれる読者層からも、同じ程度に疎外されていた》とする、うがった観察があるが、これも一般的尺度にはなりにくい。「国民」からの疎外という状況にしても、在日朝鮮人の場合、特殊に輻輳している。国民の意味が、彼らの日本語作品を読む日本人と、日本語作品を読めない分断祖国の「二国民」との、数層にわたっているからだ。一般化しえない要素はこのように表層的にも明らかだが、なお、ポストコロニアル批評は在日朝鮮人文学論にとって有効な観点をもたらす。

イーグルトンはつづけて書いている。

アングロ・アイリッシュの長編小説がきわめて多義的な意味でしかリアリズム的でないということは、別にそれ自体の落ち度というわけではない。スウィフトの『ガリヴァー旅行記』、エッジワースの『ラクレント城』、マチューリンの『放浪者メルモス』、シェリダン・レ・ファニュの『サイラス叔父』、ストーカーの『ドラキュラ』、ジョイスの『ユリシーズ』といった、おおむね非リアリズム的といってよい作品を含む文学的伝統は、なにかプラトン的な模倣《ミメーシス》の規範からの逸脱という理由で、咎められる必要はない。アイルランドのフィクションは、それが記録にとどめなければならない経験と、その経験を明晰に表現するために用いられる約束事のあいだの断絶によってしるしづけられることとなる。それらの約束事によって、混乱に陥り、幻想に支配された社会の全容をとらえることはできそうにない。その社会にあっては、真理はとらえがたく、歴史それ自体も、あたかも煽情小説であるかのように読めるものと化しているのだ。洗練された様式的な闊達さと高度な道徳的まじめさ、厳粛な調子と錯綜した内面性は、分裂と、慢性的な暴力、そして免れがたい政治性を秘めたアイルランドにとっては、ふさわしい媒体とはいいがたかった。というのも、そうした〈文学〉の言説は、なによりもまず第一に、その種の現世的な関心事に代わる、代替的選択肢として発明されたものだったからである。

――『表象のアイルランド』1995　鈴木聡訳　一部略

もちろんアイルランド文学の特殊なサイクルは、在日朝鮮人文学の独自な発展とそのまま重なることはない。それはわかりきったことだ。ただやはり、「周縁的な環境」がリアリズム小説や洗練された市民〈文学〉に背を向けさせたという流れに、明白な共通性をみないことは怠慢だろう。「分裂と、慢性的な暴力、そして免れがたい政治性を秘めた」とは、まさに在日朝鮮人の置かれた状況についての観測のようにも映る。市民社会にあっては当たり前に消費される自己形成小説《ビルドゥングス・ロマン》＝教養小説は、〈そこ〉では成立しえないのだ。「歴史それ自体が煽情小説めいている」という自己意識は、決して旧植民地人のものではありえないけれども、事態を正確に定義している。イーグルトンの認識は、「植民地からは三文小説しか生まれない」といった際どい問題発言に、かなりすれすれのところを遠慮なくついている。かといって事実から遠いと退けられないだろう。

ポストコロニアル国家をかつては指した〈後進国〉という用語は、いま死語の棚に追いやられているが、言葉をさしかえても、多くの地域の文化的〈発展途上性〉が薄まることはない。同様に、在日朝鮮人文学にその〈後進性〉をみないですますことは、一種の許しがたい欺瞞ではあるだろう。金史良や金達寿に日本文学を超えた原初的な力をみる議論が間違っていたというのではない。一方的な礼讃のあまりみすごされた〈後進性〉を正しく照射することが要請されている。

　在日朝鮮人文学の領域に、いまだに、素朴リアリズムの体験記や私語りといったレベルでしかないテクストが含まれているのは何故なのか。自伝的小説、もしくは、近代小説以前の手記。それらは、語り残されたもの、語り継がねばならないものが、在日者には尽きないといった理由から正当化される。だとしても、それらを文学と同一視することは正しいのだろうか。素朴な意味で、在日朝鮮人文学の領域性は、戦前のプロレタリア文学という歴史的遺物に、いくらか似ている。文学史上の便宜として文学の項目に入ってはいるが、おおかたのプロレタリア文学作品は文学ではない。人間性への洞察を欠いた単調な、通俗読み物と断言できる。資本家と地主を悪役に配し、工場プロレタリアートと農民を正義の使徒にわりふった勧善懲悪の物語だ。その厳粛なばかりの決定論は、在日朝鮮人小説のあるものにも根深くくいこんでいる。

　文学の不均等発展は避けられないものだ。そしてそれは個々の在日小説の書き手たちにもおよんでいる。

　たとえば李殷直の自伝的小説『朝鮮の夜明けを求めて』全五巻のようなテクストが二十世紀の終わり近くに出現してくることを、在日朝鮮人文学史は、どのように位置づければいいのか（わたしの考えは、六章で述べる）。金達寿と同年代の李殷直は、キャリアとしては長いけれども、基本的に時代といつもずれているという意味で、反時代的な書き手だ、と分類しておけば片づくことではない。この不当に長々しい小説は、五巻のうちの、植民地での少年期を描く二冊までが素晴らしいのだが、同じ読み方をするなら、とくに後半の二冊は救いようのないゴミなのだ。なぜこうなるのか。要因を、李殷直という〈作家〉の講談調の英雄主義的偏向に求めても、事柄は一部しか説明できないだろう。

要するに、近代小説としての未成熟。そこにまだ囚われている書き手が、在日朝鮮人文学の領域に散見されるのである。

金達寿の『日本の冬』は、日本共産党の五十年分裂に材を取った風俗的思想小説だといえる。どこまでも失敗作である。思想の劇も思想にがんじがらめにされた人間の振幅も描けていない。はるかその手前で小説は空転している。

主人公は、法務局特審局に属する八巻啓介。八巻は、もう一人の主人公である朝鮮人党員（国際派）の辛三植を監視する任務につく。物語は、このスパイと党員の視点を交互にいれかえつつ、進行していく。二つの対照的な世界を描き、二輪を操って長編を推進していく方法は、『玄海灘』にも採用されていた。この構成が『日本の冬』では空転している。失敗の多くは、スパイ八巻を第一の視点人物に仕立ててしまったからなのか。いや、それはむしろ形式的な処理にすぎない。ネガティヴな人物像をとおしてテーマを立体化するという目論見は、『玄海灘』においては有効にはたらいていた。スパイを主役にしたこと自体は失敗の要因ではない。

『日本の冬』に関して物悲しいのは、作品本体よりも作品の周辺にまつわるゴシップのほうが興味深いという事実だ。この作品は、日本共産党の分派抗争が一方の勝利において収束してから数年の後、党の日刊機関紙『アカハタ』に連載された。分派抗争の過程がどうであったにしろ、自派のヘゲモニーによって〈正常化路線〉をかちとった国際派は、すみやかな権威回復をはかる必要があった。今日の観点からみると、金達寿の連載小説は、国際派正当化のための宣伝文書として利用されたにすぎないようにも印象される。

4

金達寿と活動時期を同じくする在日詩人、許南麒は古いタイプのプロレタリア文学系の書き手とみなされる。許南麒は晩年になって「偉大なる首領様に捧げる讃歌」のたぐいを書い（書かされ）て、いっそう評価を落とした。在日朝鮮人文化組織の要職にあった許南麒の職責として表明された〈祖国への忠誠〉は、政治と文学問題においてはありふれたエピソードといえる。

在日朝鮮人文学にとって、政治と文学問題は避けて通れないテーマだった。それは、許南麒のケースのように、祖国とその出先機関である朝鮮総連との関係に集約される。七〇年代の〈小ブームの時代〉にいっせいに登場してきた書き手は、金石範がいうように、多数が組織との軋轢に苦しみ、その忠誠を疑われた者だった。金石範にしろ、金時鐘にしろ、常人なら粉々に人格破壊されるような圧力をはねのけることによって、ようやく文学者となりえた一面がある。金達寿の場合、この過程が、在日者としては特殊だ。日本社会の戦後文学にあっても、政治と文学論争は活発だったが、六〇年代前半においてだいたい終焉をみている。金達寿が巻きこまれたのは、自民族の組織からの圧力ではなく、日本人の政治と文学問題だったといえる。他人の喧嘩に〈日本プロレタリアートの後ろ盾〉として担ぎ出されたようなものだ。

金達寿は、戦後まもなく新日本文学会の中央委員に推薦され、これを受けた。在日する朝鮮人として「得をした」稀なケースであると、本人は回顧している。だがむしろ、文学的に測定すれば、損失のほうが大きかったのではないか。評論集『わが文学』の多くのページが新日本文学会における試練に費やされていて、それはそれで、戦後プロレタリア文学運動の貴重な現場証言を提供している。党の分派抗争がそのまま持ちこまれた文学団体の混乱。そして党正常化から数年を経ずして、多くの党員文学者たちが、党を一元化したかつての国際派によって放逐されていったのだ。

まとめていえば、党の五十年分裂が渦の中心にあった。証言は数多く、熱病のようなテーマとして作品も試みられたが、一つとして成功したものはない。政治と文学は当事者にとって、手に負えない影法師だったのかもしれない。本人の意志とは関わらないところで踊りだす影法師。途上に産されたともいえる井上光晴「書かれざる一章」（50・2）や野間宏『地の翼』（56・12これは未完）から、少しあいだを置いての高橋和巳『日本の悪霊』（69）、中野重治『甲乙丙丁』（69）、高史明『夜がときの歩みを暗くするとき』、栗原幸夫『死者たちの日々』（75・5）などの作品がある。本多秋五の『物語戦後文学史』（66）はこのテーマに多大のページをさいた。時を隔てて、大西巨人『地獄変相奏鳴曲』（88・4）がここに連なってくる。

人間的解放を求めた組織がより念入りに人間性の解体を実行してしまうという逆説は、あまりにありふれた事例と化して、もはやジョークにもなりえないようだ。作家たちが苦しみを贖おうとした試みた努力の総量に比べれば、その収穫はあまりにささやかだといえる。物神化した党に人間的な党を対置するといったモチーフは、今では、中世の異端教説にも似た遠い遺物でしかないようにも思える。要するに、『日本の冬』とは、これらに並べられる作品のなかでも結晶度としては、かなり下位にくるものだ。六全協＝正常化路線の採択から一年後の作品なので、期が熟していないのはあきらかだが、それは結局、失敗の本質的要因とはべつのことだ。

『日本の冬』の単行本付録には、小説の連載にたいする否定的反響が少なくなかったことなどが報告されている。批難の脅迫的な投書には、『金達寿小説全集　五』（80・9）の解題によれば、《けがらわしい》の一行があった。主人公の一人八巻の上司は、政府機関に籍を置きながら党の地区委員のポストに潜りこんでいる人物。物語は彼らのパーツになると、さらに一段と低調になる。彼らはその人間的退廃を証するかのように、酒を喰らい女色を貪る。それを映す作者の筆致はどこか義務的で、まったく彩りに欠ける。こんなだらしない人物ではスパイもまともに務まらないだろうと思わせる。また公安調査庁の内情が暴露されるといった方向が探られるのでもない。資本家や地主を憎々しく造型せよというプロレタリア文学の指針にしたがったわけでもあるまい。ここにあるのは、否定的人物像を主役に配するという作者の計算違いだ。あるいは、スパイ小説と割り切って退廃的人間の内部を抉ってみせる開き直りだ。物語作者としての金達寿はこの中間点を中途半端にゆらゆらしている。党員のほうの主人公辛三植もそちらに引っ張られてか精彩なく、まるで所感派＝主流派批判を演説するスピーカーとして処理されている場面もある。

作者が党機関紙にこうした生煮えの素材小説をもって〈奉仕〉させられたことは、新日本文学会中央委員に只一人の朝鮮人として推薦された〈政治参加〉と、同じ位相にあった。金達寿が日本人の文学団体にあって通過した試練はいくつかのエッセイに語られている。これらは、少なくとも『日本の冬』なんかより数倍は面白いし、人間観察も具体的で冴えわたっている。彼がそこで書くべくして書かなかった一行は、「自分はそこに席を置く必要はなかった」という覚醒かもしれない。

5

政治と文学問題は、次に、もっと酷薄なかたちで在日朝鮮人文学者を襲う。いいかげん文学的ならざる記述がつづくが、もう一点、これで切り上げる。

それは七〇年代に、分断祖国の〈本国〉の南半分から仕掛けられてきた。露骨な工作の背景には、在日朝鮮人文学が無視しえない層として日本文壇の一角に位置を占めたという事実とともに、韓国で詩人金芝河への死刑攻撃や在日朝鮮人留学生への逮捕拷問といった動きがあったことを見逃せない。在日文学者の一部は、韓国政権にたいする抗議行動も辞さなかったのである。この時点で、〈本国〉の北半分——共和国の失墜はまだ公然化していなかった。北は〈地上の楽園〉、南は独裁者の君臨する〈地獄〉というのが一般的な通念だった。ついでにいえば、独裁者朴は〈倭奴野郎《ウエノム》〉だという憶説もとびかっていた。この闇は一九七四年の文世光事件によって、一つの区切りをつけられる。この事件については、後章にゆずるとして、同時期、朴体制とＫＣＩＡが切りこんできた在日文化人への政治工作（それは今もつづいていると思われる）にふれずにすますことはできない。

工作のエサは単純明快だ。故郷再訪。故郷喪失者《エグザイル》への、最も原初的な誘い。朝鮮国籍の在日者は外国渡航の自由を許されない。韓国に往き、また日本にもどってくるためには、国籍を韓国に切り換える手続きが必要だ。だがそれは事務的な処理にとどまらず、アイデンティティを故国の一方から一方へと〈売り渡す〉ことにほかならない。望郷の念やみがたし。だがそのための犠牲にするものが大きすぎた。

金達寿は友人たちと議論し、工作を拒絶する結論をくだしたことを書いている。

つまりは、『五賊』の金芝河を弾圧し投獄しているそんなところへなど行けるか、ということだった。／南朝鮮のそのような現実にたいするたたかいは、金芝河一人にまかせっぱなしにするつもりか、という意見もないではなかったが、一方、こっけいなこともあった。あとになって知ったが、自分はすでに南朝鮮・韓国からの工作に乗ってこっそりとすでに行ってきていながら、そのことは口を拭って知らん顔をし、詩人金時鐘のことばをかりれば、「その場で検事役をつとめた」ものもいた。

――「わが戦後史」72・11（『わが民族』所収）

だがその後、約十年を経て、またふたたびの工作が金達寿を絡めとることになる。詳細は略するが、彼を誘引したのは、さらにふくれる望郷の念に加えて、長編『太白山脈』の続編執筆のために韓国現地を取材するという実勢的な要請だった。故郷再訪（すら）も個人の情動をこえて政治たらざるをえない。だが執筆のための故国行をさしとめられるのは、同時に、切り離しようもなく文学の問題だった。同様の困難は、大長編『火山島』を書き継いでいた金石範をも捕らえていた。済州島を現実に見なければ書けない――根幹的な希望すらも、政治工作の取引材料だったのである。簡略にいえば、別の名目を掲げ故国再訪をはたした金達寿はしかし続編を書くことができず、その後も長く故国再訪を許されなかった金石範は現地を見ることなく『火山島』を完成させた。どちらが上だのといった高見の講釈は避けたい。

事柄は政治の問題でありながら、疑いもなく純粋に文学の問題である。金石範は、金達寿が《行くことができずに気が狂いそうだと求めた韓国行を果たしたのに》小説の続編を書けなかったのは何故なのかと、金達寿の死後であるが、糾問している。

八一年の韓国行以前から、すでに創作そのものに行き詰まっていたからか。その行き詰まりを破るための訪韓ではなかったのか。それでは、なぜ、韓国行を果たしながら、行き詰まりを破れなかったのだろう。その答えはむつかしい。ただ、宿願の訪韓を果しながら、以前からではあるが、なお完全に金達寿が作家でなくなったという事実をもって、語らしめるしかあるまい。

――「鬼門としての韓国行」04・3（『国境を越えるもの』所収）

骨も打ち砕くような弾劾であり、傍観者として活字を書き写しているだけの身にも震えを走らせるような斬撃だ。これは『火山島』の作者によるという意味でも相対化しがたいところがある。そうではあるが、やはり、わたしは、ここに異論をはさみたい。しかり、彼の人はすでに〈作家〉ではなくなっていた。創作から召還されていたから、政治工作によって簡単に足をすくわれてしまった。逆ではない。すでに見透かされていたのだ。

金達寿の、文学的敗北としての政治的敗北は、すでに故国行に先立って確定していた。だが、ことはもちろん、金達寿のみの特殊性に帰せられるものではない。それは、個人の特殊性をこえて、ポストコロニアル文学のある典型として記憶に刻みつけられるべきものだ。彼の創作が行き詰まり、やがて故国からのメフィストフェレスにつけこまれることになった顛末は、すでに選びようもなく在日朝鮮人文学の苛酷な宿命に関わっている。

2 暗い青春の途上にて――李恢成

アメリカの作家には、描こうにも描くべき固定した社会というものがない。アメリカの作家が知っている唯一の社会は、何も固定しておらず、個人個人が自分の帰属すべきものを確かめるために、たたかわねばならない社会なのである。それは、多くのみのりが期待できる混沌状態であり、アメリカの作家にとっては、またとない絶好のチャンスが作られているのだ。／アメリカの社会の……難問題は、現代文学の中では、主として無理やりに取り扱われている。つまり、作品は、難問題に関する考察というよりは、その難問題の一つの現われ方になりがちなのである。

ジェームズ・ボールドウィン『誰も私の名前を知らない』1961　黒川欣映訳

1

金達寿は「太平洋戦争下の朝鮮文学」（61・8）というエッセイを、《暗い青春であった》と結び、《いまも暗いが――》と印象的につけ加えた。

李恢成が日本人市民社会文学に好意を持ってむかえられた、おそらく初めての在日朝鮮人作家であったという事実は動かせないだろう。これは、李恢成の小説全体への価値判断とはべつのことだ。

　たとえば、金時鐘は、李恢成の登場を《あのまぶしいばかりの出現を忘れません。それこそ、純粋な在日世代の、表舞台への跳躍でしたからね》（『民涛』4号　88・9「在日文学と日本文学をめぐって」）という感動で語っている。これは、座談会発言の筆録なので、多少の儀礼的なニュアンスは割り引いたほうがいいかもしれない。また呉林俊は、《『砧をうつ女』において、みずみずしく踏みこたえ持ち越された、まぎれもない朝鮮人の軌跡に秘められてきた感懐の迸りが、その末尾に近く、「流されないで――」の一行に充たない言葉によく包摂されていることに、わたしは今後の文学的進展の実り豊かな核心を見る》（「民族の魂ささえる清冽な情感」72・4）と手放しで礼讃している。李恢成の初期小説への、同胞の年長詩人二人からの評価は、大きな意味を今も持つだろう。

　わたしの年代であると、李恢成は、その登場からリアルタイムで経験していることになる。同年のスター作家大江健三郎にも近いまなざしを向けた。在日朝鮮人作家をそのデビューから読むことは、それだけで清新な初体験だった。金石範の『鴉の死』は、文庫版で初めて接したように、他の作家への無知も手伝っていたのだろう。けれども、わたしの身近にいた同年代の在日者は、ちゃらんぽらんなのから生真面目なのまで、一様に、「リカイセイは生ぬるい」という意見で、こちらも同感だったことを憶えている。イ・フェソンとはなかなか発音できず、埴谷雄高をハニヤ・ユウコウと呼んで粋がるたぐいで、リカイセイと呼び習わしていた。何やしらん、タルイな、あいつ。個人的には、自分より年長の在日者の知人はいなかった頃だから、年長世代が李恢成という書き手にどんな希望をみたのか、理解の糸口は持たなかった。今、たまたま目についた二人の例を書き抜いてみると、いくらかは納得しうることもある。

李恢成が初期に産した青春小説は、七〇年前後の日本社会に代替不能な輝きを放っている。時代とともに褪色した部分もまったくないとはいえないけれど、まだ輝きは残っている。時代の青春だから、いまも暗いが。

彼の主人公の背後にある家族という要素から、民族とその歴史は必然的に立ち上がってくる。

「戦争に報復していると思わないかい。ぼくらの口づけが」

これは、『伽倻子のために』の一行だ。たまさか、李恢成の恋人たちは、このように難解な概念語を口にすることもある。これとか『またふたたびの道』にある、「そんなに肩をそびやかさないで。三十八度線みたい」とかいった、突飛な比喩は例外であり、もっと他に捜すのは難しい。

文章は平明に流れている。過剰な情念や癖のある逸脱はみられない。ある日本人の評家が《日本語をいたわっている》と評したが、まったくその通りだ。他の在日朝鮮人作家なら、日本語（を使用すること）にたいして、苦渋や違和が自然としみ出る。良心の痛みをもって接する日本人読者は、明らかに文法的におかしい構文もふくめて、それらの日本語を破壊的だとか異化的だとかいって有り難がるのだろう。いたわるとは、自然の発露だ。作品世界の質も含めて日本人を「いたわっている」という印象は断ち切れないのだ。

異国に流竄《ディアスポラ》した朝鮮民族の世界は、作品の表象をかたちづくる。多すぎず、少なすぎず配置される。小説を壊すことはないし、濃密な臭気に鼻をつまませることもない。

自らの青春を素材にデビューした書き手は、若さのさなかにあるほど、他の題材に出られなくなることが一般だ。李恢成の場合、多少ともその懸念はあったにしても、すでに三十代のなかばに達していたし、アーリー・サクセスの第二幕は当然、切り開かれていくはずだった。

家族を描き、青春を描き、その延長に甘やかな恋愛小説を書き、母親を歌いあげ、父親を歌いあげた。作品が一まわりすると、次には、現実参加の場に積極的に出て行った。作家・知識人の現実参与《アンガージュマン》がまだ強固に実体的に信じられていた時代だった。故国韓国は評判の悪い独裁者の支配下にあった。一時期の李恢成は、小ブームのなかの中心人物であり、若きオピニオン・リーダーの位置に躍りあがっていったのだ。

先に書いた個人的な低評価も、こうした青春の光の部分に立った〈代表選手〉への不満、という側面があったろう。光と影はメダルの両面だ。影はなかったのだろうか。

2

第二作にあたる「われら青春の途上にて」は、二十歳前に北海道から上京した作者自身の青春を素材にしている。下層のアルバイトを転々とする生活だ。いくらか深読みを適用すれば、ここに最初の影が暗く沈んできている。

気の狂うように暑い夏の日、主人公は野外の土方仕事で、春治という年下の男（十七歳の少年）と知り合う。初めて会った相手になんともいえない懐かしさをいだくのだが、これは相手が〈同胞〉だというシグナルなのだ。春治は空き地の向こうにある鉄筋アパートの二階に注意をうながし、窓から若い女が見えるだろうと言う。いぶかる主人公に、春治は、「あの女を強姦してやるんだ、今夜」と告げる。理由を訊かれて、彼は、「あいつ、花のように綺麗だもんな」と、どうでもいいように答える。春治によれば、その女の亭主は会社の宿直とかで今夜は帰らないので、チャンスなのだ。主人公は戸惑う。

この人物にはモデルがいたとエッセイで明かされている。作者はそこから想像力をさらに延ばしている。白昼のレイプ幻想は、中途半端に保留されるが、後半に、主人公が春治を朝鮮人集落に訪ねて行く場面をおいて、作者はイメージをつなげている。朝鮮人集落。唐突だが、この人物に小松川事件の李珍宇の像が重ね合わされるのだ。李恢成は、李珍宇についてはあまり積極的に語っていないが、あるいは、その共感は深層に眠っていたかと思わせる。

春治を訪ねたその夜、主人公はとりとめもない夢を見る。すでに書いたように、李恢成の人物の夢は、現実レベルの補完・補足として配されている。彼の夢のなかでは、春治が父親を刺し、アパートの女のところに立て篭もっている。これはしかし、不徹底な造型であり、夢から醒めると立ち消えてしまう。そのため、作者が掘り下げかけたのが「強姦犯の夢」なのかどうかも、この作品自体からは断定できない。

「青丘の宿」（71・3『青丘の宿』所収）には、もう一歩ふみこんだイメージが現われているが、それが前面に出てくることはない。同胞の青年が「夢のなかで見知らぬ女を犯して、首を絞めて殺してしまう」という告白を語り、主人公は辟易しながら聞かされるのだ。長い告白であるが、突出せずに中和されている。前半に主人公が夢精してパンツをねとねとに汚す場面があるように、青春まっさかりに痙攣する淫夢の、少し刺激性のヴァージョンみたいにも感じられるのだ。《急にこわくなって、その女をマンホールに引きずっていって、そこに押し込んで逃げたのです。……おれは、まだ夢の中で人を殺したような気がする》という一節のように、名指しはされないだけで言葉そのまま李珍宇の陳述〈作品〉が、流用されている箇所もある。だが全体として、この作品を作者の無意識的ヴィジョンの投影として提起するには、かなりの無理がある。

　だが次の一節をみよう。

> 　小説にも書いたが、ぼくは夜な夜な夢の中で、人を殺して逃げ回っているようなおびえにつきまとわれた時期があった。執拗なその夢の繰り返しのために、おれはほんとうに人を殺したことがあるのではないかと考えたくらいである。このような夢に悩まされるのは、なにも朝鮮人の青年だけではなく、出口なしの状況に置かれた世界の青年たちに共通した悪夢といえるものだろう。
>
> ――「おびえからの解放」73・12（『北であれ南であれわが祖国』所収）

不遜な夢を語りながら、「悩んでいるのは朝鮮人だけではない」と、平衡を取るところが李恢成らしい市民感覚だ。こうした夢は創作にあてるべきであって、エッセイでまわりくどく言い訳しても仕方がない。もう一点、李恢成が言っているのは、「自分が李珍宇的人間を描くと、朝鮮人みな李珍宇のイメージを固定しかねない」という〈おびえ〉だ。元も子もない言い草だが、これは案外、在日者が李珍宇にたいしていだく後ろめたい感情を正直に代弁したものかもしれない。朝鮮男がすべてレイプ犯にみえるのか。要するに、李珍宇にネガティヴに惹かれること大でありながら、断乎として李珍宇を形象化するところに踏み切れない。だから半端な断片ばかり取り残されてしまう。その痕跡は、心して捜せば歴然たるものだった。

彼はこれを放置したのか。いや、文学者として、放置することはしなかった。

決定的とみなしていい挑戦作は、『追放と自由』だった。これは世評にしたがって読んでみても、天皇暗殺を妄想する情念のテロリストの物語であるから、とりわけ強引な論旨にはならないだろう。作者の〈無意識〉が何を掘り当てていたかは明らかにされるべきである。李恢成はここまで、自らの青春を手馴れた題材としたり、自分と地続きの主人公を選んで小説を構成してきた。そこからの脱却をはかるのは、どんな作家にも訪れる転機の道だ。そこに現われてきたのが、この小説のテロリスト。これは市民作家の突然の乱心なのだろうか、いや。

小説の〈私〉は主張する――「俺は日本人であって、日本人ではない。元朝鮮人の半端な日本人だ」。これ自体はすでに言い古された科白だ。『追放と自由』の〈私〉はさらに言う。

「おれが日本に帰化したのは、獅子身中の虫となって日本人の罪を告発してやろうと考えたからだった。日本人となることでかれらの重荷になってやる。……日本人はこれまで朝鮮人にどんな罪を犯してきたか。……まだあるぞ。慈悲深くもよ、李珍宇の首に縄をかけた。執行だ、絞死刑だ、目には目だ。まったくスズメの涙ほどの優しさもなかったのさ。あれは国家の私刑《リンチ》、暴行、凌辱じゃなかったのか！」

李珍宇の首、という言葉が李恢成の小説に初めて出現した。これは明視しうる物的証拠のようなものだ。だがただの物的証拠にすぎない。ここから仮説を延ばしても限界がある。では、次に語られることに注目しよう。それは、日本人の恋人との出会いだ。出会いは、どのように描かれたか。知り合って二日、再会を約した日の明け方――。《私は悪夢にうなされた。私が石母田依子の首をしめて殺そうとしているのである》

ここに作者の無意識の欲望が如実に埋めこまれている。好意を抱いた女を、夢のなかで縊り殺そうとする。殺したい。これは何の破局のフラッシュフォワードなのだろうか。ここまでみてきた、先行作品の夢の予兆を思い起こせばすぐさま閃く。これまで描かれたイメージは、たんなる淫夢にとどまっていたかもしれない。だとしても、『追放と自由』では違う。明確な夢の欲情、李珍宇の夢の言説が作者に暗示した強姦者の直立だ。愛した女を殺せ。明白に掘り出された以上、これは作者の夢の自由であって、李珍宇からは離れる。無意識もまた作者の現実だ。李恢成がこの掘り下げにどれだけ自覚的だったかは、わからないとしかいいようがない。だが、一度は深部に降り立ったことは確かなのだ。

殺せ。女を殺せ。日本人であって日本人でないこの俺、元朝鮮人の〈日本人〉が日本人の女を愛す。愛するそのやり方はレイプして縊り殺すこと。思い知らせてやる。

先にもふれたように「金嬉老は私だ」と表明することをためらわなかった在日者は少なくないが、李珍宇の犯罪（と訴追されたもの）にたいして「よくぞやった」と言った者は誰もいない。強いていえば、『追放と自由』の一部分のみが、そうした共感を発している。断っておくが、これは李恢成における深層意識だろう、たぶん。作者がこの件にもっと自覚的であったなら、逆に、李珍宇への言及や恋人の首を絞める夢の細部などの物証を注意深く作品から消し去ってしまったに違いない。だから、この項のわたしの仮説は作者によって全面否定される可能性がある。

『追放と自由』は、表向き、あくまでテロリスト願望の小説だ。主人公は、朴烈《パクヨル》のひそみにならって、ダイナマイトを身体に巻いて日本天皇の爆殺をはかる。だが妄想は妄想であり、現実のうちに完結をみない。その点、主人公はテロの夢にあってさえ、市民的な光の領域に属している。

だが作者が無意識に掘り当ててしまった暗い影の部分もまた、物語の一部だったのだと考えることはできる。不逞の夢は追放されてしまったが、追放された夢を復元してみるのはこちらの自由だ。それは、李恢成の小説世界では最も過激で不逞な断片にほかならなかった。

もう一点、この小説には、現実の事件のほうから亀裂をあけてくるエピソードが加えられた。『追放と自由』を雑誌に発表してすぐ、文世光事件が起こったのである。テロリスト小説と現世のテロリストが危ういシンクロニシティを競ったのである。事件について李恢成は長いエッセイを記している（『イムジン江をめざすとき』所収）が、これについては略する。

3 《半島語すこし吃れる君のため》——金鶴泳

「家は、何の仕事をしとるんや?」

　ぼくはぎくりとして、工場主のチョビ髭のあたりを見上げた。まるで考えていなかったことを聞かれ、急にはことばが出てこない。オ、オ、オ……吃るときの明赫《ミョンヒョギ》みたいに口をぱくつかせていたが、ぼくは咽喉までとび出していたそのことばを呑み下してしまった。家の仕事のことをうかつにいっても、よく分ってもらえそうもなかったからだ。ちゃんと分ってもらえるように説明するのはひどく難しい気がする。ぼくは顔を赭くしながらいいなおした。

「し、しごと、やってますねん」

「オ、オ、仕事？　なんやそれは。おいっ、これ、お前とおんなじか？」

　工場主は明赫が吃るくせのあることを知っているらしく、吹きだしそうになって、明赫に口をぱくぱくさせてみせた。

「ち、ち、ちがい、ます、こ、こい、つ、は、ど、ど、どもりと、ちがい、ます」

　明赫はよほどあわてたらしく、いっそうひどい吃音になって、ぼくの年齢は一二歳で、辛抱してまじめに働くつもりで弁当までもってきたのだと口を添えた。

——金泰生『私の日本地図』

1

　金鶴泳は、さして長くも多産でもなかった作家生活において、文学青年でありつづけた。デビューは早かったが、同じ地点にとどまった。最後の長編は、飛躍の道を模索したものだが、それを充分には彼自身、信じきれなかったのだろう。たまたま精神の最も落ちこむ周期にも重なったのか、自裁して果てた。自殺願望は初期の数作にこそ露骨だったが、表面的には隠されるようになっていた。だが、死後発表の（そもそも発表されるべきではなかった？）日記においては、常に変わらず自殺天使が彼の友であり、狡猾に好機をうかがっていたことが、べたべたと際限もなく記されている。

その軌跡は、全般的にみて、〈立原正秋になりそこねた〉金鶴泳という朝鮮人作家として一貫した。自らの民族性を絞殺するに到らず、敗れ去ったのだ。立原のような民族的〈背信〉の仮面劇が二番煎じとして演じられなかったことは、まことに結構だったというべきだが、代償に金鶴泳が引き受けたのは弱さと逡巡だった。「日本人にも朝鮮人にもなれない」という苦悩。うじゃじゃけた文学的テーマだった。弱さを彼の誠実とする解釈を、わたしは採れない。弱さはどこまでいっても人間的脆弱でしかなく、それは、彼の孤立した文学青年ぶりが残酷なほど証明している事実だ。それが、同じタイプの〈弱き羊たち〉を今も慰撫してやまない風景はかぎりなく痛ましい。

没後二十年に刊行された「日記抄」（『金鶴泳作品集』所収）には、李恢成と連れ立って立原正秋を訪ねたという記述がある。日付は、六九年の十月。立原は、デビュー間もない同胞の文学青年二人に「あんたらは金達寿のようになってはいかん、身動きが取れなくなる」という意味のことを言ったという。その後、李恢成は部分的には金達寿を継ぐかのような政治文学者をめざし、金鶴泳は悩み果てない〈立原正秋もどき〉を模していったわけだ。

創作が一時途絶える前の、「鑿」（78・6）あたりまでの金鶴泳作品には、何か同じ小説の何度となく改稿推敲を経た別ヴァージョンを繰り返し読まされているような居心地の悪い感触がある。技法の工夫はさまざまにされているし、背景ももちろん一様ではない。在日朝鮮人の直面する問題からも目をそむけてはいない。にもかかわらず、それらは起伏に乏しく、「一度どこかで読んだような」既視感をもたらせるのだ。これはいったい何に起因するのだろうか。

デビュー作に展開されているように、吃音が彼と外界を隔てる重大な問題だった。「まなざしの壁」（69・11　第一作品集『凍える口』所収）には、作品化すること、創作として発散することによって、吃音から解放されたというような報告もなされている。これは、いったんは気が楽になったという程度のことで、吃音障害が完全に取り除かれたという意味ではないだろう。以降の作品でも、吃音によって自己を閉ざされてしまう人物は何度か登場してくる。

よく引用されるのは、「凍える口」の次の一節だ。

ぼくは、吃音に囚われているのだった。吃音はその赤爛れた皮膚でもってぼくのまわりを包み、ぼくは言葉の一つ一つにひりひりと痛んで、その痛みから逃れられないのだった。本当をいえば、ぼくは、自分にとって、韓日会談は二の次の問題なのだった。自分にとってまずどうにかしなければならないのはこの吃音であり、それこそが最も切実に自分を囚えているところの問題であり、それにくらべれば、韓日会談のことは、それにかぎらず、いっさいの政治問題は、いや、さらに、政治問題にかぎらず吃音以外のすべての問題は、ぼくにとってほとんど問題となり得ないのだった。

これが金鶴泳小説の基底だ。語尾が必ず「のだった」となる単調さ。内面はよく伝わってくる。ここに書かれていることは、二層ある。一層は、個人的な苦悩がすべての緊急な政治闘争の課題よりも優先する、という表明。金鶴泳のテクストが多くの個人主義者に支持され、アリバイを提供するのはこの側面からだろう。もう一層は、吃音それ自体のごくごく特殊な苦しみだ。

　こちらのほうがどれだけ読者に受け入れられているかは疑わしい。というより、作者がどれだけ具体的に体験を伝えきっているかが疑わしいのだ。もとより、ことは個人の微妙な秘密に属する。同じ体験に苦しんだ者にしかわからないといってしまえばそれまでだが、小説を書く意味がなくなる。「凍える口」に圧倒的に不足しているのは、主人公が具体的にどんな喋り方で言葉につ、つ、つまるかの実相、会話部分だ。な、な、なぜ、ぼくは、こ、こ、こんなにも、ど、ど、ど、吃るのか——悩みは充分に書かれている。全ページを盛大に覆い尽くすほど全面展開されている。しかし具体相がない。たしかに、大学の研究室での発表にさいして主人公が窮地に立たされる長い場面は、入念に描かれている。そこで彼が発音に難渋する物質名は、テトラヒドロフランとかテレフタル酸ジクロリドとか、べつに吃音者でなくても焦ってしまうような術語ばかりなのだ。吃音の具体相とはとてもいえない。

没後、間をおかず刊行された『金鶴泳作品集成』の付録に、造型美術家の李禹煥《リウーファン》が「金さん」という文章を寄せている。そこで観察された作家の実像とは——。

　バーに入るなり彼は、

「でもボボ僕はえーとえとあまりナナナ、ナナ馴染みのない飲屋はニニ苦手なんです」とひどく吃った。

「じゃ出ましょうか」

「セ、セセせっかくだからここでノォ飲みましょう」

点景ではあっても、なるほどこの人はこういうたたずまいの人であったかと納得する。いくらか安堵する。作家自身が呈示する主人公の像には、こうした具体性が欠落しているのだ。金鶴泳が素朴なかたちで、率直な手ざわりの会話場面を描くことができなかったのは何故か。苦しみを描いても、苦しみを描くことのみを通しては、解放されなかった。自身の吃るすがたを描かなかった（描けなかった）のは、最終的に、彼のプライドの高さだったような気がする。無様で直視するに耐えなかった。そのことは、一個人の〈障害〉への向き合い方としては了解できるが、文学者としては生半可だ。だから、結果的には、隠した、ということになる。そして彼の文学は飛躍を阻まれたのだ。同じ苦しみを堂々めぐりし、いっそう気の毒なことに、その苦しみに自足してしまっているような印象すら与える。

端的にいえば、金鶴泳が獲得すべきだったのは、吃音者の文体、それである。《半島語すこし吃れる君のため》（寺山修司）。吃音が彼の実存を脅かし犯しているのなら、それを抉り出し、吃音者にしか書けない文体によって展開すべきだった。言葉は荒れ果てた焦土にある。誰もが採用してぴたりと身につくような自明の文体などどこにもない。吃音をとおしてしか他者にはたらきかけられない日常の深層に、金鶴泳にしか書きえない唯一性の文体があるはずだった。

彼の文体は端正で礼儀正しい。人物そのままといえば、正直で誠実だが、拡がりは持ちえない。彼の小説は、他の在日朝鮮人より、気の毒なことながら、日本の同年代の「内向の世代」と呼ばれた文壇小説に似ているのだ。吃音は常に、別個の別レベルの別ユニットの苦しみとして扱われていた。真の内面化にいたるのではなく、内面的な苦しみとして保全された。小説を書くための強力な題材だったにすぎない。

金鶴泳にとって在日朝鮮人問題も同様の題材でしかなかった、とするのは厳しすぎる弾劾だろうか。

2

金鶴泳小説に、打ち寄せる波のように、絶えず繰り返される表象は、吃音のほかにも二点ある。自殺衝動と父親との葛藤だ。それらに焦点を当てていこう。

自殺欲求にランク付けなどできるわけもないが、高史明と比較してみると〈死にいたる病〉の金鶴泳的症状はよほどに軽かったようにも思える。病が主人格を凌駕するほど強い場合（金鶴泳の最期はまさにそれだった）を考えれば、比較は無意味なのだが。

ともあれ、彼の選択は、それを小説の構成要素として試用に努めることだった。「凍える口」では、主人公に分身的人物を配置し、その人物の自殺と遺された遺書というかたちで題材を生かした。青春小説ではよく使われる手法で、可もなく不可もない選択といえよう。

「遊離層」(68・1)でふたたび分身設定が使われるが、構成はさらに立体的なものになっている。分身は主人公の兄であり、その死の真相は主人公が最後に辿りつかねばならない課題となっている。彼を導くのは恋人なのだが、その女と兄との関係が彼の目からは隠されてあることによって、課題に行き着く感動は強いものとなる。兄の遺した文書も小説となっていて、一種のメタフィクションの構造が導入されているとも読める。

躍動に欠ける小説的世界だと否定評価を先に書いてしまったが、力量が拙かったということではない。細かくみていけば、技量は以降に排出する若い在日作家などより、よほどに卓越している。どちらかといえば少し長めの短編が多く、緻密な構成世界とは異なるにしろ、技法には手堅いものがあった。「遊離層」などは、ストーリー・テラーとしてフィクショナルな世界を描く可能性も示したのである。

父親との葛藤に関しては、作品数も多く、終生の重荷であったような印象もある。しかし、この点では、通有したイメージとの落差が生じていたと思われる。父親は必ず、母親を抑圧し、不和を拡げ、家庭内暴力の権化として現われてくる。近所にいる同胞ともなじまない偏屈な男だ。それを嫌悪し、悲しむ主人公の視線は、いつも一定だ。崩壊家庭の私小説に読めてしまうのだが、仔細にみれば、この父親として立ち現われてくる人物は、作品ごとに違った履歴を背負っているのだった。

「弾性限界」（69・9）での父親は精神病院にいる。そこにいたるまでのいきさつがあって、破局となる事件は最後に語られる構成だ。破局は父親の暴力の行き着く果てと位置づけられているが、話を作りすぎてしまった側面も否定しきれない。むしろミステリ・タッチの風俗小説に流してしまったほうが成功したとも思える。パチンコ屋の現在、密造酒製造の過去。それらは在日小説にとって原郷のような風景だ。破局を追いつめていく語り口の時制的な工夫には、素朴リアリズム小説が持ちえない奥行きがみられる。妻を殺し発狂にいたった父親は、金鶴泳の描いた父親像の断線限界だったのだろう。作品軌跡としては、残念ながら、浮き上がってみえる。延長線上に位置する作品がないのだ。

「あるこーるらんぷ」（72・2）の父親は、日帝時代に強制連行されてきた過去を持つ。「あぶら蝉」（74・11）の父親は、共産党の極左軍事路線に使い捨てにされる男だ。どの〈父親〉も同一の人物像として読めないことは明らかだった。にもかかわらず、一定の像に収まってしまうのは、作者の遠近感に要因があるのだろう。金鶴泳には、李恢成がそうしたように、「砧を打つ女」で母に捧げる歌を歌い、連続して、「人面の大岩」で父を惜別して、日本人の良心的文学琴線に訴えるといった器用さがない。技法は身につけているがスタンドプレーとは無縁だ。それだけ彼の父親への感情が根源的だったということなのか。そうは断言しにくい。

金鶴泳における父親は、つまるところ、故国＝北の共和国に収斂する。個々の作品よって細部は異なるにしろ、〈北半分〉の政治路線に忠実な〈公民〉なのだ。父の故国への信奉はゆるぎないが、それは父が無学無知だからだと、知識人の息子は思う。父親の原像が故国と重なるという思いこみは奇矯なケースではないから、金鶴泳の観念はありふれた反抗意識だろう。和解はありえない。さして政治好きの個性でもない金鶴泳が韓国支持者を標榜するにいたったのは、たんに、この反抗に殉じた結果にすぎないような気がする。それにしても無残な宿命だ。

内向的ではあっても、金鶴泳は、小説を壊してしまう要素を排除しなかった。それが彼の内面であった。基調は私小説でも、構成要素は避けがたく在日だった。彼はそれらを調停することに失敗したのだ。

「軒灯のない家」（73・3）には、主人公が妻を打ちすえる場面が描かれる。金鶴泳の小説では、父親以外の人物が家庭内暴力をふるう最初の、そして、最後の場面である。だがそれはシーンとして描かれるだけに終わった。たかが夫婦喧嘩の日常シーンではない。激昂する主人公の暴虐をとめるのは、わが子の叫びだった。気分を落ち着けてから、彼は、自分の衝動が父の荒れ狂う孤独な発作と血のつながったものだと自省する。ここにあるのは、血は争えない、という単純な因縁ではない。彼の血は父の血だ。植民地人の血が流れているという事実を、彼は、妻を撲り倒した手の痛みとして身体に刻みつけねばならなかった。そうして初めて、父を小説の題材として冷たく測定していた作家の遠近法が崩れるのだ。それ以外に彼が彼の〈私小説〉から逃れる方法はなかった。

なぜその深淵に敢然と身を投げ入れなかったか。

3

前項で、「弾性限界」や「遊離層」に関して、時制構成の工夫という点に少し注目してみた。後者の恋人の正体など、それほど効果が計算されているとも思えないのだが、物語の終結に置かれるカタルシスは一定の重さを備えている。作者は思いもよらないかもしれないが、犯罪ミステリを産する資質もあったような気もするのだ。

一部の作品にかぎるとはいえ、謎解きを先送りにするつくりは明瞭だ。それに付随して、金鶴泳が試行した技法のいくつかについて考えてみたい。

「月食」（75・4）は、金鶴泳小説としては珍しく、俺という人物の一人称で語られている。この男は主人公ではなく、ナレーターだ。叙述は、ある犯罪事件の目撃者から証言を聴き取る、というスタイル。推理小説などでこれをやると「手垢のついた」といった評が、それこそ判を押したように下される。きわめて月並みな方法を作者がなぜ採用したのか、動機に興味が湧く。

内容そのものにはそれほど目ざましいところはない。

作者とつながらない主人公、あるいは、作者視点ではない語り口。どの作家も通らなければならない模索の道だ。

「石の道」(73・10)はまったくフィクショナルな話だが、女性の一人称視点が注目される。父親の暴力はここでも別の様相を呈して顕わになってくる。作者がそれまで描いてきた父親像からは離れていない。だが、いくつものクッションを経てそれが爆発してくる物語は、これまで以上に、在日朝鮮人の生活を重層的に描いている。

「あぶら蝉」もほとんどは女性視点で綴られる。日本人の女が朝鮮人の男と出会う恋愛小説。これが途中で(七章だての五章と六章だけ)、男の告白というかたちで男の一人称スタイルに切り換わる。この点、統一性が損なわれているといえばいえる。男のモノローグ部分の内容は、質的には、これまでの金鶴泳世界の踏襲であって、とくに飛躍はみられない。ところが驚くべき事態がここで起こっている。五章、ナレーションが切り換わって男の語りになったとたん、単彩だった場面が華やかな彩りに包まれるのだ。これはいったいどんな奇蹟なのだろうか。


丈高いすずかけの木を見るとき、青年がきまって思いうかべるのは、郷里の町の、かつて住んでいた家の裏山にそびえていた一本のすずかけであった。このすずかけは、どういうわけか枝が北側よりも南側の方により繁茂していて、全体の姿が対象的でなかった。そして木のすぐ南側で山が切れ、下に道が通っているので、強い北風が吹くとすずかけはいまにも道の上にたおれかかりそうな不安な形に枝がなびいた。青年はそのすずかけを赤子のときから目にしていた。

切れ目なくまだ、情景はつづくが、引用はここまでとする。

こうした心象が金鶴泳の散文の最高の達成だという認定に、おそらく、何人も異はとなえないだろう。この男の心は人間に向かってはひらかれず、風景に向かったときより柔らかにひらかれていく。風景、それも植物に。遺稿エッセイにあるごとく《心はあじさいの花》だった。

だが感傷は、もういらない。

わたしがここでいいたいことは一つ――。「あぶら蝉」の五章、叙述が切り換わってこの心象が自然と発露されてきた。ここに秘密がある。金鶴泳の内面の秘密などではない。創作方法の秘密である。どんな通路をたどって、この最も美しい心象を金鶴泳は手にすることができたか、という秘密だ。それは、まず女性視点をとることによって、次に、彼女の主観フィルターを通して主人公（つまり作者）を〈叙述〉することによって、初めて現われてきたのだ。仮構されたフィクションの女性主観に導かれて、そして、幻想の彼女に語りかけるように、己れを語ろうとした。そのとき、彼は彼の最高の創作の磁場に降り立った、ということだ。

彼が模索に疲れ果て、書くべきテーマと方法を見失ったとは、誰にもいえない。発見は、その入口にまで達していたのだ。

犯罪ミステリへの牽引、そして、女性一人称の試行。このように仮説を重ねていけば、最後の長編『郷愁は終り、そしてわれらは――』の持つ意味の一端は、明らかになるだろう。これは失敗作などではない。代表作だ。作者の政治的立場を理由にこの作品を否定する者は、政治的な正しさ《ポリティカル・コレクトネス》の意味を濫用しているにすぎない。

　この項であつかった作品は、『金鶴泳作品集成』『金鶴泳作品集』に、ほぼ再録されている。

4　幽冥にけむる在日――金石範

ペテルブルクよ！　ぼくはまだ死にたくない、
おまえのところにはまだぼくの知り合いの電話番号がある。
ペテルブルクよ！　ぼくにはまだ住所録がある、
それで死者たちの声を探そう。

――オシップ・マンデリシュターム「レニングラード」1930　中平耀訳

1

躊躇うことなく断言する。金石範は、在日朝鮮人文学最大の作家だ。

ただこうした断定はさまざまの反語にみちていて、真っ直ぐにはとどかない怖れもある。そこから整理していく必要がある。

最も手にあまる反語は、正しく読まれていない、という点だ。

　そこから派生することだが、金石範の作品を『火山島』に一元化してあつかうのは過ちだ。

この項では、論述の便宜から『火山島』以外の作品をだいたい一括して考察する。執筆時期は、

『火山島』以前、『火山島』と同時進行、『火山島』以降（この分については後章にまわす）、と分かれる。内容として密接につながっているものもあるが、独自の世界を備えているものが多い。

　金石範の小説は自明に日本文学ではない。日本語を用いているが、外国文学である。翻訳小説でもない。在日朝鮮人《ネイティヴ・ディアスポラ》による日本語小説だ。こうした質を備える作家は、梁石日をはじめとして、他にもいる。しかし金石範ほど強靭な内的世界を発信し、痛烈に猛々しく日本語小説を産している者は絶無だ。日本文学の尺度で鑑賞すると、理解のとどかないところが必ず生じる。こういういい方は未知なる読者を遠ざけてしまうみたいで遺憾だが、どんな小説であろうがテクストを充全にくみとることは覚束ないという意味では、金石範小説の置かれる条件も同じだ。わたしがまず強調しているのは、日本文学の枠で了解したつもりになるのは勘違いだという一点だ。

　金石範の小説は、『火山島』に明瞭なように、おおむね社会主義リアリズムの方法論にしたがって書かれている。しかし彼の描く世界は夢幻に融解していて、どんなリアリズムの規範にも収まりきらない。夢のリアリズム、マジック・リアリズムだ。

　時間感覚も、一般の時計によっては計れない。金石範の世界には常に二重・三重の時間軸が沈んでいる。一言でいえば、帝国主義宗主国の時計と、植民地の時計だ。解放は成ったが、祖国は分断されたままで、日本社会にもかつての支配システムが生き残っている。その不安な宙吊り状態を通過する作家にとって、均質の時間軸などというものは在りえない。彼の小説で、主人公が夢幻や大酔によって数十年前の世界に漂着してしまうのは、きわめて自然な事態なのだ。今日の翌日に明日をむかえるといった堅固な常識は通用しない。この点が、金石範を初めて読むにあたって心せねばならないことだ。

近年のものは特にそうだが、結末にいくほど音楽的な陶酔感に巻きこまれる。《トゥタン、タン、タン、タン、トゥタン、トゥタン、タン……》というのは、連作『地の影』のラスト近くに響く長鼓《チャンゴ》のリズム。書かれた言葉にすぎない擬音語が踊りだして頭のなかで鳴り響いてくる。

最大の作家であっても、金石範の小説は、これも奇妙なことだが、在日朝鮮人文学の主流とはいえない。集団を代表する書き手であり、現在の牽引者であるにもかかわらず、中心ではない。この領域は、主流と傍系が分岐するほど多くの作家を擁しているわけではないが、しいていうなら、金石範は少数派の文学と位置づけられるのがふさわしい。孤高を守るといった姿勢が今も一貫している。かつての金達寿や一時期の李恢成がはたしていたような中心的存在は、現在の在日朝鮮人文学にはない。それが多様化の証しということもできるが、その多様性のなかでも、金石範は独自に傍系なのだ。

あえて傍系とする位置づけは、容易に反論されるだろう。金石範にオマージュを捧げる評家は数多く、金石範文学研究をまとめた作家論も数冊あり、なかには『火山島』のみを論考の対象にした本まである。また、在日朝鮮人文学史の通史の何冊かは、金石範論を中核にし、あるいは『火山島』論を結論部に置いている。

このように、客観的な評価、定説としても、最重要の作家だという位置づけは動かない。最大の作家がマイナーなポジションにいる――これは、在日朝鮮人文学のかかえる大きなアイロニーともいえる。この皮肉な逆説は、『鴉の死』におさめられる済州島もの短編によって金石範が登場してきたときから彼につきまとっていた。いわば金石範自身の個性と一体になったアイロニーであるとさえ感じられる。いや、事柄は作家の個性にかかっているのではない。テリー・イーグルトンが示したアイルランド文学者の不安定な浮遊性は、在日朝鮮人文学者にとっても真実なのだ。〈中心のない周縁〉こそ彼らの宿命であるのなら、金石範はその迫害的な試練に最も忠実でありつづけている。彼は中心でありながら傍系なのだ。

　いちおう、金石範小説の全体的な見取り図を掲げておこう。かなり大ざっぱに、三期に分ける。

　一は、『火山島』以前。『火山島』を用意し、数十年にわたる執筆の持続的な意志を支えた作家の舞台裏を映しだす作品系列も含む。それは、「看守朴書房」「鴉の死」から開始される。近年刊行された二巻選集の『金石範作品集』には、「鴉の死」のさらに原型になる短編スケッチ「一九四九年頃の日誌より――「死の山」の一節より――」（51　朴樋《パクトン》名義）が収録されている。この時期は、『火山島』第一部の雑誌連載が開始される、『金縛りの歳月』あたりでいちおうの区切りとなる。あくまで目安であり、作風の変化などを基準にした分類ではない。

　二は、『火山島』全七巻。連載開始から数えて二十数年。分量的には、一万一千枚。日本小説で比較すれば、『青年の環』（49―71）を超え、『大菩薩峠』（13―41）に迫る長さである。

　三は、『火山島』完結以降。作者は念願の済州島再訪を果たす。創作力はさらに加速をみるようで、紀行文体裁のエッセイも精力的に書き継がれる。『火山島』完成も驚異だったが、それ以降の活動もいっそうの驚きでありつづけている。

　一と三にまたがって、作者自身と作中主人公がほぼ重なるタイプのものを多く数えられる。

かくも生きがたき在日を苦渋とともに語った在日滞在小説《ディアスポラ》だ。といって、これらを〈私小説〉もしくは〈私小説的〉とふりわける説があるが、これは完璧な誤読でしかない。悪意をもって歪曲攻撃するなら何をかいわんや。もし善意をもって読み誤っているなら致命的だ。どれだけ作者の日常と主人公とが密通し、またいくらか緊張度に欠ける作品であっても、そこには私小説ならざる不条理な世界が展開されている。自然主義的な要素とはことごとく相容れない。どうしても出来合いの用語を当てはめたいのなら、反私小説、もしくは作家小説が適切だろう。それとも、もっと直裁に、ディアスポラ小説と指定するべきか。

わたしの主張していることは、素朴には、作家自身の個人生活そのものが別のファンタスティックな時間軸世界に属しているという意味にとられるかもしれない。必ずしもそういっているわけではないが、単純化されても間違いではないし、また、そういったからといって、作者を貶めることにはならないだろう。作家の生活には絶え間なく幻想レベルの出来事が侵入してくるようだ。

皮肉ないい方をすれば、『火山島』はあまりに少なくしか読まれず、その他の重要な作品はあまりに日本文学的な怠惰な読まれ方で消費されすぎている。作家はその価値にふさわしい栄誉を受けていない。一般に、長大すぎる小説は、タイトルの他は人びとから忘れ去られる傾向にあるけれど、『火山島』の受けている不遇はもっと極端だと思える。その衝撃および高い文学的評価に比して、幅広い普及をみていない。ことは一作品のケースにかぎらず、在日朝鮮人小説が日本社会で読まれない度合いは時代を追うごとに高まっているらしいが、『火山島』はとりわけ〈読まれざる傑作〉の棚に置きざらしにされつつあるようだ。それと対応するように、金石範固有の在日小説は日本的心境小説の変種として換骨奪胎されるのみなのだ。その幻想的、象徴的方法が正しく享受されることは、あまりにわずかであるように思える。

2

エドワード・サイードは「故郷喪失についての省察」のなかで、《突如として歴史から消滅した「記録されざる人びと」の唖然とするほどの数の多さ》に注意を向けている。そこでサイードは、自らのディアスポラとしての局地的な体験を語ったのではない。むしろ二十世紀の歴史に特有の大量虐殺の〈グローバルな遍在〉について語ったのだ。アウシュヴィッツの名前に象徴される六百万の犠牲は、二十世紀に体験された大量虐殺の、ほんの一つの事例にすぎなかった——という認識を受け入れねばならない。虐殺によるある民族集団の消滅は、記録されないことと等価だ。目撃者のいない殺戮、それはいくら大量であっても〈存在しない〉ことになる。

一九九四年のルワンダでは八十万人が屠られた。これは百日間のあいだに起こった。一日あたり八千人というオートメーション工場の製造品数のような数字の人間が殺され、しかもその手段は、ナチスのガス室のような効率性を持ったものではなく、原始的な武器によるものだったという。われわれ観客は、この事例を、十数年の後に、商業的娯楽劇映画をとおして〈知る〉こともできるけれど、数値への具体的な想像力を得るのはほとんど不可能だと思える。そしてこれは、よく知られ、記録に残り、数字も確定している事例なのだ。

二十世紀の大量虐殺をテーマとした研究書は、その主要な事例を列挙している。それは場所と日付と犠牲者数を記した簡便なものであるにもかかわらず、眩暈を誘発するように、数ページにわたって延々とつづくのだ（松村高夫、矢野久『大量虐殺の社会史』07・12 ミネルヴァ書房）。虐殺は、単純に人間を大量に殺すのみでなく、犠牲者の属する共同体を破壊し、共同体文化を未来にわたって蹂躙する。そして生き残った者の精神にほぼ永続的な損傷を与える。「アウシュヴィッツの後に詩は存在しえるか」という命題は普遍化されなかった。ルワンダとともに文明が死滅した、などと言挙げする者はだれもいない。事件が広く知られても、無視して通り過ぎる者があまりにも多ければ、記録されないのと同じだ。殺されすぎることに馴れてしまった。当事者の損傷された精神は二度と回復できない。一日八千人が撲殺され、斬殺され、射殺され、みる間に腐乱した肉塊に変わっていっても、そこから離れた地では、文明は無傷だ。その土地と、その土地の記憶が、ごっそりと死滅するとしても。

一九四八年の済州島蜂起と島民殺戮は、当初、記録されざるケースの典型だった。統治者のアメリカも南朝鮮支配勢力もことを公けにする動機を持たなかった。虐殺者の数字はいまもって確定しない。「虐殺の事実が明らかになると、いわば法則的に〈虐殺幻論〉が対峙的に現われてくる（『大量虐殺の社会史』）けれど、済州島事件では最初から全体像が深く隠蔽されていたのだ。「資料なければ歴史もなし」という歴史学の立場からは、事件は起こっていない。証言はあっても風説としてあつかわれ、存在しないのと同じだった。「虐殺はマボロシだ」とする悪質な歴史修正主義が現われてくる遥か以前の段階なのだ。隠蔽された事実を掘り起こすという第一次作業から始めなければならなかった。

金達寿の短編「大韓民国から来た男」には、《済州島だけでもすでに七万人以上のものが死んでいるのです》という一節がある。この小説の発表は四九年の十一月だが、すでに事件の情報が一定程度ひろまっていたことを示している。けれど、これも風説のたぐいとみなされたのだろう。《三十万島民がほとんど殺されたとみなが思っていたかも知れないのだ。七万や八万の人間が犠牲になったというのは後になって出てくる話だ》と、金石範「遺された記憶」には記される。

『金石範作品集』の詳細年譜の四八年の項目には、《秋以後、済州島から虐殺を逃れての、大阪地方への密航がはじまる。密航者は、固く口を閉ざして語らなかったが、その一人の、遠縁の叔父から虐殺の真相を聞き、終生を支配する衝撃を受ける》という記述がある。政治亡命者の集結地である大阪にあって、証言者から聞き取りを得る。それが、作家のさしあたっての位置だった。密航者といっても、小さな船に隠れて遭難する危険をおかして玄海灘を渡ってくるのだ。それを〈潜水艦組〉というらしい。書かなければならない、語り伝えねばならない――と、幽冥なる決意がゆらゆらと作家のうちに生じてきたのは、正確にいつなのか。決意には、語り伝えるに足りる勁さが已れに備わっているのか、という畏れも入り混じっていただろう。

わたしは、「看守朴書房」や「鴉の死」を初めて読んださいの呆然たる想いに、今も立ち返ることがある。それはまさに「終生を支配する衝撃を受ける」に近いものだった。もちろん隅々にまで理解のとどくような読解とは遠く、二十代の雑駁で幼稚な感受性をガンと一撃されたにすぎなかったろう。翻訳小説というクッションがあれば安心はできたかもしれない。だがそれはまぎれもなく日本語で書かれた〈日本文学〉だった。呆然と本を取り落とし、二度とこんな危険な書物に近づいてはならないという自己暗示をかけようと努めた。その日、それから何をしたかは正確に憶えていない。

作品集『鴉の死』は、いわゆる不遇の作品であって、雑誌発表から目立たないかたちでの単行本化まで十年を要している。原稿を託された金達寿が一読して「これはムツカシすぎる」と出版社に推薦しなかったという経緯もあったらしい。そのエピソードにも不遇は際立っている。今でこそ、「鴉の死」は、魯迅の「阿Q正伝」(22)と並ぶ二十世紀アジア小説の古典といった評価を不動のものとしているけれど、当初は、親しい同胞先輩作家の共感さえも得られなかったのだ。金達寿は「鴉の死」を理解しなかったのではなく、この作品が日本社会に受け入れられることの難しさを予知したのだろう。あながち的外れとはいえない。『鴉の死』が文庫版として広く普及するのも、さらに数年後のことだった。

証言者として生きることを決意してから実作を書き上げるまでも一直線だったわけではない。「鴉の死」普及までの外的曲折に数倍する苦難が、作家の内部を凄愴に吹き荒れていたと思われる。これに関しては、先に荒っぽく分類した一の作品群のいくつかに痕跡が残されているが、今は、もう少し直接的な言及を参照してみよう。金時鐘との対談記録『なぜ書きつづけてきたか　なぜ沈黙してきたか——済州島四・三事件の記憶と文学』である。

このテクストには六章で詳しくふれることになるので、ここでは、簡単に済ませる。《時鐘、ここ二、三年で言いたいことをみんな言ってしまえよ、そしたら目をつぶって、あの世いけるよ》という金石範の科白は、あたかも死者のまなざしで鎧って幽冥からの責務を誘っているかのようだ。わたしは、この大阪弁のニュアンスはあるていど聞き分けられるが、混じりこんでいる〈石範語〉もしくは〈時鐘語〉(つまりクレオール化しているらしい済州島訛りなどの欠片)については、お手上げだ。耳で聴いてもわからない。ともあれ、彼らは忌憚なく語っている。

語りうるということは互いの文学への信頼なのだが、これほどまでの深い交響に高まっている対談は稀有である。まさに言語と沈黙の極北のすがただ。

金時鐘は、蜂起の島から奇跡的に脱出を果たした潜水艦組だった過去を明らかにしている。克明に語られる、虐殺の島脱出から密航の具体相。それは、証言者にとってその体験が、時空を超えた絶対的な磁場にあることを示す。忘れようとしても忘れられないのだ。金石範は、在日組織からの制裁を受けて仙台に飛ばされた経緯を率直に語っている。それはいくつかの短編の題材にはされていたが、実体験として直裁に語られるのは初めてのことだ。組織から粛清されなかったことは僥倖に属するが、運悪くというか、ダイナマイト自殺を遂げる男も身近にいた。民族組織を追われることは死にも等しかった。

簡単にいえば、その絶望が「鴉の死」に向かわせた。絶望をくぐらなければ「鴉の死」は書けなかった、と作家は回顧する。「鴉の死」の主人公、丁基俊はニヒリストの否定的人物だ。米軍通訳の朝鮮人スパイ。彼は、金達寿『日本の冬』の主人公のような、便宜的な視点人物ではない。〈作者自身〉なのだ。この小説については「ニヒリズムの克服」をモチーフにしたといった定説があるが、それは整序されすぎているように感じられる。組織との軋轢から生まれてきたとするほうが適切だろう。ただ、在日組織との断絶の恐ろしさという内面が外部からはうかがい知れないのだが。

もともと金石範にとっての日本在留は、学費稼ぎのアルバイトのためで、一時的に切り上げられるはずだった。彼は大阪生れなので、二世にあたるわけだが、解放後は、故国での政治運動に献身しようとしていた。戻ることができなくなって、彼の在日は、やむをえない滞在から永住《ディアスポラ》へと、不本意に確定してしまったのだ。コミュニストとしての姿勢は剛毅だが、その苦渋と屈折は、複雑な陰影を落として金石範の在日小説に刻まれている。

「鴉の死」は、虐殺の島を群れなす死体が覆う悪夢の風景で終わる。死体死体死体、どこまでも死体が転がり、死体の焼け焦げる臭気と腐臭がたちこめ、腐肉をついばむ太った鴉どもが乱舞する。何者も描きえなかった旧植民地の、ヒエロニムス・ボッシュ的な地獄図だ。そしてラストの見事にシンボリックな場面がつづく。パルチザン殲滅作戦を遂行し、「済州島に新しい歴史が始まる」と強弁する為政者。警察署の前庭に立つ桜の枯れ枝にとまって不快に囀る鴉、桜の木の下には少女の死体。彼は死骸に降り立とうとする鴉を拳銃で撃ち殺す。弾丸はまだ残っている。彼はその銃弾を警察の上役にぶちこみたい衝動にかられる。

轟然耳を聾する火花が閃いた。

基俊は一歩まえに踏みだして、なお静かに三発つづけていたいけな少女の胸に撃ちこんだ。……わが胸に撃ちこんだかのようなその不幸な弾丸は、少女の乳房の肉深く喰い入って血をほとばしらせた。

放心した彼は拳銃をぶら下げたまま歩いていった。雨はきつくなり彼の額にかかった髪をようしゃなく洗った。すべてが終り、すべてが始まったのだ。

敗退した日本帝国主義は、済州島事態への直接の罪責から免れるわけだが、この作品が戦後日本社会にもたらされたことによって、未納の魂を永劫にわたって託された。地獄図の只中にあってスパイ丁基俊が《生きねばならぬ》と決意する結末は、いくど読み返しても酸鼻にして凄愴だ。裏切って裏切りつづけて生きねばならぬと、自らにいいきかせる男。だが、奇妙なことに、彼は背信者のようにではなく、抵抗者のように溌剌としている。彼の弾丸は、彼自身の胸でもなく、警察部長の腹でもなく、少女の死体を貫くのみだった。なぜ少女を撃つのか。この問いは、「鴉の死」にちりばめられた難解な象徴イメージのなかでもとりわけ両義的なものだ。多くの答えが連鎖してくるところに、この小説の不朽の生命があるのだろう。ここでは、一つだけ回答を示しておこう。——金石範は、戦後あいついで公開されたヨーロッパのレジスタンス映画のイメージによって強固な結末を呈示したかったのだ、と。

次に、花田清輝がルネ・クレマン『海の牙』(46)について書いている有名な一節を引く。

　ゲシュタポの幹部が、浮きあがっている潜水艦から海にとびこみ、死物狂いになって脱出しようと抜き手をきっている男を、船尾に立って、冷酷無慙に射殺したのち、拳銃を手にしたまま、艦の中央部まで引返し、そこで突然右をむいて、パァン！　パァン！　と物に憑かれたように、二発の弾丸を海中に射ちこむところなど、思わずわたしは、固唾をのみ、会心の微笑をもらさないわけにはいかなかった。ねえ、きみ、芸術の極意というやつが、わかっているか、わかっていないかは、要するに、あの二発のムダ玉を、ゲシュタポの野郎に射たせるか、射たせないかにかかってるんだね、……

——花田清輝「魔法の馬」50・5（『アヴァンギャルド芸術』54・10　所収）

金石範が花田をどう摂取したか、いや、そもそも読んだことがあるかどうかも、わからない。要するに、こういうことだ。花田がここで「芸術の極意」と大見得をきっているのは、戦後プロレタリア文学運動の創作理論の要諦にかかっている。社会主義リアリズム論はアヴァンギャルドを否定的媒介にすることによってより高い段階に立つ、というのが（少なくともこの時点での）花田理論の主張だった。引用部は、その個別論のあらわれだ。

だとすれば、金石範は当時の左翼文学理論（日本製）の大枠からはみ出さないかたちで物語を構成した、といえるだろう。「鴉の死」は、決して孤立した突出した作品ではない。五〇年代に産された小説としての共時制は自覚的に採りこまれている。それが出発点だった。

そこから作者は朝鮮語による『火山島』制作に進むが、これは途中で中断した。以降、「火山島」雑誌連載が始まるまで、十年の歳月が流れる。しかし、「鴉の死」が『火山島』へと連なっていく過程で、スパイ丁基俊の人物像は消えていった。

3

一の分類項の初期には、『万徳幽霊奇譚』や『1945年夏』といった、作者の一方の代表作が並ぶ。

他に「李訓長」（『夜』所収）「詐欺師」（『詐欺師』所収）「至尊の息子」（『往生異聞』所収）など、フィクショナルな方面に題材を伸ばした秀作がある。いずれも、故国の政治状況に翻弄されるネガティヴな人物像を諧謔をもって描きだしたものだが、ここではタイトルを書きとめるにとどめる。

わたしが注意を向けたいのは、「かくも生きがたき在日」をあつかった系列の作品群だ。これらは、『火山島』の作家の日常の生身を覗き見たいという下世話な興味も必然的に含みこむようだ。いったいどんな奇蹟が一人の人間に起こってあのような破格の大作が出来上がったのか、と。その意味からも〈私小説〉と読まれるほうが自然なのだが、繰り返せば、だからといって日本的な私小説と混同してしまってはいけない。それらは、『火山島』の注釈としての派生的な意味しか持たないような作品でもない。もし仮に、金石範の業績から『火山島』を除外してこれらの作品だけを読むとしても、充分な文学的評価は得られるはずなのだ。

これらを発表順に追っていくと、金石範の関わった政治と文学問題の質がはっきりと見えてくる。ごく近似する体験を通過しているのはやはり金時鐘だ。テクストはさしずめ「朝鮮総連左派」ドキュメントといった表層を持つ。作者と民族組織との対峙が前面的なテーマであり、素材として当然の結果、組織の外にいる朝鮮人はほとんど登場しない。組織とは無縁な在日朝鮮人がいるのかどうかという想像力は、いきおい、物語からは排除されている。組織は自明の悪ではなく、〈希望〉ではある。民族共同体に充分な貢献をしていない、という側面から指弾される。組織批判は彼の存在を賭けたものであるが、その結果、家族近親をも巻きこむ壮烈な反動をもたらす。

これらは、日本の戦後文学にみられた知識人小説と同一の型になる。戦後文学は一時期、日本共産党をこうした〈絶対愛〉の対象とした。先に述べたように、金達寿は、日本型の政治と文学問題に、朝鮮人としては異例につき合わされた。けれども、七〇年代の日本文学から政治と文学問題はすっかり退潮していた（埴谷雄高『死霊　第五章』（75・7）を頂点として残したほかは）。金石範の在日知識人小説は、客観的には、時期を逸したということになる。精神的な自伝ではありながら、ここでも、対応物を持たない特異な症例を発信してしまった。

これらの系列は、雑多であるよりも、近寄りがたいモラルを帯びているようだ。幻想的時間に気ままに関わりながら、物語そのものは闊達ではない。少しそこにこだわって考察してみたいのだが、その前に、一つだけ片づけておくことがある。

短編「夜の声」についてだ。

この短編は、著書としては七冊目になる『詐欺師』に収録されている。金石範としては、異色の作品だと思う。どこがどう異色か。

序章でふれた「四・三事件」のエッセイには、作品が現実を変え現実を構築していく、という独特の信念が流れている。歴史から消された済州島虐殺について、彼は書き、書きつづけ書きつづけさらに書きつづけ、ついには、飛行場滑走路の下に埋った白骨たちを掘り起こして目の当たりにするところまで辿りついたのである。彼の作品が、歴史の一項目を〈復元〉し、歴史の一ページを記したのだ。

前記の詳細年譜、一九五三年の項目には、《五月、「夜なきそば」を『文学報』に掲載。ラーメン屋台曳きの話で、「これから」（一九五八年）と「夜の声」（一九七四年）の原型である。後に本当に屋台を出すことになるとは思いもしなかった。七月、朝鮮戦争休戦協定調印》の記述がある。

屋号を「どん底」とした屋台を出したのがその六年後。この記述によるなら、作家はまず屋台曳きの作品を書き、次に、作品を模して現実の屋台曳きになった、ということになる。順序はこのとおりだ。

「夜の声」に描かれた屋台ラーメン屋の日常は、ふつうに受け取れば、作者の体験にもとずいた具体性である。しかし作者によれば、創作が先行し現実は後からそれを模倣したということになる。この倒立こそ金石範的世界そのものではないか。もちろん「夜の声」は後年の作品であるから、屋台ラーメン営業の生き生きした描写に作者の体験が反映していないと主張するのは空しいだろう。しかし作者はなお述べる。創作が先で、実体験はそれに従ったのだと。〈空論〉ではあっても、『火山島』の作者によるものだから、退けるのは難しい。

この作品の異色な重要性は、そこにとどまるものではない。ここには、金石範小説にしては珍しく（？）市井の、（知識人ではない）朝鮮人が登場してくる。規範的な民衆像といった上等なものでもない。ただ、どん底にうごめく、名もない、下層の哀しい朝鮮人だ。主人公、永八《ヨンパリ》が屋台のショバ代のことで揉めて地回りの親分が登場してくる。その場面をみよう。

寒さも手伝って震えながら突っ立っていた永八はしばらくのあいだ、ただ大将の態度に感動していた。日本人にもいろいろな人間がいるのだ。しかし、大股で自分の方に向って相手が迫ってきたとき、彼は縮み上るくらい恐ろしくなってしまった。なあ、おっさん……年齢の差は、永八が上だとしてもせいぜい三、四歳ぐらいにしか見えないのに、大将はいきなりおっさんといった。永八の心臓は一尺ほど落ちこんだような音をたてた。へえ、えらいすんまへん、すんまへん。いいや、別にすまんことはないでェ、だいたいやなあ、おっさんはこういう商売の常識いうのん知らんのかいな。人間は挨拶が大事や、挨拶はこういう世界で仁義のことや。それにこの辺はそこいらの道ばたとはちょっとわけが違う。ちゃんと場代いうもんもある、うるさいんや、な、こういうとこは、気ィつけなあかんで。おっさんはどこや……流しか？　へえ、へえッ、あそこの、野球場のあたりで……たまにはどこへでも行きましゅ、それでこっちの方へもやってきましたんでな、へえ、ちょうどこちらが空いとったもんやから、それで、つい……えらいすんまへん。うふん……おッさん、チョーセンか。ええ、チョーセンと違うか、どうや？　チョーセンやったら、わしと同じやないか。はッははあッと笑った大将は達者な大阪弁でいったのだった。先刻からわざと大阪弁のアクセントを強めているようないい方だった。おどおどした永八のどうも日本人らしくない神妙な顔付きをじっとのぞきこんでいた大将は、おそらく相手の日本語の訛りだけでもすぐぴんと感じたのに違いない。わしはなあ、チョーセンもニホンも区別せえへんけどやな、これから気イつけなあかんで。この界隈は普通のとこでないのは、おっさんも知ってるやろがな……。

一段落分、「……」も原文のまま書き写した。主人公視点の地の文に、二人の会話を括弧なしで羅列する手法。軽妙に流れすぎるのを嫌ってか、作者はあまり試みないが、ここには解禁されている。

ところで、市井風俗が取りこまれていることを強調するあまり、この作品もまた思想性をまとった在日小説である点を看過してしまうわけにはいかない。「夜の声」の書き出しは《永八は橋の上にいた》である。橋の上に立つ人。この指定が何かは明らかだ。この一行によって作者は明確に彼が「橋上の人」であることを示した。「橋上の人」――生き残った証言者――日本の戦後文学が薄命のうちに達成した罪責の証しを金石範も共にしたのだ。《橋上の人よ、／あなたの内にも、／あなたの外にも夜がきた。／生と死の影が重なり、／生ける死人たちが空中を歩きまわる夜がきた。》（鮎川信夫「橋上の人」52）

永八は済州島からの密航者なのだ。そして日本の地で同胞を避けて暮らしてきた。虚無の虚無なる人間像を、作者は、証言者にすえた。彼は目撃したのではなく、目撃の記憶を幻視する証言者だ。消え去らない記憶が彼の脳のなかで燃え上がる。《永八は橋の上からよどんだ川をながめていた。暗い川面に裸の死体が一つ浮んでいた。……ガソリンをぶっかけて焼いてもなかまで燃えつきない死骸の山をブルドーザーで掘り返して押しつぶすときのすさまじい肉体の破裂音は、まるで巨大な爆竹が鳴りつづけるようで、……》。外部の時間経過はそこを起点とするしかない。夜なきそばの屋台を引く男の内部に、その爆裂音が鳴り響いてやまないのだ。おッさん、チョーセンか。《橋上の人よ／……／溺死人の行列が手を藻でしばられて、／ぼんやり眼を水面にむけてとおるのを――／あなたは見た。》（鮎川信夫「橋上の人」）

4

こうして、橋上幻視の後に、「驟雨」や「遺された記憶」（ともに『遺された記憶』所収）といった在日済州島小説がつづく。人物の内的な時間は虐殺の記憶によってどこまでも損傷されている。彼らは時間に囚われているのではなく、いわば無時間の煉獄に囚われているのだ。救われるときはこない。

「遺された記憶」は、手記のかたちで闘争時にパルチザン側の受けた拷問が語られる。この短編では、密航して日本人に〈なった〉男に再審の日が訪れる、という処理になっているが、もとよりそれは多くの審判のうちの一つにすぎない。

在日を基調としたこれらの短編は、野間宏、武田泰淳、椎名麟三といった日本戦後文学とも共通する情感を多く備えている。金石範は彼らより一回りほど年少だが、初期の詩をここに引用した鮎川信夫とは年齢が近い。その意味では、「鴉の死」よりは、日本人にとって近づきやすい世界だろう。とはいえ、題材の重苦しさが容易に読者をくつろがさないといった一面はずっとつきまとう。

だが済州島蜂起という題材は、『火山島』の雑誌連載が開始されたことによって、しばらくは、作者の短編世界からは遠景にしりぞいていった。

次にくるのが、組織批判を前面にすえた「優雅な誘い」（『遺された記憶』所収）と「往生異聞」（『往生異聞』所収）である。前者では、組織のなかの出世主義者を主人公にして、戯画めいた話が語られていく。在日者が日本警察によってよりもむしろ同胞組織からの厳しい監視を受けているという状況。日本の地にありながら、こうした設定は、その状況を強いられる者ら以外にはリアリティを持ちえないだろう。相似のものとして思い浮かぶのは、かつての社会主義圏の反体制小説のいくつかだ。フランスに亡命したチェコスロヴァキアの作家ミラン・クンデラの小説にも相互監視&密告社会を諷刺する一コマは見つけられる。気になるのは、同質の不健全が描かれているにもかかわらず、日本語の総連小説よりも、クンデラの翻訳小説の〈笑い〉のほうが有り難がられるような風潮だ。

「往生異聞」は、たんなる諷刺の域をこえて、ある典型像を描くことに成功した。反組織をつらぬいて思想的節操を守ったが、生活的には破綻して惨めな行路病死を遂げた男の物語だ。作者は、この自己破滅的な男に共感と嫌悪こもごもする一定の距離を保ち、しかし全体としては暖かいまなざしを投げかけている。これもまた知識人小説の限定にあるが、報われぬ故国への愛に自滅する者の孤独には、いくらか胸をうつものがある。

この作品を豊かにしている要素は語り口にあるだろう。語り口にほどこされた時間処理。これは技法を弄したものではなく、ごく自然にあつかわれている。単純な構造の物語だが、語り手のフィルターをとおして再構成されていくうちに、いくつかの時間層が顕わになってくる。冒頭は、主人公の死を語り手が自分の兄から聞かされる場面。なんで死んだのかという問いに「はっはは、野垂れ死にさ」という答えが返ってくる。ここから時間は過去にさかのぼって一人の男の人生が語られていくわけだが、ふつうにはこの起点は現在時と読まれるだろう。ところが、後まで話が進んでいくと、この男が最初の場面ではまだ死んでいなかったことが明らかになる。そして、現在と思われた時間に、数ヶ月後の話がつながって結末にいたる。彼は、再生したのでなく、また似たような状況での死を、二度死にのような念入りさで遂げるのだ。この後日譚めいた、反覆処理が小説に深い陰影をつけ加えている。

語り手を設定しただけの単構造の語り口でも通せないことはない。あえて付加された〈二度目の野垂れ死に〉は、破滅した男への愛惜の深さであるにとどまらず、作者の特異な時間感覚を示すだろう。

一般的な在日小説はアイデンティティのゆらぎを切実なテーマとしている。金石範の場合は、こうしたゆらぎが見られない。彼の在日意識にとっては、たまたま帰還の機会を失してしまったという偶然性が強く作用している。彼が朝鮮人コミュニストであることは疑えない前提なのだ。金石範の主人公は、時間を喪ってしまった男だともいえる。彼は時計をどこかに忘れてきたように、外界との時刻を合わせることができない。アイデンティティは磐石だが、それを支える時間軸が歪んでいる。文字盤の数字は、シュールレアリズム絵画のように融解している。

短編「夜」(『夜』所収)を例にとれば、《母の葬式の日は雨だった》と書き出される。そして、次の行は、《母が死んでからもう一年余になるが、……》と、時間が跳ぶ。この不安定さは何なのか。数行後に、雨によって引き起こされる回顧が《置き換えのきかぬ記憶の重さ》と指定される。小説の〈私〉の立つ現在時というものが、比べて、はるかにあやふやなのだ。夢遊病者のように、母の死んだ病院の前に立っていて、そこまで歩いた記憶がすっぽり抜けている。こうした迷路の感情は、しいて探さなくても、金石範の小説には自然の流れとして現われてくる。短い作品でも、幾層もの時間が交差するのが通例だ。

日本の地に囚われた永住的一時滞在《ディアスポラ》の数十年間が、金石範にとって、一瞬なる虚妄にすぎないとしても、それは旧植民地文学者の健康さなのだと断言できる。旧宗主国で過ぎ去る時間に意味は見い出せない。逆に、日本人には視えない時間の欠片こそが、彼の内部での永遠の持続なのだろう。砂時計の砂がいつも落下すると信じうる者は幸いだ。拠って立つ時間軸を共にすることなく、金石範を〈日本文学〉として消費する愚を犯してはならない。

「往生異聞」の破滅者は酒に身を持ち崩した。その破滅の延長に、作者は壮烈な自画像を描いた。「幽冥の肖像」「酔夢の季節」（ともに『幽冥の肖像』所収）、「金縛りの歳月」（『金縛りの歳月』所収）である。この項であつかう在日小説の頂点ともいえる。これらは、『火山島』執筆を持続する作家の秘密を最も強烈に語っている。書かれた時期は、『火山島』第一部連載が完結し、単行本全三巻が刊行され、第二部の雑誌連載が開始されるまでのあいだに当たっている。少し後の「夢、草深し」「光の洞窟」（ともに『夢、草深し』所収）にも、同一の傾きはある。こちらは、『火山島』第二部の執筆と重なっているが、テーマ的にも自画像のつづきという側面がある。これらが、作家の日常を〈赤裸に〉さらけだしているという意味で、まったき私小説として読まれることは、あながち読者の怠慢とばかりもいえないかもしれない。

常人なら沈没する大酒の毎日を過ごす作家。素朴にいえば、それのみが彼を支えて、執筆持続を可能にしている。飲まなければ書けない。そういう構図がある（エッセイではそのようにあっさり表白されている）。大酔して帰宅しても、意識が途切れているのに、眠れないまま、家にある酒瓶を独りで全部あけてしまうという陰惨きわまりない飲み方。アルコール中毒で破滅した作家は文学史のなかに大勢いるし、アルコールを絶ったら今度は鬱の魔に打ち倒されたという者も少なくない。適量を飲んで中庸の作品を地道に書きつづける、というのは所詮、市民文学の処世だ。しかし。金石範がこれらの作品で消費した酒量は、『火山島』の物理的なページ数と同じ脅威を感じさせるほど厖大なのである。『夢、草深し』二作の主人公は、泥酔したあげく駅の階段から転げ落ちて大怪我をする。九死の一生を得たというのか、地獄の閻魔にも嫌われて寸前にこの世に追いもどされたというのか……。とまれ、こういうエピソードから作家の実像を完全に切り離すことは難事なのだ。これは破滅派の酔生夢死のドキュメントなのではないか、と。ここに捕らわれすぎると、しかし、繰り返しいっているように、作品の実像を見誤る。けれども、わかっていながら、やはり私小説風覗き見的読みを引っこめることができにくい。

ごく単純なことだが、これは困る。展開に詰まる。世界文学史にあって、金石範における酒の蕩尽は、ドストエフスキーのあの賭博癖の凄まじさに匹敵するのではないだろうか。常人の尺度ではかることが間違いなのだ。

したがって、問題点の指摘は、できるかぎり短く済まそう。——酔いは夢だ。幻想と現実の境い目を切り崩す。停止した時間の亀裂を跨ぎ越す。現実の相対性、現実時間軸の相対性を組み替える。

これらの作品において（これらの作品から、といってもいいが）物語の時間層はより明確にめくり返されるようになった。現在時からある過去に、またある過去に——。現われてくる固有時。飛躍をもたらす道具が酒だ。非常にわかりやすい話であり、これ以上わかりやすい話もあるまい。人が驚くのはその大量さだけだということになる。「幽冥の肖像」に、病院の屋上から主人公が過去の自分を幻視する美しい場面がある。映像は彼をつらぬき、数十年の時空を一枚の静止画に浮かび上がらせる。過去の物語はおおむねそんなふうに繋ぎ合わされてくるのだ。

「酔夢の季節」には、ダイナマイト自殺をした同胞の挿話が初めてすがたを現わすけれど、土地名も仮名で、いまだイメージは曖昧化されていた。それが作家の日常風景のうちにもう一度、形象化を試みられるのは、『地の影』においてだった。政治と文学に関わる在日作家小説のテーマは、それほど直線的に整理されてはいかない。近似するアプローチにおいて、かつて誰も充分な成功をかちえていないという事実は銘記しておくべきだろう。

『幽冥の肖像』一作の別面からの重要さを忘れないうちに書きつけておこう。それは、味覚の絶対性の呈示である。朝鮮料理の具体的かつ、細密な描写となって実現された。酒飲みが酒の肴を求めるのは当たり前だが、彼はそこでも剛毅な民族主義者をとおす。

人間を生理的、心理的、社会的に全体的に捉えるというテーゼは、『火山島』において実作化されていった。その余剰というのか、食欲において人間を動的に描きだす方法は、在日小説の短編にも摘要されたのだ。

ケージャン、別名が補身蕩《ポシンタン》。それの効用、たとえようのないうまさ、全身をもって喰らうさいの陶酔感は、数ページにもわたたって言葉が連ねられるので、とても全部は引用できない。サワリだけを――。

……熱さと辛さの刺激のためにしばらく具を口中にあずけたままで噛むことができない。辛さが頭にのぼり、頭皮を剥がしたくなるくらいいちどにむず痒くなって、それが痺れの感じといっしょになってしまう。わらびなどといっしょにとろとろに炊かれて繊維状にほぐれ肉の形態を失った茶褐色の、いろんな調味料で十分に味付けされた濃厚な液体は、口へ運ぶのがもどかしいほどにその味がこたえられない。

もう一つの料理は、セッキ・フェ、猪児膾。豚の胎児を骨ごと叩きにして羊水といっしょに味付けをほどこした、粥状の朝鮮式刺身。済州島の郷土料理である。これは『火山島』のなかで全面的に紹介されているので、そちらに譲ろう。

5

時間喪失。

そのアイロニーは、ひとり在日朝鮮人作家のみに負わされた荷重ではない。

ここまで、金石範の独自の位置を測定するために、社会主義リアリズム論によるレジスタンス映画評価や、戦後文学の実存意識を参照してみた。ある種の共時制《シンクロニシティ》が確かに戦後日本社会に存在したことの確認である。

さらに論点を延ばしたいのは、西欧文学との比較だ。西欧といっても、東ヨーロッパの旧社会主義圏の文学に共通の瘢痕を備えたテクストがあるだろうと見通しをつけてみた。多岐にわたるとわたしの手に負えるわけはないし、一人の作家に照明を当てる方法が最善だろう。だれが適切か。ナチスのユダヤ人狩りで射殺されたユダヤ系ポーランド人ブルーノ・シュルツ（1892—1942）は心惹かれる作家だった。シュルツの作品は、日記や書簡も含めて翻訳されている（全訳が刊行されているのは日本のみだという）。シュルツはカフカのポーランド語翻訳者でもあったが、在日朝鮮人作家の負わされた二重言語の問題をあまり共有していないので、結局、比較の対象からは外した。

ただポーランド文学は、その方面にほとんど無知であるにもかかわらず、折りにふれ、興味を惹かれた。それで、目についたチャスワス・ミウォシュ（1911—2004）の『ポーランド文学史』（69　翻訳は06・4　未知谷）に取り組んでみた。そこに並んでいる作家名のほとんど九割はなじみのない名前だった。日本語訳が出版されていること自体まるで奇蹟のような書物だと感じたものだ。ほぼ千ページに近いこの書物は、逆説的な意味でしか、わたしの役には立たなかった。というのは、わたしは、アイザック・B・シンガー（1904―91）を選んだからだ。ミウォシュの『ポーランド文学史』には、不思議なことに、シンガーの名前がどこにもない。その理由まで興味は持てないけれど、それなりに知名度のある作家で比較論を試みることが無難だろうと、わたしは方針を決めた。自分の本でせいぜい三ページくらいのスペースしか割けない論述の参考リサーチのために、千ページの本を読むのは、あまり能率的ではない、と遅ればせながら気づいたのだ。

《物語のなかでは、時間は消えない》というのは、シンガーの言葉だ。注釈するまでもないだろうが、この言葉には、消え去った時間への痛切な想いが秘められている。また、幻想的な題材を好んで書く理由を問われて、シンガーは「それが現実との接点だからだ」と答えている。時間意識、幻想と現実の顚倒。その二点で、金石範とシンガーは強い親近性を持つことは明らかだ。

ワルシャワに生れたシンガーは、ナチスのドイツ支配後、アメリカに亡命し、その地で死んだ。故国を喪った亡命文学者の一人だ。初めは、イーディッシュ語のみで書き、もっぱらアメリカのイーディッシュ読者だけに向って制作していた。広く読まれるようになったのは、ユダヤ系作家であるソール・ベロウらによる翻訳作品をとおしてだ。といって、頑なに母語と自らの純粋な世界を守りぬいたという一徹派ではない。短編の語り口はなめらかで、アメリカ人好みのショート・ストーリーをつくる達人だった。

シンガーと金石範の比較を思い当たったのは、ずいぶん以前のことになる。『万徳幽霊奇譚』

のジュニア版『マンドギ物語』を手にしたときだった。そのとき、シンガーの造型した「ばかものギンペル」というユダヤ人像と金石範の万徳とが、きわめて近い存在だと気づいたのだ。シンガーは民話風の読み物や児童向けのお話を多数書いている。シンガーの文学的伝記『ユダヤ人の兄弟』（83 晶文社）は、亡命後の彼が、ディアスポラの作家として直面させられた試行錯誤を辿っている。シンガーは、アメリカ移住の初期には、流竄の民族の歴史物語の書き手として高名であった兄の陰に隠れていた。自らが民族共同体に向かって何を訴えていくのか。故郷喪失者の歴史をすべて説明するリアリズム小説か、それとも法則から逸脱した反リアリズム小説か。

シンガーは母語としてのイーディッシュ語を手放さず、幻想的な短編によって成功を得た。わたしが比較的早く読んだシンガー作品は、アメリカのモダン・ホラー短編集（『闇の展覧会』80 ハヤカワ文庫）に収録された「敵」だった。しかも書き下ろしアンソロジーで、シンガーは短い印象的な作品をもって、スティーヴン・キングなどその道のテクニシャンと名を連ねていたのだ。「敵」は、一人の難民が十二日間の船旅でこうむった受難をスケッチしたストーリー。れっきとした客船に乗った船旅だったが、主人公は、その食堂でウェイターからいわれのない〈イジメ〉を受ける。席についても無視される、注文の順を飛ばされる、ユダヤの戒律で食べられない豚肉料理をわざとテーブルに置かれる、などなど。彼がなぜそのような陰湿な攻撃を受けねばならなかったか、理由はまったく不明だとして、謎かけのように、作者は話を閉じている。

シンガーは難民として新大陸をめざしたユダヤ人の話を、通常の自分のスタイルでさらっと書いているだけだ。知らない読者は、これを、モダン・ホラーのジャンル読み物として愉しんで終わるかもしれない。こういう例示は、シンガーの〈通俗的〉一面をよく語っている。彼は、迫害され追放された民族体験を小話の〈恐怖〉に包んで提供する職人作家でもある。

シンガーが逃れた後、一国社会主義を輸出する労働者国家と民族浄化政策を効率化した帝国に挟まれた故国ポーランドは、両国の不可侵条約に翻弄され、ほどなく〈消滅〉した。四五年の解放はまた、故国消滅の奇妙な第二幕のようだった。ロンドンにあった亡命政権から発された無謀な蜂起指令、そして国民国家の命運よりスターリンの指導を優先させ味方を見殺しにしたコミュニストたち。きわめて大ざっぱ概括すると、この小国の運命は、朝鮮半島のポストコロニアル状況と相通じる側面を持っている。世界大戦の終結は、ふたたびの苛酷な圧制の再編成にすぎなかったのである。

シンガーの短編「カフェテリア」は作家の日常時間から始まる、一種の作家小説だ。『カフカの友と20の物語』（70　翻訳は06・6　彩流社）に収録されているから、時期的に金石範作品とほぼ重なるといえる。作家は、カフェテリアで多くの時間を過ごし、同胞のユダヤ人たちと話を交わす。そこはコミュニティの文学愛好家たちの社交場でもあるし、作家の仕事場でもある。あるとき彼はエステルという三十代の女性と知り合う。彼女の父親はドイツとソ連の収容所の生き残りだったが、両脚を壊死で喪っていた。彼はエステルの精神が崩壊に瀕していることに気づく。しばらく会わなかったエステルから連絡がきた。彼女は語る。

エステルは下唇を噛んだ。「わたしがヒトラーを見たことを、あなたにわかってもらいたいんです」彼女はいった。

何か異常なことを聞く覚悟はしていたが、わたしは悲しみのために喉がしめつけられる思いだった。「いつ――どこで」

「ほら、ねえ、あなたもうびっくりしている。それがあったのは三年前――そろそろ四時になるころだった。わたしはこのニューヨークのブロードウェイで彼を見た」

「通りでかい？」

「カフェテリアにいたんです」

――アイザック・シンガー「カフェテリア」村川武彦訳

生き残りの証言者のなかでゆっくりと崩壊が進行していくさまを、シンガーは単彩に描きつけている。彼女の時間は過去の幻想に侵犯されているだけではなく、作家の日常、カフェテリアでの生活をも浸蝕してくる。描かれたのは、ヒトラーの亡霊ではなく、亡霊が跋扈する故郷喪失者《ディアスポラ》の現在的な恐怖だ。どこに生きようと、それは追ってくる。

もう一点、「なぜヘイシェリクは生まれたのか」（『タイベレと彼女の悪魔』所収　07・11　吉夏社）をみよう。時代はまだ作者がワルシャワの出版社ではたらいていたとき。厖大な量の手記を持ちこんで出版してくれと言ってきた男がいた。名前はヘイシェリク。単語の綴りも句読点のつけ方もわかっていない、書きなぐりの原稿だった。ユダヤ民族の〈すべて〉が書かれていると、彼は豪語する。気の毒な手記執筆者に主人公が悩まされる話を、シンガーはたびたび書いているが、これもその一つ。たんなる戯画に終わらないのは、作者の哀しみの深さによる。もちろん彼の手記は書物にならないのだが、戦後になって〈わたし〉は彼のべつの行動を知らされる。

独ソの占領区域に分断されてしまった故国で、双方からの郵便を隠れて配達する任務についていたが、捕まって拷問されて死んだという。遺された手記は彼のすべてではなかった。小説の末尾はこう結ばれる。

わたしは信じているのだが、宇宙のどこかに、人間のあらゆる苦しみや自己犠牲の行為が保存されている記録保管所があるにちがいない。もしヘイシェリクの物語が神の無限の図書館を永遠にわたって飾ることがないとすれば、神の正義などありえない。

——アイザック・シンガー「なぜヘイシェリクは生まれたのか」大崎ふみ子訳

このようにシンガーの小説処理はごく平明だ。喪われた時間層を呼び寄せる仕掛けを一作品にいくつも仕込むことはない。だが必ず喪われた時間の固有の相が現われてくるところは、金石範の世界と同じだ。そこから逃れられず、現実と幻想の境い目はいつも揺れ動いているのだ。

シンガーの死に先立つこと二ヶ月、シンガーの小説に出てくるのがふさわしいようなポーランド人作家がアメリカで没した。イエジー・コジンスキー（1933—91）、こちらは自殺である。二十代で渡米して、数年後に『異端の鳥』（65　翻訳は82・7　角川文庫）を英語で発表し成功をかちえた。彼はスキャンダラスなゴシップにつつまれた人物で、『異端の鳥』にも盗作疑惑や代作疑惑があった。英語力が充分でない作者が「翻訳者」を雇ったことは事実であるらしい。わたしが知るのは、日本語訳による『異端の鳥』と、ロシア革命を史劇として描いたハリウッド映画『レッズ』（81）にボリシェヴィキ党ナンバー3の役でコジンスキーが出ていたことだけだ。詳細な伝記を追いかけるといった熱意はとても掻きたてられてこないが、ここにもまた、ディアスポラ作家に特有のすがたがあると思わないわけにはいかない。

シンガーの描いたヘイシェリク、「往生異聞」がうたいあげた野垂れ死に男。それらは想像の産物ではない。現実の事例はいくらでもあったのだと思わせる。

6

作家小説の系列にある『夢、草深し』と『地の影』二冊について、簡単に、繰り返しておく。これらは、『火山島』第二部の連載後期から終了時にかかっている。先に「三」に分類した『火山島』以降の作品群と、「二」の『火山島』以前の作品群とのはざ間にあるわけだ。

作者の、『火山島』完成後の大爆発──あたかも『火山島』をマグマの底流にしたかのような大爆発は、その後の十年に観測されるのだが、『夢、草深し』と『地の影』二冊についていえば、いわば予兆的な中規模の爆裂だったといえよう。

『地の影』は、「炸裂する闇」「テコとコマ」「黄色き陽、白き月」の独立しても読める三篇からなる連作である。月並みにいえば、生と死と老いの日常といった、日本的自然主義の落照の色は濃い。部分的には、飼い猫との日々や夫婦喧嘩を淡々と綴っている。内田百閒をやり始めたのかと戸惑わされるが、内田のペット・ロスト記『ノラや』(57)が私小説ではないように、位相はむろん違うが、『地の影』も私小説などではない。老作家の日常を掻き乱す猫がめくってくる時間層は、一度「酔夢の季節」に書かれようとした組織離脱体験だ。暗鬱な粛清劇の深層がくまなくさらされたとはまだ思えないが、作家の内奥から噴出してくる不条理な夢魔の一つであることは明らかだ。

『地の影』を主導してくる、さらに大きなイメージは作中で「ヤンヒ」と呼ばれる女性の存在だ。彼を先生ニムと敬愛してやまない若い女性。彼女は死の閾から彼の意識に入りこんでくる。モデルは隠されていないし、情感はまぎれもない恋愛小説なのだが、作者はここでもリアリズムに逆らっている。猫も女も観念イメージ以上のものではないのだ。先生ニムとヤンヒの愛の交歓にはエロスが欠けている。《先生ニム、ソウルのこの風の厳しさはいいでしょう》。不謹慎な茶々でも飛ばしたくなってくる場面にも、下世話な想像をこじ入れる隙がない。観念の愛は地に落とす影でしかないからだ。ここには、むろん李良枝の影があるのだが、同時に、作者に捕捉されているのは、その後に発表される李静和の詩「つぶやきの政治思想」でもあった。《ヤンヒの柩は、漂う船。漂うわたしの魂を乗せた船》。李良枝、李静和の介入と金石範の再回答……。いや、この点は六章まで保留しておかねばなるまい。

とにかく、『地の影』は、圧倒的な海のイメージと朝鮮民族の音楽によってクライマックスに高まって閉じられる。

7

金石範の項目の一段落するところで、『祭司なき祭り』について、少しだけ書き加えておきたい。小松川事件をもとにした作品である。執筆時期は、『往生異聞』と『幽冥の肖像』の中間にくる。わたしは『李珍宇ノート』において、この作品は金石範にとって恥辱だと書いたが、その考えに今も変更はない。

李珍宇は被疑者として逮捕された時点で、すでに模擬死刑を執行されていた。推定無罪の原則はいっさい適用されなかった。公権力の動向にしたがった文学的白色テロルの無惨さについて、再説はしない。

『祭司なき祭り』が書かれたのは、事件決着（李珍宇への死刑執行）から二十年近く後になるが、作者のくだした解釈は、事件当時の反応を後追いするにとどまった。

しかしこの作品を徹底的に弾劾したせいなのか、「あんたは金石範を認めない男なんだな」と誤解されたことには閉口した。わたしとしては、この作品のみを恥辱とみなすと明記したつもりだったが……。一作の否定を全否定とみなされるほど興奮したこちらの未熟であるとしばらく沈思した。

ただ一点だけ、論点を補充しておけば、作中の犯人は、現実と幻想の空域を往還する金石範的人物の典型ではあった。そこを素通りしたかのような弾劾になっていたとすれば、それもまたこちらの短慮であった。「李珍宇は私だ」という声を求めて得られなかったことは、わたしの苛立ちであって諸家のあずかり知らぬ事柄であろう。

この項であつかった作品は、『金石範作品集』全二巻に、ほぼ再録されている。

5　夜の地の底まで——高史明

頬にぽっかりと穴があいてしまった

……ここだけ石ころを置いても落下しない
　ほどびっしりへこんでいるのはめ
　　ずらしいですなあ……
なんとか。人並のふっくらとした頬になってみたい。
そう思いながらも　青年は三度の食事をおろそかにし
　てしまった。

——呉林俊『海と顔』

1

高史明について何らかの表明を試みると、自伝への考察に立ちもどらねばならないようだ。すべての在日朝鮮人文学は自伝的である——という仮説に、もう一度。

このことは非常に苦痛をともなう。苦痛は、高史明について論述するという、その能動それ自体に内在しているのかもしれない。たぶん、そうだ。

二章にふれたように、高史明は、金嬉老を国家が裁こうとする階級裁判の特別証人席に立った。検事は高史明の陳述のさい居眠りをこいていたというが、それは検事の立場としては正しい選択だったと思える。

パレスチナの詩人マフムード・ダルウィーシュは、来日したさいの座談会で同席した高史明の発言にふれて言っている。《われわれはわれわれの悲しさを変えることはできない。あなたの話しは非常に私を悲しくさせる。非常に真実を含んだものである。それは詩人のものであるからだ。私の心に非常に触れた。あなたはしゃべらないで詩を暗唱している》(『朝日ジャーナル』74・8・2)と。これは高史明のテクストを前にする者を捉える、ごく平均的な反応だという気がする。悲しみの真実が凝固した詩語のように鈍重に魂を痛撃してくるのだ。

ことわっておくが、わたしは高史明のいい読者ではない。いい読者たりえない。

自伝的レベルにとどまっている在日朝鮮人作家は、この章の後の項目にもいくらか並んでくるが、少なくない。これは歴史のアイロニーというべきで、各作家論の前提にするには細心の注意が必要だ。文化の不均等発展は、ことのほか、近代小説としての在日朝鮮人文学を複雑にしている。日本の市民社会文学の爛熟はそのまま彼らの文化圏には反映されないのだ。まったく別次元だとするのは正確ではないが、〈個人格差〉は著しい。爛熟を袋小路といいかえて意趣晴らしした気になっても事態は何も変わらない。

だが、高史明のような作家が、言葉の素朴な意味で自伝作家にとどまっている、という事実をどう考えるべきなのか。彼は自伝から小説へという、本質的な裂け目を跨ぎ越すことに失敗したのか――。残念ながら、失敗したのだといわざるをえない。彼はもう小説を〈書いていない〉のだ。だがそのことで彼を批難しようとも批難できるとも思わない。

では、高史明の何について書くのか。問いかけはわたし自身に還流してくる。

金嬉老裁判の法廷に高史明が立ったとき、彼は、被告人をとらえた自死のテーマをふたたび掲げてみせた。命を捨てる覚悟をしたとき被告はかぎりなく自由だったと。彼が涙とともにそう語ったとき、静岡地方裁判所の一室には、夜の暗い影が音もなく通り過ぎていったことだろう。

2

『夜がときの歩みを暗くするとき』は、新人のデビュー作としては、破格の質量を持つ長編小説だ。もちろん典雅な完成度よりも部分的な突出に輝きがある、粗削りな作品だが、粗いといっても大きな破綻はみられない。才気あふれるといったタイプではないところが、かえって信頼をいだかせる。第一小説は堅固な統一体として、高史明という作家の器の大きさを示した。戦後文学の書き手たちはまだ健在であり、高橋和巳のような、思想的長編小説への支持も強かった。こうした文学状況にあって、高史明への期待がどれだけ大きかったは、当時を知らない者にも容易に想像できるだろう。にもかかわらず、次作は書かれずに終わった。

書かれずに終わったといわねばならない。

最新作『闇を喰む』全二冊の「あとがき」で高史明は、同書が《小説三部作の……三度目の手直し》であると、書いている。この点については後で詳しく述べるが、わたしの見解は否定的だ。『闇を喰む』は自伝的作品であっても、全体的にいって小説ではない。こうした手厳しい基準を設けると、かなりの量の在日朝鮮人の小説が引っかかることになる。だから、この基準は、高史明のケースにかぎられると明記しておこう。彼に関して基準を適当にしても、問題は鮮明になってこない。小説一作きりの作家というのが、さしあたっての仮説だ。

言葉との抗い、日本語との非和解的な抗争を、初期の高史明は一義においていた。そして論議としては表面化していないが、小説形式との葛藤も進行していたと思える。創作方法における試行錯誤、それは、第一作をもって取り下げられてしまったと思える。具体的にみていこう。

『夜がときの歩みを暗くするとき』は全二十五章、章ごとに変わる主要人物の視点に託して物語は進んでいく。多くをしめるのは、主人公境道夫の視点だ。つづいてその恋人津山泉子、友人斉木、志摩、金一竜、という人物たちが視点を分担する。この処理は必ずしもいきとどいているとはいえず、もう少し整理されたほうがいいと思わせる。ストーリーの流れで視点人物を入れ替えるのではなく、そこに方法的な必然性をとおしたほうが良かった。

在日朝鮮人金一竜の章は、なかばの十四章と二十章になる。この人物は、構成的には脇役なのだが、登場すると主要なイメージを背負って存在を示す。彼は勝手に暴れだす。全体としてのバランスは失しているが、かといって、この小説の根幹でもある金一竜の場面を差し引くことはできない。小説の輝きも、傷も、この人物のところで拡大してしまうわけだ。

第一章、冒頭のところから語られるのは、主人公境道夫の内面だ。いわゆる「意識の流れ」の技法によって、時間も空間も指定されないままの場面が移り変わっていく。死線を彷徨う境道夫の意識に、広島での被爆、山村工作隊での体験、血のメーデー事件での警官隊との衝突などの光景が移ろっていく。それらの光景が主人公に持つ意味は、後の章においおい明らかになっていく。彼がなぜ内的意識という不全の状態で冒頭に現われねばならないのか。その意味は、章の末尾で明らかにされる。いわば破局から始まって、時間軸をさかのぼるかたちで物語は展開していく。

意識の流れは井上光晴が多用するなど、この時期の小説にはよく見かけるモードだった。作者はこの日本人の主人公を描くにあたって、彼の視点の章で内面までの潜行を試みている。冒頭こそややわかりにくいものの、中ほどでは、部分的に凄まじい熱気を放つ像を投げ出してくる。最初に指摘しておくべきだったが、この小説は、驚くほど狭く限定された背景によって構成されている。人物はみな共産党員だ。それも、五〇年代前半の分派闘争の時期の、一方の分派にかぎられる。敵対分派はすがたをみせないので、予備知識なしにこの小説を読むと、一つの分派がすべて（全世界）といった異様な舞台装置をそのまま受け入れるしかない。登場人物はその世界の外に出ることがない。物語全体をおおう暗鬱さもさることながら、〈外部〉が存在しないという密閉性によって、この小説は類をみないほど息苦しい。主要な人物はみな日本人で、朝鮮人は金一竜と彼の章に出てくる白泰植だけなのだが、どの民族であろうと気にならないほど、全員が〈党員だけの密閉世界〉にどっぷりと浸かりきっているのだ。事実として、分派闘争にかかわった者らは党の方針転換によってコマネズミのように右往左往させられた。だが〈外部〉のない世界に押しこまれた『夜がときの歩みを暗くするとき』の人物たちは、自己相対化の手がかりすら与えられていない。自分らを客観化することができない。まるで人工的な思考実験場のような世界なのだ。

この小説にもし美しさとか潔さとかがあるとすれば――じっさいにあるのだが――それは、こうした密閉性からくる純粋さによるのだろう。

金達寿の項でみたように、この特殊世界の特殊な時期の出来事は、一九五五年の六全協（第六回全国協議会）によって成算される。無になる。犠牲になった者らも無に帰するのだ。

だが高史明のこの小説に打たれるのは、党がすべてである奇怪な世界構造を、作者が全的に受け入れているという事実にたいしてなのだ。むろん反対論はただちに起こるだろう――。文学とは本来的に権威を疑う営みではないのか。戦争と革命の二十世紀にあって、革命党への奉仕を率先した〈文学〉が多くの人を捕らえた（事態はまだつづいている）。高史明が示したのはこの種の盲従ではない。そうではなくて、彼は、自分の問題意識から逸れる事柄をすべて排除した結果、この密閉世界に降り立ったのである。

問題意識とは、党が社会に向けて何をしたか、どう利益をもたらしたか、あるいは取り返しのつかない過ちを犯したか、といった関心ではない。完璧にその方向にはない。党において、己れが善をなしたか、人を裁いたか、人を許したか。それのみに、徹底的に個人の側面に、かかっている。党において何をしたかが唯一の問題なので、党以外の世界は小説の舞台から消えたのだ。同じ意味で、党が犯した誤謬という五〇年代問題における根幹テーマも、高史明の関心には入ってこない。極論になるが、共産党へのモラリスティックな批判に、彼は無関心であるようにもみえる。戦後左翼文学を呪縛した党との論争、党への恋闕の歌を、彼が分かち合ったという形跡はどこにもない。彼には、そこで自分が犯した個人的な誤謬のみが問題なのだった。

これほどの徹底性を備えた作品は類をみない。『夜がときの歩みを暗くするとき』が題材としては党の五〇年分裂をあつかっていながら、他の作品と一線を画されるのは、この理由からだ。分裂への痛みや罪悪感が彼にはない。

『夜がときの歩みを暗くするとき』は主要には、恋愛小説でもある。境道夫と津山泉子の、党員同士の愛。それはすでに破局から始まってしまっているわけだが、途中の物語は、彼らがいかにして愛を貫徹するかに当てられる。彼らの愛は党の指令によって禁じられる。党は理不尽な抑圧装置にほかならない。だが、彼らには、党の外に出て彼らの愛を貫くという選択肢が、不可思議にも訪れないのだ。いくらかの揶揄をこめれば、この小説は、日本共産党版『君の名は』だ。忘却とは忘れ去ることとなり、だが党は決して忘れないから、二人の逢瀬を絶対的に禁じる。恋人たちの情動は大通俗ドラマさながらに不自然で人工的だ。だいたいが泉子は人妻という設定なので、党の鉄の規律が彼らを阻む前に、彼らのいうところのブルジョア的倫理が彼らを許さない。だとしてもあくまで純愛への敵対者は党なのだ。

この不自然さは、中途半端な小説世界にあっては大きな傷になる。しかし党の外側を欠いた異様な世界においてなら、かえって劇的な効果を発揮するだろう。じっさい、している。カフカ的といってもいい異様さだ。このように『夜がときの歩みを暗くするとき』の本質は、不条理世界で実験される凄愴な思想小説といえるのである。

ここまで確認できたところで、この小説に底流する三点の高史明的イメージに照明を当てることにしよう。

濃密な自死願望。

行き場のない暴力衝動。

岸壁を埋め尽くした大量の屍体。

三点といったが、エッセイや後の自伝的作品で繰り返し言及され、高史明の原風景と化しているのは、自死願望と暴力衝動の二点である。この作品では、自死願望は境道夫に、暴力衝動は金一竜に、それぞれ分担されている。両者は混濁した塊りではなく、いちおうは整理され、小説の中心の二つとして機能している。ただ後者はなかば過ぎに現われてくるので、主人公に付属させて描く当初のプランがうまくはたらかず、やむなく金一竜という脇人物を前面に引き出してきたのかとも推測できる。

境道夫に仮託された長い八章。党に忠誠を疑われた男のデスペレートな内面と行動が描かれる。彼は別の人妻（この女は党のシンパ）に関係を迫り、救いを求めるが、虚しく終わる。ついに彼は天井から下がる電気コードに手を伸ばし……。首を吊ろうとしたロープが体重を支えきれない、という高史明の原風景（これについては、序章でみた）がそこにつづいてくる。

そして九章、斉木の視点に替わって、失敗の後始末が描かれる。境道夫は斉木（友人ではなく、党では格上の男）に告白する。《おれはな、おれは……。……おれはもう、このおれという奴を生きてゆくことができない》と。

おれという奴を生きていくことができない。自分という役をつづけていくのが難しい。――これが高史明の文体なのだ。単純に「死にたい」と言えないのだ。

二十章に跳ぶ。飲み屋で金一竜が暴れる場面があるが、その前段階をみよう。表面的には、朝鮮人を馬鹿にした日本人をぶん撲る。それだけだ。暴れ方は尋常ではないが、暴れる理由はごくありふれている。だが彼の内面に滾るものは――。

……痛い。頭が痛い。彼はしかし、その痛いという朝鮮語すら知らないのだ。イタイと彼は思う。その悲鳴は日本人のものだ。彼は朝鮮人の痛苦に刺し貫ぬかれて、日本人のような悲鳴をあげる。イタイ、イタイ、イタイ。それは日本人の悲鳴だ。イタイ……。

一竜はふいに低い呻き声をあげて、顔をふりあげた。この自分から逃れたい。この自分から。どこにそれがある。

高史明の論告は、とくにこの小説においては、混沌としたマグマ状なのでうまく要点を取り出しにくい。とくに彼が必死に訴えようとすればするほどマグマが発熱し巨大になる。それを読む者は彼の言葉の赤裸のすがたに打ちのめされるのだが、彼が要するに何を言ったのかという肝心な点になると、簡単に整理できないことに気づくのだ。そして、彼の訴えんとすることをまるきり理解できなかったのではないかという不安にすら捕らわれる……。けれども、ここに引用した箇所は例外的に、短いセンテンスで簡明に伝わってくる。――自分から逃れたい。この表白は、境道夫の告白に託される「おれはもうおれという牢獄を生きていくことができない」という苦しみと重なる。一人の人間のものだ。

同時にここにあるのは、一人の朝鮮人をとらえる根源的な分裂意識だ。苦痛を日本語でしか伝えられないとき、彼は日本人化した朝鮮人として自らの民族から疎外されている。日本語で言う「痛い」は朝鮮人の「痛い」ではない。それは、日本語に〈奪われて〉しまった痛みだ……。言葉と民族と実存をめぐる高史明の問題提起の精髄が、ここに端的に表明されているのだ。

もう一点の、岸壁を埋め尽くす屍体のイメージについては、少し説明を要する。これは、高史明の原風景でありながら、小説の中心を占めるところまでいっていない。技法処理としては半端なまま終わっている。これは、二十二章、逮捕された斉木に獄中で出会った男の口から語られる光景の一部だ。派生的な人物に託されているし、適切な位置に配されているわけでもなく、突如として噴出してくる。読み取りには難渋するが、ここにも作者の訴えようとしている根幹があることは見逃しようがない。

——暗い目をした、作者の自画像のような男は、斉木を相手に、問わず語りに、ある軍需工場で働いていたときの体験を語っていく。まさにこの男が牢獄に幻影のように彷徨いこんできた〈作者の自我〉そのものなら、いくらかは、この陳述の重要さは受け入れられよう。彼の話（単行本では224-227ページ）には、やはり要約不能なところがある。……岸壁に白くふやけた屍体が流れ着いてくる。屍体のイメージは、金石範の小説、金時鐘の詩と通じる。船が機雷によって沈み、空にはB29が舞い、工場では自殺者が相次ぐ。屍体屍体屍体屍体屍体屍体。海が屍体で埋め尽くされる。そして戦争が終わり、天皇の玉音放送を耳にした男は混乱する。おれたちは騙されたのだとしても、信じた自分というものは残るのだ。あの戦争とは何だったのか。

要約できないとは、この男から噴出してくる言葉が、明晰に自分の言いたいことを捉えきっていないのに加え、互いに打ち消し合うような感情をぶつけてくるからだ。だがこの箇所は、内容として、金嬉老裁判の特別証人証言で高史明が語った（語ろうとした）思考とほとんど重なるのである。二章において、この証言の要約報告を引用しておいた。そしてそれが、高史明の語った言葉とは少し異なる主観的な要約であることも、指摘しておいた。勤労動員で工場に徴用された高史明が流した涙。彼の裁判証言と『夜がときの歩みを暗くするとき』の対応部分とを仔細につき合わせて比較してみることもできる。比較してみれば、そこにも矛盾は見つけられるだろう。突然、天から落ちてきた〈敗戦＝解放〉への驚きは、容易に整理しえないだろう。そこに、朝鮮人として生きねばならないと決意した男の凄惨な内面は、語られるべき多くの物語によってどんなにか充満していたことだろう。彼は、書きつづけねば、ならなかった。彼は……。

次に、作家に起こったことは——。よく使われる年譜的紹介を借用してみる。《七五年、一子の岡真史（遺稿詩集『ぼくは12歳』）が自死したことを契機に、『歎異抄』と親鸞思想に深く帰依する》（『闇を喰む』カバーより）

3

『闇を喰む』は、少年期の記録と青年期の共産党体験とから成り立っている。二つのものはかなり質感を異にするが、とくにこの自伝的読み物のなかでは、断絶的にあつかわれてはいない。『闇を喰む』は鮮烈な記録だ。高史明という人物の怒り、悲しみ、孤立の様相は、あますところなく、ここに表われている。とりわけ少年期を描いた前半はそうだ。単独者、誰とも交わらず、誰にも心を許さなかった故郷喪失者《ディアスポラ》の像がここに直立している。金嬉老裁判での証言において金時鐘は、自分は在日同胞社会の帰属性《ビロンギングネス》のなかで生きてきたが、金嬉老はまったくの単独者として日本人社会に投げ出されて生きねばならなかった、と語った。『闇を喰む』に表われているのは、こうした単独者としての兇暴な顔つきだ。同胞を忌避するという屈折ではない。あらゆる他人に牙を剥き、無言の暴力をもって襲いかかる獣の哀しみだ。

　彼が金嬉老に己れを見い出さねばならなかった理由は言葉だけのものではない。むしろ悪人ぶりでは犯罪者以上だったのかもしれない。読み物としての『闇を喰む』が最も近接しているものは、誤解をおそれずにいえば、やくざ小説だ。そこからめらめらと立ちのぼってくるデスペレートな怒り、他人を受け容れることのない哀しみ。脅えのもたらす固い殻、飢えたまなざし、瞬発する暴力。それがやくざ者の自伝と同質であるように感じられたのだ。名前をあげれば、藤田五郎の『無頼』(67　南北社)をはじめとするやくざ小説。それらは、映画化されて評判を呼んだのもほんの一時期のことで、市民社会から排除を受けた。在日小説とやくざの関連は一つのエアポケットでもあり、項をあらためて考察するが、高史明の出立が蒼茫の暴力的単独者としてあったことは無視されてはならないだろう。

高史明が初めから『闇を喰む』の自伝的作者として現われていたら、わたしはこうした回りくどい論述の仕方は採らなかったと思う。繰り言とはいえ、書きつけておかずにはいられない。事態は逆だった。作家として〈退行〉した帰結のように、彼は、『闇を喰む』の作者になったのだ。わたしは高史明を訴追しているのではない。わたしの論述が高史明を訴追しているように印象されるとしたら、それは残念なことだ。

自伝の最初の試みは、年少者向きに書かれた『生きることの意味　ある少年のおいたち』だった。自伝風のエッセイはそれより前に『彼方に光を求めて』に収録されている。それが三部作に拡大され、『歎異抄との出会い　1　2　3』のサブタイトルを持つ『少年の闇』『青春無明』『悲の海へ』となった。さらにかなりの改稿を経て、『生きることの意味　青春篇　1　2　3』の総タイトルを持つ『少年の闇』『激流を行く』『悲の海へ』となった。それが、さらに二分冊の『闇を喰む』になったわけだ。

以上、少しややこしいが、自伝書き直しのプロセスである。それぞれの版には、ほぼ十年の間隔があいている。『歎異抄との出会い』と『生きることの意味　青春篇』のあいだには、根本的な書き直しといっていい多くの異同がみられるが、『生きることの意味　青春篇』と『闇を喰む』のあいだには、いくらかの加筆のほか文体の改変はない。目次立ても同じだ。

『歎異抄との出会い』は、エッセイ風に書き出され、『歎異抄』をどう読み、どう咀嚼するかを追う構文だ。作者の主観的意図はどうあれ、小説と称するのは難しい。『生きることの意味　青春篇』に書き直されたものが、タイトルはともかくとして、自伝的小説の開始としての位置を持つだろう。だが「青春篇」の続きは書かれず、ふたたび改稿（推敲ていどというべきか）されただけだ。残念ながら、この点は認めておかねばならない。

小説と自伝との差異とは何なのか。

なぜ小説から自伝への移行は退行でしかないのか。

疑問点を解いておこう。『闇を喰む』は痛々しい求道のドラマではあっても、そこには対立者としての他者がいない。主人公の近代的自我を囲み、彼にはたらきかけ、彼を変えようとする他者が不在だ。そこに通過する人物は彼のドラマの注釈者としてのみ配置されている。この処理は、『生きることの意味　青春篇』で完成しているので、『闇を喰む』でもそのまま受け継がれた。初歩的な感想だが、これらに記された「闇」という言葉のあまりの多さ、大量さによく見合った、ほとんど紋きり型の低調さは無惨だった。この一点のみからしても、作家精神の退潮は明瞭だった。

皮肉なことに、作品的緊張が喪われた結果、かえって高史明の魂の惨劇はよりわかりやすく伝わってくる。そのメカニズムはもう他者にはうかがい知れぬ彼の〈黒闇〉なのだろう。作家にはそうして恩寵のときが、己れを語り、伝えおおせたというカタルシスが訪れたことなのだろう。ああ。

結局のところ、おおかたの読者は『闇を喰む』を『夜がときの歩みを暗くするとき』の平明な注釈書として読むのだろう。小説の持続的発展としてではなく、〈歩みが止まった〉跡を照らし出す灯かりのように……。悪人なおもて往生す。それが救いでないと裁く権利は誰にもあるまい。

暗い目をした朝鮮人の少年。母親はいなかった。父親とは親しめなかった。十五歳で肌にスミを入れ、同胞の年長者を叩きのめし、少年刑務所に服役した。歴史の闇を這いまわる小悪党を気取った。民族学校も希望はもたらさなかった。地方都市から東京に出、労働運動に飛びこみ、共産党を知る。『闇を喰む』の後半の記述によって、日共分派で彼がかいくぐった煉獄がいかなるものだったかも明らかになる。彼を苦しめ精神錯乱と自殺未遂に追いつめた実体験が……。

恋人たちを引き裂く党の圧政に彼がどう闘ったか。『夜がときの歩みを暗くするとき』に重苦しくばらまかれたエピソードの多くが〈自伝的〉体験によることを自伝的小説は明らかにする。境と泉子の出口のない悲恋は、作家自身の苦悶として率直に書かれている。それでも、仔細に三種の自伝的小説を読み比べると、エピソードやイメージの連鎖が組み替えられている部分があることに気づく。例示は非常にわずらわしいので省くが、作者が何に拘泥したかの証左にはなるだろう。このように〈自伝的事実〉の書き直し行為を繰り返す〈作家〉について、いったい何が語れるというのだろう。もちろん〈真実〉は掘り当てられるべきであるけれど、それは決して、何度も繰り返して、という意味ではない。

ただ一点、自伝的作品において、作者が第一作を深め豊富化したパーツがあるとすれば、それは党内の査問体験にこだわった洞察だろう。単独者の少年だった男が、党の規律に忠実に組織を泳いでいくことには無理があった。別に恋人とのいきさつがなくても、彼の不服従は問題となったろう。査問を受ける主人公の苦しみは、第一作の〈書き直し〉なのだが、その先に重要な書き足しが置かれている。〈私〉の感じる晴れやかな解放感だ。党の方針を受け入れ（つまり、私の自我を抑圧し）たときにやってくる回生だ。それが欺瞞的なものであることを〈私〉は気づいているのだが、脇に押しやろうとする。

私はその男たちを見回しながら、新しい解放感が込み上がってくるのを覚えた。そうだった、私はたったいま、自分の全身を長い間束縛しつづけてきた党中央の「決定」を自分自身のものとしたのだった。何もかもがこれからなんだと思う。全身に強い震えが走った。同時に全身の毛穴から暗い臭気が吹き出すのが感じられた。しかし、恐ろしい吐気から解放されていた。

次に〈私〉が選ぶ行動とは何か。そこには組織の力学が無慈悲にはたらいている。査問を切り抜けた者は今度は査問する側に回らねばならない。その段階にまで進まねば、晴らされた〈無実〉は完成しないのだ。彼は、党中央との一体化感情を結ぶことによって精神的安定を得た。それは彼の個人的な事情にすぎず、彼はより具体的な明証を示さねばならない。かつての己れのような不安定分子を探しだし、糾問する立場に立つことだ。

査問しつづけることによって、自分が査問されることを回避する。いや、むしろ、査問されることの恐怖感をバネにして、査問対象となる弱い羊を身近に探す。冗談のような悪迷路だが、それは弱体化した組織にあっては不可避に現われてくる負性だ。不純分子を駆り立てることが倒錯的なエネルギーとなって、崩れかける組織を一時的に支えるのだ。そうした組織的処世の智恵が身についているかどうかは、ともかく、〈私〉はもう一つ深い覚醒を得る。

わが心の正しくて人を責めるのではない。査問を切り抜けたという解放感は、組織に身を置く者にとってあたかも麻薬だ。その恍惚たる解放感を持続するための最も手軽な手段は、自分が「やられたことをやりかえす」ことだ。査問する満足が、査問されたさいの恐怖を癒し、かつて体験した恐怖を〈快楽〉に転化する。一度やったらやめられなくなる……。誤謬なき党中央など幻想にすぎないことは自明だ。彼はもう二度とあの精神錯乱に転落したくないのだ。

こうして高史明は、革命的政治運動のかかえる人間的暗部へ深い省察をあてたのだった。それは、『夜がときの歩みを暗くするとき』をも含めた多くの政治小説が捉えそこねた命題への再戦だった。日共五〇年分裂はいうにおよばず、その負性を拡大して受け継いでしまった二十年後の連合赤軍の同志殺しにしても、その犠牲を真に悼む文学は産まれていない。だが高史明はそこに向かい、ささやかな発見にいたったのだった。

かつての渾身の創作によっても果たせなかったその洞察が、自伝的小説という退行形式において実現したこと。そのことの深いアイロニーに粛然とせざるをえない。

6　名もなき虜囚たち――鄭承博　金泰生

「おい、ジュウ。野良犬。誰に話してるんだい？　神様にかい？」と警官が言った。老人はどうにかその言葉が理解できた。なぜ、どうしてわかったのであろう？　老人は心のなかで身構えた。神はどのような悪もなし給わないのに、その姿に似せて造られた者は、なぜにかくまで邪悪なのであろう？　老人は警官に言った。「そうじゃよ。わたしはジュウじゃ。神に祈っているのじゃ」

それは、レブ・モルデカイ・メイヤーに話せる、異教徒の言葉のすべてであった。

――アイザック・B・シンガー「祖父と孫」１９７３　田内初義訳

1

鄭承博は『裸の捕虜』一作の書き手とみなされやすい。それでほぼ過不足ないのだが、いくらかの私見はつけ加えておこう。

『裸の捕虜』が一人の人間の記録として人を驚かせるのは、素朴にいって、主人公＝作者の生活力の自在さによるところが大きい。並みの才覚では生き延びられない状況をこの植民地青年は強靱に通過する。すなわち作品を成立させている大きな要素は作者の個性なのだ。この個性と作品とが不可分なものになっている。〈事実そのまま〉は『裸の捕虜』のみならず、鄭承博の作品全体のポジティヴな価値とみなされるようだ。しかしいうまでもなく、こうした強度は一人の作家の作品全体を評価する場合、最も弱い環にもなりかねない。体験に密着しすぎた書き手、小説を書くより書かれるモデルになったほうが似合う人物とみなされてしまうのだ。『裸の捕虜』にあてはまった原則が他の作品においては、かえってマイナス評価につながったのかもしれない。

他の作品には『裸の捕虜』に顕著であった抽象度が欠けていた。なぜその抽象度、シンボリズムの基底が『裸の捕虜』には結実し、なぜ他の作品からは滑り落ちていったのか。

徴用工の朝鮮人に企業は食糧の調達係をやらせ、彼が闇流通の現行犯で捕まるとすぐに解雇してしまう。釈放された彼を待っていたのは「無断欠勤」のみでなく、脱走犯の汚名だった。脱走犯として彼は、山谿のダム工事建設現場に送られる。工事現場とはいえ、鉄条網で隔離されたそこには「八路軍の捕虜」が収容されていた。『裸の捕虜』が描く逃亡者の始まりである。徴用も脱走も支配体制が彼に押しつけてきたいわれのない虚構だが、それを否定する方法は、ただ逃げることだった。

逃げに逃げ、彼は、遂に無事で八・一五をむかえる。彼を虚構化した日本帝国主義が叩きつぶされ、自らが虚構でしかなかったことを露呈したのだ。『裸の捕虜』のなかでは、常に一貫して、彼という一個の名もなき虜囚が日帝本体と対等に対置されていた。彼一個の運命は巨大で茫洋たる敵と対等なのだった。まさに、彼の遁走の一歩一歩は日帝の徹底した失墜と等価なのだった。そして勝敗の去就をみるなら、彼は——少なくとも作品のうちでは——勝ちを征したのである。

鄭承博がここで示した諧謔の自己認識は、彼の創作方法からくる必然的な果実だったのか。あるいは窮鼠虎を噛むといった類いの乾坤の一撃だったのか。

『鄭承博著作集』全六巻の巻末解説（作家論）を読んで気づくのは、それらが大まか作品論というより作家本体への人物論のように感じられることだ。安宇植による第一巻解説は「逃亡者の美学」とタイトルされ、鄭承博の出身地が韓国でも儒教的・封建的遺制の色濃く残る〈辺境〉であることや、作者本人との交友の回想などが書かれている。鄭承博の前半生をあつかう自伝的作品にしか当てはまらない、逃亡者という特質が、彼にたいする文学的評価になっている印象だ。同解説文の末尾は《その彼のダンディズムと、何よりも人生経験の重さとが文章の拙さや小説としての完成度をカバーしている》と結ばれる。意味がよくわからないが、ダンディズムは創作作法にはかかっていないようだ。

一九三三年、十歳の誕生日前に、会ったことのない叔父（日本人名で土木工事に従事）を頼って渡日した鄭承博は、終戦後に淡路島に流れ着き、以降の生をそこに定住して過ごす。年月で単純に計算すれば、逃亡していない時間のほうがずっと長い。

在日一世に特有の苛酷な体験を闊達に語り、しかも深刻さや説教臭からは自由だったこと。それは、鄭承博のユニークな価値ではあるだろうが、別面からいえば限界にほかならない。『裸の捕虜』に描かれた「逃亡者のダンディズム」は、終戦後の作者の淡路島への居住によって終了する。そこが選ばれた理由は、戦争末期に初めて訪れた印象で、食糧に困らないと勘がはたらいたからだという。逃亡者とは鄭承博の実像ではなく、どちらかといえば不正確な虚構であったと理解したほうがいい。

鄭承博の未完の第一長編小説『富田川』（66-68『著作集二』所収）は、十歳で叔父を頼って渡日した少年が〈内地〉の土木工事飯場で飯炊きとして働きながら成長していく様を描いた記録である。渡日の最初の期間が最初の小説創作の題材となった。『富田川』は、次の一行から始まっている。

昭和七年八月二十日の夕刻、紀勢線田辺駅に、一人のみすぼらしい少年が降りた。
少年といっても満十歳を出たばかりの子供だが、霜降りの詰襟服は垢まみれで、黒く陽焼けした顔からは、目玉だけがギョロギョロと異様に光っていた。

彼は土木工事の飯場に炊事係として住みつき、「ボー」と呼ばれるのでそれが自分の名だと思っていた。ボーは「坊」だろうが、少年にはまだ日本語の知識がなかった。後には「鄭」を日本語読みにした「テーヤン」と呼ばれる。名もない植民地の少年だった。朝鮮人の場合、名もないとは、無名であるだけでなく、適当な日本語名で呼ばれることをも意味する。

むろん『富田川』は、単純に少年を主人公にした手記ではなく、三十数年後に壮年となった作者の眼による再構成の記録だ。少年時代に彼のように単身渡日し、辛酸の暮らしをおくった数多の在日一世の存在が背後にある。素朴な手記も含めて〈植民地小説〉という特別のカテゴリにおさまる質の作品だ。

『富田川』は未完である上、地方同人誌連載の「四十の手習い」めいた習作的部分も含むので、論じられる機会を得にくい。だが、鄭承博の作品のなかで重要な意味を持つ。一回限りのものであり、二年半の連載で中絶した後、作者はそこに戻ることができなかった。未完ながら著作集のかたちで残されたのは幸運だったかもしれない。

鄭承博の自伝的作品は、三期に分けられる。植民地朝鮮の子供時代を題材にした『松葉売り』や短編「書堂」（ともに『著作集二』所収）、渡日から終戦までの流浪労働者時代を描いた『裸の捕虜』、戦後の生活者として落ち着くまでの転変時代をあつかう短編（『著作集三』所収）。その三期は順を追って書かれていったわけではない。だがそのそれぞれが同じ方法論によっては書かれえないだろうことも、作者には自覚されていたはずだ。また一貫した大河ドラマにも似た構成を取りえないことも――。

最初に優先されたのが、初めて〈内地〉の土を踏んだ少年の物語だった。この意味は大きい。作家鄭承博の運命は『富田川』執筆によって決定的となった。他の作品では代用できない特別の紐帯が作家と第一作のあいだにはある。その隠れた結びつきは、他の作品にはなく『富田川』にのみ埋まっているのだが、素朴なレベルの読み物であるこの作品からそれを取り出してくるのは容易ではない。

彼の物語は、『裸の捕虜』の最終シーンでひとまず一区切りが終わる。彼は軍隊の臨時雇いで、だれもやり手のない危険な物資輸送の仕事についていたのだが、またまた突然、解雇される。

「戦争終わったんや。お前も好きなとこへ行き。軍隊つぶれてしもたさかい、給料ふいになってもうたわ」

さっと全身に血が走った。生きている。カンお爺も町の人達も。あかあかと灯りをつけた満員電車が、また一台走ってきた。

あまりにあっけないが、解放は彼にとって、あてにしていた労賃が「ふいになってもうた」という以上の感慨を与えなかった、と描かれている。ほんとうにそうなのか。

2

鄭承博の目は、定住してもよさそうな淡路島という土地にすら強制連行の爪跡が顕著に残っていることを、見逃さなかった。だが、祖国の分断状況をそのまま反映した在日組織のどちらにも組することもまたできなかった。無名の朝鮮人大衆の身体においては、解放後もその恩恵が降りてくることはなく、変わらぬ生活の苦難がつづいていった。戦後を描く鄭承博の作品は、そうした連続性を素朴な目で映し取ったドキュメントともいえる。

「豚舎の番人」(82・2)は、密造焼酎を自転車で運ぶところを駐在の警官に摘発された顛末を描く。主人公は、海側の崖にわざと自転車を突き落として証拠隠滅をはかるが、それは生活手段を喪うことでもあった。警官隊が豚小屋に偽装した密造工場を襲撃して、かまどから蒸留器から出来上がった焼酎の大樽から、すべてを叩き壊す。善良らしい老警官が「朝鮮は独立して立派な国になったのに、おまえらはなぜ帰らんのだ」と問う。

作者はまた別の作品において、故郷朝鮮で体験した、密造酒が摘発され家長が警察署に留置された経緯を描いている。官憲は罰金を要求する。現金などない、現金があればそもそも密造商売などに手を染めない。そこに日本人高利貸しが来て、田畑を担保にすれば罰金を用立ててやると甘言を弄する。保釈と引き換えに不動産を合法的に奪い取ろうという筋書きの見え透いた、官民の連携プレー。『松葉売り』では、主人公の父だけが、農地を奪われるよりは刑務所に行くほうがましだと罰金支払いを拒否する。

戦前、戦後をあつかった作品において、日本官憲と朝鮮人民衆の対峙構造は何ら変わっていない。植民地からの解放がどうあれ、改変されようがなかった。こうした風景は、鄭承博のみならず、多くの在日朝鮮人作家によって記録されたのだ。

ポンプ修理業の体験を生かした「ポンプ屋」（73・6）や「夜明け」（75）は、地下に潜る土木工事現場の実態を暴いている。選び取りようもなくつきつけられる労働現場、それを受け入れる主人公の位置。これも基本的に、戦前をあつかった作品と同じ構造で組み立てられている。主人公がポンプ屋の事始めに請け負ったのは――地下三十メートルの深さに、枠組みの補強もせずに掘られた井戸の底にたまった地下水をポンプで汲み上げる仕事だった。素掘りされたただけの穴はポンプの振動を受けていつ崩れるやも知れない。仕事を取るか、ポンプを動かして生き埋めの危険をおかすか。〈逃亡者〉の苛酷な宿命は変わらず劣悪だ。

これらはプロレタリア小説の素朴リアリズムといえる。

長めの短編「ゴミ捨て場」（76・1）も、不安定な労働現場と個人事業の立ち上げを行きつ戻りつする日常を描く。主人公たちは小金をかけた部品製造業に、紆余曲折の末、失敗する。資金繰りがつまって、それが命取りになった友人は服毒自殺する。そして彼の遺体を荼毘に付する場所すら見つけられない。ゴミ捨て場に不法に建てた工場の空地、最終的にはそこがただ一つの祭壇の場所だった。

ゴミ捨て場に祭壇が出来たから遺体を運べという。待っていた病院の霊柩車に積んで走って行った。着いたときにはもう坊主も来ている。参拝者も十四、五人集まっていた。棺の安置所は潰された工場の跡地からいくらも離れていない。やがて焼香が始まった。松田は決して、俺は負けないと思いながらも、体がかすかに震えてくる。ゴミ捨て場から今日も、胸が悪くなるような、臭い風が吹いていた。

これが「ゴミ捨て場」の末尾の一節である。鮮烈なシンボリズムが火葬場の悪臭さながらにたちのぼってこねばならない一歩手前で作品は終わる。もう一歩が手繰り寄せられず、言葉が空転して、断ち切られていくさまが確認できる。生きていようが死んでしまおうが、これが名もない在日朝鮮人大衆の〈捨て場所〉だ。廃棄物として捨てられ、廃棄物として焼かれる。悪臭は、その苛酷な実存への抗議の証しなのか、それとも骨に砕かれてまで差別を被らずには済まない末期の侮蔑でさえあるのか。作者は在日の根源イメージをここに探り当て、形象化しかけたのだろう。

だが、それは『裸の捕虜』を超える抽象度を獲得するにはいたらず、「逃亡者のダンディズム」鄭承博とは別の、もう一つの核を形成するには到らなかった。かえって、逃亡者鄭承博のイメージを補強する作例として「ポンプ屋」「夜明け」「ゴミ捨て場」などの短編は読まれてしまうだろう。

『松葉売り』（83–93）、「書堂」（70–72）などの植民地小説は、植民地時代の少年の物語であり、朝鮮人少年がなぜ故国にとどまっていられなかったかを描いている。食いつめて〈内地〉を目ざすのは時の流れだ。進取の気質に富む少年が〈遅れた田舎〉の故郷を捨てることに特別の理由は必要なかった。

少年は、山で松葉を拾い集め、町に出て焚き付けとして売る毎日だ。前述したように、家では家長が密造酒・密造煙草の咎で拘引され、農地と引き換えに罰金を払わねばならない。少年の気持ちは、支配体制の理不尽さにたいしてより、植民地の後進性への耐えがたさに傾いていく。松葉売りで出入りするうち知り合った日本のおばさんのところで火吹き竹という（朝鮮にはない）便利な道具を見せてもらい、感動する。火吹き竹を発見する場面は清新だが、少年の憧れを日本に向かわせるエピソードとして使われている。

宗主国本国を求めるという基調は、鄭承博の少年物語では一貫している。成長小説として読めば自然だとするのは日本人読者の都合にすぎない。作者の自己相対化の希薄さに引っかかってしまう。これは、少年の成長を端的に追いかけたのではなく、成人した作者による再構成がはたらいているものだ。少年による記録なら自己相対化は望めないが、自伝的作品となると別だろう。ことは個人の軌跡を正当化するかどうかを超えて在日のアイデンティティに関わっている。

少年は日本語の学習が不可欠なものだと思う。『松葉売り』には、次の一節がある。

日本人なら、一言の朝鮮語を知らなくても、ここで高級な暮らしが出来る。しかし日本語を知らない朝鮮人は、自分の国にいながら仕事にもありつけない。これから先のことを思うと、やはり日本語の勉強をするより外に道はないのだ。……

家路を急ぎながらも、やはり頭から離れないのは、なんとかして日本語を覚えたい。今日、松葉を買ってくれた女中でさえも、日本語を知っていたから雇ってもらえたのである。私も日本語を習うためには、叔父を訪ねて日本へ渡るより外に方法はないのだ。

それが自然な心の動きであることは疑えないが、小説の文体としてはいかにも言葉足らずだ。必要から学ばれるというのは物事の片面にすぎないだろう。母国語（たんに役に立たないと限定されている）を捨てるというのは、その結果ではなく、選択の一項目であるはずだが、その点への省察がなされたという痕跡を見つけにくい。

回想が一面的であるという感想はぬぐいされない。〈植民地小説〉は少年を主人公にしてしか成功しないのだろうか。自伝への〈退行〉は、鄭承博において、より自然なプロセスをとったようだ。『裸の捕虜』はむしろ例外的な達成だったのかとも思わされる。

3

名もなき朝鮮人という発題はもちろん虚構だ。ロマンといってもいい。

『裸の捕虜』に呈示された重要な問題についてつけ加えておこう。その後半に描かれた空襲被災のドキュメントについてである。非戦闘員を対象としたジェノサイド、アメリカの戦略空爆の標的にされた体験は、金泰生の「紅い花」や「骨片」にも描かれている。体験は重なるが、その重なり方にも、鄭承博と金泰生の文学的方法論の対照は鮮やかだ。いずれにせよ、体験記録は否応なく政治性を帯びる。

名もなき普通の一般庶民（日本人）が巻きこまれた戦争体験談として、空襲被災は広く普及されてきた。戦争記録の一部門として有力であるし、首都東京にかぎっても『東京大空襲・戦災史』全五巻（73－74　各一〇〇〇ページ）という、膨大かつ広範な記録集が残っている。一般市民の体験記録集に二巻、日米の軍・政府の公式文書再録に一巻、報道や著作記録の集成に二巻が、その主な内容だ。何より特徴的なことの一点は、被災者＝被害者という確信、もう一点は、日本人のみが被災したという事実誤認、といえよう。前者は否定しにくいが、後者は〈日本単一民族国家説〉とも連動して、たちが悪い。

被災記録に目を通して、被害を受けた者のなかに朝鮮人もいたという観察は、あることはあるが、驚くほど少ない。被災体験は、あらためて述べるまでもないこととはいえ、戦中・戦後を通過した在日朝鮮人にとっても、広く普遍的な体験だったはずだ。

在日朝鮮人の戦災者は二十三万九千三百二十人という数字が、資料に残っている。米軍関係文書をもとに厚生省が作成したもので、信頼性は高いとされる。当時の在住者の一割が被災したということだ（樋口雄一『日本の朝鮮・韓国人』02・6　同成社）。

『裸の捕虜』が明らかにするのは、より強大な大敵B29の制圧下に逃げまどうことにおいては、帝国本国人も植民地人もなべて〈平等〉であったという真実だ。むろんこの平等は勝ち取ったものでなく、すでに日本が戦争に負けていたから露出してきた側面だった。虫けらのように焼き殺される点で同一条件に置かれた。そしてその記録は日本人による記憶の単一民族史観による視野脱落を埋める役割を持つ。持たざるをえないのだ。

鄭承博と金泰生の対照を、空襲体験の観察という一点にかぎってみてみよう。鄭承博の観察は即物的であり、良くも悪くも油断なく死地をかいくぐってきた者の本能が表われている。《我々朝鮮人は、上手に逃げた奴が、一番かしこいんや》という一人物の言葉にもあるとおりだ。下手をうてば命を獲られるしかない。鄭承博は、必死の逃亡者が語るという一視点の叙述体で一貫した。金泰生には、幾重にも体験を昇華し、文体を練り上げていく欲求がある。比べて金泰生はあくまで作者の視点による再構成という方法を追い求めた。

主人公が焼け跡を彷徨する場面を「紅い花」から――。

市街の至るところで焼けおちた人家の余燼がくすぶりつづけ、真夏の照り返しを思わせる放射熱を放っていた。私鉄のガード下にさしかかるとにわかに周辺から強烈な悪臭が鼻を衝いた。腐敗した肉類と獣類の焦げた体毛の放つ悪臭を凝縮したかと思える異様な臭気が、一帯の空気に充満していた。たちまち胃袋をしめつけられた私は耐えがたい嘔気におそわれて路傍にかがみこんでしまった。ふと、ガード下に眼をやると脚柱の蔭に折り重なった死体が二体放置されたままだった。さらにその近くに三体の焼死体が転がっている。衣服と頭髪をあとかたもなく焼かれ、腹部が黒くふくれあがり、四肢を折り虚空をつかむように手の指を曲げて仰向けになっているものもあった。そのかたわらに細い四肢を屈め、ごろんと横たわった地蔵を思わせる小さな死体がよりそうていた。猛火に追われて逃げ場を失った母子なのかもしれなかった。辺りに黄昏の色が漂いはじめ、それ自体が死に浸されていると思える。

空気を微かに震わせて、小さな羽音がしきりに聞こえる。瞳を凝らすと焼死体に一面に群がった小さな黒点が無数にうごめき、飛びかっている。この季節にはふしぎと思えるほどのおびただしい小蠅の群だった。

ふいに私は、かつて海辺で見た若い女の水死体を思い浮かべた。……

わずかな例示でも、金泰生の心を洗われるように清冽な散文の喚起力は充分に伝わるだろう。彼の脳裏に連続して浮かぶのは、空襲の被災とはまるで関係のない死体のイメージだった。そうした連関をつなげることによって、作者は、特殊状況の普遍化を追い求めているようだ。酸鼻な死体の観察を通して希求される死の普遍化。

同じ試行は『旅人《ナグネ》伝説』の終章にも繰り返されている。戦争末期に済州島の日本軍駐屯地で火薬庫爆発事故が起こり、多数の犠牲者が出た。ばらばらになった兵士の死体が海に浮遊し、現地の海女が遺体収容に動員された。その海女さんから聞き取った話として、金泰生は、《可哀想な日本兵《プルサンハン・イルボンベン》を何日も海から引きあげていると、屍臭が髪や皮膚にしみつき洗っても容易には消えなかった》けれど、《祖国を侵して亡ぼした日本国の兵士であっても、一銭五厘のハガキ一枚で動員されるまでは、普通一般の人間だった》のだ、と書いている。朝鮮人海女の口から語られる「可哀想な日本兵」の言葉を日本語に翻訳し、「プルサンハン・イルボンベン」という朝鮮語の表記を付すことによって二重化させる。これが金泰生の方法だった。可哀想な日本兵《プルサンハン・イルボンベン》という〈二重言語表記〉によって、語られる無名の日本兵の身体も語る無名の朝鮮海女の身体も、ともに歴史の共同の磁場に置かれる。ここでは帝国主義本国人と植民地人という対立構図は無化されている。なし崩しの脱歴史性によって曖昧化されるのではなく、対立は対立として鋭く研ぎ澄まされつつ共同の磁場を捉えてくる、ということだ。

これが金泰生の方法、もしくは希望だった。海女の語りに託された回生の想い。高史明の小説で語られる岸壁に浮かぶ屍体、あるいは金石範の小説、金時鐘の詩に充満する屍体などが、ごく自然に想起される。彼らは、まったく同じ風景を、同じ強度で幻視していた。

近似する題材をあつかいながら、即物的な観察に終始する鄭承博と、希求にみちた金泰生の差異。文学的結晶度の差は歴然たるものがある。それは作家の個性にとどまらず、〈自伝〉から〈小説〉への飛躍という在日朝鮮人文学の根幹の風景を映していると思える。一方はいまだ一世文学の植民地小説、一方はすでに近代小説なのである。

4

つまらないいい方を承知でいえば、金泰生はひどく不幸な作家だった。

鄭承博には六巻の著作集があるが、金泰生の『全作品集』一巻は出版予告（立風書房）のみで終わった。「紅い花」が雑誌に載ったとき、商業文壇誌への登場は初めてだったとはいえ、〈新人〉あつかいだった。ある大部の文学史は、一般的な通史でありながらも在日朝鮮人文学に公平なアプローチを努めていたが、《金泰生は済州島の出身である。彼は私小説を書く作家だった》という困った一行を記した。この種のエピソードは捜せばもっとあるかもしれないが、作家の不幸な半顔を映すには充分だろう。

その不幸は何より、充全たる創作の文学的生涯から外れてしまったことにかかる。残された作品が少ないのは、制作にさきえた時間に恵まれなかったことに加え、厳しい創作態度によるだろう。自伝的エッセイから創作へと、その段階を丹念に通過しようとした。

『私の日本地図』は自伝的エッセイのジャンルにあたるものだが、ページをめくりながら、目を止め、読み返し、引き写したくなる部分の多いことに驚かされる。

生まれ年も、渡日の時期も、日本でついた下層労働の数かずも、家族と切り離されてしまうところも、生活の外貌は、鄭承博とよく似通って重なるところがある。異なるのは、鄭承博が両親から自発的に離れ、金泰生が日本の地で両親に捨てられた点だ。その違いからというのは暴論になるが、金泰生の小説に表われる情感は細やかで豊かなのだ。

> 父は時たま酒に酔うと低い声で歌をうたうことがあった。それは日本の歌だった。セキノ、コホンマチュ、イッポンキリヤ、ニホン、アトハ、キラレノ（ぬ）、メオトマチュ……。父はそれをくりかえしうたいつづけることがあった。ア、コリャ、コリャという囃しも自分で挿入して、上半身をゆすりながらその歌をうたう時の父は、とてもさびしそうにぼくの眼に映った。そんな歌はバタヤ部落のおじさんたちは誰もうたわなかった。酔って誰かがうたうとすれば、「アリラン」か「トラジ」か、「梁山道《ヤンサンド》」にきまっていた。それは、どれをとっても朝鮮の歌だった。

この父に捨てられるのだ、少年の金泰生は。

父を語る文体に怨みの感情がないことに驚く。傷口が癒えては破れ、破れては癒え、その下から健康な肉が盛り上がってきたかのようだ。父を赦したのではない。父を作品によって裁くことの虚しさを、彼はよく知っていたのではないか。金泰生がいだく父親像は、彼より下の年代の二世作家たちにつながるところがある。父との葛藤が二世のように生活史のなかで刻まれたとはいえない。むしろ、そのような刻印のなかったことが、彼の取り換えのきかない個人性だった。ある日、突然、父は姿を消す。それは、少年にとってだけ突然であるにすぎなかった。まわりにいる者らはみな事情を知っていたらしい。

父を作品のうちに解放しなければ自らの解放も成らない。正の方向であれ負の方向であれ、父は己れにとって第一に立ちはだかってくる〈朝鮮〉だ。故国、民族、共同体、母語の象徴。——在日二世作家の多くを捉えた父性との黙劇は、独自の回路で金泰生のものだった。

けれども金泰生は、そうしたテーマを先駆的に提出しえたわけではない。創作家としての出発が遅かった彼は大勢のなかの一人として紛れていた。もっとも、七〇年代より以前に在日朝鮮人作家が目立った活躍をする道はほとんど限られていたから、スタートの遅れが致命的だったわけではない。ただ、寡作なうえに作風の地味さもあって、位置を確定させにくい書き手であることはたしかだ。それにしても「私小説を書く作家」という分類法はないだろう。

代表作といえる「骨片」が、きわめてルーズな私小説概念の濫用によって玩弄されるとしたら、不幸はどこまでも果てしがない。短い作品であるが、そこには、ある一家の植民地時代からの転変が凝縮されている。人物関係をかいつまんで説明しても簡単には済まない。ここでは、主人公と父親との遺恨の側面だけを取り出して考察する。

四章立ての前半のところで、ある事件があって父子は決定的に決裂する。それが日中戦争の始まった年だったと注記されている。三章に入ると、すでに戦後だ。一部、回想が挿入されるが、時間のゆるやかな経過によって父を許しがたいという感情が摩滅していることがわかる。彼用民《ヨンミン》は東京から京都までおもむく。事件を起こした父親永河《ヨンハ》に面会した数年前のことを思い出す。同じ道を辿っているのだ。そのときは、《体のなかにいっぱいつまった真黒い塊りを、へどを吐きすてるように》父親にぶつけてやるつもりだった。けれども、あまりに憔悴した父の様子に、《的を見うしなった怒りの感情に耐えて黙々とうつむいていること》しかできなかった。

彼は繁華街の警察署を訪ね、父親の処遇を調べてもらう。刑事は親切に書類にあたってくれた。犯罪者の名を記したその記録簿を横から覗いた彼は強烈なショックに襲われる。何にか。そこに記された名前に、である。

その瞬間、用民ははげしい衝撃におそわれた。なんということだろう。その部厚い記録簿におさめられた人名は、すべて朝鮮人のものだったのだ。そればかりでなく、〈李〉というわずか一字のまぎれもない名詞がこのように歪められて無数にこの事件記録簿におしこめられ、かつての日の汚辱の姿をさらしていようとは。それは許しがたいことだった。

李原、李本、李山、李川、李村……。すべて朝鮮人の名前だった。日本は戦争に負け、朝鮮は解放されたのではなかったか。だのに、警察署に保管された記録は屈辱の名前によってびっしりと埋め尽くされているのだ。

衝撃に耐えられず、用民は警察署を飛び出す。しかしこのことによって父子の断絶は崩される。用民の、永河を捜しださなければならないという決意は、かえって強くなるのだ。《用民の心は突然、遠い郷愁のように漠然とした痛みを放ち、やがてその痛みの中心部にあるものが失われた永河への愛の期待であることを認めた》

これが私小説的な心象風景なのか。否。何度でもいう。否だ。遠い郷愁、痛み、喪われた愛……そして祖国。そこに到る途に寄せては返す故郷喪失《エグザイル》の虚しい哀しみ。それを読みとることなくして何を読むのか。

四章、次に彼が訪れるのは、山科の刑務所だった。そこが——息子と父との骨肉の争いの終結の地だった。これが断じて和解などではないことは明らかだろう。許しでもない。逃れようもなく、彼が、選ぶことを強いられる、それは、自己発見だ。父親を見つけることによって自分を見い出す朝鮮人の魂。

刑務官は告げる。《この人は亡くなっていますよ》。

突如もたらされる死との対面。これは許しではない。この地で死んだ朝鮮人に〈再会〉することは和解ではない。父親は死んでもうトラブルをふりまくこともなくなった。息子は安堵するが、死を確認するだけなら京都まで来る必要もなかった。警察から刑務所まで、父親であった旧植民地人の罪責を辿ること、それが彼の自己発見だった。

彼はまず名前を発見する。日本人の名前が書かれていない日本の犯罪者名簿。彼は驚き慄くが、次に、「遠い郷愁のような漠然とした痛み」に突き当たる。そのとき父はたんなる自分の父親であるという個別性をとおして、絶対の故国となる。

彼は父の遺骨を受け取って刑務所を後にする。頭蓋骨の一部らしい薄くふくらみをもった骨片を、彼は手にした。

小説の末尾は、次のように閉じられる。

用民は窓を閉じて座席に腰をおとし、右手で内ポケットのハンカチにくるんだ骨片に触れてみた。それは用民の指先にわずかな形のありかをつたえ、彼の肌のぬくもりを吸いこんだほのかなぬくみをつたえた。骨片はあたかも用民の肌着を透して乳首のあたりにすいついているかのように、わずかな頭蓋の隆起を外側にむけて用民の胸のふくらみにはりつき、用民の心臓の鼓動にあわせて微かに動いていた。

このような物語は、在日朝鮮人のみが書きうる。といわなければならない。

金泰生はリアリズムの手法で、単彩画のようにこれを仕上げている。その筆致はあまりにも優しげなので、日本的自然主義と取り違える者があとを絶たないのは無理からぬことかもしれない。金石範の項では、アイザック・シンガーを参照してみた。同様の注釈のために、ここでは、ブルーノ・シュルツをあげておこう。シュルツの短編「砂時計《クレプスイドラ》サナトリウム」である。父に会うために「クレプスイドラ療養所」という施設を訪ねる男のスケッチ。クレプスイドラには、砂時計と死亡通告という、二つの意味がかけられている。

彼は人のいないローカル線列車に乗りこみ、暗い森の奥にあるサナトリウムを訪ねる。そこは生と死のあわい。父親はその一室にいるけれど、すでに死んだ男でもある。彼はそこで父親と会い、話を交わす。彼らを結びつけるのは幻想の療養所だ。金泰生の「骨片」をファンタジーの方法で書き直せば、こういう小説になるだろう。父と子が幸福に和解する場処――それを少数民族文学は用意することができない。歴史のアイロニーについて、多言はもはや必要ないだろう。

遠慮深いリアリズムの手法とはいえ、作者は骨の欠片が帯びるシンボリックな効果までは排除していない。それを充分に自覚して引き入れている。わが父の骨を心臓にあてて……。故国の欠片を胸にあて。そして金泰生の主人公は父親と一体になった。一体になった己れを発見したのだ。頭蓋骨の欠片と心臓と。

この痛切な相克は、後に梁石日の『血と骨』に、数倍のスケールと極彩色をもって受け継がれるのだった。

7 植民地での自伝1――鄭貴文 成允植

働くとこない　朝鮮人。
使ってくれない　朝鮮人。
子供をよく生む　朝鮮人。
もっともよく食う　朝鮮人。
なにして食うのか？　朝鮮人
ドロボーして食え　朝鮮人。

ドロボーはいやで　やみ商売
やみが恐いで　屑ひらい
屑をひろつて　朝鮮人
泥にまみれて　朝鮮人

——金時鐘『地平線』

1

さして意味のない分類法から始めてみよう。あくまで便宜的なものだから、在日朝鮮人文学をこの原理にしたがって、すべて整理できると豪語するつもりはない。

在日小説には、アボジ系とオモニ系があるように思う。父親につながるか、母親につながるか、である。

自覚的にテーマとして取り上げる濃度、意図せずに無意識に投影される陰影。それらが父親《アボジ》に向くか、母親《オモニ》に向くか。一世、二世にかかわらず、どの書き手にもこの物差しはあてはまる。

前項でみたとおり、金泰生「骨片」は典型的なアボジ系在日小説だ。量的にいえば、この系統は多数をしめる。李良枝や柳美里などの女性作家もこちらに分類できる。李恢成も明らかにアボジ系の書き手なのだが、出世作「砧を打つ女」では、あえて対抗領域を狙ったのだといえる。

この分類法が当てはまらない書き手も多いので、そちらも含めると、ほとんどの名前は上がってしまう。要するに、オモニ系は少数派なのである。

この項であつかう一世作家、鄭貴文と成允植、後の章で述べる二世作家の朴重鎬、一世作家の李殷直などが、その名前だ。わずかな名簿で事足りてしまう。

偶然ながら、これらの名前は狭い意味での〈植民地小説〉というカテゴリにも収まる。朴重鎬は別として、古いタイプのローカリティにとどまっている書き手だ。母を恋うる記の作者の資質は過去に囚われている、ということなのだろうか。いやいや、強引な行論は慎もう。

鄭貴文や成允植、あるいは李殷直の名前は、既成の在日文学論ではあまり見かけない。たまさか論じられることはあっても、いまだに戦前のプロレタリア文学的カンパニアが亡霊のごとく彷徨っている実例として言及されるにすぎないようだ。とくに李殷直の場合は、あたかも地下に埋まっていた〈古代遺跡〉が掘り出されるかのような大長編プロレタリア講談を、状況とはまったく関わらないところで投げ出してくるので、評価されにくいということがある。

彼らは日本の文壇ジャーナリズムの外で活動してきた。在日朝鮮人文学の小ブームの恩恵とはほとんど無縁だったろう。発表舞台は同人誌か小出版社にかぎられている。近年の『〈在日〉文学全集』に何篇かが収録されたおかげで、一端にふれることはできるけれど、全貌をうかがうには不足する。もっとも、全貌といったって著作はごくごく少ないのだ。

陽の当たらない理由は作品の結晶度の弱さによる、といってしまえば説明がつくが、それでは同語反覆にしかならない。文学として低調だから日陰の花になる。というだけでは、批評の怠慢だ。散発的な制作を強いられる書き手は、結局のところ、己れを遠く飛躍させる契機から遠ざけられつづける。金泰生がこうむったような不幸と不遇は、多くの在日作家を縛りつけている。たしかに、この日本の地が生きにくいのと同じに、在日朝鮮人作家の前には狭い隘路しかひらけていないのだ。

2

鄭貴文の『故国祖国』は八篇の短編連作集といった体裁を持つ。ここに彼の作家としての積極的な側面はよく出ている。オモニ系というのは、この本についての評価なのだが、これは、正確にいうと、女房系と称するほうがいいかもしれない。鄭貴文も、主人公と作者が重なる自伝的読み物の地平からそれほど高く飛翔している書き手ではない。しかし『故国祖国』は女性の観点から構築され、そこでは作家自身とおぼしき朝鮮男も容赦なく相対化されて描かれる。この点が、画期的な試みだった。

比較的早く書かれた長編『民族の歌』は、朝鮮男と日本女の結婚生活をテーマとしている。異民族間結婚は、主題としてあつかわれるとき、どうしてもその否定面に傾斜する。個人生活のさまざまな局面に露出する民族問題・差別の諸相が凝視されるわけだ。『民族の歌』は、女と男の主観視点を交互に配列するという手法で進行する。意図そのものは悪くないが、手法は軽く流れていくだけに終わってしまっている。

執筆順では次にくる『透明の街』のほうに真価は現われているようだ。四つの短編からなる連作体裁で、そのうち「幻の里から」（76・6）が最も力がこもっている。彼は大阪在住だが、多くの在日者が属する猪飼野とは接点を持っていない。作者の関心は、日本の一都市の片隅にいかにして朝鮮民族が在住の根拠をみつけたか、という点に向けられる。

「幻の里から」は、敗戦直前に徴用朝鮮人が集められ、計画された地下工場に関する、歴史発掘を題材の一つとしている。かつての工場跡近郊は新興住宅地と様変わりしていくが、なお朝鮮人集落は残り、移住してきた炭坑離職者や被差別部落住民がモザイク模様をつくる。モチーフにはみるべきものがあるが、同時に、創作としての弱さも露呈した。作者＝主人公＝語り手という素朴な成り立ちによって、いつしか物語が作者自身の啓蒙的な歴史講義と在日状況の報告に変じてしまう。雑誌『日本のなかの朝鮮文化』の主催者としての文体がそのまま溶けだしてくるのだ。融通無碍なエッセイ風語り口といっていえないこともないが、やはり小説の一歩手前だという感想は残る。

　植民地小説のリアリズムは、むろんその独自な題材によって保証される。誰も見過ごして顧みないもの。旧宗主国市民には絶対に〈視えない〉凄愴な闇。それが語られることの優位は動かしがたい。しかし、一方、その優位とは、かつてのプロレタリア文学理論が金科玉条とした「主題の積極性」とまったく同レベルのものにすぎないのだ。題材よければモノもよし、というのは寝言である。

　植民地小説は、書き手の自己の外にある〈自伝的事実〉を抜きにしては成立しない。作家の個性という局面は、そこでは民族、歴史、共同体意識、アイデンティティ希求などといった所属性《ビロンギングネス》に解消される。完全に融解することはないにしても、均一の印象をしりぞけられない。それらは自伝であって、自伝からは疎外されている。充分に自分のものとはならない自伝を、いわば〈植民地的負性〉として背負わされているのだ。

『故国祖国』は、雑誌初出（78・12）では「仁女《イニョ》記」と題されていた。題材は、やはり在日者の苦難の暮らしであるが、それがヒロインの視点から再構成されていく。鄭承博なども書き残している、解放後も変わることのない貧しい現実である。〈無学文盲〉の朝鮮女の視点を仮構したところに、鄭貴文の挑戦があった。男たちは外に〈政治活動〉に出かけていくが、理想と現実の落差には無頓着のようだ。作者の自嘲でもあるようなこの認識は、女房《オモニ》リアリズムによって軽妙に暴かれていく。《濁酒の密造で警察から摘発され、瓶や蒸籠を押収されたり警察へ連行され》るのは女の役目で、故国統一の理想に燃える男はふわふわと《空中に浮い》ているだけなのだ。

鄭貴文はこの方法によって在日朝鮮人の戦後史を呈示しようとした。ヒロインの選択は彼の独創になるのではなく、ベルトルト・ブレヒトの『肝っ玉おっかあとその子供たち』(39)のような先例があった。そしてここに描かれたのは共同社会に属し、それ以上に在日組織と共に生きる朝鮮人の階層だ。むろん在日者の全体ではなく、ある側面を代表するにすぎないが。

『故国祖国』の第二話「奇妙な季節」は、次の一行から書き出されている。《具仁女《グイニョ》が、新潟港から帰国船を初めて見送ったのは、一九六二年の早春のことだった》

このように、在日者の戦後の物語に大きな影を落とすのは、五九年に始まった「祖国帰還事業」である。帰国者は、二年目の六十年には四万九千余名、その翌年には二万二千余名と、一挙にピークをむかえる。現在までの総人数は、十万人に近い。帰国運動が何であったかを考察することはここでは略する。『故国祖国』がその問題への小説をとおした追求だったことは見落とせない。彼が描いたのは、子供を故国に送り出し自分たちは日本に残った親の心情だった。後に述べる朴重鎬は、これを送り出される子の立場から描いたといえる。

作者の基本的な立脚点はどこにあるのか。第七話「石臼を抱く」には、両親に捨てられた三人の子をめぐる組織の女たちの対応が描かれる。ここで貫かれるのは、さまざまな意見を通過した理想主義のようだ。

それにしても、仁女の「祖国へ」という構想は、壮大なロマンであった。他人の子であろうとわが子であろうと、祖国へさえ踏み入れば、「祖国の息子、祖国の娘」となり、なんの区別もないのだと、仁女の想念にはそれがあった。「怨恨《ウォンハン》」（切ない願望）への挑戦なのである。わが子らとともに遺児たちとも相たずさえて帰国する、絵空事ではない現実性のある計画だった。

このように、あまりに理想主義が際立つこの部分のみを切り取ると、誤解を与えてしまうのではないかと心配する。作者は〈偉大なる首領様のご配慮のお蔭をこうむって〉文筆活動に日々邁進している宣伝家なのか、と。実状は違う。

組織批判の健康さはたしかにあるのだが、鄭貴文の創作家としての弱点はほかの面に顕わになってくる。仁女の視点を通した連作の基調が途中で、その夫を主人公とした叙述に移行してしまうのだ。つまり「仁女記」は、なかばのところから「仁女記」ならざる記録、つまり鄭貴文の地であるようなエッセイ風読み物に崩れる。こうした非一貫性は、常識的感想に傾くが、やはり作品生命を殺ぐといわざるをえない。

3

金允植は、年齢的には、鄭貴文、鄭承博、金泰生らよりも下になるが、一世作家として似たような生活史と作品履歴を持っている。その作品には、韓国政権批判の気合いがより濃密に侵入している。

代表作「朝鮮人部落」「オモニの壷」（それぞれ同タイトルの単行本に所収）は、ともにオモニ系の在日小説である。前者は、権ばあさんを中心にすえた共同体の物語。非合法のドブロク密造がここでもイノチをつなぐ稼業だ。猥雑な集団劇のあいだに、故国から密航してきた男が日本警察のスパイに仕立て上げられるエピソードがからまる。

「オモニの壷」は、手堅く構成された亡き母への鎮魂歌である。四章立ての、第一章は現在時。〈僕〉は還暦近い甥の基洪と対面している。甥のほうが叔父より五歳年長だ。この設定からして小説の人物関係が尋常でないことが伝わってくる。彼は大柄で精力にあふれる甥に畏怖をおぼえている気弱な男だ。甥は世俗的な成功者であり経済的にも豊かだが、〈僕〉はそうでない。甥の用件というか、二人の対立は、〈僕〉のオモニの墓についてのことだった。〈僕〉は赤松に囲まれた土葬の墓地を訪れそこに額づいてみたいけれど、その想いを果たせないまま〈異国〉で年を取っている。

自伝的作品の導入である。これが作者の実体験を元にしたものだといっているのではない。主人公に寄り添った作者の文体に自伝性が濃厚だということだ。

それは第二章で、時間をさかのぼり、植民地時代の生い立ちが語られる部分になると、いっそう明瞭になる。〈僕〉は父の還暦の年に生まれた末っ子（四男）、祖母からは土蔵犬《トジャンケ》と呼ばれたように、誰からも歓迎されない子だった。家には長男甲述とその嫁がいて、実権を握っている。彼は、先妻に死なれた父が娶った小作人の娘が産んだ三人の男の子の末子。オモニは妻というより世話係の女中のように扱われ、学者肌で影の薄い父からの庇護は受けられなかった。

耐えきれずに、母は幼い子らを連れて家を出る。

第三章では、いくらか駆け足に離散した一家のその後の物語が語られる。植民地と〈内地〉。母と二人の兄は命を落とした。金泰生「骨片」でもそうだったが、短い作品のなかで数十年の歳月が静かにめくられる。再会した長兄は朴独裁政権の支持者、甥は兄とそっくりの巨漢だった。オモニへの思慕はいや増して募り、兄も甥もその敵対者でしかない。〈故国＝オモニ〉と〈売国的独裁体制＝兄と甥〉という図式に、彼の情感は整理されてくる。

第四章で現在時にもどって、二世の妻との微妙な行き違いが観察され、主人公の内面にもぐったまま小説は閉じられる。

他の作品に目を転じても、在日者の生活に影を落とす南朝鮮の状況への怒りは変わらない。鄭貴文における帰国事業、成允植における朴維新体制批判。それらはより時局的なテーマではあったかもしれない。時が移ろえば色褪せる。とりわけ日本小説ならざるローカリティは、さらにこれらを古びた歴史記念館に追いやってしまうようだ。

8 夢魔のなかから——梁石日

夜の歓楽街の群衆の間隙から
酒に酔った一人の男がおれの車に乗ってきた
労働に蝕まれた皺だらけの醜い貌だ

おれはタクシーのハンドルを握り
バックミラーの鏡面から迫ってくる
男の貌に恐怖する
男は乗務員証のおれと同姓の
済州島生れの〈梁〉だといった
……
背後から済州島語で話しかけてくる男の貌とおれが
バックミラーで一つに重なる
おお！　おれの幽霊
おれがおまえで
おまえがおれだ

——梁石日『夢魔の彼方へ』

1

梁石日は久しく『狂躁曲』で特異な労働世界を描いた書き手とみなされていたようだ。『狂躁曲』が文庫化にさいして『タクシー狂躁曲』と改題されたことに示されるように、元タクシードライバー作家という〈肩書き〉がついてまわった。彼が李恢成や朴重鎬と同世代の、在日二世としての刻印を背負い、出立は遅れたとはいえ、さらに李や朴よりもずっとスケールの大きな作家であることは、当初は看過されていたのだ。

まず『狂躁曲』からみていこう。身近にありながら一般人にはうかがい知れない〈下層労働〉のインサイド・レポートという側面が、注目を浴びたことはたしかだ。もう一点は、在日の現状にたいする率直な観察がある。下層労働者の目に映った社会。これはすでに金史良の「無窮一家」に先例があるわけだが、梁石日以前の在日朝鮮人作品にはわずかにしか反映されていなかった。在日は、金達寿にとっても金石範にとっても、また李恢成にとっても、つねに先ず〈かくも生きがたき在日〉問題であって、問題意識が先行し、具体性は後景におかれた。具体性はあっても、具体性のみとしては呈示されなかった。それは端的に、作家たちが具体性に足りる労働現場を通過していない〈知識人〉だったという理由による。逆にいえば、梁石日への注目は、元タクシードライバー作家という点に特化されて一過性に終わりかねないものだった。『狂躁曲』に描かれた一つひとつのエピソードがあまりに面白いので、そこから在日性を見落とすような読み方も通用した。人は己れの読みたいものしか〈読まない〉のだといってしまえばそれまでだ。『狂躁曲』への映画化オファーがいくつもあったとき、そのほとんどが主人公のタクシードライバーを一般向けに、日本人に置き換えるプランを示したという。このエピソードが雄弁に語っているのは、日本人の多くはともかく、タクシーという日常的な乗り物のハンドルが〈素性の知れない外国人〉に握られていることに我慢がならない、ということかもしれない。

十数年の後、『狂躁曲』の映画化が『月はどっちに出ている』（93・11）として実現したとき、このエピソードは最終的な回答を与えられた。『狂躁曲』は、在日朝鮮人のみが描きうる世界であり、代替も置き換えもきかないという回答を。映画作品は、崔洋一監督のキャリアとしても、初めて在日色、民族色をストレートに発するものとなった。

映画タイトル『月はどっちに出ている』は、梁石日の長編『族譜の果て』から取られている。目も眩むような金策の綱渡りに疲れ果てた主人公がタクシーに乗りこんで、《運転手さん、あのお月さんのところまで行ってくれ》と告げる場面からだ。「どっち」というのはむろん、分断国家の南と北のこと。どっちに自分たちの所属性《ビロンギングネス》はあるのか——在日朝鮮人のみに通じる符丁のような言葉だ。ただ、映画そのものは原作をベースにした、崔洋一と共同脚本者鄭義進《チョンウィシン》による準オリジナル作品といったほうが適切だ。これは同じ梁石日原作に基づく崔・鄭コンビによる映画化作品『血と骨』（04・11）についてもあてはまる。映画が原作から独立していることは理の当然だとしても、後者に関しては、決定的な違和感が残った。むしろ梁石日の取り替えのきかない個性という意味では、彼の原作とは無関係に主役を演じた映画『家族シネマ』（99・10）のほうに濃厚に表われている。

さらに余談だが、『月はどっちに出ている』のアメリカ、ブラック・シネマ版ともいえる作品がある。スパイク・リー製作、リー・デイヴィス脚本・監督。劇場公開なしのレンタル用としてリリースされたので、『ヴァニッシング・チェイス』（01）なるカー・アクションみたいなタイトルを冠されてしまったが、原題は『午前三時』だ。こちらのタクシー労働現場の主役は、インド系、プエルトリコ系、セルビア難民系、そしてブラックアメリカ系だ。この作品のデータは以下のサイトを——。

http://6nozaki.web.fc2.com/black/cine0502.html

話をもどそう。『狂躁曲』の冥い色調はおよそ三点に分光できる。首都の生態の裏表への幻惑的な観察、苛酷な労働のもたらす内臓感覚まで達する疲労感、終わりのない日々への妙に明るい虚無感。いずれも梁石日の個性なのだが、民族性抜きに消費しようとする日本的〈脱構築《ポストモダン》〉のつけいる隙間はある（作者がだれであるにかかわらず、ポストモダンの卑劣な毒素はどこにでも侵入するという意味で）。

むろん作者は、誤解の余地なく、主人公の〈ぼく〉を在日朝鮮人と指定している。梁、通名梁川となるだけでなく、仕事現場では、ヤナさん、リョウさんと、日本語化した通称も飛びかう、「七つの名を持つ男」だ。酔った客が乗務員証に目を止め珍しい名前だねと質問してくると、自分は朝鮮人ですと答え、相手が《犯罪者の前科を根掘り葉掘りほじくり出したようなばつの悪い表情になって急に口をつぐ》むさまをじっと観察する。

『狂躁曲』収録の七つの短編で主人公は独身者と設定される。その一篇「共同生活」は、青春貧乏物語の枠組に、在日者をみる日本人社会の典型的な反応が描きこまれている。仕事仲間のドライバーは、日本人のなかでも底辺にうごめく下層生活者だが、主人公が一時的に一つ屋根のもとに暮らすことになる友人細川の人物像はとりわけ秀逸だ。ホソとヤナさんとのコンビ。この男は「朝鮮人は嫌いだが、ヤナさんは好きだ」が口癖なのだ。どん底を這いずるまわる者が自分より低地にいる者を求める本能。〈ぼく〉はホソがどうして朝鮮人を嫌うのかわけを訊いてみる。《ずるくて、不潔で、無教養だから》とホソは答える。「お前とそっくりやないか。じゃ、ホソも朝鮮人なんだろ」と言うと、彼は激昂するのだ。それに先立って、彼が〈ぼく〉を朝鮮人だと知ってショックを受ける場面があり、短いが含蓄深いものになっている。

彼は、自分のアパートに同居させる羽目になった同僚が朝鮮人だという事実を知って懊悩する。《「そうか、ヤナさんは向うの人間か」とうわずった声でいった》。義理堅い性格の彼はそれを知ったからといって〈ぼく〉を追い出すことができない。ただ、部屋に来る連中には黙っていてくれと頼む。民族はタブーだと言っているのだ。本人が隠すつもりもない在日を、身近な友人が〈隠せ〉と頼む。彼らのうちに友情が成立するとは信じられない。下層労働の現場のみに生じる、憎しみと紙一重の親しさ。それが彼らの〈友情〉だとすれば、ホソはそこに民族という要素が入ってくることを許容できない。朝鮮人を差別することが当たり前だと信じて疑わない男は、「あんたは朝鮮人でも例外だ、トモダチだ」と、絶えず言わずにはおられない。むしろ自分を納得させるために、だ。

成り立ちからいっても『狂躁曲』は自伝的なテクストとして通有した。自伝を意識するにあたって、梁石日は、ヘンリー・ミラーの楽天性に深く影響を受けたようだ。一文無しのミラーがパリの街を夜な夜なうろつき回ったように、梁石日はタクシーで旧宗主国の闇を疾駆した。ミラーの友人は、ミラーが自分たちをモデルにした人物をひどく歪曲して描くことに不平を洩らした。梁石日とミラーの文体は異なるが、《自伝とは最も純粋な小説に過ぎない》というヘンリー・ミラー主義は『狂躁曲』に大きな影を落としている。もちろん梁石日小説の自伝性は、他の在日朝鮮人作家たちとの強い類縁性を示している。唯一特殊といったテクストではない。実体験をそのまま描きながら、同時にそれをフィクション化することを辞さないミラーの天真爛漫さ。それはもちろん作家が自らの方法を切り開いていくさいの命がけの演技でもある。虚構をとおしてしか真実は描けないと揚言したミラーだが、彼のいう虚構とは実体験の念入りな蒸留にほかならなかった。ともあれ、ミラーの影の下に梁石日は、作家としての一歩を踏み出したのである。

『狂躁曲』は先行するどの在日朝鮮人作品とも違っていて、「新しい」とか、あるいは「風俗読み物にすぎない」などの評価をくだされた。各短編は、それぞれ短編小説としての完結性を備えるよりも、故意に断ち切られたような結末で宙吊りの印象を与えてくる。それらを一種の謎かけとして受け取ることは当初は難しかったが、後年になって作品が量産されてくるにつれ、投げ出されていた断片が幾度も浮上してくることを確認できる。

七篇の真ん中に配列された「運河」は、『狂躁曲』一冊のなかで最も在日小説的な問題性に濃密に支えられた作品だ。描かれるのは、主人公の帰郷風景。故国へではない、生まれ故郷の大阪へ、だ。単独の在日者として登場していた彼が、猪飼野育ちであったことが明らかになる。単独者は仮のすがた、民族共同体の記憶は彼のうちにしっかりと刻みこまれていたのだ。「運河」は、一冊のなかで熱量が違う。どの作家にしろ、初期作品には、息せきってあまりにも多くのことを一気に語ろうとしてかえって生硬になってしまう傾向が散見されるが、この一篇にはとりわけその傾向が強い。

大阪は首都よりもずっと夢幻の、夢魔の都市だ。タクシーの車窓から切り取られる首都の情景が流れるような一定のリズムに支えられているのに比べ、移動の手段も異なる大阪の街はより不安定に揺らいでいる。地面に足をつけて歩くことからくる揺ればかりとはいえない不安定さが。

大阪生野！　この度し難いおれの子宮よ。ぼくはゆっくりと歩幅を進めて、曲がりくねった腸のような路地を歩いていた。路地から路地を、光と闇を、観念の迷宮をたどっていた。だが街角は、歳月に蝕まれた老婆のように色あせて見える。何一つ変わっていなかった。

子宮、腸、老婆。忙しげに繰り出される比喩がどこか揺れている。彼が「何一つ変わっていない」と感じているにもかかわらず、この不安は何か。これらは首都を獣のまなざしで見る梁石日のメタファーと本質的に変わっているわけではない。しかし質感は別だ。この部分だけ露出してくる散文詩的な内面吐露に、少し戸惑う。これを、いわゆる〈蕩児の帰郷〉が共通に帯びる複雑であるがよくみかける心情に分類してしまうのは、簡単だ。

しかし、この先に現われてくる情景が、通り一遍の解釈にとどまることを許さない。生まれ育った土地。それは作者にとって、ただその記憶にのみ生きうる場処ではない。現われてくるのは父親だ、彼の。

父親はそこに属している。そいつが何者であろうと、そこに属していることだけは間違いない。暴力と非情の権化たる父親。血縁のつながっていることが呪わしい。親しみも懐かしみもいっさいなく、父親は語られる。十年ぶりに大阪に来て、父と会っていくか、会わないで帰るか、彼は迷う。この短編の後半は避けがたくそうした逡巡に費やされていくのだ。

『狂躁曲』の、「運河」を除く諸篇は、現在進行形のフラットな読み物のかたちを採っている。時制の飛躍はない。この一篇だけが違う。過去の記憶が現在相をつき破ってくる構成になっている。考え抜かれた構成からというより、自然に複時制の物語となった。父親の暴力の記憶が、奈落の深い穴のように、ひらけてくるのだ。過去を語っているという認識が作者に訪れていないかのように、文体は一つながりに〈時を超えて〉いる。

過去の時制において、父親がいかに家族に非道なふるまいをしたかが語られる。その場面は切れ目なくつづき、量にして「運河」の四分の一を占めているのだ。
結局、再会は小説の末尾に置かれている。だが、これが一篇の結末なのか、という感慨を与えずにはおかない終わり方だ。何もかもが途中で打ち捨てられたかのような、本のページが引き千切られたような――。父子は出会うのだが、たんに公道を互いに見知らぬ者のようにすれ違うだけでもある。内面は描かれないし、出来事の外観はごく素っ気ないものだ。余韻をもって閉じられる終幕などではない。他の何であろうと、余韻をたたえた〈文学的幕切れ〉、それでないことだけは確かだ。結末の数行を書き写してみよう。

澄みきった空は眩しいほどの光に輝いているが、物象の影に夜の気配が浸潤している。前方から一台の自転車がこちらへ向ってくるのが見える。その自転車のペダルをこいでいる人物に、ぼくの眼は吸い込まれ、釘付けになった。自転車はスローモーション・フィルムのように陽炎のゆらめく地平線からしだいに肉薄してきた。自転車に乗っている人物は、まぎれもない父だった。おそらくぼくが従兄の家を訪れた直後に、義従姉が父に電話連絡したにちがいない。映写中のフィルムが突然切れて目の前が真っ白になるように、ぼくは完全な思考停止状態になっていた。全感覚が麻痺して、耳の鼓膜を打つ心臓音が脳天にまで響き、脇の下や股の間に冷たい汗がじっとりとにじんでいた。ぼくと父は無言ですれちがった。そのとき、もののけのような黒い大きな影が、ぼくの体の中をゆっくりと通過していった。

これだけなのだ。

『血と骨』までの梁石日小説には、この父親のもののけの巨大な影がいつも覆いかぶさっていた。描写の濃淡、長短にばらつきはあっても、基本的にはこの場面を踏襲するに終わっている。「無言ですれちがう」のみ。互いが視線を交わし合ったのかもわからない。また、行間を読ませる暗示法を使っているとも認められない。

父が画面の遠景にすがたを見せた瞬間に、七月の猪飼野、真夏の盛りの場面は凍りつくのだ。父はゆっくりと近づいてくる。敵意をこめて描かれる〈ヒーロー〉の像が一瞬にして場面を制圧してしまうのは異色の事態だ。父は、ブルーノ・シュルツの砂時計《クレプスイドラ》サナトリウムに眠りつづける父親のように、はたまた、ガブリエル・ガルシア＝マルケスのマコンドの迷宮将軍のように、突如として進駐してくる。すると梁石日の物語のなかで、画面が回転をゆるめ画像がゆらぎ、そしてハレーションを起こし、焼き切れたフィルムの欠片となって、視界を白濁させるのだ。しかし、何も、起こらない。

無理強いに付されたエンドマーク。これは、『狂躁曲』の各篇に共通する作者の暴力的な作法でもあるけれど、「運河」一篇では、とりわけ痛烈だ。

この先はあるのか。

この先はあるのかという焦燥が、書物の外側に投げ出される。

2

数年後、問われた『族譜の果て』は長編第一作となるが、こちらのほうをデビュー作と位置づけるほうが、作家論のバランスはよくなるかもしれない。作者も「あとがき」で、《本来なら、この小説は十年前に書かれるべきであったかもしれない》としている。同年代の在日二世作家との主題的交響は明らかだった。彼は彼の位置から吐き出すべき第一メッセージを発したのだ。それもまた梁石日という作家の独自性といえよう。元タクシードライバーという一種のタレント性は、わかりやすい虚像を求めるばかりの大衆的な〈仮の姿〉だろう。

金時鐘の章で述べた、民族組織との文学的暗闘は、金時鐘の年少の同志であった梁石日のなかをも通過されていた。評論集『アジア的身体』の中心をなす「金時鐘論」は、その記念碑であり、詩人としての梁石日の過去への歌の別れでもあったと思う。

『族譜の果て』の主要な柱は二本ある。一つは、主人公の会社立ち上げとその破綻をめぐる顛末。もう一つは、やはり主人公をめぐる在日青年たちが立ち会う政治闘争。二本あるといっても、前者の経済小説(もっといえば、大借金小説)の側面が一方を圧している。後者は、エピソードが強引に配され有機的結合がうまくいっていないこと、そして、断定的な結末が放置された印象を残すことによって、どちらかといえば、看過されがちである。

若くしてささやかな印刷会社を立ち上げた主人公が、資金繰りにつまづき急激に転落していく。その激しいかぎりの物語は、度外れた狂疾によって滅びの光芒に傾く者を惹きつけてやまない。転落は、有力なバックを持たない在日青年にとって、いわば避けがたい落着だった。彼は底辺経済のメカニズムを知ることもなく、その渦中に身を投じた。金は金を産むが、その逆もありだ。借金が借金を産み、その限界は想像力を超える。借金の大渦に呑まれ、貨幣とは虚妄なりと称えたのは内田百閒だったが、梁石日の借金小説は内田のそれをはるかにしのぐ衝迫を放つ。主人公にとっての、金への執着は、結局、金をつきぬけた、存在への執着にほかならない。深奥にある怪物じみた人間の顔だ。その執着の哀しみが、どちらかといえば粗いタッチの物語に不可解な力《フォース》をもたらす。

小説の前半、主人公が同胞の青年たちと久しぶりに出会い久闊をあたためる場面が、長く挿入される。彼らの語らいは、在日問題の多岐にわたる。主人公が十代で吹田事件に関わった過去が明らかにされる。十一年経った。彼の知己の何人かが服役せねばならなかったのだ。この挿話が、後に展開されるもう一本の柱につながっていく。

過去と現在。作者は主人公に複雑すぎるほどの陰影を精力的にそそぎこんでいる。糸を喪った破れ凧のように舞い狂う彼の行動。その一つに、彼が九条新地の娼婦となじむエピソードがある。下腹にケロイド状の傷を持つ女。後に彼は女が同胞なのだと知る。地方に生まれ育ち、民族的コミュニティとは無縁に生きてきた単独者。そうした境遇の在日者がいることを、彼は初めて知る。

自伝的エッセイおよび作品に繰り返し語られているので、梁石日の読者は、東京でのタクシードライバー稼業より以前の、大阪での破産体験がほぼ事実に沿ったものであることを知っている。したがって主人公に訪れるこの覚醒も疑う理由はない。単独者で生きる同胞がいるという事実を知った後、じっさいに彼は民族のコミュニティを離れ、放浪する単独者《ディアスポラ》になりおおせる。金時鐘の詩、《うなだれる／白昼の闊歩より／跳梁を秘めた／原野の／夜の／徘徊を選ぼう！》のように。生活史的な振幅の激しさは梁石日小説に少なからぬオーラをまとわせているが、それはともかく、梁石日には、共同体に属するしかない者と単独者と、二者を同等にみすえる視線を体現している作家だと確認できる。

当初は、在日知識人小説ではないところに梁石日の〈新しさ〉があると指摘されたわけだが、それは、梁石日に在日知識人小説の問題意識が欠けていたという意味ではない。『族譜の果て』には、その問題意識が、独特の乱暴さでねじこまれている。

とはいえ、やはり強烈な磁力でもって『族譜の果て』の後半を席捲し、すべてを制圧してしまうモンスター的要素は、父親である。父親は主人公の転落に、不可避に付随する追いこみとして登場する——。ドラマ構造としては、そうだ。現われてくるのは不可避でも、主役ではなく脇役としてのポジションだ。しかし、この男は現われた以上、全場面をさらってしまわずにはおかない。『狂躁曲』の例でみたとおり、一行の言及のみで嵐をまきおこす。

この男は、高俊平《コチュンピン》と名づけられ、早くも第一章から、その怪異な外貌、それによく吊りあったきわめて因業な性格、人を圧する巨体、伝説にふさわしい奇行を、作者によって付与される。「東成区の高利貸の雄にして徹底したケチ。一枚のセーターを三十年着古し、ボロ自転車は四十年乗りこなし、六十五歳で妻と二人の妾をしたがえ……」といった行状が一ページ以上にわたってつづくのだ。『血と骨』の読者なら、金俊平の勇姿がすでに、ここに発していることに気づくだろう。

そうであれば、父親の造型は、父子対決のあらたな描出は、ここでいくらか進んだのだろうか。残念ながら、答えは否である。最初の一ページをこえる紹介も、いわば観客席からの描写にとどまっている。というより、この種の描写をいくら連ねても劇画的キャラクターになりかねない、と計算がはたらいたのだろう。

主人公はこの男から金を借りており、破産の後、当然ながらオトシマエをつけさせられる。

父子は前後、二度、暴力的な激突を果たす。一度目は父が勝ち息子は入院する。二度目は息子が勝ち、人に止められなければ徹底して最後まで行ったかもしれない。トータルでは痛み分けに終わった。これはストーリーに沿った展開なので、小説のなかではうまく調和しているが、骨肉の感情を深く抉り出すという方向にははたらかなかった。喧嘩には原因があり、父親の行動は少しょう常軌を逸してはいるが、その性格とすれば仕方がないと思わせるからだ。相手が息子であろうが、金貸しの父親は〈掟〉を実行するしかなかったのだ。

作者はたぶん、小説の制作途上で、極端から極端に動く主人公の性格のいくばくかが唾棄すべき父親から宿命的に受け継いだものであることを自覚していたことだろう。父親の息子にたいする理不尽な攻撃もそこが原因になっているのだ。そうしたことは、しかし、『族譜の果て』では形象化できなかった。

父の像は『狂躁曲』より深まらずに終わった。父親像と作者の距離は縮まっていない。

父子の対決が落着した後、終章の五十ページで小説はさらなる混沌に沸騰していく。一方のテーマ片づかないまま、別の音調が出てくるので戸惑わされる。常識的には採用されにくい結末部である。

最終章にふたたび登場するのは、かつて主人公と政治運動を共にした人物崔。彼に「南朝鮮の地下組織」を名乗る人物が接触してくる。目的は朴大統領暗殺。そのために組織は韓国籍の青年をテロ実行犯として送りこめと要請する。候補になった青年の名は、文成光《ムンソングワン》（じっさいの〈テロ実行犯〉と一字違うだけの名前を作者は無造作につけている）。

場面は変わって、主人公の日常のつづき。怪しげな経済活動にどっぷり浸かった日々から脱け出ることができない。

もう一度、場面はテロ計画の挿話に切り換わる。計画は発覚し、崔は某機関に捕らえられ、拷問を受ける。拷問のすえ、彼は胃袋に砂を流しこまれ、死体を海に捨てられる。

最後は、主人公の場面に切り換わる。彼に韓国行きの誘いがかかるが、その背景や理由などについては不明のままだ。酒と漁色の夜に、夢魔に取り憑かれたように意識朦朧としたところで完結。エンドマークのつけ方は『狂躁曲』の各篇と同工である。

クライマックスの寸前に断ち切られるようにエンドとなる結末の美学。これについての論評など不用だろう。だが『族譜の果て』最終章の混乱とは何なのか。作者自身の手になる暴力的な攪乱。物語の現時点は六〇年代の前半に設定されているはずなので、現実の朴暗殺計画を採り入れるにはタイムラグがありすぎる。……などと些末な厭味を書くよりも何よりも、文世光と一字しか違わない人物名を使った作者の〈決意〉の大胆さに驚く。ＫＣＩＡの拷問を受け砂を呑まされて海に捨てられようが、歓楽街で酒色の饗応を受け何かの陰謀に使われかけようが、同じだ。同じ在日の犬のような生に変わりはあるか、という譬えを読み取ることができないではない。だが、できないではないという以上の読み取りを強行するのは無理だろう。

この凄愴なかぎりの破綻は、梁石日が自伝的小説の書き手にとどまりえないことの証左なのだが、事柄はそれほど簡単に割り切れない。とくに長編第一作の時点で予見しうるようなことではなかった。

『族譜の果て』の一方の柱として書かれようとし、小説内で自爆したかにみえる〈永続テロリズムの夢〉は、梁石日のなかで炎を燃やしつづけ、『Ｚ』（これもまたいわゆる一般的な失敗作だ）を通過し、『死は炎のごとく』に結実する。それについては、章をあらためねばなるまい。この項では、作者の途上にあったテーマの完遂について、なお追っていく必要がある。

3

父親を殺せ、といっても同じことだ。

父親を正当に葬らねばならない。そうしないかぎり生をまっとうできない。正当に葬るとは、最良の父親物語を書いてやることだ。その責務は、『血と骨』の完成によって、果たされた。作家の第一期は終わられたのである。だがそれに要した歳月、また通過せねばならなかった作品の数が、その容易でなかったことを告げている。

父親の像が固まりかけるのは、私見では、自伝的エッセイ『修羅を生きる』においてである。末尾近くの、父親との暴力的対決のシーンは、『族譜の果て』のそれとほぼ重なる。長さは違うが叙述のおおすじは変わらない。エッセイのほうが、短い分量で率直に語っているというだけだ。フィクショナルな自伝的小説二冊は父親殺しに失敗した。成功しなかった以上、挑戦しつづけねばならない。

告白は懺悔ではない。感情をしめだして語ることが困難な傷はある。フィクションの粉飾をこらさねば語れないことはある。そしてただ回想を淡々と述べる方法もある。あらゆる小説は純粋な自伝だ（逆だったか）といったヘンリー・ミラー主義が摘要できるのは、『狂躁曲』のみだったろう。ミラーは所詮、宇宙人のような思索家だった。故郷喪失者《エグザイル》ではなく、故郷に生還を果たした放浪癖の男だ。砂漠には薔薇が欲しかった。殺すべき父親を彼は〈不幸にも〉持たなかった。

『狂躁曲』での父親は、主人公の回想を恐怖の鉄槌で打ち破ってくる存在だった。嫌悪、憎しみ、怖れ。その土地にもどるだけでつい昨日のことのように蘇ってくる悪夢。それは正確には悪夢といえない。それに縛りつけられ逃れえない日々がたしかにあったのだと思う。明日も、明日も、また明日も、そしてまた明日も……。寸分たがわず巡りめぐってくる。最良の物語を書いてやらないかぎり。

おまえは母を殺し、兄を殺し、姉を殺し、そして、おれも殺すのか。その言葉は初めて『修羅を生きる』に書きとめられた。その男は、家族をつくり、つくった家族を自らひねり潰すように引き千切ってしまった。彼を殺せば喪われた絆はもどってくるのか。否。それは永遠に引き千切られたままだ。彼を、彼が母を殺したように、殺しても、何も回復しない。回復させるためには、彼を全身をもって許し、永遠に愛さねばならない。全身をもって許し、永遠に愛しうる物語を書くのだ。物語のなかに生かしてやるために、殺さねばならない。そうしてやっと恩寵と安息が訪れてくるだろう。そうして初めて……。

あんたはおれも殺すのか。その言葉が、エッセイより以前に脳裏をよぎらなかったとは思えない。だがじっさいに書きつける行為が、解脱をもたらすことは、ありえる。率直に書かなければ何も起こりはしない。

4

『血と骨』の成功は、作品の内在律とは別のところに求められるべきかもしれない。説明の便宜はそのほうがいい。「これは作者の実父の一代記である」といったふうに。いずれにせよ、ルーツを探る物語という公約数に大衆は反応したのだ。そしてあまりにも破格のタフなヒーロー像にも――。それ故、在日朝鮮人作家の渾身の民族主義宣言に、寛容でありえた（あるいはその部分にだけ目をつぶることができた）のだ。

登場するのは、『族譜の果て』の怪異なモンスターと同じ人物である。寡黙、狷介、粗暴。他人を威圧する声。遊女を身請けし、裏切られ、賭場を荒らしてやくざと大立ち回りをやってのける。徹底したエゴと人間不信の塊り。女をレイプし、手篭めの妻にしてつくった家庭。家庭は彼に何の安息も、喜びも与えない。ただ、暴力的衝動をぶつけるための巣だ。彼の巣を彼がどんなふうにぶち壊そうと彼の思うままなのだ。

彼がハードボイルドのヒーローと異なる点は、単独者ではないということだ。彼はまがりなりにも、民族コミュニテイの一角に生存している。嫌われ怖れられているが、所属性《ビロンギングネス》までは喪っていない。型破りの植民地人一世なのだ。

だが『血と骨』は、植民地時代から日本社会の底辺を生きた一世在日朝鮮人の一代記にはとどまらない。後半になってその息子（つまり、作者自身）が主人公の位置に併走してくる。父と子の物語であるところが、この作品の優れた奥行きなのである。

血と骨をめぐる骨肉の争いが長々しく語られた物語の終結近く、老いて衰えた父と息子とが数年ぶりに再会する場面がある。これが、『狂躁曲』の一篇「運河」で突然閉じられてしまったストップモーションの結末に直接つながる場面であることは、いうまでもなかろう。脳梗塞の後遺症によって介護が必要となった金俊平をまわりは扱いかねる。切り札として呼び寄せられた息子の前には見る影もなく衰弱し果てた父親がいたが、その中味は変わらず、他人をいっさい信用せず心も通わさない吝嗇漢だった。話し合いはすぐに決裂し、息子は生活の地である東京に去っていく。その背中に「チャネ（あんた）、チャネ（あんた）」と弱々しく、しかしやはり他人行儀の冷たさを緩めることなく呼びかける金俊平の声。最後まで父親は、息子を名前で呼ぶことができなかったのだ。息子は鶴橋の駅まで歩き電車に乗った。これがじっさいの、彼らの訣れだった。

作家はようやく、父親の像を、個人的な怨嗟や苦悩から切り離し、一人の登場人物として自在にあつかうことに成功した。物語のなかに解放してやったのだ。金鶴泳がなそうとしてなしえなかったのは、この解放だ。父親の像を解放できなかった故に、自らの文学を解き放つこともできなかった。梁石日は彼の屍を踏み越えたのだ。

終章は、東京でタクシー運転手をしている息子に場面が移っている。息子はある日、新聞記事で父の死亡を知る。「楽園の夢を見て祖国に帰った」果ての死。記事には、父が残した家族（彼の異母弟妹たちだ）の消息も書かれている。ここで息子の心象に表われる感慨は、短く、むしろ素っ気なく記される。

なぜあのときおれはもう少し話を聞かなかったのか。かりに大阪へもどらないまでも、話を聞くことはできたはずだ。「チャネ（あんた）、チャネ（あんた）……」と呼び止める金俊平の声を無視して去った成漢は自分を冷酷な人間だと思った。その冷酷さは、もっとも嫌悪していた金俊平の性格ではなかったのか。すでに残り少ない無残な人生を生きている金俊平を見捨てたのは正しかったのか。それとも復讐だったのか。

すでに多くの言葉を費やすまでもなかったと思わせる。

深夜の帝都。タクシーを走らせる彼の脳裏に、「チャネ、チャネ……」と、愛のかけらすらなく、絶対に孤独な、しかも救けをか細く求める声が聞こえる。思わずふりかえるが、そこには帝都のつかみどころのない闇が、己れの腹腸のように拡がっているばかりだった。ここで息子の内面は梁石日と一致するだろう。しかし梁石日は単純に息子であるわけではない。闇を見すえる目、闇に取り残される身体——それは父親のものでもある。

夢魔のなかの、その闇こそが梁石日の根拠だ。

《おれがおまえで／おまえがおれだ》

かつて書きつけた詩語が幻想の磁場に呼び戻され、それが「父と子」の言葉として、梁石日のなかでエコーを響かせたことは間違いあるまい。

大阪鶴橋の別れから終章まで、小説中の時間は十数年をまたぎ越しているが、物理的な時間の推移は希薄だと感じさせる。ブルーノ・シュルツの息子が砂時計《クレプスイドラ》サナトリウムを訪れるように、『血と骨』の息子は自分が打ち捨てた大阪を訪れる。父はそこで〈死んで／生きて〉いるのだったが、そのように梁石日が父と、民族と、故国と、折り合いをつけることができるまで、多くの時間が蕩尽されていったことである。砂時計《クレプスイドラ》のきざむ時と日時計のきざむ時はちがう。決して一致することはない。彼がふりかえる闇は、じっさいにはありえない場所にあいた穴だ。この地上にユートピアがありえないように、こうした幻影の場所も存在しない。そこに居ることが死亡通告《クレプスイドラ》であるようなサナトリウム。それを『血と骨』の作者は、帝都の闇に幻視した。その終章にいたって、ついに夢魔のこちら側に引き寄せえたのである。

これは在日朝鮮人文学が達した類をみない高所であると思える。

しかし〈父〉の死亡通告が、彼の帰還していった〈楽園としての祖国〉からもたらされるという事実は、この物語がまだ当分閉じられないだろうことも告げている。『血と骨』は終わっていて、完結していない。

これ以降、梁石日は多産で豊饒なストーリー・テラーの道を進んでいくことになる。現在的に、最も多くの読者を惹きつける在日朝鮮人作家でありえている。この領域から〈人気作家〉が出現しなかったわけでは必ずしもないが、立原正秋は極端すぎる例だとしても、いずれにせよ、日本の市民文学市場において一定のバイアスを強いられてのことだった。梁石日のように、在日朝鮮人ナショナリズムを強く発信しながら、大衆性をも維持するケースはなかったのである。

少し叙述は前倒しになるが、この十年足らずのうちに産された主要な作品をあげれば——。先にふれた『死は炎のごとく』をはじめとして、アウトロー小説に属する『裏と表』『カオス』『夜に目醒めよ』、在日青春群像を描いた大長編『終りなき始まり』、幼児売買問題に照明を当てた『闇の子供たち』、映画主演体験をドキュメントした『シネマ・シネマ・シネマ』、9・11直下のニューヨークを舞台とする『ニューヨーク地下共和国』などがある。

終わりなき始まりとは、まさにこの作家のためのテーゼかもしれない。むろん、これらすべてが傑作であるなどと太鼓を叩くことは控える。といって、これらすべてをエンターテインメント系と特別枠化するような適当な読解は何ももたらさないだろう。在日朝鮮人文学は昨今、変容を遂げているのではなく、新たな燃焼の、ますます激しい季節を迎えているようにも見える。その二大中心を担っている者が、『火山島』以降の金石範と『血と骨』以降の梁石日なのである。

9　やくざ戦争・仁義の墓場

例えば本多会と山口組と所属する組が違っていても、同和の問題となるとくっついちゃって、お互い、金を共有しようというところがある。在日の場合は金が出ないからバラバラになったままでね。……そうですね。だから会津小鉄会の親分だった高山登久太郎という人は、立派な日本人の名前がついてますけど朝鮮人ですよね。まあ、あの人は自分で公言していますけど、中には隠してる人がいるんですよ。隠れ在日っていうのがあるわけです。……やっぱり朝鮮人であっても日本名にして、日本の金看板を出してるということでないと周りが信用しない。やっぱり、やくざというのは右翼ですからね。右翼というのは、自分たちは皇室に直結してるものだと思ってるわけですから、朝鮮人が朝鮮名前でやくざの親分になったら困るわけですよ。それは周りのやくざが許さない。だから、日本人の名前にして総長になるようにしなきゃならない。

――やくざ映画に潜在する差別問題『昭和の劇　映画脚本家　笠原和夫』

1

やくざと在日。

事実として、この項は、空白である。埋めるテキストがない。正確には、ない。

高史明の『闇を喰む』や、梁石日の『血と骨』を、やくざ小説という観点から読むことは不可能ではない。とくに、梁石日の場合、『血と骨』にかぎらず、初期の『夜の河を渡れ』『断層海流』から最近の『異邦人の夜』『夜に目醒めよ』など〈梁石日ノワール〉と称される一連の作品がある。

しかし、これらのみをもってやくざ小説を考察することには無理がある。議論が部分的に傾く。これらはアウトロー小説であっても、やくざ小説ではない。というと、アウトローとやくざはどう違うのか、などという空疎な討論を引きこんでこなければならないことになる。考えただけで鬱陶しいから、そちらには踏みこまない。

やくざと在日朝鮮人文学。だが、このテーマは、本書にとって必須の、避けては通れない項目だった。ここに覚え書きめいて記すのは、いくつかの不充分な試論である。

2

文学論、あるいは言論界の範疇では、民族的アイデンティティを公言することは、義務というか、第一の階梯とみなされているようだ。立原正秋のようなケースは一種の〈悲劇〉として特別視される。しかし作家や学者など、自分の背負っている荷重のみを恃みとしてステイタスを保持する階層は、むしろ在日者のなかでは〈例外〉なのかもしれない。

スポーツ選手、歌手、芸能タレントなど、個人的能力の卓越によって名をなしていくところは同じであっても、日本社会の壁という点では異なる。いまだに、民族的出自を隠し、つまり日本人の仮面をつける慣習は強く残っている。慣習とは、見当外れのいい方だろうが、とりあえず、そうしておく。〈国民的スター〉や〈国民的英雄〉に祭り上げられ、テレビで視聴率を稼ぐ人気者の少なからぬ割合がいわゆる隠れ在日なのだ。それはこの〈単一民族社会〉の隠微な常識でもあるだろう。「あれは同胞や」といったマル秘情報は在日者の共同体では当たり前のように拡がるようだが、日本人には滅多に洩れてこない。通名からの推測や、稀には容貌からくる確信などで、ほぼ間違いないとわかっていても、その人物が公表しない以上、〈隠す〉のは礼節となってしまう。大衆レベルで演じつづけられるこの種の仮面劇は、日本社会の朝鮮人差別の、公式学説など出せそうもない錯綜を示す。日本人の持つ一般的な民族差別感（何だか妙な言葉だが）と重なるようでいて重ならない。まったく特別とも思えるのだ。これを、日帝時代からの植民地支配の残滓といっても、事柄の半分くらいしか片づかないような気がする。日本民族と朝鮮民族は、現天皇明仁がつい先年、公的な場で表明したように千年来の隣人にほかならないのだが、現在的には苛酷な〈差別―被差別〉関係から互いを解放しきっていない。その被害は一方的に在日のほうに課されているのだ。

かつての国民的プロレス・スター力道山については、幾冊もの本が出て、伝説はいちおうの客観的史実として定着した。〈共和国の英雄〉力道山のイメージに驚かずに済む知識は行き渡ったようだ。しかしその伝説の重要な脇役でもあった大山倍達に関しては、厖大な調査による『大山倍達正伝』（06・7　新潮社）が現われるまで、ほとんど知られることもなかった。韓国における大山倍達の知名度とは甚だしい落差があるのだ。

やくざ社会が差別を受ける在日者や被差別部落出身者の〈受け皿〉になるという議論は、よく耳にするものだ。在日者の親分として著名な高山登久太郎が主張するのも、基本的には、不平等がつづくかぎりやくざもなくならないという論拠だ。けれども、同時に、やくざ社会は日本の一般社会以上にハードな掟に縛られている。掟の一つとは出自を〈隠せ〉だ。本名を名乗っても何の実利にもならない。文筆者なら栄光であり誇りであるようなアイデンティティの確認が、屈辱をもたらすのみかもしれない。常にダブル・スタンダードで生きねばならない。建て前と本音の使い分けが必要なのだ。本名を知られている親分は少なくないが、民族名で金看板を張った者は皆無だ。在日者にとってやくざ組織が有効な避難所《アジール》であっても、やくざ組織が総体として要求するのは純正な日本人の存在でしかない。非日本人を望んで純日本人化する。痛ましい帰結というしかない奇怪なねじくれだ。これは、あるいは、かつての皇民化政策よりはるかに苛酷な屈従を個人に与えるのではないだろうか。だが、日本人としてのパッシングはあくまで建て前であり、魂までは売り渡さなくていい。ふりをする。周りも納得づくの仮面劇。そうした、在日特有の二面分裂は、植民地時代からすでに綿々とつづいていたかもしれない。

芸能界やスポーツ界よりも厳格な規律がやくざ社会の底に流れていること。その要因はどこに求められるのだろうか。

3

やくざは両義的な存在だ。

当該社会の矛盾の集積場処。ことの当然の結果として〈視えない〉集団となる。さらにその否定的な側面としてだが、大衆的娯楽の汲めど尽きせぬ題材の提供者ともなるのだ。やくざもしくはアウトローの生き死には、映画に小説に、現代的な神話を不断に提供しつづける。

この分野では、六〇年代から七〇年代にかけて一世を風靡したやくざ映画という領域がある。なお、今でも、Vシネマという商標でこの種のものは大量に制作されているはずだが、わたしはまったく観ていないのでこれについては割愛する。考察するのは、歴史的所産としての、かつての〈あの時代〉のやくざ映画だ。このものは、日本人大衆の郷愁のよりどころともいえたが、もっと特殊に、全共闘精神の哀しき代弁者ですらもあった。

呉林俊は『朝鮮人としての日本人』において、一本のプログラム・ピクチャーの内容を長々と紹介した後に、こう書いている。

> しかし、知識階級ならすぐさまくだらないといって一喝されかねない娯楽アクション、『渡世人列伝』の中に、どうしてだれにでも識別できる「朝鮮人」を、その舞台の設定が、かりに「大正末期」となっているとしても、どうしてその「大正末期」に、よりによって剃髪博徒となった朝鮮人が劇の進行上登場しなければならないという必然性などがいったいどこにあろうか。それはまったくないのである。わたしはこの一文を書きながら、しばしばペンがふるえ顔が蒼白となってくるのを押さえ切ることができないで困惑している。

わたしの記憶では、たしか俳優は汐路章だったと思う。妙な扮装をして、奇怪な朝鮮語ナマリのピジン日本語でゴロをまいて、高倉健か鶴田浩二かの主役に張り倒される。それだけの〈笑いを取る〉場面だった。呉林俊によれば、そのジョークは満員の観客に受けに受け、《チョンコウ、くたばれよう》と悪乗りして声援をスクリーンに向かって発した若者までいたという。呉林俊はさらに書いている。《……しかしそのとき全身に置きどころのない憤怒を抑圧してその映像をにらみつけていたわたしという朝鮮人の、やり場のない、万無量の疲労と煩悩をまじえた直視はどのように解釈すれば伝達可能なのであろうか》と。BC級の程度の安っぽい娯楽モノほど容易に人種差別イメージの発信源となる。この真理はここでもあてはまるようだ。ただこの時期のやくざ映画がこういった人種ジョークを満載していたのかどうか、はっきりした記憶はわたしに残っていない。汐路章はほとんどどの作品にも顔を出し、張り倒されるか突き殺されるかしてあっさり退場していったが、そう何度も朝鮮人のポンチ絵を演じることはなかったのではないかと思う。

ただし、わたしには、呉林俊の「全身が憤怒でいっぱいになる」という感受を共にすることができないので、同種の場面があっても記憶に引っかからず通過してしまったかもしれないと思う。他の大多数の日本人といっしょに笑ったのか、くだらねえと舌打ちしたのかも、よく憶えていない。要するに、よく憶えていないのだ。当時は、ほとんど番組が替わるごとに東映の封切館に通うといった困った習慣が身に着いていたのだが、『渡世人列伝』のような極端なモデルケースが他にもあったのか、証言はできない。これを引き合いに出してきたのは、何も良心を痛め懺悔する日本人を演じてみたいからではない。

ここに露出したものが負の局面だったとすれば、逆の、正の局面はみられなかったのか、ということだ。正とはおかしな規定になってしまうが、在日朝鮮人問題を多少とも正面からあつかったやくざ映画はあったのか。という関心である。

そこを考えてみると、在日とやくざという問題のいくつかの側面があぶり出てくるように思える。結論的にいえば、やくざ社会において在日が隠されるという建て前は、やくざ映画をも深く規定している。やくざ映画は人種問題をあらかじめテーマとして排除する。やくざ映画において（も）在日者は〈視えない人間〉でありつづけるのだ。むしろ差別ジョークが画面に出てしまったケースは例外的だったのではないか。それとよく対応するかのように、正面からテーマ化した作品もほとんど見つけることはできない。企画の段階で通らないとかいった〈慣行〉があったのかもしれない。

一本だけわたしが不思議に憶えているのは『やくざの墓場　くちなしの花』（76・10）だ。そこで、在日朝鮮人の役と明示されていた梶芽衣子が日本海の海に向かって走り、「うち、向こうへ帰るんや。故国《クニ》に帰るんや」と叫ぶ場面、ほとんどそれだけが記憶の端に遠く引っかかっていた。映画そのものは、深作欣二監督としても、笠原和夫脚本としても、平均以下の出来だと感じた。後は、警察署長の役で出ていた大島渚、これも在日朝鮮人の役と明示されて出てきた梅宮辰夫のマユゲを剃った扮装に、「なんじゃコレは」とのけぞったことくらい。だいたいが渡哲也のヒット曲の便乗企画だろうと期待もしないで観に行ったところ、突然に露出してきた在日問題に戸惑ってしまったというのが正直なところだった。

念のため、シナリオを再読してみると、梶の役は混血の在日、朝鮮人やくざと兄弟盃をかわす悪刑事《ワルデコ》の渡は満洲引揚者という設定だった。シナリオだけ読んだせいか、笠原特有の概念的なメロドラマに思えたのが残念だった。笠原へのインタビュー本『昭和の劇　映画脚本家　笠原和夫』（02・1　太田出版）には、この作品の製作内幕が語られていて興味深い。結末近くに、梅宮を裏切ってサシた渡に向かって梶が「日本人は信用でけへん」と叫ぶ場面がある。そこが撮影の段階で「デカは信用でけへん」に改変させられてしまったという。

これは現場レベルでいえば、生な用語をさしかえたといった程度の重みしかない改変だったろう。脚本家が力を尽くして場面を描いても、演出家の不手際で硬直したシーンに変わったり、感性の鈍い俳優によって科白がぶっ飛んでしまったりすることがあるかもしれない。そうしたことは、映画という芸術システムにおいては日常的に起こっている。だがこのエピソード一つに、娯楽映画の世界にシリアスな問題意識を盛りこむことの難しさがよく表われている。脚本家がテーマを実作化することの困難さ、そして、それを現場で言葉の差し替えのみによって削ってしまうことの簡単さだ。このあまりの対照には、ため息が出る。言葉一つ差し替えただけで消えてしまうテーマとは……。当時の東映映画の体質は、客が入れば何でもやるという品の悪さに加え、一種のアウトロー精神に支えられていたと思う。全共闘〈緋牡丹お竜〉派みたいな旗があったように、わたしも含めた青年層に勘違いの想い入れをいだかせる反権力性を時折り反射させることもあった。のみならず、シナリオ作家（とくに笠原のような）がリサーチの段階で在日者やくざへのリアルな観察に恵まれることも一再ではなかったと想像する。

だが、結局、やくざ映画と在日というテーマでは、この程度の例外的なケースとしてしか考察できない。これはつまり、やくざと在日との錯綜、〈視えない〉糸の絡まりから発している根本的な背理であるような気がする。やくざと在日はともに、市民社会から別枠に取り除けられ、文学論のテーマとして手のとどかない隅っこに後退していくのだ。

4

やくざは両義的な存在だ。

抑圧社会の落とし子でありながら、最終的には、その抑圧システムを防衛する暴力的尖兵として利用されてくる。

暴力団対策法に異議をぶつけ、裁判闘争まで闘った組長、高山登久太郎は異端の人物なのだろうか。彼に取材した半伝記に宮崎学『鉄《クロガネ》　極道・高山登久太郎の軌跡』（02・2　徳間書店）があるが、内容的には今一つのところがある。理由はわからないが、高山が雑誌インタビューなどに答えた記事より以上の深みに欠けるのだ。

やくざに在日者や被差別部落出身者の占める割合が多いというのは定説だが、具体的な統計数字はない。また、現象的な論議以上のアプローチも期待できない。

やくざが一般のジャーナリズムに登場して何か発言することは、ごく少ない。しばらく前の、高山のケースは珍しい例だといえるだろう。高山以前に、よく雑誌に登場していた在日やくざの親分に柳川組の二代目谷川康太郎がいる。彼の場合も、朝鮮人名と併記されることが常だった。彼の先代組長柳川次郎も在日者だった。〈殺しの軍団〉とも称された柳川組の名は、在日者やくざが語られるさいに必ず言及される〈伝説〉でもある。

とはいえ、文献的にも、やくざジャンルは潤沢とはいえない。柳川組に関しては『実録柳川組の戦闘』（78・7　徳間文庫）のような読み物しか残されていない。谷川は獄中で読んだドストエフスキーの引用もよくする能弁家で、週刊誌に手記も書いているが、第一次資料になりうるかどうかは問題だ。資料の少なさは、考える材料をそろえる、はるか以前の状態だろう。

活字などに出たかぎりでの谷川や高山の主張には、ある共通性がみられる。やくざは環境の産物だという諦観、もしくは自己正当化だ。これは金嬉老の法廷陳述にもみられた環境決定論だ。パターンとしては、悪いのは自分ではないという開き直りに行き着く。両義性はここで解消され、体制補完的な側面が浮上してしまう。この方向では、本書のテーマに引きつけることがさらに困難となる。

やくざ作家なるカテゴリに入る書き手はいるのだろうか。先に少しふれたが、わたしは、藤田五郎(1931—93)の名前しか思いつかない。他には、ブラック・アメリカンの元ポン引きドナルド・ゴインズ(1937—74)とか、フランスのジョゼ・ジョヴァンニ(1923—04)とか……。みな故人だ。在日という問題意識の参照項目になるには、あまりに資料が貧弱で話にならない。

基本的に、市民社会の住人には、制外の、アウトローたち、やくざの世界への倒錯した〈憧れ〉がある。現実のやくざが長谷川伸の世界のような人情ドラマを通過することはあまりないと思えるが、憧憬はそちらに向く。人は自分の日常にはないものを好奇心いっぱいに追い求める。差別する権利は後生大事に保全しながら、その実態を裏から表から覗いてみたがるわけだ。『血と骨』が大きな大衆的支持をかちえたとき、その興味の少なくない部分はモンスターのようなヒーローに惹かれていたのだろう。

差別構造は基本的に変わっていないが、利用し切り捨てまた利用する、といった権力システム側の戦略は時代とともに大きく変遷しているようにもみえる。歴史社会的なアプローチも別個に必要だ。けれども、この分野では、初歩的な議論の土台となるものさえわずかしかない。宮崎学『近代ヤクザ肯定論』（07・6　筑摩書房）は、ほとんど初めてといえるような、その少ない収穫である。基調は〈肯定論〉であり、論考なのだが、それをやくざ小説の一つのテクストとして読みなおしてみたいような誘惑も与えてくる。

筆者野崎には「戦後文学はどこへ行ったか——やくざ小説の諸相」という論考が、以前にある。いくらかの修正と短縮を試み、本書の構想に組みこむ予定でいたが、じっさいには果たせず、そのままになってしまった。中途半端な試論で、いい足りていないところは多いが、参照の煩には耐えるだろう。この論考は、『文学史を読みかえる5　戦後という制度』（02・3　インパクト出版会）に収録されている。

10　新潟港へ向かえ——朴重鎬

しきりに爆発する歓呼
途切れることのない万歳の声
感動はしけのようにうねり
この万雷のどよめきに絶頂はない

送るもの
送られるもの
はれやかな顔たちが
涙の結晶をたしかめ合う
この別れのなかに
悲願があり
獲得があり
脱出があり
あたらしい抱擁がある

五色のテープがきられ
新潟では　きょうも
舳先を北に向け
クリリオン号が東海の波に乗る
大きな明日をもつために

——姜舜「帰国船」

1

朴重鎬のデビューは同人誌における「離別《イビョル》」（『犬の鑑札』所収）、次の年に在日文芸誌『民涛』

に中編「回帰」を発表（87・2）した。出立の遅れた書き手の一人だったが、在日二世の文学的体験の中核をになう力量をそなえている。だが単行本は四冊きり、その文学的世界も期待される飛躍を、やや満たしていないような印象もある。

スタートが遅れた事情については、『犬の鑑札』に寄せた小文「友　遠方より来る」で李恢成が書いている。在日組織に属していたが、大病にかかり、故郷の北海道に帰り、家業の手伝いに従事せねばならなくなった。身辺が落ち着いてからこつこつと作品を独り書きため、十年雌伏し、五十歳すぎてからの登場となった。可能性は豊かなものがあった。《在日文学がともすれば知識人文学という心理主義的な傾向や政治主義に傾きがちなのにくらべ、彼の小説はあくまでも生活の現場である労働や家庭をとおして歴史や世界の意味をまさぐろうとしている》（李恢成）。技術的にも、多くの一世作家がそうであったように、同人誌レベルにとどまるのではなく、李恢成に迫るほどの技倆を示していたのであるが。

先に少しふれたように、朴重鎬はオモニ系の書き手である。だが、彼のこれまで書いた少ないテクストにおいて、母への想いを核としたものは「離別《イビョル》」にかぎられる。他にも、朴重鎬が中心にすえるテーマは三種あって、そのどれもが大きな拡がりを持ったものだ。労働を中心とした在日生活、組織との紐帯、帰国事業。それらは一つとして切り離せるものではなく、彼の小説で渦をなしている。母への想いは「離別《イビョル》」であつかわれたように核とならないかぎり、背景にかすむ。

基本的に、朴重鎬の作品もまた言葉の素朴な意味において自伝的であり、作家の個人史にあって切実であった問題を荷重に託されている。生まれ故郷にもどった自分を、彼は深いところで許していない。組織の任務を途中から離れたことは良心の呵責となって彼のうちにわだかまっている。そしてそれとほとんど一体となった悔恨が、「なぜおれは帰国しなかったのか」という思いである。この感情の強さによって朴重鎬小説は、帰国風景を主要に描いた鄭貴文の小説や、挿話として描いた多くの在日小説を抜きん出ている。であるが、帰国への複雑な感情は彼の作品のなかでは、すべてではなく、主要な車輪の一輪にとどまるのだ。

日本に残った者の自責。それは数年して〈地上の楽園〉の実状が否応なく知らされてくるにしたがって、ふくれ上がる一方だっただろう。若い盛りの子らの将来を〈奪われて〉しまった親の悲しみは濃い。それを、働き盛りの壮年でありながら、帰国に踏み切れなかった者の自責感が上回ることを、朴重鎬のケースは語っている。この側面から、解きほぐしていこう。

いちおう朴重鎬の代表作とみなせる『澪木』を中心にみる。この作品には、在日生活、組織離脱の痛み、帰国への思いが詰まっている。自伝的な要素もバランスよく配されており、他の作品の参照なしで、この作家の特質をよく把握することができる。

とはいえ、『澪木』のめざましい達成は、べつの側面にある。それは、全編をヒロインの一視点に則して語りきったことである。語られる物語は、他の朴重鎬小説とも共通する自伝的内容なのだが、すべて女主人公の目をフィルターとして再構成されてくる。そこが画期的なのだ。もう少し後で出てくる議論だが、在日朝鮮人小説とは一面、〈男尊女卑文学〉の珍奇な書庫でもあった。女は語られない、従属的な性でしかなかった。非常に大ざっぱにいえば、女の哀しみは常に民族の苦難の付属物にすぎなかった。「いつか思い知るがいい」という怨嗟の声は、倭奴《ウェノム》にではなく、朝鮮男に真っ直ぐ突きつけられていたのかもしれない。一世作家のある者がオモニ系のテーマを模索したのは、技法上の要請によるより、むしろそうした怨嗟を聴き取る感受性に恵まれていたからだろうか。だがすでにみたように、鄭貴文の「仁女記」の試みは、一冊分も貫徹されることはなかったのである。

ここに朴重鎬の作家的成熟がよく表われている。東京での組織生活を成算せざるをえなかった痛みも、冷徹な観察をとおして語られてくる。作者自身をモデルにしたとおぼしき〈夫〉は終始、小心で非力なくせに家庭での権威だけは手放したがらない否定的人物として描かれる。名前すら、捜しても、一ヶ所にしか書かれていない。あたかも、在日マッチョ小説で妻や女たちが徹底した冷遇を受けていることのパロディのようにも。

貧しい在日朝鮮人の夫婦。妻の明姫《ミョンヒ》は民族系学校の教師、夫（ほとんど名なし）は民族組織の新聞編集に従事する。長時間の労働に加え、学習会や会議も重なり、個人の自由になる時間はごくかぎられている。たがいが協力し合い子供を育て、未来に希望を託そうとする。組織は自明な抑圧〈悪〉として書かれるよりも、それ抜きには何も成り立たない全世界のようだ。そんな日々において、久しぶりの夫婦生活の時間を持った若いカップルが、営みの最中に二人ともとろとろと眠りこんでしまうという場面がある。何とも微苦笑を誘う夜の場面だ。

『澪木』の前半は、妻のオモニの突然の発病によって占められる。子供を預ける時間を延長し、入院した母の世話をしようとするが、そのやりくりもつけられない毎日。組織の論理は、そういう〈我がまま〉を許さないのだ。そのなかで母は静かに息を引き取る。小さな焼肉屋の営業もふくめて生活の全般を母にまかせていた父。一人息子と残されたアボジは以降の生活設計が立たず、途方に暮れる。地方に住んでいた老夫婦が東京の娘のそばにいたいと上京してきたという経緯があった。母なしの父の面倒をみることなどできない。〈庶民の哀歌〉としてはありふれた話かもしれない、これが日本人であれば――。妻と夫の深刻な会話の落ち着く先は、こうだ。

意見を求めるというより駄々をこねているようなものだった。

夫はすぐには応じなかった。言いづらそうだ。

「帰国が一番だと思うんだけど」

「いやだわ」

「どうして。われわれの家庭も含めて、これしか解決策はないよ」

帰国事業への参加が高邁な理想や忠誠を誓う観念として現われてくるのではないことが、よくわかるだろう。それは、生活に疲れ果てた皮膜の一枚内側からべろりと剥き出しにされてくるのだ。他に生活の目途が立たない。たとえ短い一時期だったにしろ、これが在日生活の避けがたい断裂だった。

ここにあって、夫は徹底的な冷血漢として妻の批難にあう。別の選択肢すら与えられないという現実への怒りを、夫に向けることで和らげるしかない妻だった。顔を背け合う夫婦の後景に、満艦飾の帰国事業がある。朝鮮民主主義人民共和国万歳のハングル文字。ブラスバンドとマンセーの叫び。船から岸壁に投げられる無数の紙テープの彩り、共和国の巨大な国旗、数知れない小旗。

　こうして妻の家族が去って行った後、次に起こるのが夫の大病だった。病気による休職。だが長期の病欠を許す条件は組織にはなかった。組織は帰国を命じてくる。故国に病気を好転させる医学的条件のないことは明らかだったのだが。「同志、すべからく満腔の忠誠心によって病気を克服すべし」。この貧しい夫婦は、どちらも選ばず夫の生まれ故郷にもどるという第三の道を採る。そして繰り返し朴重鎬はこの個別的な体験を小説のテーマとしてくるわけだが、最も深いところにある作者のモチーフは自責であるかもしれない。理屈はともかく、自分は〈玉砕〉すべきだったのではないか、という罪責感。

　帰国事業が正しかったのかどうか、あるいは故国はたとえ一瞬でも〈地上の楽園〉であったことがあるのか。そうした問いはここでは発されない。理性による答えなど、どうでもいいのだ。ただ自分はそこから逃げたのではないか、逃げたことの償いはいかにつけられるのか。作者の想いはそこに求心していくようだ。

　この想いは、先行した「回帰」の後半においても、すでに奏でられていた。そこでは、朝鮮人妻の手紙というかたちで、事故で死んだ流れ者の過去が明らかになる。その夫婦は帰国事業からの脱落者として、地方の労働現場を流れる渡り労務者になったのだ。朴重鎬の場合、ある程度、作品は書きためられていったと想像されるので、発表順に作品ごとの進化の跡は辿りにくい。ただ「回帰」のほうが、よくいえば混沌としていて、第一作の触感にふさわしい。「回帰」は、李恢成がプロレタリア文学の名作になぞらえたことが正当であるように、北海道の零細海運荷受業者の現実を描破して、在日小説の存在を示した。だが、そうした現場に行き着いた作者の〈自伝〉的部分は少し窮屈になってしまった。最後の手紙による告白にしても、効果の薄さが惜しまれる。

ただこれで作家論を切り上げてしまうと、オモニ系の説明が半端になるので、もう少しつづける

2

『濤木』の後半は、実家に帰った夫のもとでの労苦を妻の立場から描く。どちらかといえば、前半よりも優れていないのだが、その要因はどこにあるのか。いわゆる嫁姑問題が前面に出て、うまくそれが処理されていないからだろうか。いや、一般化していうより、これは、特殊に、オモニという存在への作者の揺らぎによるものと思われる。一定しないのである。そして、一定しかねる点こそ、朴重鎬がオモニ系の書き手であることの雄弁な証左なのだ。

妻は徹底的に義母を、夫のオモニを、批判的にとらえる。第一に、このオモニはいっこうに朝鮮人らしさがない。言葉も北海道訛りで、一世ならふつうの日本語朝鮮語のちゃんぽんがない。立ち居ふるまいも日本人的なら、着る物までほとんど和服なのだ。その極端な日本人化に呆れてしまう。この部分、後にみる成律子『白い花影』の、日本人妻が朝鮮人家庭に嫁いで度肝を抜かれるシーンと比べると、あまりにも対照的で驚かされる。こちらのほうが特殊なのだ。妻の観点からすれば、オモニの人間性否定であり、それを民族的という必殺の物差しをもってやってのける。だがこれはかえって、妻という人物の狭量さしか際立たせていない。批判が部分的なものであり、その範囲でしか有効でないからだ。

義母にたいする視点の限界、これは『澪木』という小説の最も弱い環である。このことから逆算すると、朴重鎬という作家の最深部にあるモチーフは、苦難の在日生活の諸相でも、組織や帰国事業への後ろめたさでもなく、母への想いとどう折り合いをつけるかなのではないかと、推測される。

このテーマにおいては、「離別《イビョル》」が最も成功している。だが余情は回収されていない。短い作品に、過去と現在とがモザイク状に組み合わされた構成は、練達の腕といってもよい。中心には、老いた母が数十年前に父の遭難した海の現場に行ってみたいと言い出して、二人の兄弟を困らせている、という幕開けがある。兄弟の父は戦争末期に遭難して死んでいた。その他、主人公の境遇などは、作家が繰り返し描いてきた自伝的断片とほぼ一致している。母がその後、家に引き入れた年下の男は、つねに家族を紛糾させる火種だった。

小説そのものは、息子たちが母の想いをいれて、霧にけむる海での弔いをあげさせてやる、といった叙情的な結末で終わる。これはこれで小説としては見事な処理となっている。母の現在は常軌を逸した性格として出ているのだが、精神病的な発作の程度はあまり明らかにされていない。掘り下げるような小説の構造ではないといってしまえばそれまでだが……。兄の《あの通りの女だろ》という科白も、解釈の幅はいろいろある。母の奔放さ、夫を早く亡くしてからの行状は、回想のかたちで語られるが、息子たちにどう影を落としたかという点からは、さらっと流されている。作品的な傷とはなっていないが、モチーフが宙吊りのままと感じさせる。

充全に書ききれていない自伝がここにある。朴重鎬にとっては、その因子が父親ではなく、徹底して母親だったのだ。

この作家については、第六章でもう一度ふれる。

11　植民地での自伝2――成律子

「なに言うてるんや。あたしはおむつ洗いや子守ばっかかして、まともに宿題なんかしたことねえんや。宿題する時間がどこにあるねえ。立たされんのが当たり前や。兄《あ》んちゃんばっか可愛ごうて。なんであたしなんか産んだんや」

玲姫の胸の中に鬱積していた不満がどっと吹き出る。……

「リョンヒ、気でも狂ったのけ、親にはむかうて。アボジ（父）が見たら、でっかく怒られるで。女はベンコ（勉強）したらあかんのや、嫁の貰い手がのうなるんや」

「なに言うてる。女は人間やないのけえ。あたしは大学までいったるわ。何が嫁や、けがらわしい」……

「ふんとに、ヤンバン（両班）の崔《チェ》家に、こげいな娘がでけて。いままで家門《カムン》を汚したことねえのに。ハノニムアー（天の神）」

――成律子『異国への旅』

1

北陸の田舎町。十歳の少女が、川で、弟たちのオムツを洗っている。かじかむ指がそれを掴みそこね、何枚かが哀しく下流に流されていく。時代は戦争期。身を切られるような冷気のなかに立ち上がる清冽な風景。成律子の第二長編『異国への旅』の、これは、忘れがたい導入シーンだ。

成律子の名は、在日朝鮮人女性小説の最初の達成として記憶される。だが彼女の名前は、おおむねこの分野の通史には見い出せないし、あるいはごく素っ気なく作品タイトルが記されるにとどまる。その理由として推測できることはある（これについては後で述べる）が、やはり公平さに欠ける。

成律子は在日の二世だが、『異国への旅』は、本章の6および7項でみた一世の小説世界に、驚くほど重なってくる。じっさいに自伝的小説であるのみならず、すべての在日朝鮮人小説は自伝だという仮説を証明するために書かれたテクストのようだ。自伝的作品のなかに、社会、民族、歴史の特殊なかたちが自然と溶けこんでいる。固有の個人史を跡づけながら、それは、旧植民地人の所属性《ビロンギングネス》とほぼ完全に一体化している。

十歳の玲姫《リョンヒ》は十二人の子の真ん中。三人つづいた女の子の次に生まれたすぐ上の兄は一家の長男として優遇されるが、その下にまた生まれた女の子は誰にも歓迎されない。男尊女卑社会朝鮮の封建的遺制の悲しき被害者だ。彼女の家での役目は、下の弟たちの子守とおむつ洗い、下働きの〈下女〉同様なのだ。だが奴隷状態にある女性の地位の犠牲者は、もちろん彼女ひとりではない。母は織物工場から内職を請け負って長時間はたらきつづけ、姉たちは小さな頃から女工に出される。

彼女に優しくしてくれるのは、遊郭の女（日本人）千代だけだ。

この小説に描かれる朝鮮人家族の生活は、多かれ少なかれ、他の一世男性作家によって題材にされている。だが低い目線による細やかな観察はひとり成律子のみのものだ。それは、女性作家ならではの視線とかいったふうの〈差別的〉な特化をこうむりやすいが、違う。この作家の持つ微視的な描写力が有効にはたらいているのだ。彼女の長所がつねに小説を豊かにしていると一般化することはできないけれど、『異国への旅』に関しては最良の結実を得ていると断言できる。

その点をもう少し詳しくみる前に、〈異国〉という言葉で断乎として異化された小説のタイトルに一言しておこう。第一作の、これは、習作と評する以外ないものだが、『異国の青春』と題されている。生まれ育った日本を、作家は自分の国とは感受していないのだ。その自伝は、異国の出来事として描かれた〈植民地での自伝〉だ。自伝の主人公は、故国に属しているけれど故国にはもどれない。異国である日本の虜囚なのだ。そのことを彼女は、第一作ではタイトルだけによってではあったにしろ、明確に訴えかけている。

さて『異国への旅』の作品的功績の一つに、階層化された差別の諸相をきわめて具体的に描きえた点がある。差別は、世俗的な常識としても、日常時間の場において単純には露出してこない。にもかかわらず、差別者を糾弾しようとする小説の場面は、被害者―加害者という単純な振り分けでつくられてしまいがちだ。そのほうがわかりやすいというだけで、下手くそ糞まじめな〈反差別〉テクストほど黒白をつけるのを急ぎたがる。しかし絵に描いたような差別というものは、たいていドラマの場面でしか起こらないのではないか。『異国への旅』のなかで、差別は、主人公を家族や友人から不条理に引き裂く力《フォース》として、厭らしい触手を伸ばす。

①　小学校で、教師は朝鮮人生徒を目のカタキにし、《崔本玲姫《サイモトレイヒ》、こんな、ややこしい名前は変えろ》と罵倒する。これは差別の明視できるかたちの典型だ。

②　彼女は自分のなかの朝鮮人を〈隠す〉ことに努める。日本人に〈成ろう〉というネガティヴな精神過程だ。アフリカ系アメリカ人作家のトニ・モリスンが『青い目がほしい』(70)で描いた、白い肌・ブロンドの真っ直ぐな髪・青い瞳に憧れる黒人少女の像とぴったり重なる苦悩である。玲姫は、家で出される朝鮮式料理を食べることを止め、栄養失調になる。

③　兄徳根《ドックグン》が子分たちに命じて、彼女を朝鮮人と罵りぶちのめさせる。兄は学業も運動もクラスでトップの級長、家でも総領息子として君臨する。彼の子分たちは徳根も朝鮮人だと知りながら、その妹だけを〈民族差別〉の的にする。彼女は兄の心根がわからず、撲り蹴られた痛み以上に傷つく。その非道な仕打ちを彼女は両親に訴えるが、信じてもらえない。

④　妹を虐めさせるものこそ、兄の心の底に暗く疼く朝鮮人の劣等感ではないか。彼女もまた《自分の心に鬱積している日本人への憎悪を》、少しグズな級友の同胞にぶつけていた。河淑順《ハスクスン》に、押し殺した囁き声の朝鮮人という罵倒をぶつけるとき、彼女は、《奇妙な倒錯した優越感に浸っていた》。弱者が理不尽な暴力に立ち向かうより、さらなる弱者を見つけ、「やられたらやりかえす」ことで安寧を得るメカニズム。哀しいメカニズムだ。日本人の級友美智子は言う。《あんたは朝鮮人やないわの。カワさんはそうやけど》と。カワとは河《ハ》の日本語読み。もちろんこのイアーゴウの囁きは単純な好意などではない。美智子は玲姫も朝鮮人だと知っているし、玲姫も美智子が知っているということを知っている。承知のうえで、あんたは朝鮮人ではくない〉と言っているのだ。この〈ない〉という多義的な、目も眩むような言葉に差別とい

う麻薬の複雑な動態がひそんでいる。朝鮮人たる存在を〈隠す〉ことが何の解決にもならないことを、彼女は本能的に理解する。

⑤　遊女の千代は玲姫の母永先《ヨンソン》とも親しみ、身売りしてきた悲しい身の上を語る。けれど同情されることは嬉しくても、朝鮮人の同情を受けることに千代は素直に喜べない。その表情の曇りを玲姫はじっと観察している。

⑥　玲姫の家に遊びに来た美智子は永先のチョゴリ姿を見てショックを示す。頭に描いていた共感が現実を前にして崩れたのだ。その一方で、玲姫は淑順に同胞として心をひらいていくようになる。最初は、日本人の目が気になって仲良くできなかったが、じょじょに二人は近づいていく。そのエピソードは心をなごませる。

⑦　朝鮮人への徴兵令が施行されたことに呼応するように、彼女は学校の綴り方授業で、自分が朝鮮人だと書く。朝鮮人を馬鹿にしないで、「お願いします」と書いた作文が、校内放送で全校に拡がってしまう。反応は思いもよらず複雑だった。淑順からは冷たい目で睨まれ、兄には唾を吐きかけられ鉄拳を受けた。

——これらの造型は、小説の前半から抜粋してきたものだ。いくらか部分拡大的に立ち入ってみた。以降、この自伝的作品は、空襲から敗戦、密造酒つくりの暮らし、同胞青年との結婚などの情景をつんで、うねるように流れていく。ヒロインのみでなく、これは家族の物語だ。淑順のような脇人物にも公平な目はよく行き届いている。

とくに、最初はアンビヴァレンツな存在として現われてくる兄は、後半にいくほど重要さを増す人物だ。優秀な少年であった徳根も、大学教育まで終了したところで、旧宗主国の〈単一民族社会〉の厚い壁に阻まれるのだった。その過程で彼の示すロスト・アイデンティティの動揺と振幅は、在日朝鮮人小説独自の輝きだ。

このようにして、『異国への旅』は、忘れ去られた自伝的小説の書庫から埃を払って引き出されてくるべきテクストである。いくらか充分に筆致の伸びていない部分が散見されるという保留点はつくにせよ、在日朝鮮人女性小説の先駆的作品としての位置は揺るがないだろう。

2

『白い花影』は成律子の三作目の長編小説。朝鮮男と日本女の出会いから結婚、その破綻を追った作品である。作者の欲求では『異国の風』とでも題して、異国三部作として問いたかったのかもしれない。

異民族間結婚というテーマは、鄭貴文の『民族の歌』にもみられ、たんにそれを真摯にあつかうという取り組みのみでは心許ない結果になることは確認した。作者も「あとがき」に認めるように《勿論、なかには幸福な家庭も幾組かあったが》、ということになってしまう。『白い花影』で、成律子の美点が出ているのは、ミニマリズムの視点だけのようにも思える。

日本人の嫁が朝鮮人の家に嫁ぐ。極端から極端に走る無謀な投企のようにも感じる。最初から破れるのは目に見えていたような選択だ。それはともあれ、日本女の全身を襲ってくる〈朝鮮生活〉全体を描写する微視的な具体性がなまなましい。食生活、食べ物の臭気、洗濯の手順……。などといった日常生活の基本的なものから衝突してくる。大根葉を味噌で混ぜ合わせ米のとぎ汁を加える朝食。あるいは、鱈の頭と腹腸をにんにくや唐辛子といっしょに塩漬けにした塩辛。豚を飼育している家では、魚の骨や野菜屑を煮て豆腐粕と混ぜる豚の餌を仕込むのも日課だ。彼女の感覚には、人間の食事も豚の餌も変わらないように映る。日本人妻が五感のすべてから追いつめられていく描写はそれなりに迫力があるにせよ、そこだけが切り離されて印象されるので困ったことになる。彼女を家に迎えいれる父母たちは、類型的で視野の狭い人物像としてしか描かれない。一種の悪役で、耐えがたい〈朝鮮人の臭気〉ともども否定的に（つまり、もしそういいたいのなら、差別的な視野のもとに）呈示されている。

小説としては、明らかに一側面だけ肥大した不充分な達成に終わっている。

成律子は次に（もしわたしのリサーチが行き届いていなければ訂正するが）、朝鮮女性史の先駆的な研究家として現われてくる。その分野で『朝鮮史の女たち』『朝鮮女人曼荼羅』がある。

この二著のあいだに、『白あんずの花のように　金正淑の生涯』と『オモニの海峡』がある。前者は、〈北〉の共和国の現国家指導者の母親の伝記。正史の試みなのかどうかは定かではないが、《白あんずの花のように美しく、香り高く生き抜いた金正淑の生涯は、朝鮮女性史の中でも永遠にまばゆい光を放ちつづけるであろう》といった〈香気あふれる〉文章を結語のところで読まなければならない。これを手に取った文学研究者のおおかたが、これのみで著者成律子の名前を研究すべき文献目録から削除してしまっても不思議ではない……。だが当惑する事実はこの先にある。

『オモニの海峡』は、済州島蜂起から生き残って在日する女性の聞き書きだが、語りの魅力がまったくない。語られたことが著者の硬い文体に変換（翻訳）されて、ほとんど生気を喪っているのだ。「あとがき」には《慶尚道出身の両親をもつ二世の私は、済州島の言葉で語る李性湖《イソンホ》オモニの話がよく理解できず》と書かれているが、はたしてそれだけのことだったのか。聞き書きという形式の美点をまるで見い出せない。その要因はおおかた聞き手たる著者にある。何か決定的なコミニュケーション不全があったような気もする。読み物として、困ったことに、〈偉大なる首領様〉の夫人の生涯を記した伝記のほうがよほど躍動的なのだ。

12　猪飼野辺境子守唄――宗秋月

死んだように見える冷たい岩と同じように、私も自分の中に、私を形作った材料の記憶を持っている。時代と土地が、問わず語りに語ってくれたのだ。だから、私が生まれた時代と土地のことからお話ししよう。そこから、私の人生に起きた出来事と私が歩んだ道について、好きに解釈してもらえばいい。
私は黒人の町に生まれた。普通の町の中の、黒人が住む裏通りのことではない。フロリダ州イートンヴィルは、私が生まれた頃は、純粋な黒人の町だった。――町の創立者も市長も市議会議員も警察署長も、全て黒人だったのだ。アメリカで最初の黒人コミュニティではなかったが、政治的な形態を整えた町という意味では、最初のものだった。アメリカで黒人が組織的に自治を行なおうとした初の試みだった。

――ゾラ・ニール・ハーストン『路上の砂塵』１９４２　常田景子訳

1

手元にある『宗秋月詩集』（編集工房ノア）の奥付けの日付は一九七一年四月。外国人登録証による筆者紹介が記されている。最も早い段階で現われた在日女性詩人である。《子守唄ではない／目撃するためにだけ生き続けた／老婆自身のねむり唄だろうか》。かといって、先駆性と位置づけるのは、正確ではないだろう。わたしの持っているこの第一詩集がどのていど全国的にひろまっていたのかはわからない。

この詩集は、『近代民衆の記録10　在日朝鮮人』に、金夏日《キムハイル》の歌集『無窮花』（71・2）や姜基東《カンギドン》の句集『パンチョッパリ』（73・5）などとともに収録された。

類推のために、アフリカ系アメリカ人文学史を参照してみれば、七〇年代とは、ジェンダーの主役が交替する結節点にあたっていた。ラルフ・エリスンは一作のみで沈黙し、ボールドウィンは混迷に後退し、エルドリッジ・クリーヴァーはブラック・パンサー党の内部ゲバルトに未来を喪った。黒人女性文学は、ブラック・マッチスモへの深い幻滅と反撥から声をあげはじめていた。トニ・モリスンやアリス・ウォーカーなどが、黒人男性文学にとって替わったのである。

在日朝鮮人文学史において、こうした〈主役交替〉にあたるような現象は起こっていない。むしろ期を同じくして作品を発表しはじめたといえるだろう。朴壽南は、聞き書き集『朝鮮・ヒロシマ・半日本人』（73・8　三省堂）を出したが、それまでに何冊かの企画を逸してしまったことを述べている。前項でみた成律子の活動もいくらか遅れて開始された。要するに、在日女性文学は、ささやかで目立たなかったとはいえ、もともと占めるべき位置を占めていたのだ。

在日男性文学と同等の重みで。

黒人女性文学では、過度の反撥からくる〈男性蔑視〉のいきすぎがあったようにも思う。そういった対立の不毛さは、在日女性文学では起こっていない。朝鮮女の強さは、在日男性文学の書き手の意識に充分すぎるほど浸透していたと思える。本章の7項でみたように、解放後の、男たちの理想の無力と女たちの生活次元での逞しさは、鄭貴文の「仁女記」によく映されている。内容のみならず、叙述のスタイルにおいて。

在日女性文学は、その担い手が少数だったことをべつにすれば、事実として、とくに出遅れたわけではなかった。

宗秋月の頂点は、登場から約十年の後、第二詩集と作品集『猪飼野タリョン』が出た八〇年代あたりにあるだろう。『サランへ』に寄せられた李恢成の跋文「巫女——民衆の語り部としての」が適確に述べている。


この一冊の詩藻集は、たいへんなものだ。解放後の在日朝鮮人文学ははたしてこの一冊の書に匹敵するかどうか。それほど、この書には「在日」の生態が凝縮してある。在日者の、それも最底辺を生きる人々、特に朝鮮の女たちのその生きざまをこれほどまでに客観化し、しかも硬質・濃密な文体であらわした作品がはたしてこれまであったかどうか、まじめに疑ってみる必要がある。一篇の短いエッセーが、一篇の小説としての想像力を掻き立てるその魅力は限りなく、雄渾な筆致はなみなみでない。

過不足なく評価されている。すべてを合わせても「この一冊に匹敵するか」というのは、あながち誇張ではない。『猪飼野タリョン』は、在日朝鮮人文学の最重要の一冊なのだ。生活者の言葉で語られたポストコロニアルの現実、しかもその言葉は日本語ならざる豊かな〈猪飼野語〉なのだ。ただ跋文のタイトルに三連弾されている「巫女」「民衆」「語り部」という用語選択には注意してみる必要がある。そして「詩藻集」という耳なれない言葉が選ばれていることも。

ここで李恢成が率直に表明しているのは、原初的なテクストへの讃辞だ。「われわれには及びもつかない」と。そして、作品が近代小説の範疇にはないと、差異化しているわけだ。インテリの本能的処世といってしまえばそれまでだが、無意識ならざる計算がはたらいてのことだと思える。文学作品としての凄さではなく、文学の原石としての凄さだという判断だ。似たような例は、深沢七郎のデビューに立ち会った伊藤整・武田泰淳・三島由紀夫が一様に表わした驚きがある。前近代が荒々しく近代小説を凌駕したと——。

言葉への関わりを語るさわりのところを『猪飼野タリョン』から引用してみよう。

九州の佐賀に生まれた私の、十六歳で夜汽車に乗って大阪に出奔するまでのそれまでの言語は、鳳仙花の種子のように列島のそこここに時代の風に吹きとばされはじけ散った朝鮮人の在日言語であった。

佐賀弁と、父母の母語である済州弁《チェジュマル》と、我が家に流れついた朝鮮人土工たちとその家族の母語である陸地弁《ユッチマル》であった。

で、あった、にもかかわらず、私は父母や、父母のもとに参集した土工たちとその家族の、言語を耳からはじいて生きたのだ。

はじき飛ばしてきた言葉を回復させる過程で自分のなかに詩人が産まれた、と。

『猪飼野タリョン』は詩人の書いた散文集だが、エッセイでも創作でもない。散文はたいてい、詩（既発表のもの）から先導されて始まってくる。散文は主体にならず、詩の注釈、延長といった体裁になっている。これは宗秋月の資質の支点がどこまでも詩人にあることを示す。試みにとる手法というより、必ずそうなってしまう定型なのだ。呉林俊や金時鐘のエッセイが、詩とは別次元の散文的思索を吐き出していくような構造は彼女にはない。詩と散文とが独立しない。

だから、巫女であり、民衆に属する語り部であった。これは七〇年代にはたしかに有効にはたらいたであろう。だがそこにとどまることはできない。多くの一世作家たちに立ちはだかった〈自分のものではない自伝〉、その自伝性の限界が宗秋月をも強く縛ったのだと思える。

2

宗秋月は猪飼野の詩人だ。ここに宗秋月の固有の独自性があるのだが、同時に限界もある。《子守りうた唄ってくれた／その日／母さんの故郷《コヤン》で／母さんの父親《アバ》が死んだ》。猪飼野という所属性《ビロンギングネス》を外して宗秋月をイメージすることは難しい。彼女の詩の大らかさは他の在日女性詩人から抜きん出ているし、しなやかな詩語のはざまからほとばしってくる豊かな民族性は不朽の価値を持つだろう。

金時鐘の《なくても　ある町》猪飼野は、必然のなせる結果というのか、在日猪飼野派とでも名づけうる創作家たちを集団的に輩出した。《出会えない人には見えもしない／はるかな日本の／朝鮮の町》に所属する者たち。そこでは、生存そのものが文学であるかもしれない。故郷喪失者《ディアスポラ》の街を故郷に変えてしまった不埒な者ら。生き、喰らい、餓え、叫び、歌い、踊り、まぐ合い、糞を垂れ、絶対の境界に立ち尽くす。生き、生きつづけることが、そのまま祝祭の言葉を産みだす。

『猪飼野物語』の元秀一、『猪飼野　路地裏通りゃんせ』（88・9　風媒社）の金香都子《キムヒャンドジャ》、『赤い実』（95・6　行路社）の金蒼生《キムチャンセン》などが、猪飼野派と呼べるだろう。在日大阪人というのは、岡庭昇が梁石日をさして、おそらく初めて使った言葉だが、このカテゴリにあてはまる者は多数いると思える。明らかに一般的な在日者とは異なるし、なかでも猪飼野派は、とりわけ在日大阪人性を強烈に臭わせる。大阪言葉は、標準日本語に比べてはるかに感情表現も語彙も豊かだ。それに加えて〈在日朝鮮語〉がミックスされ、掻き混ぜられ、一種アナーキーな口承語の博覧会を呈する。その破天荒さは、『猪飼野物語』一冊にもよく表われている。

宗秋月は、そうした境界《エッジ》の街の最も声量豊かな詩人として出立した。

猪飼野小説のリアリズムは正の写実主義だ。見えたものをありのままに描けばそれでいい。描かねばならぬ現実がそこにあり、己れがそこに骨がらみに属していることも疑いない。最高に強固な在日朝鮮人文学の範型が、ここ猪飼野に見い出せる――このことは疑えない。

同時にこれはごく脆い環でもあろう。自伝文学の光輝く一回性の原理から、猪飼野小説は、逃れられない。一度、語れば、それで終わりだ。二幕目はない。期待されていない。二番煎じはこの領域に関しては、ただの出枯らしになる。宗秋月もむろんこの危機に足をさらわれようとした。『猪飼野タリョン』はその試行錯誤の記録とも読める。詩を書きつづけること、次の〈第三〉詩集にふさわしい詩を書きつづけること。それのみでなく、詩からの脱却もはかること。

これらの作品には、フラットなエッセイとして書かれているものもあれば、小説風の拡大を試みたものもある。なかでもいちばん重要なものが「文今分オモニのにんご」だ。エッセイは、第一詩集を出した後、詩を書かない自己否定の詩人として生きる決意の周辺から始められている。揺れる心情。やはり自身の詩が多く挿入されている。このスタイルは、まったく内容はかけ離れているとはいえ、林芙美子の『放浪記』(30)を思い起こさせる。林の場合、本文は日記(つまり綴り方)であり、かなり稚拙・素朴なのだが、挿入された詩は詩人林芙美子の存在を示す優れたものなのだ。挿入部だけ独立して読める。宗秋月の場合、詩の挿入には必ず意味があり、何かの論証を前提とされている。こうした自作の再利用に、詩人の闊達さは影をひそめ、ことのほか硬い印象が降りてくる。詩人の自己否定は、魅力ある言葉にはならず、やはり七〇年代という時代の流行り病にこの人も囚われていたのかと、少し哀しくなる。「辺境最深部に向かって出撃」などという空疎なスローガンが詩人のなかでいちおうは咀嚼され、口の端から出てくる(まったく空疎きわまりない進軍ラッパとしてだが)のも同じだ。先は見えなかったのだ。

「文今分オモニのにんご」の後半は、一人の老齢の同胞との出会いに当てられている。「オモニ」は年配の女性への敬称として使われている。岩井好子『オモニの歌　四十八歳の夜間中学生』(84・3　筑摩書房)に紹介されたような、識字教育をうける在日女性との交歓である。読み書き(日本語の)を習ったばかりのオモニの懸命な詩に、詩人は感動させられる。――《あれ

が　これが／人生たったかと思うよ／たけと（だけど）／またまた（まだまだ）／道は長い》

ここには二重の問いかけがあるようだ。いまだ書き手の迷いを映しているが。

一つは、詩とは何か、という問い。オモニの詩が詩であるなら、詩人の詩は詩でないのか。

もう一つは、聞き書きの問題。オモニたちからの聴き取りは、むくげの会『身世打鈴――在日朝鮮女性の半生』（72　東都書房）、朴壽南『朝鮮・ヒロシマ・半日本人』でも試みられていた。また、少し後には、金賛汀・方鮮姫『風の慟哭　在日朝鮮人女工の生活と歴史』（77・2　田畑書店）がある。

以降も途切れることなく、聞き書きは、在日朝鮮人の歴史において重要な役割を持ってきたし、これからも持ちつづけるだろう。男の書く自伝と異なるのは、いうまでもなく、植民地支配のなかで日本語の読み書きを学ぶ機会を逸してきた、という点だ。植民地支配の被害という観点にとどまらず、名もなき庶民、民衆の記録は常に求められる。のみならず、ここに例示した本に共通するのは、女が女から「自分史」を聴き取るという局面だ。それは、岩井の本から借りれば、《教科書や歴史書には載らない朝鮮人女性の昭和史》を、《文字を持たなかった人間の体に刻まれた鮮烈な記憶をしっかりと書き》伝えたいという意志である。

書き手である女性にとって、女が聴き、女が痛みをもって伝えねばならないのだ。

宗秋月は同様の意志を、「文今分オモニのにんご」に、詩人として宣言している。

恨を抱き、恨を育み、恨を無くした優しき母よ、その性よ、その生の名残りの時を、歌《うだ》ってくださいい。身世打鈴を、にんごの歌《うだ》を。

あなたの後を私が歌う。

話は少しさかのぼるが、こうした「オモニの自分史」が変則的なかたちで聴き取られたことを思い出しておこう。一九七一年十一月十七日、静岡県地方裁判所。語ったのは、金岡時子こと朴得淑《パクドクスク》。文字の書けない彼女は、宣誓書のサインを代筆してもらわねばならなかった。金嬉老のオモニによる証言は、これ自体、一個の物語であるが、残念ながら、本書ではこれ以上、紹介することはできない。

在日社会にあって、証言を集めることは、いまだ要請される。ただ収集、それ自体として、文学ではない。

宗秋月は、オモニあなたのアドを私がウダう、といった。この意味では、「サバルタンは語ることができるか」という命題は、在日朝鮮人女性文学の領域で、ずっと先行して追及されていたように思う。ガヤトリ・スピヴァクの著書『サバルタンは語ることができるか』(88)には、タイトル以外ほとんど心を打つものがない。なぜならスピヴァク本人はいくらでも語ることができるからだ。語れない者らとともに〈ある〉とはどういうことなのか。彼女らの語りを聴き取り、書き伝える書き手と彼女らの断裂は埋めることができるのか。在日の女性詩人が苦しんだ問題意識は、少しもその研究には共有されていない。

しかしながら、わたしは、巫女であり、語り部であり、オモニの声の伝達者でありたいと宣言した宗秋月の〈その後〉を待ちつづけている。待ちつづけていると告白せねばならない。『サランへ』以降には、わずかな短編小説があるばかりだ。

自分のものではない自伝をめぐる迷走は、多くの在日作家を捕らえて離さない迷走は、光明を見い出さないままなのだ。

13 海峡の迷い子――李良枝

率直に言って、もし私の祖先が代々なんの衝突も断絶もなく生きていたならば、私はいまバンバラ語かハウサ語、あるいはヨルバ語を話していたでしょう。ひょっとすると、私はオバの宮殿で育ち、「喜びが私の家に訪れた」という意味のヤオデレと名づけられ、インディゴで藍色に染められた腰布を巻いていたかも知れません。

ところが、こうして皆さんの前にいるのは、私マリーズ・コンデであり、私は皆さんにフランス語で話しています。ある意味で、私が口にするフランス語の一語一語が、私の祖先のこうむった歴史的敗北とアイデンティティ喪失を物語っています。しかし正直に言って、私はいま何の苦痛も後悔もなくフランス語の国に住んでいます。どうしてそういう境遇にたどり着いたのか？　物語は単純ではありませんが、いくつかの短い場面に分けて要約してみましょう。……

――マリーズ・コンデ『越境するクレオール』２００１　三浦信孝訳

1

遺された李良枝全集全一巻を前にすると、益体もない感傷に捕らわれることかある。平均的なケースなら、第一巻があり、その後に六巻とか、もっと運がよければ、二十数巻が並び、第一巻にはそれなりに瑞々しいけれど、なお進境の望まれる作品が慎ましく配されるはずなのだ。ところが、この作家には一巻きりしかない。なお深化の求められる苦い初期作品が遺されているのみなのだ。

遺作として、全体のプランと一、二章が収録された「石の聲」も、もし順調に書き進められたとしても、あまり多くの期待はいだかせない作品だった。プランにも、書き出しの部分にも、何らかの飛躍の契機は見つけられない。痛ましい想いがする。

たかだか十年の活動だが、それにしても作品は少なく、振幅にも乏しい。

李良枝の作品では、デビュー作の「ナビ・タリョン」が最もいい。混沌としていて、ところどころに制御されない感情が噴出してくる。小説としてまとめきりうる以上の材料が押しこめられている。整理できなかったということは、一般の基準からいえば、技術的な未熟さに帰せられるだろう。だが李良枝の担いきろうとした全重量からして、技法はさして意味はなさない。たぶん、なさなかったろう。

以降の軌跡は、第四作にあたる中篇「刻」に大きな可能性があるが、テーマに沿ってまとめすぎた一面を否定できない。世評で代表作とされるのは「由熙」だが、これは不本意な作品だ。失敗作ではないが、意に満たない作品。だが、そういってしまうなら、第二作以降の李良枝作品は、ことごとく不本意なものではなかったかという気がする。何が作家をして、こうした作品軌跡を取らしめたのか。それは、端的にいえば、テーマにたいする過度の生真面目さだ。苦悩がもし、小説の唯一の価値であるなら、彼女の軌跡を歎くのは的外れかもしれない。だが、あまりに狭いテーマ意識によって、李良枝は自分自身の小説世界を著しく狭めてしまった。生真面目な努力に見合ってか、技術は向上した。だが向上はいわゆる手書きのうまさにかぎられ、かえって作家の内面を深く掘り下げることから外れていった。それは、悲劇といいうるような質のものではない。在日であること。そのロスト・アイデンティティが彼女を創作に向かわしめ、同時に、創作の拡がりから遠ざけてしまったのだ。

李良枝の作品というと、必ず思い浮かぶ「ナビ・タリョン」の情景がある。

「ああ、そうだったのか」

呟きがポトリと音をたてて身体中に染み渡った。私は他の従業員たちと同様、どこにも行き場のない流れ落ちてきた人間たちの中の単なる一人に過ぎなかった。私はたまたま朝鮮人であるに過ぎなかったのだ。

それは意味のあるシーンの連続でたたみかけられてくるのではなく、周りの人物の下世話なやりとりがあって、その後、「ポトリと」降りてくるといった進行なのだった。

たまたまそうであったにすぎない民族性。こうした自己意識は、一世作家(立原正秋も含めて)からは絶対に発されてこない。金鶴泳などの年代の二世作家からも発されないだろう。〈新しい〉といえば、いえる。観客席にいる日本人の目には事実そう映るにちがいない。新しいか古いかは別にして、わたしは、〈たまたま朝鮮人にすぎなかった自分〉を徹底的に李良枝が究めていく方向を夢想する。じっさいは、まったく逆だったのだ。何故たまたまなのか。自分のなかの朝鮮人を問いつめ、性急な答えを求め、そしてそれらに付随する苦しみを糧として小説を構築しようとした。そのほうが日本の近代文学の規範に沿っていたのだろう。彼女の求道はその誠実さによって迎え入れられた。だが真に文学的に豊饒な道とは、故郷喪失者《エグザイル》にふさわしい道といい換えてもいいが、誠実さとは反対の方向だったのではないか。〈たまたまの朝鮮人〉というアイデンティティを身体をかけて究めていくこと。それが「ナビ・タリョン」で李良枝が手にしかけ、以降の作品においてじょじょに喪っていった〈未踏の地〉である。

人はだれしも〈たまたま〉ある民族の血を享けて生まれるにすぎない。なぜ在日朝鮮人のみが己れの民族性を全的に背負い、その重量を解明せねばならないのか。敢然とその問いの外に出ること。それは戦後生まれ以降の在日二世を捕らえたいま一つの暗い影だったような気がする。

2

故国を求める一途さは「ナビ・タリョン」からすでに明瞭に発されている。言葉、衣裳、伽琴《カヤグム》、韓国舞踊。彼女の生の後半は、それらをとおした故国との一体化に捧げられたともいえる。李良枝が、帰化して国籍的には日本人だったことはよく知られている事実だ。彼女は法的には否定されている民族性を回復するところから始めねばならなかった。

《〈生まれたらそこがふるさと〉うつくしき語彙にくるしみ閉じゆく絵本》という李正子の有

名な短歌がある。「生まれたらそこがふるさと」の慣用句は括弧で括られるだけでなく、日本的三十一文字の牢獄のなかで、「うつくしき」「くるしみ」「閉じゆく」と三重に反転・否定されている。李良枝は〈生まれたら日本人〉だった。少なくない在日者を訪れる民族的覚醒の劇は、彼女の場合、マイナスからのスタートとなった。

朝鮮人にも日本人にもなれない。といって、「蝙蝠」とかでもありえない。通名で通有してきた半日本人《チョッパリ》から民族的自覚に身を固めた在日朝鮮人へ――。〈覚醒〉は、李良枝において、マイナスであった分、いっそう鋭角的に進行した。日本人でしかないという自分を、彼女は、性急に否定してしまわねばならなかった。

それが李良枝にとっての、自伝だった。テーマそれのみが小説を埋めていった。「あなたは、あなただらけで生きている」という科白が「石の聲」にはあった。このとおり、李良枝の小説は「李良枝だらけ」なのだった。私、私、私、の充満する自伝。そしてこのなかで〈私〉は故国を狂おしく求める人でしかない。さらにいえば、求めようとして得られず懊悩する人だ。私は悩める人に自己疎外して小説を手づくりする。「李良枝だらけ」のうちに李良枝がいないのだ。

全集に収録された習作「除籍謄本」には、試みられたモチーフがみやすい。叙述はフラットな一人称一視点が採用されている。〈私〉は留学生としてソウルにいる。民族問題につきあたり故国留学を決意した。父母はずっと不和だった。ふつうは日本の役所で戸籍謄本をとればそこに帰化の記載は残っているから、元の国籍を証明できる。だが彼女の父は、帰化の痕跡を消すためにいったん本籍を移すという面倒な措置を採っていた。帰化に賭けた想いは、その痕跡を辿りにくくする（完璧に消すことは、合法的にはできない）ところにもあらわれていた。除籍朧本にまでさかのぼらなければ〈非日本人〉であることを証明できなくなっている。娘はかえって父を怨む結果になった。

在日僑胞と呼ばれる留学生にたいして、故国の同胞は優しく接するわけではない。日本で劣等意識にさいなまれる在日者が母国《ウリナラ》で蔑視される。韓国でまたいわれなき〈差別〉を受けるという怖れが、この小説でも場面化されている。これをあながち妄想と片づけられないところにも、作者の苦悶は深かったのだろう。

「黙れ、黙れ、同胞がその程度のウリマルでどうする、おい、ウリマルで一円五十銭と言ってみろ」

「イルウォンオシプチョン……ですか」

「そらみろ、日本人の発音だ」

男は右手に持っていた物を顔の前にかざした。

これは、関東大震災の朝鮮人虐殺のとき、一円五十銭を「イチエンコヂュセン」としか発音できない者が選別されたという話の裏返しとして場面化されているわけだ。未発表作の一部を拡大することは本意ではないが、ここに第一に表われているのは、母国語への距離だ。学ぶだけでは身につかない朝鮮語を韓国で自分のものにしようとした意志。

金石範の『地の影』には、作家の私がヤンヒという女性に向かって叱責する場面がある。「光化門はＫＷＡＮ－ＨＷＡ－ＭＵＮと発音する」と。何年も留学していながらそれができない若い女を、作家が秋霜烈日の気合いで叱るのだ。事実、金石範と李良枝のあいだに似たような光景があったと読むほかない場面である。

こうした苦難をあれこれ論評してみても仕方がない。要は、それによって李良枝の小説が生気のない心理小説に痩せ細っていったのではないか、ということが問題なのだ。

その意味で、「刻」が試みようとした語り口は、非常に興味深い。「刻」も、〈私〉が語る一人称小説なのだが、化粧する〈私〉が鏡のなかもう一人の〈私〉を見る官能的な場面から始まる。鏡。語っているのは〈私〉であって〈私〉ではない。語り手は分裂している。大げさにいえば、ドッペルゲンガー小説の空間がここにひらけようとしたのだ。しかし。

鏡をしまった〈私〉は、すぐに李良枝小説の私になる。みるみるうちに思いつめた生真面目な女になって、はかどらない朝鮮語の学習や伽倻《カヤグム》琴の練習のことで悩みだす。「刻」は彼女の小説のなかでものびのびとしたエロスを匂わすものだ。けれども、艶やかさは部分的に輝くにとどまっている。

では、「由熙」の語り口をどう解するべきだろうか。この小説の主人公は、彼女が下宿した先の韓国人女性の一人称視点をとおして叙述される。語り手視点を置くことによってヒロインを客観化するのは、よくある技法だ。あくまで便宜的な道具であって、作品世界が深まったり拡がったりする保証はない。多少は読みやすく、受け入れやすくなる、という程度だ。「石の聲」では、男の主人公の一人称を採用しているが、その到らないところを、彼の恋人からの手紙で補足する部分もある。どちらも技法上のみの迷いにとどまる。

金鶴泳の項でもみたが、李良枝についても同じことがいえる。作者と登場人物の距離が一定なのだ。人物を等距離に配置した静物画。これが根底から動かないかぎり文学の燭光は彼女に訪れない。私語りが単調につづくのみだ。じっさいに訪れることなく、彼女は逝ったのだ。

しかし李良枝の死後の〈復活〉について言及しないわけにはいかないだろう。すでにふれた『地の影』だけでなく、梁石日『終りなき始まり』にも、李良枝をモデルにしたと認められる人物が登場する。登場するばかりでなく、しごく重要な輝きをもって作品を牽引しているのだ。在日の二大マッチョ作家の作品をかくも自在に横断するこの女性とはいったい何者だったのか。と、そんな素朴な疑問にとらわれたりもする。少なくともそこには、狭い問題小説しか残さずに逝った作家とはまるで別個の存在が息づいているにちがいない。あえていえば、「ナビ・タリョン」の真の延長に実現すべき李良枝世界がそこにほの見えているのだと。

14　ポストコロニアルの行方

二〇世紀も後半、早朝のクリックルウッド・ブロードウェイ。一九七五年一月一日の六時二十七分、アルフレッド・アーチボルド・ジョーンズは、コーデュロイの服を着て、排気ガスの充満する自分の車、キャバリエ・マスケッティーア・エステイトのなかで、ハンドルに顔を伏せ、神の裁きがあまり重くないことを願っていた。前のめりの体はへたばった十字形をなし、あごは締まりなく、両腕は墜ちた天使のように左右に伸びている。両のこぶしに握りしめているのは、軍隊でもらったメダル（左）と結婚許可証（右）。過ちもいっしょに持っていこうと決めたのである。小さな緑の光が点滅し、右へ曲がれと合図するが、右へは曲がらないと決めたのだ。もうあきらめた。覚悟はできている。コインを投げた結果に忠実に従うのだ。これは覚悟の自殺である。実際、これは新年の決意なのであった。

……アーチーが意識と無意識の境界を出たり入ったりするあいだに、惑星の位置が、星々の音楽が、中央アフリカにいるヒトリガの幻妙なる羽のふるえが、そしてその他もろもろの「運命というやつを司る」なにかが、アーチーにもう一度チャンスをやろうと決めたのである。どういうわけか、どこかで誰かが、アーチーを生かしておこうと決めたのだ。


——ゼイディー・スミス『ホワイト・ティース』2000　小竹由美子訳

1

多様化の現在について、一項目設けないで済ましては、怠慢のそしりを免れないだろう。いくらか義務的にでも、見解は述べておかねばなるまい。

一行で済まそう——。

一九七〇年に李恢成「伽倻子のために」があったように、二〇〇〇年には金城一起『GO』があった。

……できれば、これで切り上げたいのだが。済まないか……。

時代の変容。在日社会にかぎった観察としては、次のような概括が一般的だろう。

一世の親たちは、二世の子どもの教育には熱心だった。この厳しい差別社会で認められるには学歴が必要だと考え、大変な苦労をして大学まで行かせた。だが結局、二世が大学を卒業しても、日本企業への就職は困難だった。学歴が差別突破の特効薬でないことを知った三世は食べていくために資格を取ることが必要条件となった。その結果、多くの在日コリアンの新しい世代から、医師、薬剤師、看護師、弁護士、公認会計士などの専門家集団が誕生したのである。

——朴一《パクイル》『「在日コリアン」ってなんでんねん?』(05・11　講談社)

社会意識の変容もさることながら、在日コリアンという用語についても気になる。在日朝鮮人(もしくは在日韓国人)ではなく、在日コリアンという、マニフェストでもある自己意識。在日韓国人三世である朴一は、少なくともこの呼称を自覚的に選んでいるが、目を転ずると一般的に、差別を発動する側の日本人のアリバイも含めた、ある種の便宜性によって酷使する風潮が、微増しているように思える。使う者にとっては、言葉による刺、露骨な差別が和らげられるかの幻想を与えるのだろう。在日朝鮮人という言葉が持つ痛みが、あるいはそれと表裏一体の攻撃性が、コリアンという国籍不明のカタカナ言葉によって、いったい緩和されるのだろうか。

いずれにせよ社会意識の変容は、時代の文学市場モードの変遷ともあいまって、それなりの在日小説を産み出すことになる。〈新しい〉在日コリアン小説を、である。〈新しい〉という修辞が何ら新しくもない事象をさす慣用句であることは今さらいうまでもなかろう。

金城一紀の『GO』は日本社会にも広く受け容れられ、話題を呼んだ小説だ。こうした作例を在日文学の〈伝統〉にどう位置づけるのか――その点で多くの生真面目な論者は当惑していたようだった。

『GO』の身軽さは、その第一頁から明らかだ。表層を味合うかぎり、そこに見つけられるのは、民族性であるよりも、日本製ポストモダン小説のきらびやかでスカスカな影だ。ただ金城はそれを在日青年による自己主張として脱構築してみせただけだ。始まってくる光景は、ある在日家庭に訪れる親子の世代対立だった。一世も二世も信用できない、生きる足しにならない説教など沢山だ、と彼は叫んでいる。叫び方のモードは確かに〈新しかった〉ようだ。それだけの作業で多くの読者が驚いたという事実はわたしを驚かせるに充分だった。

小説『GO』は「僕のオヤジ」がハワイという言葉を口にする何年か前の情景から始まる。

　当時、オヤジは五十四歳で、朝鮮籍を持つ、いわゆる《在日朝鮮人》で、マルクスを信奉する共産主義者だった――。

　ここでまず断っておきたいのだけれど、これは僕の恋愛に関する物語だ。その恋愛に、共産主義やら民主主義やら資本主義やら平和主義やら一点豪華主義やら菜食主義やら、とにかく一切の『主義』は関わってこない。念のため。（七行略）

　一方、日本で生まれ、日本で育ち、十九歳の時に御徒町のアメ横でオヤジにナンパされて、二十歳で僕を生んだオフクロは、オヤジが転びかかっているのを見逃さず、素早く後ろに回り込み、でたらめに背中を押した。

「ベルリンの壁は崩れたし、ソ連ももうないのよ。この前テレビで言ってたけど、ソ連が崩壊したのは寒さが原因らしいわよ。寒さって、人の心を凍らせるのよ。主義も凍らせてしまうのよ……」

　哀切のこもった口調だった。そのまま続けていたら『ドナドナ』でも歌い出しそうな勢いだった。

　この調子で親の世代の来歴が語られる。在日朝鮮人という言葉は、注意深く二重の山括弧によって特権化される。同様に、軽やかな文体で、戦時中には《日本人》だった「子供の頃のオヤジ」の歴史性も説明される。父親との段差をさりげなく示し、行を変えて、転調し、「これは僕の恋愛に関する物語だ」という自注を自己言及《ツッコミ》的にはさむ。だからそこにオヤジもオフクロも関係ないのは明白だ。一世も二世も彼にとっては同じだ。彼に抑圧的に向き合ってくるという点ではまったく同じなのだ。かといって彼は、自分の恋愛がオヤジやオフクロの存在と無縁に成り立つと信じるほどの無邪気さは持ち合わせていない。在日朝鮮人という言葉を使わずに済ませることはできないと彼は知悉している。ましてや、それを在日コリアンと言い換えて済ませないことも——。

　作者のいっけん軽々とした饒舌はここに根拠を持っている。彼は在日朝鮮人という言葉を回避することはないが、それをそのまま使用すれば、己れの想いがその用語によって凍りつくだろうことを本能的に知っている。だから二重括弧によって、抑圧として作用してくる言葉を主観的には解き放ったのである。ポストモダン小説の自己言及性とは、自己主張をツッコミとボケ二役に分離する巧妙な戦略だ。あれも駄目これも駄目と冷ややかに様々な〈主義〉を並べてみせるが、それは主義を排除するのではなくまるごと受け容れることだ。多様にある主義のなかから一つだけ選ぶには彼は賢すぎる。彼は自ら演じ、その演技を臭いとか拙いとか過剰だとか評してみせる。言説の影響があらかじめ見えてしまうので、取り急ぎその論評まで自分の科白のなかで自己完結的に済ませておこうとする。それは照れではなく、そうする以外に自己表出の仕方を知らない世代の自然な、そして小心翼翼とした身振りなのだった。

在日朝鮮人文学は七〇年代にいたってようやくその全貌を現わしてきたわけだが、それからわずか十年ほどのサイクルのうちに、第一世代の〈硬直性〉を非難する後続世代の声があがってくる。それはとりもなおさず、異国に定住する少数民族共同体のなかで起こる世代対立の正確な反映なのだった。そうした〈特殊性〉を、日本人の多数社会における世代の断絶と混同するわけにはいかない。対立が個人の家庭生活のなかでより鮮明に立ち上がってくることは、在日に特有の風景といえるだろう。

表出の仕方は時代に即して甚だしく変わっても、『GO』の冒頭部分が映すのは、在日社会の世代対立だ。父祖を尊敬できない理由をさかのぼっていけば、行き当たる答えは一つ――圧制の元にあった民族の運命である。植民地下においても解放後の在日状況においても、この構図は変わっていない。〈僕〉はオヤジの二重括弧つき在日朝鮮人としての生活史を、何ら尊敬に値しないものとして冷静に語る。批判するのではない。なぜなら批判は一世に対した二世の作法だから、三世が二世を批判することによって連鎖をつくるわけにいかないことは自明なのだった。この賢さは、一般的なポストモダンの叡知でもあるが、より強く在日の血脈であるかもしれない。

しかし残念なことに、『GO』がすぐれているのは、じつは、この冒頭の数頁ほどにかぎられるのだ。小説の本体は宣言されたとおりに恋愛小説であり、そこにボクシングの習練を通したオヤジとの交歓が配される。清新な青春小説ではあってもそれ以上ではない。つまり、冒頭の才気を超える水準は、日本人との恋愛描写の部分にはついにみられないのだ。在日体験をできるだけ軽やかに語ろうとするあまり、それを概念的描写で済ましてしまっている部分もあるが、引用が長くなるので、割愛する。

2

『GO』の冒頭部分について、念のために、観点を変えて再考しておこう。

父祖の物語を語ること、あるいは、オモニの語る自分史の聞き書き。自伝性がどこまでもついてまわることは、金城一紀もよくわきまえていただろう。自伝のスタイルがより自由に使いまわされることは、ジャマイカ系イギリス人ゼイディー・スミスによる『ホワイト・ティース』にも明らかだ。彼女の物語は、作者の父にあたる男が不運にも自殺未遂に失敗する朝から始まっているのだ。自伝性を前提的にかかえこむ在日小説もまた、スタイルの変容を排除することはできなかった。けれども、金城一紀は、ほんとうに独自だったのか、ほんとうに新しかったのか。

次の引用をみよう。

左足を日出峰《イルチュルボン》に右足を牛島《ウド》にそれぞれ掛けてよっこらしょっとかがみこんだ先門大老婆《ソンムンデハルマン》（伝説上の巨人）が大量に放尿したために今も海流が急だと伝えられている済州島《チェジュド》から渡来した済州島人《チェジュッサラム》は猪飼野に朝鮮市場をひろげた。朝鮮市場はたとえてみればミミズの消化器官のようなものだ。疎開道路に面した御幸森《みゆきもり》神社を口として真っ直ぐ下りぽろんと校門から出たところが運河というわけだ。

　この運河に出入りするいかだのように善姫《ソンヒ》の陰部に金玉三《キムオクサム》の一物が出入りした結果、「おんぎゃあ」と生まれヒテカッチャンは「ひでかず」とも「ヒテカス」とも呼ばれて呼称が一定しなかった。ヒテカッチャンに「英和」の名を付けた金玉三《キムオクサム》は須左之男命《すさのおのみこと》の末裔同様流暢に「ひでかず」と言えたが、済州島《チェジュド》の言葉が漢拏山《ハルラサン》の玄武岩のように凝固した善姫《リンヒ》は舌をどう調教しても「ヒテカス」としか発音できなかった。だから、愛称である「ヒテカッチャン」は「ヒテカスチャン」が詰まったものと言える。

――元秀一『猪飼野物語』

　これは書き出しのところで、履歴の話はえんえんと続いていく。猪飼野派小説を代表するともいえるテクストだ。この一冊には、引用からもうかがえるように、〈視えない町〉の猥雑な民族的活気が泡立ち、大阪弁・済州島弁《チェジュマル》のごっちゃになった猪飼野語が耳を聾して響いてくる。

　私見では、この騒音にも似た文体の延長に金城一紀ふうの三世的自伝が位置する。引用の前半は、古代神話から語りだすような民話的スタイル。後半に、一世のストイックな自伝と三世による饒舌体とを結ぶ過渡性がみられる。おおかた名前のナマリに費やされてはいるが、これは明瞭に、朝鮮人と日本人両用に使える名前なのだ。ひでかずとヨンファ。元秀一は、そこにピジン日本語の訛りを加えて、ひねった場面を呈示したのだ。

べつだん、これがポストモダン的スタイルの水路をひらいたとか、いいがかりをつけているのではない。八〇年代に問われた猪飼野派の代表作にも、すでに、少しずつの変容への痕跡は認められるということだ。

新しい在日小説といっても、新しさは表面上のことにすぎないようだ。

3

多様化と変容は避けられないという議論は大勢を占める。次に引くのは、数年前の文章である。

われわれの現代史はいまだに空白の黒点をかかえて蠢いている。戦後五十年の総括は、五十年の時点からわずかにずれて完成した二つの作品によって、つけられた。二つの作品とは、金石範の『火山島』と梁石日の『血と骨』である。あるいは、総括への問題提起がなされたのみ、と悲観的に記しておくほうがいいのかもしれない。これはもちろん、日本の戦後史に限定しての議論なのだが、だからといって、同時に、二作品が在日朝鮮人文学の到達点を示していることを看過するわけにはいかない。のみならず、到達点を何か未来を指し示すものとして考えることもまた不正確といわざるをえないだろう。在日朝鮮人文学がマイノリティ文学としての共通の軌跡をこれから辿っていくのなら、緩やかな「消滅」の道を進むだろうと予想される。これは二作品が極点をつくったという事実と背反しないし、むしろそれ以前から不可避に進行していた多様化の方向であると思われる。

――「戦後史の終わりと在日朝鮮人文学」00・12

頂点が極められ、後はゆっくりと〈衰退〉の道が辿られる……。このような気楽な岡目八目をやっているのは、誰だ。――と思って署名を見たら、わたしであった。面目ないことである。

たしかに、何年か前の時点では、じつに静観的な見通ししか持ちえていなかった。日本的な状況によって左右されることのない、故郷喪失文学《ディアスポラ》の本質的な全体像に達していなかった、ということだ。詳しくは六章にゆずるので、ここでは生半可な認識を活字にしてしまった坊主懺悔をするにとどめたい。

いくらか議論をさしもどす。七〇年代の小ブームの時代を頂点とするなら、その後に登場した年少の二世作家たちは、いずれもスケールにおいて先行作家たちを超えていない。前項でふれた李良枝、また、本書ではやむなく対象外としてしまった深沢夏衣、金蒼生、元秀一、李起昇、金真須美、などの書き手のことだ。彼ら独自の問題提起というものはもちろんあるが、やはり視点はミニマムなものに狭まる。ナショナリズムは主要な関心たりえないと当事者たちが述べるなら、外部からそれを掻き立てるふうな論議はおかしいだろう。

雑誌『民涛』4号の座談会「在日文学と日本文学をめぐって」（88・9）のなかで、小田実は「日本名で書いている作家は日本文学とみなすべきで、在日文学の対象とするのはおかしい」という意味の発言をしている。本名で書く作家と、日本名で書き帰化にまつわる苦悩をテーマ化している作家とを、同列に論じるなということだ。思いつきの放言めいてもいるが、看過しがたい問題はあるようだ。

名前はアイデンティティを担うのか。作品が多様化に揺曳するとき、民族名もまた何の証しにもならない。小田の発言を逆に解釈すれば、そういうことになる。さらに深読みすれば、民族名を名乗る者のみを対象にする在日朝鮮人文学論というカテゴリの自明性は崩れ去っているのだ。そのことに真摯に向かい合うべきだろう。

たとえば、玄月のような両義的ペンネームをどう考えるのか。故人となったが、麗羅も同じだ。作家も芸能人化する時代だから、国籍不明のペンネームは盛んになるかもしれない。わたしの場合をいっても、野崎六助などは適当に名づけているので、使ってきた歳月の長さ以外なんの取り得もないことは断言できる。世代の傾きのせいか、名づけようのない名を名乗る者への共感は、わたしのなかに否定しようもなくあるようだ。わたし事はともかくとして、「日本人名でもかまわない、作品世界の主張とは別個だ」という議論は、またどこかで再燃してくるような気もする。

同じ『民涛』創刊号（87・11）の座談会「在日文学はこれでいいのか」では、すでに顕著であったポストモダン風潮への批判（もしくは嫌悪）が語られている。対象となったのは、姜信子の『ごく普通の在日韓国人』。《北も南も相対化、総連と民団も相対化、朝鮮人と日本人も相対化、全部……。酷ですが、それは無知と無能の告白です。まじめに生きてる人が、そんなこと絶対に恥ずかしくて書けん》と。これはある賞をとった自分エッセイだが、筆者が日本人好みの在日問題視角をきっちり計算したという点が批判されている。「ごく普通の」は、韓国の政治体制が軍事独裁から民主制へと移行しかけていた時期の、政策的に使われた流行語でもあった。

日本人の嗜好に合わせるという制作意識。受けを狙った〈朝鮮人演技〉。それに関しては、やはり、この時期に突然発したものとはいえず、植民地時代から始まっていたと解するほうが正確だろう。日本人の趣味に合う朝鮮人像という倒錯した仮面をかぶる在日の一タイプは存在するのだ。倒錯という偉そうな基準を設けるのも、日本人の倨傲かもしれない。

この筆者が、文学領域ではなかったとはいえ、提起した論議はもう一つあった。それは――民族名を日本語読みして名乗ることだ。じっさいに、多くの日本人は漢字で表記された朝鮮人の名前が読めないのだし、〈日本人でも朝鮮人でもない存在〉が日本語の読みを選ぶことは合理にかなっている、と主張したのだった。金鶴泳も、デビュー間もない頃、自分は「きんかくえい」だと、おずおずと表明したことがあった。

議論の帰趨はついていないとはいえ、日本社会の風向きは易きに流れていくようでもある。

4

ついでながら、玄月について少しふれておこう。玄月は猪飼野派の〈新星〉として登場したが、自覚的に（厭らしく）ポストモダン化をはかる書き手とはいえない。芯に流れているのは、たぶん〈不逞鮮人〉の血だが、彼自身はそれを認めたがらないだろう。それだけは認めない……というか。アウトロー小説と色分けできるほど旗色鮮明ではない。何しろ、猪飼野派という出自すらストレートに表明することを恥らって登場したのだ。

玄月は、彼の短編のタイトルを流用して、あえて規定するなら、「役立たず」者だ。言葉としてはイメージ不足だが、「役立たず」（01・5）という短編は、彼の個性そのままだ。

玄月は、自らの帰属する共同体《ビロンギングネス》をメタファーとして異化するところから始めた。「悪い噂」では〈骨〉と呼ばれる男、「蔭の棲みか」ではソバンと呼ばれる男を、在日者の典型として物語の中心にすえた。彼らは在日にプラスして身体的な欠損も負わされる。身体の〈不具〉が何らかの比喩であることは明らかだ。場処の具体性につながる描写は抑えられているが、作者の意図は脱構築《ずらし》にあるのではなく、共同体との正対にあることは伝わってくる。また、異化作用は基本的に日本人好みでもある。〈なくても、ある街〉は比喩化ではあっても、実体だ。玄月がそこから出ては小説を書きつづけられなくなる場処だ。次の、タイトルをここに書くにしのびないほど、不愉快な作品においては《チンゴロ村》と呼ばれる。主人公は〈不能の強姦者〉という設定だ。異化効果を濫発しても、この延長には、口達者な風俗小説しかあるまい、と思わせる。

　比較的、成功しているのは短編連作『山田太郎と申します』だろう。主人公は山田太郎と名乗る男。名前がまず、メタファーとして使われている。あまりにもありふれた名前が一人歩きし、この男の存在を規定するのだ。そして彼の性格はかなりのところ〈特性のない男〉化している。性的メタファーも濫用され、当たり外れはあるにしても、全編にわたって外れまくっているわけではない。

　名前は仮面だが、山田太郎では、まずジョークになってしまう。アイデンティティの器たることは、はなから望めない。アイロニーをあつかうことが、在日朝鮮人作家の手をとおすと、いかに異貌にみちてくるかをこの作品はよく示している。「在日なんて虚構なんじゃない？」と斜めに構えてみせ、次に、その構え自体を括弧に入れて、「とかいっちゃってね」という自己註を連発していくのがポストモダンの（クソ腹立たしい）定番作法だ。玄月の方法が、そこから一線を画していることは容易に理解されるだろう。

5

変容とポストモダン化の、もう一つの決して軽視できない側面は、通俗エンタテインメント小説への傾斜だ。

張赫宙の文学的汚名の根深さは、転向や民族的裏切りによることもさりながら、戦後に多くの通俗ものに筆を染めたところにもあると思える。彼の派手な身ぶりの感傷は、たしかに、大衆作家向きではあった。この点、金達寿などが示した痛烈な侮蔑は、文学を喪失した通俗作家へと集中していたのかもしれない。

けれども、〈通俗化・商業化＝主題の喪失〉といった批評の基準は、今日の状況にはまったく適合しない。この種の議論にはあまり立ち入りたくないので、結論だけいうにとどめるが、通俗もの作家には問題意識がないという文学研究の方法はナンセンスだ。わかりきったことをわざわざ書くのは、在日小説において、というか、とりわけ在日文学研究者の頭のなかに、こうした古色蒼然とした二項基準がいまだに後生大事に保存されているように思えるからだ。

かといって、在日エンタテインメント小説を全般的にあつかうことも、本書ではできない。そのかわりというわけでもないが、ここでは、在日映画作家について、簡単なスケッチを試みる。

在日朝鮮人による劇映画は七〇年代に現われている。李学仁監督の『異邦人の河』（75・7）。

李学仁には『詩雨おばさん』（77・9）もあるが、娯楽映画作家というより社会主義リアリズム理論にしたがった古風な作り手だった。

李学仁の次に、監督デビューを果たしたのは崔洋一だった。しかし商業映画の現場で活動した彼の作品歴に、少なくとも初期にかぎれば、一貫した作家的テーマ性を見つけることはおそらく困難だ。第一作の『十階のモスキート』（83・7）こそ、現職警官が郵便局に強盗に入るという反公共的な題材によってあやうく「公開差し止め」になりかけたという逸話を持つが、日活ロマンポルノ『性的生活』（83・7）、赤川次郎原作の角川映画『いつか誰かが殺される』（84・10）、北方謙三原作の角川映画『黒いドレスの女』（87・3）と並べても、あまり意味のあるものとはならない。これらのなかで多少ともこの作家らしさが発揮されたのは、北方謙三の原作を沖縄舞台にアレンジした『友よ、静かに瞑れ』（85・6）くらいだろう。

結局、崔洋一が初めて在日者としての思いのたけをアピールしえたのは、梁石日原作による『月はどっちに出ている』を作ったときだった。

他に在日朝鮮人監督による映画作品で、わたしの目にふれたのは、金秀吉《キムスギル》『きみは裸足の神を見たか』（86・5）、金佑宣《キムウソン》『潤の街』（89・6）など、ごく少ない。

崔洋一の作品軌跡に関していっても、通俗作品を排除してあつかうような位階的な批評方法の無力は明らかだろう。映画、文学とジャンルの違いは関係ない。

崔洋一に『月はどっちに出ている』『血と骨』と、二作原作を提供している梁石日の最近のエネルギッシュな仕事も、いわゆる文学市場の領域的棲み分けを無造作に打ち破るものといえる。テーマ重視の思想小説と娯楽読み物、知識人小説とアウトロー小説、重と軽、高級と低級、深刻と軽薄……などといった二項対立は、すでに過去のものだ。純文学はとうに〈死んだ〉し、死にきっている。

在日作家として、犯罪小説を専任に書いたのは麗羅だった（麗羅について、わたしは『北米探偵小説論』（98・10 インスクリプト）であつかっているので、ここでは繰り返さない）。

時代小説に目を移せば、最近、金重明の活躍が目立つ。最新作の『叛と義と』は、壬辰倭乱《イムジンウェラン》を題材にした。秀吉の朝鮮侵略にあたって、叛旗をひるがえして朝鮮軍に身を投じる忍びの軍団（降倭と呼ばれた）と、腐敗した権力上層とはべつに決起した朝鮮の義兵と。二組の恋人たちの話をからませつつ、叛徒と義兵の連合を描く一大戦闘絵巻。物語の主軸は、民族・国家を超えた下層人民のインタナショナルな連帯である。

近接するテーマの書き手には荒山徹がいる。荒山のデビュー作『高麗秘帖』（97・7）は、朝鮮水軍の歴史的な英雄李舜臣の暗殺計画をめぐる時代伝記ロマンである。暗殺の密命を受けた忍者部隊とそれを阻止する忍者部隊のトーナメント戦は、かつての山田風太郎忍法シリーズを彷彿させる。荒山は日本人だが、韓国留学をきっかけにして海峡テーマにのめりこんだ。同系列の作品に、『魔風海峡』（00・12）、『魔岩伝説』（06・4）、『海鳥の蹄』（08・3）がある。

時代小説は、現在、一大ブームだが、金重明や荒山徹が書く〈海峡の闇〉は周縁的な題材にとどまるようだ。秀吉時代に厳然と残された史実のあわいを、破天荒な想像力によって歌舞いてみせる二人の書き手の照応にはじつに興味の尽きないものがある。金重明のテーマは、秀吉時代の朝鮮海峡にとどまるものではないようだから、さらにスケールの大きな海洋冒険小説を期待できるだろう。

6

先行する在日朝鮮人文学論として、わたしの目にふれえた書目を、以下に記す。
磯貝治良『始源の光　在日朝鮮人文学論』（79・9　創樹社）、『〈在日〉文学論』（04・4　新幹社）
高崎隆治『文学のなかの朝鮮人像』（82・4　青弓社）
竹田青嗣『〈在日〉という根拠』（83・1　国文社）
林浩治『在日朝鮮人日本語文学論』（91・7）、『戦後非日文学論』（97・11　ともに新幹社）
任展慧『日本における朝鮮人の文学の歴史』（94・1　法政大学出版局）
川村湊『生まれたらそこがふるさと　在日朝鮮人文学論』（99・9　平凡社）、『韓国・朝鮮・在日を読む』（03・7　インパクト出版会）
山崎正純『戦後〈在日〉文学論』（03・2　洋々社）
渡邊一民『〈他者〉としての朝鮮』（03・6　岩波書店）
四方田犬彦『日本のマラーノ文学』（07・11　人文書院）

以下も参考にした。
朴春日《パクチュンイル》『近代日本文学における朝鮮像』（69・11、増補版85・8　未来社）
磯貝治良『戦後日本文学のなかの朝鮮韓国』（92・7　大和書房）

当初は、近接する題材およびテーマをあつかった日本人作家のものも包括的に構想に入れていた。分割してもあまり意味はないと思えていた。しかしその構想で強行すれば、分量的に数倍にふくらむうえに、こちらの余力が尽きてしまうような畏れにとらわれ、断念した。プランとしては、以下の名前を念頭に置いていた。――田中英光、梶山季之、村松武司、小林勝、森崎和江、上野英信、井上光晴、小田実、など。

第五章　物語としての歴史

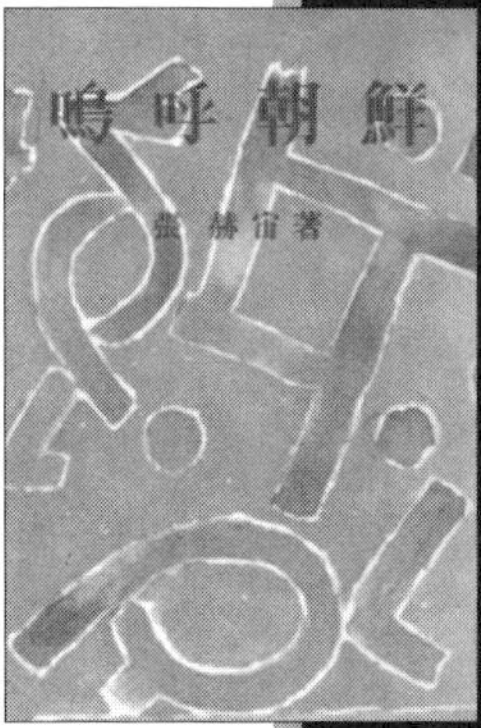

1　バラッド・オブ・ア・デッド・ソウルジャ——朝鮮戦争はどう語られたか

「同志たち北朝鮮労働党員は政権を執っているから、党員証をどうどうと肩にかけてだれにでも見せることができるんだ。私たち南朝鮮労働党員は弾圧されている地下党員なんだ。私たちを捕えて殺すために李承晩徒党は血眼になってるんだ。証拠になる党員証をもって歩けますか？　それは捕えて殺してくれということですよ」朴漢基は、この話のわからない人民軍将校にこみあげてくる憤りをこらえて説明した。

「そんなら、パルチザンの証明書はあるでしょう」人民軍将校は自分の無知をかくすためか、あくまで自分の言い分を固執した。

「ほんとにこの同志は困った同志だな。誰が証明書をもってパルチザンをするか」短気な張志成はついにがまんができず、カッとなって声を高めた。人民軍将校は侮辱されたと思ったのか、顔が赤くなった。

「同志たちの武装を許すことはできないんだ。何といっても証明書のない者たちを認めることはできないんだ」人民軍将校の声も高かった。

——林英樹『遥かなる「共和国」』

「呼んでいるのが聞こえないのか」トレブスが金哲をにらんで言った。「チンクはグーックより命しらずなのかと聞いているんだよ、おい！」

金哲は内心、人民軍と中国軍を、グーック、チンクとよんだトレブスに憤りをおぼえたが、それを努めて抑えると、「そんなこと、俺は知らないね、中国軍にでも直接聞けよ」とおだやかな口調で言った。

グーックと言えば、もともと北朝鮮兵を意味したが、いまでは殆んどの兵が、南朝鮮をもふくむ朝鮮人全体をそう呼んでいた。

金哲は、かつては北朝鮮の人民軍に所属していたのだった。アメリカ軍に入ったばかりの時は、自分の前身がばれはしないかと毎日びくびくしていたので、グーックと聞いても憤りをおぼえる心の余裕などはなかった。……

「キン！」トレブスが、追い打ちをかけるようにもう一度呼んだ。「君はチンクかグーックか、どちらだね」

「グーックとチンクの見分けはつくのか？」パーカー軍曹が炎越しに金哲を見ながら言った。

「僕は中国兵をまだ見たことがないので知らないね」金哲は努めておだやかに言った。

「それでは君の知っていることは何だ」とトレブスが言った。「君は通訳だろう？　そのぐらいのことは知っておくべきだ。君は知っていて言わんのかも知れんがね」

金哲は、こみあげてくる怒りを抑えて、炎に赤く照らしだされたトレブスの顔を見た。人民軍や中国軍はお前らみたいな傭兵ではないから命しらずにもなれるんだ、と金哲は言ってやりたかった。

——北影一『さらば戦場よ』

1

何をおいても証言が求められる領域がある。求められるのは証言があまりに乏しいからだが、かといって証言のみによって埋められるには、空白もまたあまりに大きいのだ。

朝鮮戦争はその現代史の巨大な幻影だ。物語が歴史《イストワール》になりかわることはできない。語られない記憶が死に到る。《権力による記憶の他殺。権力への恐怖による記憶の自殺。抹殺された記憶が……忘却になり、死に近い沈黙に到る》と、金石範が済州島虐殺について繰り返し述べてきたことは、朝鮮戦争と在日朝鮮人の関係にも同様にあてはまるだろう。朝鮮戦争全体といっては、漠然としすぎて焦点はぼやける。戦争への関与、戦闘の現場への在日者の関与。そこに限定して問題をさぐっていってみよう。

金賛汀『在日義勇兵帰還せず』（07・1　岩波書店）は、いわゆる「在日学徒義勇兵」にかぎってだが、六百四十二名が韓国軍に志願して戦った、としている。そのうち、百三十五名が戦死または行方不明に、二百四十二名が休戦時に日本への帰還を拒絶され韓国にとどまった。その事実は、長く関係者以外には明らかになっていなかった。

二〇〇二年になり、在日学徒義勇軍同志会から韓国語による『在日同胞六・二五戦争参戦史』が刊行され、その簡略版として日本語による『在日同胞六・二五韓国戦争参戦史』が二〇〇四年に発刊されたが、いずれの『参戦史』も「軍人会」の公式史の性格が強い。義勇兵たちの忠勇無比の武勇談的な記述と、熱烈な愛国心が多く語られているが、雑多な資料に見られる、在日という特殊な立場であったために引き起こされた様々な混乱、戦場での悲惨さ、韓国政府の彼らに対する不当ともいうべき扱い、韓国語が話せない在日志願兵に対する韓国兵士の偏見、日本政府の無情、国連軍のずさんな処遇といいかげんさ、等々についてはそれとなく触れられているだけである。

分断祖国を焦土と化した戦争。

この戦争について、最も早く作品を書いたのは、張赫宙だった。現地に取材して書かれた『嗚呼朝鮮』である。この作品を張赫宙の最高作とする評価（渡邊一民）があるが、たぶんそれは正しい。記録作家としての長所はよく出ている。最良かどうかは別として、この作品抜きの張赫宙評価はありえない。『嗚呼朝鮮』には、張赫宙の朴訥な民族主義と甘ったるい感傷――正と負がそれぞれ最高の振幅で表われている。作家の慟哭を、それがどんなに通俗な言葉遣いによって書かれていようと、疑う理由はまったくない。また、少なくとも張赫宙は、『岩本志願兵』においてのように、後方から同胞青年に向かって死地に赴けと、宣伝塔の役割は果たしていない。現地の、おそらくはかなり広い地域にわたって〈従軍取材〉したことは確かなのである。書いたのは、取材ルポではなく、創作小説だった。

金史良は共和国軍の側にいて命を落とし、張赫宙は韓国軍の側から戦争を見て戦争小説を残した。在日朝鮮人文学史の先駆者二人は、最後のエピソードにおいても、鮮やかな対照をみせている。

『嗚呼朝鮮』には、張赫宙を張赫宙たらしめている作品要素がすべてあるように思える。自然主義的叙景の雄渾さ、それと裏腹の、個人心理に分け入っていくさいの悲しいかぎりの幼稚さ。歴史的事象のほの冥さに立ち向かうよりも、すぐさま茫々たる悲嘆に身を投げてしまう。そこからはメロドラマの身ぶりと、張赫宙得意の自己弁護しか出てこない。しかし、だが。彼は、戦争のかぎりない悲惨さを、具体的な観察をとおして訴えるという(他の在日作家がなしえなかった)一事は、やってのけたのである。

結論を急ぐより、作品の内容にふれておこう。

主人公は朴聖一。名前に注意してみれば、「憂愁人生」と同じ設定が選ばれていることがわかる。朝鮮語読み・日本語読みのどちらにも対応している名前だ。彼はアメリカ留学を希望する青年、クリスチャンで、政治主張はとくにない。

物語は、六・二五、開戦当日のソウルの混乱から始まる。友人の密告にあって、聖一は〈北〉の義勇軍に徴集され、戦闘行為に参加させられる破目になる。刑務所を襲って囚人を射殺する。その後、行軍中に脱落し、〈南〉の遊撃隊に捕らえられる。将校になっている従兄に助けられる。義勇軍に強制徴募されたと主張するが、疑いは晴れない。裁判が長引くうち、冬に入り、戦局は中共軍の介入をみる。ここまでが、三部立ての第一部であり、「ゴルゴタへの道」と題されている。

ゴルゴタとは何か。彼の受難は聖的イメージに昇華していくのか。聖一はどちらのイデオロギーにも組していないが、徴用された兵士として〈北〉の銃を〈南〉へ向ける。そして〈南〉に捕らわれると、反〈北〉であることを証明するために、〈南〉の銃を〈北〉へ向けることを強制されるのだ。どちらもが正義を称え、どちらもが混乱し、不信と憎悪に凝り固まっていた。

どちらもが戦闘員・非戦闘員の区別なく殺戮した。前線もなければ非戦区域もない焦土化。甚だしい混乱状態の観察者、語り手として、聖一は至便の人物だといえる。彼は戦局の荒波にもまれる木の葉のように儚いが、ある場面では、記録する〈目〉の役割に徹することができる。記録者は貴重だ。

聖一は新たな絶望を感じた。戦ひは無限につづきさうであり、曙光は現れさうもない。と、鉄窓から空を見つめ、虚無になりかける彼の眼にさんさんと降り注ぐ牡丹雪が映つた。さながら戦乱そのもののやうに、雪片は乱れとんだ。

これが第一部の末尾。

主人公の絶望というフィルターをとおしているが、叙景に移って救われる。

次に引くのは、少し前の部分。客観描写が一定しているかぎり、つまらない感傷は顔を出さないという例だ。

夜が明けた。敵陣地が俯瞰された。洛東江が平原を二つに分けて悠々と控へてゐた。柳の木やポプラの葉が黄ばみかけて居り、江水は空の色と同じに澄んでゐた。

叙景が途切れると、主人公の位置の不安定が露出してくる。どちらにも加担できない。これはすなわち、どちらも支持できない作者の人道主義にほかならない。第二部「避難民」で、聖一は韓国軍兵士として銃を取る。〈北〉についた部落を焼き討ちするのだ。両軍が対峙するところで第二部は終わる。〈北〉の隊列から兵士の歌声が流れてくる。――《月一つ　太陽一つ　愛も一つ　御国にささげた心も一つ　況んや祖国に二つぞや　みんなはらから血も一つ……》と。その歌は、彼が、ソウルで〈南〉の兵士によって歌われるのを聞いたのと同じ歌だった。

感傷が去つた。黒煙が風と一しょに襲つてきた。火が方向を変へて、こちらへやつてくる。紅蓮の炎が海のやうに拡がつて、樹々を、嘗めつくしてゐる。彼はその姿に追はれて、駈けた。山背を東に走り、とある峯に辿りついた。黒煙が遠くで天を焦がしてゐる。眼の下に部落を見た。その部落を包囲したやうに、河が山裾を洗ひ、円形を象つてゐる。ふと聖一は、自分が自由の身になつたことを見た。彼は感動した。二度と失ふまいといふ考へがして身ぶるひした。

彼はその部落へ行きたいと思ひ、起ち上つた。手が銃を取つた。彼は憎悪を感じ、銃を投げた、出来るだけ遠くへ。銃は岩角ではね返つて、谷底へ消えた。彼はつづら折れを下りて行つた。

この場面で、物語は三分の二のところだが、事実上、終了した。武器よさらば。だが、遺憾ながら、作者とこの〈感動〉をともにすることはできない。感傷は去るのではなく、今度は、作者の生な感情として押しつけられてくるだけだ。混迷は繰り返し、道を見つけられないという逡巡のみが彼の選択になってしまう。ダイナミックな叙景が、個の心理に移動したとたん、卑小なものになる。この折れ曲がりは痛ましい。痛ましい張赫宙だ。

第三部「逃亡兵」の末尾、聖一は、三つの道のどれかを選べと迫られる。韓国軍上層の腐敗告発に協力するか、〈北〉義勇軍兵士であった罪状を認めるか、あるいは、スパイの密命をおびて〈北〉の捕虜収容所に潜入するか。彼はそのどれも選ばず、戦争孤児を集めた施設に奉仕したいと望むのだが……。

ここで彼（主人公も作者も、という意味）は、問題を、徹底して彼の性格の《女のくさったみたいな》優柔不断さに帰している。そう考えるかぎり、〈弱さ〉は自責の念にしか円環していかない。彼は、転向も屈服も裏切りも、すべて彼の弱さだと結論している。聖一としてでなく、張赫宙として言い訳を試みている。救いようのない幕切れだ。

彼がかれの人道主義を精いっぱい訴えたいのなら、物語の後半はもっと別のものになったはずだ。その責務をよく果たせないほど、故国の惨状に打ちのめされてしまったのかもしれない。ここまでが限界だった。作家の心を焼いた焦土を訴追することまではできない。だが張赫宙が戦時下の行動について恥をすすぐ機会がわずかでもあったとすれば、それは、この〈朝鮮戦争従軍小説〉においてだったのではないだろうか。

2

心理的葛藤を書く能力のなさは、張赫宙を近代以前の作家にとどめた。

しかして、彼の屍を踏み越えて登場した金達寿はどうだったろうか。『嗚呼朝鮮』は、停戦協定が結ばれる以前に刊行されたが、金達寿『故国の人』刊行はその四年後だった。はたして金達寿は張赫宙を抜きん出たか。

『故国の人』の方法的な破綻は、四章の1にみた同じ作者の『日本の冬』ほど惨憺たるものではないし、また同列に置けるような失敗でもない。端的にいえば、失敗は〈現地取材〉がかなわなかったこと、そこに帰着する。すでにみたように、金達寿の戦後は、自由な故国渡航ができない条件下に置かれていた。張赫宙の場合は、新聞社の後援で開戦の一年後に渡航している。

いきおい『故国の人』は強い思想小説の陰影を与えられざるをえなかった。三つの手記からなる。一と三は体制派の人物、二はコミュニスト。二人は旧日帝時代に多感な青春をともにしたことがあるが、今は、戦火のもとで敵味方に分かたれた。設定そのものは、この作者の『玄海灘』にもつうじるわけだし、とくに奇をてらったものではない。バランスが一方に傾いているのも、それほど不都合とはいえない。

問題は、手記形式の成り立ちだ。第一の手記は、手紙のかたちで書かれ、宛て先は、あなた――と、なっている。始まりの数行目に《あなたは、人を殺したことがあるだろうか》の一行。二人称記述体の〈あなた〉とは何者なのか。これは作者自身なのである。登場人物が手紙によって作者を作中に招き入れるという形式。しかも、彼は巡査であり、赤狩りの実行者で、金なにがし（作者のことだろう）の小説も読みこなす知性も備えている。今どきなら、メタフィクションの入れ子構造小説などといわれそうだが、金達寿は、それを五〇年代なかばの時点で挑戦していたのだ。

だが物語が進行するにつれ、〈あなた〉は次第に後景にしりぞいていってしまう。主眼は、一の手記の筆者と二の手記の筆者との対決に移行していく。小説としてはこれで不都合はないのだが、いや、かえって読みやすくなるのだが、そうすると、手記形式を採ったことの必然性が弱まってしまう。二人称体を選んだ作者の方法的企図は流れてしまう、物語のなかで融解してしまうのだ。惜しまれるのは、作者の意図を推し測りうる痕跡を残すより早く、この要素が小説のなかから消えてしまったということだ。

　手記の筆者は、焦土の故国から日本の地にいる作者に、「おまえはその手を血に汚して人殺しをしたことはあるまい」と揺さぶりをかけてきた、とその程度のことしか了解できないのである。しかし失敗によってのみ本作を隅におくのは公平ではあるまい。『故国の人』は、解放から内戦に到ってしまった故国への悲痛な想いを思想化せんとした作品として価値あるものだ。停戦はなったが、以降の復興などまだ展望を見い出しえない状況下で試みられた中間総括として高く評価すべきだろう。

　イクバール・アフマドがいうように、第二次大戦後のポストコロニアル国家は、おしなべて《植民地国家の改悪版》でしかなかった。朝鮮半島における二つの国もその例外ではなく、南北の権力簒奪者は、政敵を次つぎと葬ることによって権力機構を護持した。李承晩と金日成、どちらも民族解放を体現する救世主ではなかったし、それから最も遠い存在だったようだ。武力による〈統一〉を思い描くという点では、双生児のように似ていたのかもしれない。朝鮮戦争に関する研究書は異常な数にのぼり、現代史の研究項目としては非常な活況を呈しているのだろう。どれもが政治性を帯びている。戦闘が終了した後も歴史論争という後方の〈戦場〉が用意された。〈北〉と〈南〉と、どちらが軍事行動の戦端をきったのかという点だけでも、果てのないスコラ論争がつづいた。いずれにせよ、持ち越されているのは、どちらが悪か（結果的に、もう一方の正義が保証される）という立証不可能命題なのだ。

金達寿は、途上において、果敢な試みに挑み、充分に果実を得ることはできなかったが、金石範『火山島』のような作品が可能になるための道をひらいたのだといえよう。

3

本章の関心は、しかし、じつのところ、二人の作家の比較的よく知られている部類の作品に主要にあるのではない。もっとローカルなところにある。

金賛汀の前掲書に書かれている挿話の一つに、義勇志願兵の多くが旧大日本帝国軍隊の体質に凝り固まっていた、というものがある。これは、二面あって、一つは勇猛さというポジティヴな側面、もう一つは軍隊内のシゴキといったネガティヴな側面だ。事実がどうあったかではなく、多分に推測混じりになってしまうが、気になるのはやはり彼らのイデオロギーだ。故国（一方の、ということになる）を護るために戦った六百余名の兵士たち。犠牲者という側面は強く記されているが、彼らの胸には単純に何があったのか。故国か、功名心か、気狂いじみた反共憎悪か、ただ暴力への冥い欲望か。

わたしの関心は、死んだ兵士の歌《バラッド・オブ・ア・デッド・ソウルジャ》にあり、それ以外にはない。

ここでは三冊のテクストを取り上げる。

念のためにいっておくと、これらを取り上げる理由は、これらの筆者および作品を価値あるものと証明するためでは、必ずしもない。書物以外の周辺データは持ち合わせていない。文学論としての必要からだが、それらの埋もれた文学性を発掘したいのではない。むしろ欲求としては、逆の方向であるかもしれない。ただ、これらの書物を無視できなかったという消極的なモチーフしか以下の記述に反映されないことを恐れる。

林英樹『遥かなる「共和国」』（70・3　三一書房）。この筆者については、『北朝鮮本をどう読むか』（03・1　明石書店）に、和田春樹による次の記述がある。《この人は解放後の韓国で南労党員として活躍し、朝鮮戦争開戦時には南労党地下総責であったと称しているが、資料的には確認されていない。北朝鮮へ行って、文化宣伝省で働いていたが、五三年に南労党系の抑圧を逃れて、北朝鮮を脱出し、五七年より日本に滞在していたという》。他の著書に、『内から見た朝鮮戦争』（78・6）、朴甲東《パクカプトン》名義の『嘆きの朝鮮革命』（75）などがある。「金日成四人説」の起源は、この筆者あたりだろう。

『遥かなる「共和国」』は、開戦時から約半年、一九五〇年の後半の時期をあつかう。転戦は半島全域にわたり、複雑をきわめる。登場人物は多いが、三つのグループに分けられる。

aは〈北〉の人民軍。平壌近くの村出身の金明柱と朴龍萬が主な人物。明柱は恋人李貞姫との挙式を前に戦線に引っ張られる。部隊は全滅。傷病兵として故郷に帰った明柱と、北部国境付近で戦闘をつづける龍萬。

bは韓国国防軍。鄭仁鎬が主要人物。比重は少ない。仁鎬の部隊が平壌を制圧し、aの人物圏と関わりができる。暴力団「西北《ソブク》」に属する地主などに対抗して、良心を貫こうとする仁鎬は、〈赤〉の疑いをかけられ投獄される。

cは〈南〉の人民遊撃隊《パルチザン》。人物も多く、作者の情念を託され、物語の中核となっている。戦争の不条理と悲劇が集中する兵士たちだ。隊長の李英俊は、民族同士が血を流し合う戦争に絶望し、自決する。趙哲が隊長を引き継ぐが、隊の決定はそのつど民主的な討論をとおしてなされる。討論場面は幾度か出てきて、作者がそこに〈南〉のコミュニスト兵士の理想を投影したかったのだと理解できる。

朝鮮共産党は解放後、他党と合同し労働党となるが、この党も最初から北と南に分断されていた。歴史書で、北労党、南労党と別組織のように書かれるのも、そうした事情による。方針の違い、また、命令系統の混乱などのマイナス面は、朝鮮戦争の時期、頂点に達した。武力侵攻は金日成一派の独断専攻であり、南労党は甚大な災厄にみまわれたとする立場は少なくない。『遥かなる「共和国」』の基本的観点もそれだ。

物語の後半、パルチザン部隊は最高に馬鹿げた試練に見舞われる。味方であるはずの〈北〉の人民軍に遭遇し、武装解除されるだけでなく、防寒服まで奪われる。彼らはそれでもコミュニスト魂を喪わず、果たさねばならない任務は何なのか、問いつづける。そして米軍の戦闘機と接近戦のすえ、ほとんど壊滅していく。

かろうじて生き残った者が叫ぶ慟哭の嘆きが、この物語全体のメッセージだ。――《この土《くに》の上には共和国はない》

北も南も生命を捧げるに値しない。敵も味方もない混乱した戦場。戦闘の意味はかぎりなく虚しいが、戦争が現実である以上、厭戦平和主義など無力な夢想にすぎない。――それが林英樹の立場だ。兵士たちは消耗品とされたが、兵士たちのみが、この虚妄な愚行を告発できると。

そして、最大の戦争責任は武力侵攻によって故国統一が可能だと甘い見通しを実行した〈最高指導者〉にあることは明らかだ。『遥かなる「共和国」』が訴えることは、そこに行き着く。

4

次に取り上げるのは、北影一『革命は来たれども』（87・6）『さらば戦場よ』（89・3　ともに河出書房新社）。これらは、以前に上梓した『第三の死』（65　三一書房）が意にみたない未熟なものだったので、書き直して二分冊にしたもの。この人物は、二冊に書かれた戦争体験の故か、《南朝鮮に送り返されれば国家転覆罪に、北朝鮮に送還されれば反革命罪に問われる身だったので》、国外を転々として、《不安の毎日を、沖縄人、フィリピン人、中国人、マカオ人、時にはビルマ人などになりすまして生きてきた》という。もちろんこれも「資料的には確認できない」たぐいの事柄だが、小説を書くよりむしろ小説の題材にふさわしい筋金入りの故郷喪失者《エグザイル》のようにもみえる。他に、編訳のアンソロジー『台湾詩集』（86・7）がある。

北影一の小説では、作者と重ね合わすことのできる主人公一人の視点で物語は進む。他の人物は内面を与えられない。戦場は混乱のかぎりだが、話はのみこみやすい。一方の側にとどまって戦うことができない点では、張赫宙『嗚呼朝鮮』と共通する。ただし、こちらの主人公は、もっと主体的に自分の属する軍隊を選んでいる。

物語は、六・二五から始まる。〈北〉が軍事境界線を突破して侵入してくるが、南労党秘密党員としてソウルでの任務についていた主人公金哲はその情報をつかんでいなかった。〈南〉のコミュニストとして〈北〉の路線転換に不信感をいだく。その点では、林英樹との共通性がみられる。

解放後、大量の党勢拡大によって加入してきた新党員たちは質が悪いことこの上ない。社会的混乱はそのまま党の混乱にも影を落としていた。戦争はその延長に起こり、揺らぎに揺らいでいた彼の忠誠心をさらに崩していく。

最終的には、父の人民裁判に協力を強要されたことで一線が決壊する。〈党の裁き〉から父を救えなかったばかりか、彼も結局は党籍を剥奪される。一人の兵士が使い捨てにされたのだ。

『さらば戦場よ』で、金哲は、すでに国連軍＝アメリカ軍の通訳の身分になっている。離脱はごく容易かった、と描かれる。〈北〉の軍服を脱ぎ、死んだ〈南〉の兵士の軍服を替わりに着て、所属部隊からはぐれた韓国軍兵士を装って、米軍に投降した。それだけのことだった。彼は自分を責めることはしない。父を裁かせ、母を死に到らしめた〈北〉を裏切るのは当然のことだった。国家は兵士を消耗品としてあつかうが、兵士もまた、国家に捧げるべき忠誠など持たない。大義のない戦争に命を捨てるなど馬鹿げている。彼がふたたび〈南〉からも離脱していくところで、物語は終わる。

二作品のプロットを詳しくたどることはあまり意味がないだろう。そこに、どこまでも馬鹿げた戦争の不条理は認められても、個別の兵士の罪悪感はない。戦争を対象化しようとする観点はなく、しぶとく生き延びようとする本能だけがある。それは物語の外貌を飾っているけれど、長い生命を付与することには成功していない。彼が戦争の消耗部品だったように、小説もただの読み物として一時的に消費されて終わる。戦争の事象はもはやあまりにありふれすぎている。北影一の主人公が悲劇を体現しえないのは、彼が自分の行動の理由をいつも外圧に求めるからだろう。彼が党を裏切ったのは、党があまりに彼を非道にあつかったからだ。己れが責任を取らねばならない領域はどこにも生じない。彼には何の責任もない。歴史の激動に翻弄された者には〈すべてが許される〉。そうした信念に立つ者が長い風雪に耐える証言文学の書き手となることはありえない。

しかし、運良く生き残った者として、戦争遂行者たちを告発することはできるだろう。

5

次は、麗羅の『体験的朝鮮戦争』（92・4　徳間文庫）。これは、前二著とは、成り立ちがかなり違う。林英樹、北影一の両作品とも、まがりなりにも書かねばならない題材を、フィクションで吐き尽くしたという質感がある。麗羅にも、そうした自伝的作品はあるが、それは、大東亜戦争下の在日青年の青春をあつかった『山河哀号』（79・8）だった。麗羅が朝鮮戦争について書くのは、推理作家として地歩を築いてからの作家活動の後期に入ってからだ。《生涯の宿題》を果たしたとしているが、書かねばならないという衝迫にしたがったものとはいいにくい。文庫書き下ろしという形態で、出版社のすすめが大きかったとも考えられる。

叙述スタイルも、朝鮮戦争史の概説を主体にして、そこに兵士体験談をつけ加えるというものだった。体験の部分にフィクションはあまり入っていないといっていいだろう。麗羅は六・二五の時点では、東京の米軍基地にいた。朝鮮行は、最初から米軍つき通訳として従軍したわけだった。林英樹や北影一、あるいは張赫宙の主人公のように、南労党の幹部か秘密党員、あるいは平和主義者としてソウルにいて、〈北〉部隊の侵入を目の当たりにしたのではない。日本で戦況を座視するにいたたまれず、海峡を渡ったのだ。義勇兵としての参戦ではないが、自主的な従軍だ。

この一事にかぎらず、麗羅の履歴には特異な転変がある。安っぽいサスペンス小説の著者紹介に《旧日本軍人であり、韓国人でもある》と書かれた経歴だ。簡単にそれを追ってみれば、特別志願兵として従軍、敗戦後はソ連軍捕虜となるが、「警察に脅迫されて志願した」のだと嘘の身上書を朝鮮語で書いて、シベリア送りを免れた。政治訓練所で優等生のコミュニストとなって、慶尚南道の故郷にオルグとして派遣される。党員としてしばらく活動するが、検挙され拷問を受けた後、政治から離れ、兄を頼って東京に出る。わずか数年のうちに驚くほどに極端な価値観変動を通過しているが、不器用さと要領の良さが入り混じったような処世で、激しい思想の葛藤といったものはみられない。生活者タイプで知識人タイプではない。

林英樹や北影一のように、内から朝鮮戦争を描き、政治指導者への憎悪をぶつける、といったモチーフはごく薄い。だが戦地に赴かざるをえなかった〈兵士の魂〉のようなものは（それだけはといってもいいが）真っ直ぐに感得できる。朝鮮戦争の歴史を書くのではなく、その歴史の一部たることを選び取ったのだ。《Close your eyes and hear the Ballad of a Dead Souljia.》死んだ兵士の歌が聞こえてくるとすれば、そこからでしかない。同様の記録として、義勇兵の物語も書かれているはずだと見当をつけていたが、それはいまだ見つけられないままだ。

近年の韓国映画は、朝鮮戦争タブーを取り払い、『ブラザーフッド』（04）のような娯楽超大作も現われるようになった。在日にとっての朝鮮戦争というテーマは、いまだ、全体化してくるには遠い道のりなのかもしれない。

2　『火山島』とは何か

脱植民地化における文化的抵抗では、三つの大きな主題が登場する。いちおう分析のために分離しておくが三つは相互に関連している。そのうち最初にくるのは、いうまでもなく、民族共同体の歴史を、まるごと、首尾一貫したかたちで、全体的に見渡す権利を主張することである。……スローガンからパンフレットや新聞、民話や英雄譚から叙事詩、小説、ドラマなどにいたる民族文化による実践なくして、民族言語は生きてこない。民族文化が民族の記憶を組織し維持する。

第二は、抵抗を、帝国主義に対するたんなる反応ととらえるのではなく、人間の歴史を構想するオルターナティヴな方法とみなす考え方である。とりわけ留意すべきは、このオルターナティヴな再構想が、文化間の境界を越えることなくして、礎を築けないことだ。……

第三は、分離主義的なナショナリズムから明白に離反し、人間の共同体と人間の解放を統一的に考える傾向である。……帝国主義に対するナショナリストの抵抗は、その最良の段階では、つねに自己批判的であった。このことはナショナリストの殿堂のなかでひときわ高くそびえ立つ人物たち――C・L・R・ジェイムズ、ネルーダ、タゴール、ファノン、カブラルその他――の著作を丁寧に読んでみればわかる。反帝国主義勢力、ナショナリズム勢力のなかにある、仲間割れをおこし政治的覇権をもとめる傾向を彼らは、厳しくいさめていた。

……

脱植民地運動とは、帝国主義とは異なる政治目標をもとめ、異なる歴史、異なる地理をもとめながら遂行される錯綜した闘争であり、そこには想像力を働かせる作業、学術研究、対抗的学術研究も参与する。闘争はストライキ、デモ行進、暴力的攻撃、報復と再報復というかたちをとった。

――エドワード・サイード『文化と帝国主義』1993 大橋洋一訳 一部略

済州島《チェチュド》では、四七年三月一日、「三・一節(三・一蜂起)二十八周年記念島民大会」を開催したが、これに占領軍と警官隊が発砲して数名が殺害された。それから、済州島人民と軍・警察および極右青年団との対立がつづき、各地で武力衝突が起こった。済州島人民は、ついに四八年四月三日を期して一斉に武装蜂起し済州警察署など官公署を接収した。

これにたいして占領軍は、本土(陸地)から大量の軍・警を派遣して「鎮圧作戦」を展開した。それは、焼尽、殺尽、奪尽の「三光作戦」であった。結局、済州島人民の武装蜂起(パルチザン闘争)は、四九年末にほぼ終幕をみた。この四・三蜂起のとき軍・警および極右青年団による人民の殺害は、当時の済州島人口二四万のうち八万〇〇六五名が殺傷(死亡者は約三万)され、島内の七万五〇〇〇戸のうち一万五二二八戸が焼き払われた。

済州島人民の武装蜂起のさなかの四八年十月十九日に麗水《ヨス》駐屯の韓国軍が叛乱を起こした。これは、陸軍本部より「済州島討伐に出動せよ」との命令を受けたが、「同胞相戟には耐えられない」として叛乱を起こし、麗水市内にはいり警察署その他の重要行政機関を接収した事件であった。そして、市民とともに麗水人民委員会を組織して麗水市を完全に解放した。こうしたのち叛乱軍部隊の一部は北上して順天駐屯軍の叛乱を起こし、順天《スンチョン》市を完全に解放した。そしてさらに光陽《クワンヤン》を解放した。

――高峻石《コジュンソク》『韓国現代史入門』1987

1

『火山島』は青春の文学である。

この途方もなく長くそして重量にみちた小説はどんな意味において青春の一過性を突きつけてくるのか。〈青春の遺書〉とでも呼びたいような小説の荒々しい輝き。目を灼きつけるほどの輝き。あまりに猛々しいマグマの奔騰。執筆に要した数十年、いかにして『火山島』はかくも長き歳月を経てなお青く苦く硬い実をたわわに成らせたまま若くありつづけているのか。

最終Ⅶ巻において、ある人物を借りて作者はいっている。二十四章六。

なぜわれわれは、ここにこうしているんだろうな。どうして済州島が、このような済州島がこうして存在しているかということなんだが、C通りの撞球場の二階では拷問があり、涯月のK里では死体の散乱と村人の慟哭、他の村もおそらく同じようなものだろう。遠いよその国のことでもなければ、遠い歴史上のことでもない、われわれの現実だ。夢ではない。新聞で見ると、麗・順事件も終局に向かっているようだが、犠牲者たち、殺された人間の数はどうなるのか。どうして、この国土はこれほどまでに疼き続けるのか。不思議な国だ……、不思議な民族だ。そうだ、きょうの中央紙の朝刊が、軍用飛行便で道庁へ二、三部届いたのを読んだ。公開処刑の記事が出ていたよ、順天の。何とか特派員発の記事なんだ。〃全邑民が集まった小学校校庭で十五名銃殺執行〃という見出しだった。順天は軍指揮下で食糧配給や治安回復が急ピッチで進む一方、反乱軍が逃走したあとの〃地方暴徒〃、というのは市民のことだ、地方暴徒として警察が罪状を明らかにした者には即決処分の決定がなされた。二十四日、二十四日は日曜だが、こちらではビラが散布された日だな。二十四日午前九時、市民に対する警告の意味があるのでは、と記者は書いていたが、男女老少、学生、少年を問わず全順天邑民が集合した北小学校の運動場で、十五名に対する銃殺が順天地区軍司令官の命令で、警察隊によって執行された。今後も公開銃殺刑は執行される。十五名のなかには地方検察庁の検察官一名がいたという、と記者は書いていたよ。数を問題にするのではないが、K里の、そして他の村での、この済州島での虐殺は何百名であっても、新聞には出ないいんだ。ふん、こんなことをいってもヤボだが、いったい、八・一五解放《パリロヘーバン》とは何だったのかなあ……呪うべき　国土……

『火山島』の成り立ちを記す。一九七六年から八一年にかけて、一章から九章までが雑誌連載。八三年に三分冊に単行本化されたさいに、あらたに十章から十二章までが書き足されている。これが従来は、『火山島』第一部と称されたものだ。四千五百枚。下世話にいうと、日本の戦後文学の量的なランクでは三指に入る。野間宏『青年の環』、大西巨人『神聖喜劇』(78)に次ぐ。小説はどんなふうに読んでも完結していないのだが、長大さからいっても一般には「ライフワーク」の完了とみなされたようだ。続編が熱望されたとはいいがたい。俗世間も文学社会も美談を好む点においては五十歩百歩というところだろうか。第二部という名目で雑誌連載が再開されたのは、八七年で、いちおうの終止符は九五年に打たれた。翌年から九七年にかけて加筆をほどこされ、続きの四巻から七巻までの四分冊に単行本化された。全七巻、一万一千枚。量的には『青年の環』をはるかに抜き去った。同時に、一部・二部という垣根も取り払い、全七巻、序章と終章とにはさまれた二十七章の構成となった（後で述べるが、『火山島』は、必ずしも巻別には従わずに、三部構成として読まれるほうがわかりやすいだろう）。連載開始から二十年が過ぎている。三分冊のときは、中間の休息だったとも考えられる。しかし全巻完結の反響は、中間地点での反響に較べても、いくらか慎ましすぎた。二段がまえの「ライフワーク」を勝手に見立てて、多くの人びとはこの異様な書物の出現を素通りしてしまったのか。

わたしは、『火山島』の最後の巻の五一一ページにいたって強く立ち会わされた感情を率直に吐露しておこう。カタルシスがないのだ。捕らわれるのは、いまだ巻を置くことを許さない狼疾に襲われるかのような怖れ、これである。これでしかない。ともあれ作品は終わっているのだが。しかし——。長大無比の長編小説というものが一種の暴力的な装置であることは誰もが経験的に知っている。それは常人の生理感に背反する秩序体系に属している。形式的には終わっても、終わらないという感覚をもたらせる。現実の生とは異なったレベルの体験を強要するのだから当然とはいえ、人は書物の内的な宇宙に取り残され、ページが勝手に終わられてしまったことに不満をおぼえる。しかし『火山島』のラストが与えるアンチ・カタルシスの質感は、そうした一般的な長編ロマンとはまた異なっている。七冊分の集合であるからでは必ずしもない。終わりのときを見つけられない作者のほの暗い執念がぶつぶつと地底からつきあげてきて容易に書物を閉じさせようとしない。末尾の数行がひどく素っ気なく感じ取れるほどに行間からたちのぼってくる妄執は色濃い。

終わらない小説というものはない。だが『火山島』は一種奇怪なネヴァー・エンディング・ストーリーなのだ。終わることができない――それは『火山島』が書き始められたときからの逃れられない逆説だったのではないか。青春の匂いたつ妄執とは、その意味でもある。

『火山島』を金石範の最良の作品ではないと指摘しても、作者にたいして礼を失することにはならないだろう。きわめて多義的な反応を、少なくともわたしはこの作品について持たざるをえないし、それらは互いに反撥しあう解釈をすら含んでいる。四章4で述べたことを、また繰り返す。――金石範文学は、市民権を得ていないという意味とはべつの審級で、充分には理解されていない。それは、理解されるべき部分にすら理解されていないという意味である。では、理解するためには何をなすべきなのか。金石範を理解するためには『火山島』を読まねばならないが、同時に、『火山島』に対峙してそれを読むことは、金石範を理解しそこねる岐路に立たされる経験でもある。……わたしは少しょう混乱をきたしているようだが、すぐに軌道は修正されるはずだ。『火山島』の方法意識は、作家のごく自然な創作の流露を抑圧しているところに成り立っている。かつての社会主義リアリズムのようにある種の政策に従って（それをいうならあらゆる公的な政策から背反してといわなければならないが）作品が構築されたということではなく、作家の主体のなかで一つの選択はなされたのである。

それは、金石範のなかで、夢の追放というかたちをとった。夢は別レベルの現実といってもよい。現実の全体性から阻まれている者にとっては、現実否認のための武器ともなりうる。夢は金石範文学の重要なキーワードである。夢において時制は反転し、反転した時間軸のなかで（したがって、あえていえば）被抑圧民族の収奪された時間は想像力的に回復され、復元される。夢のリアリズムはリアリズムの夢を急追する。逆は真ではない。リアリズムの夢は夢のリアリズムにいつもことごとく敗退する。夢はあまりにも少なくしか『火山島』という小説世界の時間を支配していない。と、とりあえずは断言できる。ある意味では、金石範は作者の横暴をもって、かなうかぎり作品を正調リアリズムの正史に似せて打ち立てようとしたのだろう。幸いにして、生き物としての作品は多くの部分で作者の専横を免れてもいる。だが夢の抑圧は大長編のなかでは歴然たる傷痕をいたるところに残しているのではないだろうか。『火山島』はリアリズム小説であることを絶対条件としていたが、作者自身はその方法論の外にいたのだ。

『鴉の死』の新版に付加された「虚無譚」の末尾近く、作中の〈私〉の表白として次の一行がある。《まだ私の内には二日酔のように夢の跡が残っていて死に絶えていなかった。それは軽い酔いといっしょに皮膚の下ににじむように拡がる》

金石範作品に特有な〈時制の混乱〉意識のイメージが早くもここに捉えられている。

この短編は、私小説のスタイルに表向き背反していないという意味から、おそらく「鴉の死」連作以上に日本の風土には受け入れやすい作品だった。金石範在日小説の第一作といえる「虚無譚」はしかし、《約十年ぶりに日本語で書いた小説。ふたたび日本語で書くことについてかなり苦しむ》と著者自筆年譜（『筑摩現代文学大系95』77・12　所収。この一節は、最近の『作品集』詳細年譜にも生かされている）に注記されている。すでに四章4でみたように、彼の在日小説とは幽冥の苦しみの始まりだった。

ここで注目したいのは、言語的な葛藤は別として、日本的な形式の取りこみではなく、作家の日常に滲み出てきた一つの明瞭な酩酊感である。それが引用箇所には、二日酔い、夢、軽い酔い、といったシグナルをもって畳みかけられてくる。それらが皮膚の下の具体的な生理感として「にじむように・拡がる」と捉えられている。夢のリアリズムにおいては現実の時間は解体されるだろう。酔いは、どんな場合であっても金石範の世界では、単独の酔いではない。酔いは存在が揺すぶられる〈反現実〉の時間への招待なのである。酩酊は一つの武器ですらある。酔夢はほとんど必ず、金石範においては、酔いにいざなわれて現われる。時制が混乱し、通時のシステムはばらばらの断片となって逆巻いてくる。

これが、『火山島』を用意した作家の内的な基《ベース・キャンプ》地だ。ここから作家は出撃し、マグマを貯蔵し、大噴火を果たしたのだ。


『火山島』とは、それでは何なのか。金石範にとって。またわれわれにとって。困難な回答を次の言明によって代替することは可能だろう――。ジャン・ポール・サルトルは『地に呪われたる者』の序文でいっている。「これは別の物語《イストワール》だ、別の歴史《イストワール》なのだ」と。

夢のリアリズムを廃して全体小説を志した『火山島』はそれ自体において一つの歴史たることを主張している。幻想の時間を引き入れた小説ではなく、まるごと幻想の時間そのものなのだ。かかる壮大な試行が試みられようとした根拠については、現代史の暗渠が説明するだろう。ここに描かれたのはたんに済州島パルチザンの無念に消去された歴史の全過程だけではない。

特殊からたちあがってくる普遍の否定しようのないかたちだ。『火山島』は自らを歴史そのものに擬することによって歴史の審判を問うている。いったいこのようなことが一個の小説に可能なのだろうか。その意味で作家は自分の作品の外に流れる現実の時間の一切を幻想として否認したのである。

2

そう。

フランツ・ファノンならば、こういうはずだ。

いかなる名称が使用され、いかなる新表現が導入されようとも、非植民地化とは常に暴力的な現象である。だれとだれが会合し、スポーツ・クラブの名称がどう変わり、カクテル・パーティーや警察や、国立ないし民間銀行の重役会議の顔ぶれがどうなったか——これらのいかなる水準で検討しようとも、非植民地化とはただ単純に、ある「種」の人間が別の「種」の人間にとってかわられることにすぎぬ。過渡期も経ずに、全的な、完全な、絶対的な交替が行われる。

非植民地化を裸形のまま示せば、その毛孔という毛孔を通して、赤く染まった砲弾、血のしたたる短剣の存在が察せられる。

——フランツ・ファノン『地に呪われたる者』1961　鈴木道彦・浦野衣子訳　一部略

済州島事態は、ファノンのいう〈非植民地化〉＝脱植民地化過程が、朝鮮半島の地政で具体化したものだ。しかし現代史にはその項目がない、なかったのだ。済州島の「毛穴という毛穴から血がしぶく」虐殺の史実は、同時に、かき消された歴史でもあった。虐殺は生き残った者の記憶を凍りつかせる。それに加えて、遺されるべき記憶が封印された。永久に埋め葬り去られようとしたのだ。記憶の回復のために何がなされねばならないのか。作家は何をなさねばならないのか。項目がないところに〈別の歴史《イストワール》〉をつなげること。いや、つくるのだ。小説という厄介で調停的な形式を無理やりに〈歴史〉に変身させようとしたのだ。いったいどんな無謀な作家がこのような途方もない実験に自らを放りこむというのだろうか……。いや、われわれは現に『火山島』という雄弁な書物のかたちをもって、その成果を目にしている。もし歴史が少しでも書かれていればかかる壮大な文学的実験もなされなかったかもしれない。……と仮定を語ってみても意味がない。済州島の歴史が消されるべくして消されたのなら、その〈必然性〉を少しばかり考察してみるべきである。

まず日本帝国主義の側。個別の済州島には、沖縄戦に次ぐ戦闘の要諦として十万の兵員が当てられていたという。結果は敗戦。朝鮮半島全域と同じく戦勝国に植民地を奪われるかたちを強いられた。日帝にとっては〈無血の脱植民地化過程〉だ。ここで免れたかずかずのダメージは後の復興にさいしてどれだけ有効にはたらいたことだろう。ファノンが激越に指摘した世界史的普遍は、日本の戦後史には当てはまらない。無傷のままに〈歴史は進歩する〉というのは戦後日本が長く手放せなかった居心地のいい幻影かもしれない。人民にとって都合の良かったことは、同様にして日帝にとっても都合が良かった。自らの血を流すこともなかったし、旧植民地人の血を（直接には）流させることもなかった。旧宗主国で体験される脱植民地化過程とは、朝鮮という〈外国〉で流される血を自分とは無縁のものとして眺めることでしかなかった。これが日本的特殊というものだった。〈外国〉の事象としてしか観察されなかったのだ。そこにおける歴史の項目が欠落していても旧帝国主義本国人の意識は少しも痛まなかった。ましてや虐殺の事実は米軍支配下の出来事である、というわけだ。しかし脱植民地化過程の暴力の爆発にたいして旧宗主国は果たして無責でありえるのだろうか。罪責をまったく問われずに通過できるのだろうか。

　そして朝鮮。当の解き放たれた地である。解放がもたらせた政治的自由は結果として半島の分断の固定化のほうへ動いて行く。『火山島』は血をしぼるようにして「不思議な国だ、不思議な民族だ」とつぶやいて慟哭する。だが歴史を決定づけるのは一民族の主体性のみではありえない。一点だけ疑いないのは、脱植民地化過程において流された血の総量を朝鮮民族は自らだけで贖わされたということである。事柄の特殊さにあらためて注目されねばならない。こうした不当な不均等な血の血債は連続した朝鮮戦争において頂点を極め、今日のポスト冷戦時代にまで残留されている。半島全域を戦場に変え、一民族が憎悪の血を流しあった内戦。その不吉なプレリュードともいえる殺戮が済州島事態だったのではないか。

　さらには記憶に新しく同様のことが、開発独裁型の社会でまがりなりにも〈近代化コース〉が実現していた一九八〇年代にも光州《クワンジュ》でも起こっている。問題は一つだ。ジェノサイドの質さえ帯びた民族抗争はなぜ済州島においてかくも凄まじい規模で展開されたのか。この問いは一種のトートロジーを生起させる。済州島事態は済州島でしか起こらなかったのだ、と。答えは問いそのものの不条理を含みこんで無慈悲に成立してしまうかのようだ。同一民族抗争といいながら事態の一側面は〈済州島人〉へ加えられた集団殺戮でもあった。単独選挙による南朝鮮政権樹立に反対するための武装蜂起はむろん、一地域闘争に終始するものではない。武装路線の冒険主義の誤りを指摘する解釈も後代には自由だろう。だが虐殺の進行という帰結は単一の歴史理解を拒絶しているようにも思える。『火山島』は結末に近づくにしたがって直視しがたい真っ赤な、真っ赤な深紅の慟哭の色を深める。一方で、長期の持久戦に疲弊していくパルチザンの実像を呵責なく見つめながらも、虐殺を回避し、犠牲者の数を減らしうる闘争の収束はないか、と小説は精一杯の模索を重ねる。だがこれは『火山島』が最初から宿命づけられていた身を引き裂かれる矛盾命題にほかならない。虐殺の真相が歴史の頁から消されてしまったからこそ要請された〈別の歴史《イストワール》〉。このものは虐殺の島の現実を直視しなければならない。だが作家の奥底の声を、小説もとどめることはできない。それは自らが描いてきた〈別の歴史《イストワール》〉を否定するようにも、こういっている。――虐殺を小規模で収束させる選択は必ずあったのだ、と。終わらない世界を想わせる因子はこうしたところに顕著なのかもしれない。作家が自作について抱く不満というよりも、人が歴史について感じる際限のない怨みに似ている。

解放とともにかつての〈売国奴〉親日派は根絶されたわけではない。かれらは己れの正当化のために敵を求めた。済州島で勢力を持った反共暴力集団「西北《ソブク》」はそもそも〈北〉出身者によって占められている。地縁集団というより故国を共産勢力によって追われた恨みで結ばれた反共原理主義ファシスト集団なのである。支配を簒奪しようとする層と暴力の犬たちは、共通の敵を見つけて血まみれの哄笑を響かせた。戦場は中央から遠く離れた反乱の島、密島《ミルド》だった。

人口二十数万の島で八万もの人命が虐殺によって失われた。今日の観光の島チェジュドの風光明媚からは想像もつかない。おびただしい血しぶきが、この島の脱植民地化過程の一年ほどの期間に舞い、舞い狂い、無数の骨が埋められたのだ。ここで起こったことは済州島でしか起こらなかったとするのは一つの答えだ。しかし答えは少しも答えとしての安息をもたらさない。これは、虐殺の二十世紀の歴史に加えられた、たかだか数頁の項目にすぎないだろう。

歴史地理的にいえば陸地《ユッチ》（本土という通称はあまり使われない）からあまりに遠い。かつては流刑の島であり、中央政治にたいする反逆の伝統を持った。逆に日帝の植民地時代には、本国（宗主国本国のことだ）にかえって近づいたのだ。あまりにも陸地（朝鮮半島）から遠く、あまりに本国のとりわけ大阪に近い、という構造ができた。これは比喩ではなく、『火山島』を支配するじっさいの位置関係を示している。のみならずこの構造こそが、『火山島』を比較を絶する日本語文学として可能ならしめた現実の条件とさえいえる。亡命密航者は大阪に流れ着き、そして作家はまずその証言の聴き取り人たることを強いられたのだ。

《イワシも魚か、済州野郎《チェジュセッキ》も人間か》……。イワシなどの雑魚も魚の仲間であるのと同じく済州島人も人ならざる被差別民というわけだ。半島〈本土〉と島との構図は、国内植民地とも呼びうるものだ。

国内植民地構造は、従属理論によって説明できる。世界は〈中枢―衛星〉構造を持つ。先進的中枢諸国《メトロポリス》と低開発的衛星諸国《サテライト》は相補的に存在する。

これらの中枢―衛星の関係は国際段階にとどまらず、ラテンアメリカの植民地や諸国の経済的、政治的、社会的生活を貫くものである。地方の中枢は国内中枢に対する衛星でありながらその地方における中心となり、まわりに地域的衛星をはべらせる。地方の中枢は、世界的中枢の衛星たる国内中枢を通じて（世界中枢に結びつく）。この星座のような結びつきが、ヨーロッパやアメリカ合衆国の中枢からラテンアメリカの片田舎にいたる全体系を構成するすべての部分を関係づけているのである。

——A・G・フランク『世界資本主義と低開発』1966　大崎正治訳　一部略

「低開発は低開発を低開発する」という従属アプローチの有名なテーゼそのままに。

それとまったく同一の構造において、脱植民地化過程の矛盾の多くは朝鮮のなかの衛星地域に集中して発現した。旧植民地内中枢が旧植民地内衛星（済州島《チェジュド》）に血を流させた。流血は流血を呼び、殺戮はマグマになって地面を走った。故郷を追われて南端の島に毒々しく花咲いた「西北《ソブク》」の青年たちの暴力も、中枢センターに統御された衛星の質を持つのだろう。暴力が果てまで先鋭化したとき、真っ赤な血に彩られた島は〈アカ〉の砦に見え、したがって皆殺しの号令はごく自然にかけられていたのだ。こうした歴史理解をまずもって『火山島』は要求しているだろう。否、すべて正史に成り代わって正当に記述しているのだ。もう一つの〈歴史《イストワール》〉として。

パルチザン闘争の敗色も色濃くなりつつある時期にいたって、『火山島』は血を吐くように語っている。Ⅵ巻、二十三章二。もちろん、これは形式的には一人の人物をとおして語られるのだが、もはや物語自体が訴えかけてくるような異様な感興をもたらすのだ。

周知のように、四・三事件は起こるだけの必然性があった。そうだろう。でなければ、全島民的な蜂起、その支持には至らん。しかしだ、勝敗に関する限り、矛盾するが、おれは否定的なんだ。つまり勝算のないたたかいをはじめたということだよ。つまりは失敗ということだ。ここで言及することもなかろうが、去年の三・一《サミル》独立運動記念日のデモ隊に対する美《ミ》軍の射殺事件。それに続く官憲側の全島民を敵に廻した重なる弾圧が、四・三蜂起に至る道を開いたのは、警察首脳、道警の前身の済州監察庁長さえ認めているところだ。三・一デモ事件後に〝アカ〟狩りの特攻隊として入島した〝西北〟やそして本土出身警官たちの横暴。済州島民はすべて〝アカ〟だ、〝イワシも魚か、済州野郎《チェジュセッキ》も人間か〟……。〝西北〟たちによる略奪、強盗、殺人……。うん、日帝支配下でさえ、こんな無茶なことはなかったはずだろう。済州島民は虫ケラか。これらのことだけでも、〝暴動〟、蜂起は起こるべくして起こったものなんだよ。そして、南朝鮮だけの五・一〇単独選挙、祖国分断に反対する全国的な闘争のなかでの、済州島における武装蜂起。済州での五・一〇単選実施の失敗……。自衛、自らの生存のための蜂起であって、それをおれは否定しないんだ。しかし勝算のない冒険的なやり方、たたかいを持続する長期的な展望のない、無計画なやり方ではないのか。ゲリラ司令官たちの脱出に見られるように、尻拭いをしない無責任な闘争ではないのか。せめて、彼らが武器弾薬、援助物資、今後の闘争の展望を持って、ふるさとの人間が待ちわびているこの土地に一刻も早く帰ってきたのなら、おれはこんなことはいわんよ、え、いわん。結局、大きなツケを残して指導層は逃亡してしまったことになる。指導者たちの敵前逃亡じゃないのか。こんな話はないね。

そしてこうした分析は、パルチザン組織のなかでは敗北主義として一蹴される。「鴉の死」は一九五七年に発表されている。蜂起と虐殺から十年と経ていない。作者は直接には四・三蜂起を体験していない。金石範は戸籍の上では大阪生まれで、故郷の済州島には、年譜によれば、十代の短い期間を滞在しただけだ。済州島ものの創作は、大阪に密航して逃げてきた生き残りの証言をもとにして書かれた。かつての帝国主義本国は皮肉なことに恰好の亡命地のベースを形成していた。これは植民地支配の賜物ではなかろうかと、作者は回想している。多くの在日同胞が定住する場所がなかったらそもそも亡命すらも不可能だった。島民にとって陸地《ユッチ》こそ危険な敵地であり、かつての植民地支配のセンターが安全な逃亡の地に変わったのである。ここには深い幾重にも屈折した歴史のアイロニーが見え隠れしている。

これは同時に、「鴉の死」という一種異様な亡命者小説の成り立ちを鮮烈に語っている。そして金石範という希有の〈亡命作家〉の出立をも。これは決して単線的に了解しうる事柄ではあるまい。のみならず、何らの予備知識もなしにこの小説を読む日本語の読者にいったい何が伝達されるのかを考えると、底深い慄きにとらわれることがある。

3

成り立ちとして明らかなように『鴉の死』に収められた済州島もの三編は、輝きにみちた作品ではあっても長編小説ではない。かき消された歴史を回復するためには断片にすぎる。苦悩の日々をかいくぐった後に描かれた『万徳幽霊奇譚』は、より完成した語り口に支えられた傑作といえよう。済州島もののベスト作とも位置づけられる。万徳というネガティヴな民衆像の造型は、金石範文学においても不朽の価値を持ちつづけるだろう。しかしこれも一冊の単行本にはなっているが、ふつうにいう中編の長さだ。技法的には洗練されたとはいえ、飛躍的な質は獲得しえていない。

それらは作家金石範を最終的に癒すことはなかったと思える。〈別の歴史《イストワール》〉が描かれるまで、癒しはついに訪れなかったのだろう。

『万徳幽霊奇譚』の少年用読み物版として『マンドギ物語』が書かれている。平明に書き直された読み物に、作家の秘密の一端は横たわっているようにも思える。金石範文学の魅力はもちろんその独特の語り口に見出せる。語り口は屈折と苦渋の堆積でもあり、決して馴染みやすいものではない。もっとも完成されたフォークロアの通路を備えている『万徳幽霊奇譚』にしても、ナラティヴの流れは現実の時間軸とは一致していない。一致しえないところに金石範の世界の基底がある。彼は語りの熟練者ではあっても耳に快い話の語り部ではない。しかるに『マンドギ物語』には、語り聞かせる啓蒙家の姿勢が明確だった。金石範がおそらく初めて見せた〈大衆的な〉構えなのだ。はたして『マンドギ物語』の平明で時制の流れにしたがったストーリー構成は、『万徳幽霊奇譚』の謎めいた奥行を損ねているであろうか。いや、この設問にはさして意味はない。「あとがき」のところで作者は書いている。

私はいま、自分がはじめて書いた「物語」まえにして、少年少女のみなさんに読んでもらえるというよろこびで、胸がみたされているのです。

いくぶんよそよそしくも思える口上だが、これが金石範の書いた唯一の〈物語《イストワール》〉であることは否定しようがない。物語とは、ここでは、読み物といったほどの意味だが、大きな〈イストワール〉の意味にも拡大しうる。平明に書かねばならないとは作家にとって一つの断念を強いる姿勢でもある。それはいっそう金石範にとっては顕著な断念を要求される作業であったに違いない。おそらく日本語で創作することへの彼の抵抗感は、平明な語り口という限定を与えられたとき、さらに不快な軋みをもって高まったはずだ。アイザック・シンガーが少年ものに託したような悦びは金石範のものにはならなかったろう。

図式的にいえば、『万徳幽霊奇譚』と『マンドギ物語』との関係は、「鴉の死」から『火山島』へと飛躍していった作者の投企に照応するだろう。しかし、プロセスはまったく逆だ。『火山島』に作者が要求していったのは〈別の物語《イストワール》〉ではなく、〈別の歴史《イストワール》〉である。断念の激しさは較べるまでもないが、読み物への道は金石範が一回きり試みた秘儀であるとも見なせるだろう。ある種の自己告白をそこに読み取ることも自由といえはしまいか。すでに歴史記述としての『火山島』の連載は始まっている。作家は一方では自己の位置をたえず測定しておきたい不安を同居させていたのではないだろうか。不安は思いもかけない様式で『マンドギ物語』に流れこんでいったとも読むことはできる。『マンドギ物語』は済州島事態を子供向きに書き直した〈寓話〉であるにとどまらない。わかりやすく噛み砕かれた読み物の叙述は教師のように冷たいものではない。かえって作家の素顔をナイーヴにさらす〈告白〉という質すら帯びるだろう。〈物語〉

の書き出しはこうなっている。

朝鮮の地図をひらくと、朝鮮半島の南の海に、済州島《チェジュド》という東西にのびた楕円形の島が見えます。長崎県五島列島のま西のほうになりますが、日本からさほど遠くありません。チェジュ島はこの物語の舞台になるところで、面積千八百四十平方キロメートル、大阪府とほぼおなじひろさの、朝鮮でいちばん大きな島です。人口は現在約四十万、この物語の時代になる一九四八、九年ごろは二十数万でした。

そして島の歴史からパルチザン闘争に至るまでが、簡略に説明されたあと、次の数行がつづく。

島のまん中にハルラ山（一九五〇メートル）という、人びとから霊峰としてあがめしたわれている、けわしく美しい山があります。島民たちも武器をとって立ちあがり、ハルラ山を根拠地にして、はげしい血みどろのゲリラ戦をつづけました。

「大阪府と同じ広さ」とごくさりげなく書かれるところに筆の自然な勢いがある。そして漢拏《ハルラ》山への想いがこれまた自然に吐露される。現実の出生地である宗主国の都市大阪と、失われた故郷とは、自然な対位法のうちに、絶望的に引き裂かれた姿を現わす。奪われた故郷の遥かに美しい山はおごそかに眠っているわけではない。無数の人びとの血を吸って慟哭にむせぶ山河だ。読み物の語り口は、ごく自然に作家の無惨な内面を映しだしてくる。済州島の風景はただ喪われたから美しいのではない。激越に血を流して喪われたからこそ、幻想のヴェールをまといつかせて、逆立的に美しいのである。

帰れない故郷《ディアスポラ》とは、文学的テーマとして一般化してしまえば手垢のついた題材でしかない。しかし生き延びて逃げてきた同胞の口から虐殺の島のうめきを聞かねばならなかった作家の魂はいったいどうやって普遍化されえようか。また、どうやって浄化されえようか。「鴉の死」における、どぎついばかりのイメージの先行、それとうらはらな文体の発作的な口ごもりとは、構成の美とはおよそ背反している。そこから出立するほかなかった。そこにしか条件は見出せなかった。断片的な証言者となることに満足せず作者は『火山島』に向かうのだが、それは長編小説の豊富なデータが集められたことを意味するのではない。むしろ集められなかったことを意味したのである。

虐殺は消し去られた〈歴史〉だった。

歴史の不在については別の言及がある。

その重要性にもかかわらず、済州島四・三蜂起についてはこれまでほとんど研究されていない。英語の出版物でこれについてふれているのは、数パラグラフにも満たないし、どこの国の言葉でもこれについて詳細に論じたものは一つもみあたらない。四・三蜂起についての利用しうるおもな資料は、朝鮮人関係者の断片的な証言や、最近になって機密から解除された大量のアメリカの公文書である。

――ジョン・メリル『済州島四・三蜂起』1980　文京洙訳

第一次資料すら乏しいことについては、金石範自身も『火山島』Ⅲ巻「あとがき」に書いている。

こんどの長編執筆で、事件がタブーになって来たものでもあって資料がほとんどないこと（一応まとまったものとしては、金奉鉉、金民柱共編『済州島人民たちの「4・3」武装闘争史』〔朝鮮文、一九六三年〕、金奉鉉『済州島血の歴史――〈4・3〉武装闘争の記録』〔一九七八年〕があるだけで、それもこの日本で出版された）、その他苦労話には事欠かぬが、私はやはりいまの済州島ではあっても、故郷の土地へ〝取材〟のためにでも行って来ることができないまま、執筆を続けたことがいちばん苦しかったと告白せねばならない。

歴史的な位置づけとは、一般には、歴史的な資料を要して初めて成立する。しかし『火山島』とは、資料の欠けたところに自らを資料としてさしだす類いの試みなのである。のみならず、作家は、これほどまでに奪われた故郷に戻れないままその土地の惨禍を描かねばならなかった。歴史の頁はいっさい与えられておらず、血の文字を一から刻みつけねばならなかった。〈物語〉よりも〈歴史〉を書かねばならなかった。しかも金石範はそれを旧宗主国の言葉を用いて書かねばならなかったのである。『火山島』を一般の近代小説としてのみ扱うことの不当さはいくら強調しても足らない。

在日朝鮮人文学は、金石範を例外にするしないにかかわらず、旧植民地人の文学でありつづけた。こうした側面を本質的な要素と捉える視角は、従来の在日朝鮮人文学論においては、ある種の後ろめたさからなのか、忌避されつづけたようだ。植民地人呼ばわりして〈差別者〉にされるのを怖れるかのように――。そして一部の論者による告発主義の論調もその忌避感覚を助長した。日本人の罪状について生真面目に反省するばかりで、在日朝鮮人文学の過大評価におちいる困った傾向だ。しかし疑いもなく、大日本帝国における特殊な脱植民地過程は、在日朝鮮人文学に独特の欠損を刻みつけている。旧植民地人の文学が全体化のプログラムから阻まれているという事実は、残念ながら、ささやかな客観性を持たざるをえない。これは旧宗主国家に属する文学が豊かな全体性を保証されているという優位の価値判断とはまったく別の事柄だ。そんな保証など、じっさいのところどこにもない。

しかし厄介なことに、帝国主義国家に属する書き手の〈虚構の普遍性〉を自明のものとする前提は疑われていない。こうした自明さによりかかって旧植民地文学の地方性を指摘することは、悪質な差異化・差別につながるほかなかった。しかし〈差別〉を怖れるあまり、客観的測定を回避し、在日朝鮮人文学に不均等な価値を付与することは、逆の硬直性を呼び寄せざるをえないだろう。日本人に貸与された全体性とは、たかだか〈欠損を持ちえないという欠陥〉の消極的な発現にすぎない。それは完全性とは似て非なるものであり、たんに己れの欠損について対象化することのできない歪んだ眼鏡によって外界を見ているにすぎないのである。

特殊日本が通過してきた例外的な脱植民地化過程が旧帝国主義人たる日本人をそこに立たしているのだ。それを仮借なく見つめたうえで、旧植民地文学の〈非全体性〉を正当に位置づけねばならない。共通の歴史の傷を表と裏の両面から負っているのだなどとものわかりのよいことをいっても仕方がない。また彼我の欠損はあたかも鏡像のように互いを映しだしているなどと倒立した認識を語ることも間違っている。冥い断裂を凝視せねばならない。今もかつても。不幸な植民地支配を幸運にもわれわれは血を流すことなく脱却することができた。不幸とか幸運とかいう感受性は、流血の記憶がもしあれば、産まれようのない感情であるだろう。血は充分すぎるほどに旧植民地においてだけ〈一方的に〉流されたのである。

消された歴史の只中にあって。

資料もごくごく限られていた。故国である現地を訪れることも禁じられていた。こうしたところからリアリズムの全体小説は生まれ得ない。常識からいって不可能である。

にもかかわらず『火山島』は書かれた。『火山島』は現前している。作品の現前こそは数多の文学批評の右往左往をきっぱりと空論に流し去ってしまう。一個の幻想そのものが現実の総体の代わりに時間を占拠してしまった『火山島』であってみれば、これは当然の決着であるというべきなのか。リアリズム小説の意味は、『火山島』の全体と引き替えに反転させられてしまった。

なぜこのような作品が可能だったのか。わたしが『火山島』を読み終えたさいの戦慄は、「鴉の死」に怖じ気づいたときのそれを遥かに超えている。比べること自体おかしい。なぜ奇跡は成ったのか、なぜこのような作品が可能だったのか。手がかりだけでも探り当てておかねばならない。

二つある。歴史の否定。そして故郷の否定。どちらもそのアイデンティティを作家は徹底的に蹂躙され否定し尽くされた。歴史の空白。そして望郷の想いの欠損。彼にそれを与えたのは脱植民地化過程の総体だ。繰り返しになるが、もういちど確認する。彼は否定されたものを奪い返そうとしたのみだ。徹底して否定されたので徹底して奪い返そうとしただけだ。どんな範型も彼に示されているわけではなかった。彼は幻想のなかで歴史を構築し、幻想のなかで故郷を再現した。そこで存分に酔いしれ、蜂起の正当性を幾度も幾度も語ったのである。

もしこのものが文学でないとしたら、文学の概念そのものが変わらねばならない。

金石範が描いたチェジュドの風景はかつて見たこともない逆立的な望郷の歌を奏でた。『火山島』のおびただしい人物たちが背中越しに、数えきれないほどの回数、振り向いた、彼方にけぶる漢拏山《ハルラ》のたおやかな寝姿は、どんなにか断念の美しさに彩られたか。

金石範が描いた青年たちはどんなにかたびたび青春の途上・歴史の途上にあって「仕方のない正しさ」という暗い冥い絵を見つめたか。そして今も見つめているか。『マンドギ物語』の作者の、恥じらいの告白は幻想の激しさのなかで全的に蘇ったのである。

4

次に、デティールをみよう。

『火山島』Ｉのなかば、第二章七の冒頭のシーン。

……ここはどこだろう？　意識は朦朧として醒めてきたが、両眼が開かない。まるでセメントで塗り固められたようなのだ。いや、盲目同然だった。頭のなかでがんがん銅鑼が鳴り、シャー、シャーと激しい雨の音がせめぎ合うにして耳もとに押し寄せる。眼蓋にのしかかったぶ厚い闇を押し開きながら、上半身を起こそうとする。動かない。音は耳のなかで、いや、捌け口のない頭のなかでしており、雨ではなかった。酔いが鼓膜を打ち鳴らしている音だった。いったい、おれはどこで寝ているんだ？　……まさか妓生《キセン》のいるところではあるまい。手を伸ばして確かめてみるが、横にはだれもいない。昨夜はたしか家で寝たはずだし、近ごろ女のところで寝るようなことは絶えてなかったのだった。

主人公李芳根《イバングン》の目覚めのシーンだが、この男の日常はほとんど痛飲と二日酔いと迎え酒といったアルコールの切れないサイクルなので、ほとんど全編にわたって、この無為の青年の酒臭い息がこもっていることになる。酒豪だから泥酔することは稀だが、翌朝に酒気が残っていないことも絶えてない。目覚めては飲み、まどろみ、人をむかえ歓談しては飲み、また飲み、市内を歩き回っては飲み、また飲む。彼につき合うかぎり、この酩酊感はどこまでもつきまとう。『火山島』の本質の一面は、一個の長大な酩酊小説だ。これは非難でも揶揄でもない。リアリズムの代替としての酩酊。時間の断絶と飛躍。理性で測れば混乱であっても、酩酊の時間軸とは、別次元の時間。もう一つのリアリズム原理だ。

先にみたように、作者は『火山島』の構成からは〈夢の追放〉をはかった。けれども、主人公の酩酊感までは追放できず、彼の存在とともに、『火山島』の深層には〈現実ならざる時間〉が流れる結果となった。夢と酩酊は主人公が小説世界全体に君臨する強固な専制だ。

夢のリアリズムは収奪された土地に特有の時間連鎖を表わす。目覚めた場処がどこかわからないという感覚は植民地支配のメタファーでもある。本来的なリアリズムの時間を奪われた者は夢の時間に退避して、己れを保持する。夢のなかの時間まで〈支配〉はおよんでこないからだ。ラテンアメリカの衛星国《サテライト》から発信されてきた文学的方法を、中枢国《メトロポリス》文化は、マジック・リアリズムと名づけて珍重した。これにならうなら、リアリズムを欠損された金石範小説もマジック・リアリズムと呼びうる。

不断に酩酊する男は、『火山島』の主人公であって、主人公でない。彼にしたがうかぎり、小説の舞台も時間軸も激しく酩酊をつづけるが、それは物語の大きな脚注にすぎない。バランスに欠けるほど肥大してはいるが、基本的にサイドストーリーだ。彼は主人公でありながら、済州島蜂起の物語から取り残された人物だが、それは『火山島』が結末の動かせない〈予定調和〉の物語である以上、必然の結果なのだ。

李芳根の意識は、以下の数ページにわたって朦朧とした夢現を徘徊する。時間は退行し、また先に跳んでいく。現実の時計の進行は無意味なのだ。『火山島』全編においては平準化されるかのような処理だが、最初に確定してくるのは、このシーンにおいてだった。目覚めは意識の覚醒というより、喉の渇きによるものだった。むしろ、動物の反応だ。目覚めは訪れても、意識の覚醒からは遠ざけられている。水を飲んで渇きをみたし、ふたたび眠りの世界に沈んでいくと、……ふたたび幻想の強度に支配されてくる。

豚。人糞を餌に肥え太る豚。厠の下に餌を求めて口をひらく豚。牝豚の性器が目の前に迫ってきて……。《李芳根はしばらく眠ったのか、先刻眼が醒めたまま酔いの虚空に躯を浮かせた状態でいたのか分からない》。これが、要するに、『火山島』を支配しているリアリズムのかたちだ。歴史なき地に与えられた歴史《イストワール》、故郷なき民をつなぎとめる故郷《ホーム》、記憶なき言葉を取り戻そうとする忘却。

夢か現実かわからない荒野で、この両班の息子は、下女のブオギを抱いている。奴隷のように従順なこの女は若旦那のセックスの慰みものでもある。男の全身を動物がそうするように隈なく舐める、豊かな体毛と独特の匂いを発するエロティックな生き物。夜の闇のように黒く、褥のように柔らかく抱擁してくれる。フォークナーの描く黒人召使い女と、異次元からきた娼婦と、済州島の奥深い自然に産み落とされた巫女との混合物……。だが昼の目で、リアリズムの観点から描かれるブオギは、牛のような表情のない顔と熊のような腰つきを持った中年の働き女にすぎない。

彼を全編にわたって捉えて離さない女は、別に二人いる。十歳年下の妹、有媛《ユウォン》と、最初は西北《ソブク》の女として現われる文蘭雪《ムンナンソル》だ。断続する映像のなかに、男と裸で戯れる有媛が浮かんで消える。男は、物語のもう一人の主要人物、南承之《ナムスンジ》だ。彼が自分の夢のなかですら恋人たちの絡まりを許さないように、妹への感情は、近親相姦的にも傾く強いものだ。それは彼の南承之への友情とはまったく別個のようだ。

彼はこの後、白昼夢のように、蜂起した民衆に殴り殺される己れの姿を幻視する。自分の死体は父の惨死体のかたわらにあって、そこには斧を手にしたブオギが立っている。自己処罰願望か。これは単一のイメージに終わり、物語の続きにふたたび浮上してくるわけではないが、初めて彼の想念に死がよぎってくるシーンとなる。

彼は「鴉の死」に登場している李尚根《イーサングン》と重なる人物だ。短編ではただのだらしのない酔いどれという印象だが、大長編を牽引する主人公として、複雑怪奇な内面とフィクサー的な役割を付与されている。ここで紹介した夢の三人の女との関わりは、その一部の顔にすぎない。

物語の開始点は一九四八年三月。解放後、二年と半年が過ぎている。第二章の主人公の夢幻シーンまでに、だいたいの人物は出揃うことになる（李芳根の恋人などを除いて）。序章の開始シーンは、日本育ちの南労党員、南承之の帰郷にあてられている。史実の四・三蜂起の前夜である。南承之はヒーロー型の人物造型だが、多くの登場人物のなかでそれほど精彩を放っているわけではない。

『火山島』の歴史ロマンとしての困難は、最初から明らかだ。この点、まことに常識的な見解で心苦しいけれど、指摘しないでは済まされない。それは、物語の破局があらかじめ見えているということだ。読者にも、作者にも、そして登場人物にも。結末を改変できないという理由で、大衆読み物を狙った小説ならそれでいっこうにかまわないとしても、大きなロマネスクの制約となる。物語の始まる年月が指定されるように、それが終わると予測される時日にその結末も規定される。パルチザンが掃討されて終幕を迎えることは変えられないのだ。

李芳根は、小学生のころ奉安殿に小便を引っかけ、放校処分になったことがある。日本に留学時代、運動に関わり、二度の逮捕、投獄歴がある。現在は、酔生夢死の暮らしだが、前歴ゆえに、南労党からも西北《ソブク》からも一目おかれている。もっぱら屋敷のソファにうずくまって虚無の日々をやりすごしているが、城内（街中）で西北《ソブク》のメンバーを叩きのめす、といった激情にかられたりもする。

彼のまわりを取り囲むように、主要人物が寄り集まってくる。留置所で同房になる南労党済州島組織の幹部康蒙九《カンモック》や、親戚で彼の自堕落な生活を諌める警察署警務責任者など。軍政庁の職員梁俊牛《ヤンジュノ》は「鴉の死」の主人公丁基俊に重なる人物だが、長編では脇役にとどまっている。李芳根は、ニヒリズムの超克を託された人物とされているが、それは長編一編を牽引するほど強烈なものとはいいがたい。

……このペースで主要人物を紹介し、彼らの運命の転変の意味を追い、巻ごとのあらすじなどを取り出していくと、とてもこの小著では収まりがつかなくなる。一冊の本が必要だ。じっさい『火山島』論のみに一冊を費やした研究書もあるわけで、本書がその轍を辿っても実りあるものにはならないだろう。できるかぎり簡略に、この物語の構造を伝えることに努めよう。

『火山島』Ⅲ、第九章四の末尾。

蜂起の夜。李芳根は、遠景に蜂起の狼煙火を目撃する。この場面の美しさは、『火山島』全編数千ページのなかでも白眉である。

　南へ、小学校の方へ向って歩いていた李芳根は、思わず声をあげて立ち止まった。はるか彼方の夜空のもと、山岳地帯に無数の烽火があがっているのだった。烽火はいままでも一つ、二つと散発的にあがっているので珍しいものではなかったが、いま夜の広大な漢拏山麓一帯に、まるで烽火のパレードさながらに赤々と燃えあがる光景は壮観だった。あちらこちらに聳えるオルム（側火山）ごとに烽火は上っているのである。山岳地帯だけではない。ここから見えぬが、沙羅峯などの海岸に聳えているオルムにも烽火は燃えあがっているだろう。
　闇に燃える幻想の火の群れ、李芳根は一瞬恍惚感に打たれ、それらがゲリラ蜂起のシグナルであり、デモンストレーションであるのをしばらく忘れ去っていた。李芳根の耳に先刻の不思議な鐘の音が蘇ってきた。ひょっとしたら、蜒々オルムごとに連なるあの烽火の群れを、おれは像のない奇妙な夢のなかで、激しい鐘の音に変えて聞いていたのかも知れない。遠くで血を吐くようにうるさく鳴り続ける鐘の音、夜空を焦がして全島に燃えあがる烽火、……

ここでは、主人公＝視点人物と作者との目がほぼ重なっていることが確認できる。彼の傍観者としての役割は、このシーンに関するかぎり完璧に妥当なのだ。蜂起の夜。まるでそれを外側から〈見る〉役目を果たすために、彼は登場させられたかのようだ。この情景がリアリズムであってリアルではなく、リアルでありながら夢幻的であることに、特別の説明はもはや必要ないだろう。幻視の激しさ、渇望の激しさがむしろ、描写の言葉を置き去りにしているかの印象がある。だが、蜂起を内部から描くことのできなかった作者は、その情景を傍観者の観察に託すしかなかった。それが――最上の選択だった。

翌朝、例によって二日酔いの重い目覚めに苦しめられる彼の耳に、〈革命が起こった〉という知らせがもたらされる。彼は父を説得し、妹をソウルにやることを決める。

――以上、Ⅲ巻のなかば、第九章の終わりで物語に一区切りがつく。かりに全編を三部に分けるとすれば、ここまでが第一部である。蜂起にいたる政治情勢と、青年たちのさまざまな立場がくりひろげられた。済州島抗争の前段である。

第二部は、十章から二十二章。巻でいえば、Ⅲ巻の後半からⅥ巻の後半まで。物語の中核、最も長く最も困難な登攀路となっている。時期的には、蜂起から同じ年の十月までの半年間。

主人公はますます輪郭のぼやけた人物として融解していくが、それにつれて彼の行動半径も拡がる。喪のヴェールを垂らしてソウルの街を歩く女に激しい恋慕を燃やすのも、エピソードの一つだ。あの女は西北《ソブク》のスパイか？　倒錯した欲情が虚無主義者を捕らえるのだが、……彼には冒険ロマンのヒーローたる溌剌さは許されていない。

　第三部は、二十三章から終章。Ⅵ巻後半五分の一とⅦ巻である。李芳根はソウルからあわただしく済州島にもどる。秘密党員として軍政庁にいた梁俊牛が〈山〉に入ると手紙を寄越してきた。物語は、時期として、パルチザン闘争の終末をあつかう部分となる。

　李芳根は密航船によるパルチザン部隊の脱出計画を夢想する。夢想するだけでなく、是非とも救いたい梁俊牛や南承之などの友人たちがいた。彼の計画には多少とも〈過去を変える〉というロマンに引きずられる。城内には、「鴉の死」に描かれた殺戮の地獄図が迫ってきている。ゲリラ狩りと山岳部隊指導部の冒険主義と。もはや破局は避けがたい現実だった。

　彼は、かろうじて妹を島から脱出させ、密航船に乗せることに成功する。そして二人の人物の処刑に関わる。一人は船上において間接に、一人は山岳拠点において直接に手をくだす。そして、最後の、彼自身の自殺（自己処刑）によって、物語の幕は閉じられる。生き残ったのは、南承之ら少数だった。

　自らの手を汚すことのなかった自由なる虚無知識人。彼は最後の巻にいたって、二人を殺し（一人は彼の叔父だ）、自らにも裁きをつけて遠い漢拏山の彼方に飛翔していく。おおかたの論者はそこに多大の感動を惜しまないわけだが、わたしには、それらがたんに儀礼的な反応でしかないように思える。第一、彼の処刑する人物は物語の中枢にそれほど深く食い入っていない。

逆にいえば、そうした人物（善役にしろ悪役にしろ）を仮構できないところが『火山島』の特異な点だった。李芳根が自らの心臓に射ちこむ銃弾は、「鴉の死」の丁基俊が空白に射ちこむ銃弾ほどに、人を揺り動かさない。これはドラマの構造としていうのだ。さらには、この点は『火山島』の構想時から、作者には自明のことだったような気がする。わたしを痛撃するのは（またそれは儀礼的な評価の真意なのかもしれないと思うが）、作家が充分そのことに意識的でありながら、大長編を書ききったという蛮勇である。負けることが見えていながら賭けた。それほどに〈書かねばならない〉という責務は、あらゆるすべてのことを凌駕したのだ。

そうであるなら、『火山島』という稀有の芸術作品への讃辞は他の論客にゆだねることにして、なお、さらに、いま少し、この作品への批判を記しておきたい。

なぜ、李芳根は同情にも共感にもふさわしくない人物となってしまったのか。彼は夢幻のなかでしか生きていない人物であろう、というわたしの読み取りは先に書いたとおりだ。視点人物の観察眼として生き生きすることはあっても、それは、一般の小説作法では、狂言回しといった役柄で機能的に処理されるべきレベルだ。技法にすぎないということだ。だが、『火山島』のほとんどすべての局面にわたって、金石範は〈李芳根は私だ〉という観念を生きている。しばしば済州島蜂起という歴史事象への静観的な評論家的コメントに後退せざるをえないところであってさえ、作者はこの酔いどれ青年に併走することをやめない。

物語の犠牲になったのは、だから、作者一人にとどまらない。主人公もまた、一般の市民小説に課される統一的人間像を大幅に逸脱させられたのだ。矛盾の集合体として生きるより、ばらばらの断片の寄せ集めに近い印象に終始する。彼は慎重に軍略を練るような英雄ではなく、情勢分析だけは口達者な日和見知識人に映る。物語の深奥から存在を輝かせてくるのではなく、その外側で乱舞を繰り返すのみなのだ。

注意したいのは、野間宏『青年の環』と『火山島』の照応だ。

野間は、人間を社会的・心理的・生理的な総合体としてとらえ、社会主義リアリズム論による制作を提唱した。『青年の環』においては、否定的主人公のブルジョア青年大道と肯定的な（魅力のない）主人公矢花の葛藤が、全編を牽引していた。『青年の環』は長く中断して作者を苦しめた。中断のときは長く、野間は、その期間をいくつかの長編執筆にあてたが、『青年の環』にはもどれずにいた。中断の要因は、この大道という人物が作中人物の自由を獲得できなかったことが大きい。方法論の苦闘というより、真因は、人物構図の単純さにあったと思われる。田口という第三の人物を悪役として媒介にすることによってようやく大道は動きだしていったわけだが、ここに到るまで作家の試行錯誤は小説以上にダイナミックなドラマを刻んでいる。大道、田口、矢花の抗争は、正当な意味で小説を前に前にと展開していく。『青年の環』における大道の存在は、長編小説のなかで人物が発展を遂げ〈成長〉していくケースの、おそらく最高の例ではないかと思える。作者の手を離れ、作者の思いも寄らない高みに立った。その頂点に置かれたのが、大道の自殺なのだった。最初からの予定調和的プロットを消化するためにこの人物が自殺を遂げていたのなら、彼のことはすぐに忘れ去られていただろう。そうではなく、大道という人物は、物語の全体を自分の統括のもとに収めるために、成長し脱皮し、最後の道に達したのだ。

大道と矢花の構図は、『火山島』における李芳根と南承之の関係に投影されている。しかし野間のロマネスクに学びながら、金石範は、野間が大道に与えたような自由を李芳根に与えることができなかった。

『火山島』の主人公に、本質的な自由はみられない。李芳根は小説のなかで少しも成長しない。長編小説という非合理な有機体にあっても、成長しえない人物なのだ。もちろんそれは、野間宏と金石範との差異に帰せられるような事柄ではない。わたしは、『火山島』が『青年の環』の〈借り着〉だといっているのではない。もしそうだとしても、『火山島』の価値は少しも減じられるものではない。『火山島』は最初から、史実という大枠から大きく逸脱できないという条件のもとにあった。歴史記述を優先せねばならないという責務のもとに、物語作者の本能は、抑圧されたのだった。主人公が、また登場人物のすべてが、物語の書き割りとして酷使されてしまうとしても、それは甘受するしかない負性だった。作者にそれが予測できたとしても、あえてその道を選ばねばならなかった。敗北を承知で作家は大長編に挑んだのだった。

その勲《いさお》し——かつてどんな文学も試みなかった暴挙（！）——が『火山島』をもうもうたる瘴気に包んでいる。

歴史は変えられない。蜂起の方針が極左冒険主義の誤りであったかもしれず、闘争が敗北に終わり、凄まじい虐殺の嵐が島全域をおおった——という歴史は、歴史は、変えることができない。

もし（これはあまりに無意味な仮定の一つだが）、済州島蜂起の歴史がいくらかでも正常に語り伝えられていたならば——この小説ももっと別の形態を保証されていた、とは考えられる。だが、作家を駆り立てた第一の衝迫は、〈別の歴史《イストワール》〉を〈別の物語《イストワール》〉として提出することだった。

どんな市民小説の自由が彼に許されていたというのか。それはどこにもなかった。語り伝えることがすべてであり、小説家の自由はその責務に押しのけられたのだ。

5

あるいは、わたしは『火山島』の反ロマン性に注意を向けすぎただろうか。拙い論述のために、小説の真価が薄められて伝わったとすれば、残念なことだがもはや、後もどりはきかない。もう一点だけ、誰も指摘していない論点を記して、この章は閉じる。それは、『火山島』全編いたるところに埋めこまれた快楽主義の断片だ。その一面だけ、写実主義といってもいい具象的な描写で記録される酒食の快楽。

ほとんどラブレー的といってもいい饗宴が涯てもなく繰り返され繰り返され繰り返される。〈革命による虚無の超克〉をテーマとしたと作者が宣言する小説の内実として、この野放図な快楽主義ははたして正当なものだろうか。それとも、これは、革命家たる者、禁欲主義であってはならない、という〈教科書〉なのか。いや、金石範が描く快楽は、快楽であって快楽とはべつものだ。その証拠に、もう一方の快楽の源であるエロスは、他の金石範小説と同様に、慎重に抑制されている。彼が、微に入り細に入り記録する快楽は酒食の領域にかぎられる。これは、当初は、金石範が、人間を心理・社会・生理から全体的に把握せねばならないというテーゼの信奉者であることを示す実例だった。だが、酒食の細密描写は肥大し、どこまでも肥大し、それ自体としての増殖を来たしていったようだ。

おびただしい人物たちが、彼らの未来をきりひらこうとして出会い別れ、衝突していく。彼らのあいだにあるのは、現実の時間ではなく、非日常の、祝祭の時間だ。祝祭を彩る第一のものが、酒だ。革命がカーニヴァルなら、酒なくしては何も始まりはしない。

『火山島』は祝祭の文学である。

第Ⅲ巻、十一章四より。

「ここの濁酒は糯米《もち》で作ったものでね、飲んでみれば分かるというもんだが、そりゃあ、うまいんだ。沙鉢《サバル》に一、二杯飲めば十分飯代りにもなる……」

康蒙九のことばが終らないうちに早速、二つの沙鉢に溢れんばかりに注がれた小麦色の濁酒が盆に載せて運ばれてきた。焼酎とはまた違う芳醇な甘酸っぱい香りがゆったりと鼻のあたりをなでるようにして漂ってくる。まさしくわら屑をさしても倒れぬ油のように粘り気のある香ばしい酒を、康蒙九も李芳根も一気にごくりごくりと半分ほど飲んだ。はあっと大きな息を吐きながら舌鼓を打つ。まるで一切のものがきれいに胃袋のなかへ、そしてどこかへ押し流されるような壮快な気分だ。つまみの蟹の塩辛やキムチに箸をつけてから、ふたたぶ厚い鉢の縁に唇をあてがって酒を流し込む。いったん押し流されたものが、やがて熱いものになって満潮のように体内でうねり返してくるその期待がまた快い。

作者の自然な意図としては、これはやがて始まる青年たちの議論の舞台装置を整えるにすぎないだろう。けれども、じっさいには、酒食こそが、すべてを圧し、まごうかたのない主役なのだ。酒だけでなく、食事もまた祝祭の時間に属する。

第Ⅱ巻、第七章三より。

卓いっぱいに食べ物が並べられた。小鉢に盛られた鰯の塩辛。鰯を腐らせてつくった塩辛のえもいえぬにおい。……

「うーん、これはいける」

康蒙九はちしゃの葉っぱと塩辛に食欲をそそられたらしく、洗面所へ立って手を洗ってきた。どこでも常食している田舎料理で珍しいものではなかったが、康蒙九は早速ちしゃの葉っぱに飯をのせそこへ鰯の塩辛をたっぷり挟んで包むと、大口をあけてぐいぐい突っ込みながら食べはじめた。康蒙九はよく食べた。豚肉の切り身をほとんど一人で、見るだけで唾が湧き出る赤い唐辛子がのったキムチに包み、さらに塩辛をのせて頬張るように食べた。豚肉と鰯の塩辛はよく合うのである。李芳根は食事の時間にまだ早かったが、康蒙九といっしょに付き合った。細かく刻んだ大根といっしょに炊いた肉のぶ厚い太刀魚のスープがあっさりしてよかった。

済州島の郷土料理などが紹介される短編については、四章4ですでにふれた。『火山島』は、これらの料理の料理百科としても読めるだろう。引用部に如実なように、たんなる背景描写を逸脱した密度と情念がそそぎこまれている。そして長い。作者は制約を超えて、描きこんでいる。食べ物それ自体が主役にとってかわるようにも、長い。

これらをリアリズムの欠損からくる現実の代替物として捉えることは間違いではないにしろ、

それのみでは充分でない。酒も食べ物も現実の断片を提供するだけではない。酒と食べ物は、『火山島』に祝祭的時間を引き入れる必須の要素だった。

祝祭、それこそが必要だった。フランソワ・ラブレー『ガルガンチュア物語』の序詞にいう――《世にも名高い酔漢《さけのみ》の諸君、また、いとも貴重な梅瘡《かさ》病みのおのおの方よ、……私の書物《かきもの》が捧げられるのは正に諸君にであって、よそのお方たちにではない》（渡辺一夫訳）と。記録の封印によって、記憶が死に絶えるのなら、その回復は〈全体的〉なものでなければならない。記録を再建するのは歴史家の役目だが、故郷喪失者《エグザイル》の魂を背負った作家が目ざさなければならないものは、死滅させられようとした民族文化の総体だ。

死の時間に支配されても、祝祭に変更はない。

『火山島』は青春の文学である。

小説は最初から始まってもいなかったし、したがって終わることもできない。この小説に費やされた時間は一種のありえない幻想の時制にある。この幻想は日本語圏にある〈現実〉の時間に、徹底的に、非和解的に敵対している。毛穴から毛穴を通して奔騰する真っ赤な血の総量をもって『火山島』は〈われわれの時間〉を否認する。――帝国主義本国と植民地とでは、時計の針は同じに動かない。中枢諸国《メトロポリス》と衛星地域《サテライト》とでは、時は同一に刻まれないのだ。

宗主国本国において空しくめくられてしまったクロニクルは、旧植民地にあっては黒々と塗りつぶされてしまった怨嗟のあとだ。終わってもいないしまた始まってもいない。『火山島』は〈別の歴史《イストワール》〉を要請され、その民族的悲願によく応えた。欠損の激しさが小説から〈別の物語《イストワール》〉

を弾き飛ばしてしまったとしても、一方的な本国の尺度において客観的評定はくだせない。

『火山島』はポストコロニアルの引き裂かれた現在の無惨さに照応するように、名づけようのない作品だ。

名づけようのないとは、たんに受け取る側に正当な尺度が用意されないことを意味するにすぎない。

『火山島』第Ⅶ巻の末尾に立ち会わされたさいの言い知れぬ虚無感は、『地底の太陽』が出るにおよんでわたしのなかでは、いくらかは鎮められたような気がする。『火山島』は終わっていないのだ。終わることから阻まれ、どこまでも、作者の執念のつづくかぎり、いつまでもいつまでも、永遠に近い祝祭の時間を蕩尽しながら、書き継がれていくだろうと。

第六章　激しい季節

1　父親を殺せ黄金の時に――柳美里『ゴールドラッシュ』

一九五八年九月一日朝、逮捕されてから供述を開始するまでの短いあいだに、李珍宇は、自分がある巨大な罠にはめられ、たすかる途がどこにもないことを直観した。あるいはもう少し誤差はあるかもしれない。警察は、すべてをこちらの思惑通りにゲロッたらすぐ家に帰してやるとなどと引っかけて、調書だけは取り急ぎ、事の重大さの把握から少年を遠ざけていた可能性はある。しかしこんな懐柔策がいつまでも有効かどうかは疑問だ。必ず、捜査のある段階で、恫喝はかけられている。――完全に自供しなければ「朝鮮人集落にあってすら孤立しているお前の家族を即時に強制送還してやる」と。彼は、家族を人質に取られたうえでおぼえのない犯罪の〈自白〉を強いられたのだ。きわめて明敏に十数年を生きてきた少年である李珍宇がその重大な意味を理解しなかったはずがない。彼は完全に被疑者として進退きわまったのだ。〈犯人〉になりおおせる以外、彼に選択の途はなかった。これらのことは、逮捕からごく短期間のうちになされた。十八歳の貧しい少年は、何もかも奪われ、根こそぎにされ、家族を人質にされたうえ、出生した異国にあって、自らの極刑に加担するいがい未来のない途に立ち尽くしたのだ。

――野崎六助『李珍宇ノオト』一部改

1

時期としては、『火山島』と『血と骨』以降という区分になる。最近の約十年。在日小説は異様な沸騰をみた。今も事態は継続しているのだろうが、本書を書いている時点で、いちおうの区切りにせねばならない。だから「みた」と、完了体で書いておく。それは、多数の作品が花畑さながらに咲き乱れる繚乱をいうのではない。むしろ少数だ。変わらず、少数だ。見落としかねないほどに少ない点数しか実現していない。腐敗ガスが泡吹くように後から後から作品が量産される小説市場にあって、在日という領域はほんのささやかな枠しか占めることができない。そのなかの数少ない作品に、かつてなかった激情が噴き荒れている。異様な光景にも映るし、また、自然の勢いとみなすのも抵抗はない。日本社会の迷走とも、グローバリゼーションの新秩序とも、あるいは、在日コミュニティ全体の変容とも交差しない。これは少数の作家たち個別の狂疾によるのかもしれない。だがそれによって、文学的風景は確実に変えられつつある。いずれにせよ、ここに書きとめうるのは、進行形のささやかな中間報告にすぎないだろう。本書の五章までは、おおむね歴史記述に属している。一段落つけられた事柄を整理する余裕が、わたしには許されていた。怖れるのは、過去をふりかえる目に曇りがあるかないか、ということだけだった。だが本章は自ずと異なる。現認報告をおおげさに粉飾しても仕方がないし、かといって、展望を辻占いみたいな説法でするほどの厚顔は持ち合わせない。記述スタイルは変更なしで進める。

2

柳美里はごく最近まで、在日小説を書かない在日朝鮮人作家というイメージをまとっていたように思う。これは意識的に演じられた仮面としては、ひどく不恰好で、作家自身もさぞかし居心地の悪い思いをしたはずだ。日本人のふりをしているわけではないのに、在日者としてアピールする舞台に恵まれない。だが、彼女の作品をただの読み物のレベルに置いておきたい者にとっては、このイメージで丁度よかった。在日小説を「書かない」ことは、「書けない」のと同じだと決めつければ、批難の代用になるからだ。

『フルハウス』（95・5）や『家族シネマ』（96・12）といった作品は、かなりのデフォルメをほどこされた異常家族の物語だ。これらの作品における柳美里は、より多く劇作家だった。小説家として吟味した場合、まだ押しかけの借家住いをしているような窮屈さが目立った。家族とはもともと異様な集団なのだと主張しても、テーマとしての新奇さには到らない。才気はいたるところに発揮されているが、要するに、奇を衒った自然主義《リアリズム》小説以上のものとは読めない。

早すぎた自伝と称される『水辺のゆりかご』を二十代で問うわけだが、座りの悪さは変更できなかったのではないか。不安定とは少し違う。在日者のアイデンティティよりも常に、柳美里という単独の個性のほうが強烈に輝いてしまう。

誕生を語る「畳の下の海峡」という章題も、在日二世として特別の境遇を語るものではない。ポストモダン在日小説との近縁を見つけられるように、自伝そのものが価値を放っているのではなかった。人気作家の自伝という付加価値に支えられていたのだ。名前に関しても、漢字、読み方とも、日朝両用に使えるという型であり、特別のものではなかった。

3

『ゴールドラッシュ』が出現したとき、これが柳美里にとって最高の在日小説だと気づいた者がいたのかは知らない。そう指摘した者はいただろうか。柳美里のすべてが、ここに書かれてしまったような気がする。

早すぎた自伝を書いた作家が、早すぎる〈仮面の告白〉に手をつけたのだ。いや、〈仮面の告白〉をする時期に、早いも遅いもないのだった。作者にとって不満だったのは、告白を、その重みに応じて、受け止めてくれた者がどれだけいたか、という点だけだろう。仮面は、この作者の場合、明らかに個人性のものであり、在日という所属性《ビロンギングネス》に関わるものではない。どうふるまおうと、彼女の単独の個性のために、日本人に〈あつかわれて〉しまうのだ。独特のアイデンティティ・ロストの症例がここにある。

『ゴールドラッシュ』は十四歳の少年の物語だ。神戸で起こった少年Aによる殺人事件への感応が、この小説を用意したことはよく知られている。猟奇殺人を犯した少年の物語を作家が書こうと欲すること自体は、それほど特殊な情動ではない。けれども、そこに、柳美里が己れの在日小説の核を掘り当てたという状況はまったく独自だ。独自であるばかりでなく、最高だ。最高にキュアリアスでファンタスティックだ。

不穏ないい方をすれば、作家の想像力は、この種の想像を絶する殺人者を待望している。日夜、待ちかまえている。その人物こそ「私だ」と宣言したいのだ。

少年Aは表面的には、社会矛盾の発現のような犯罪を犯したのではない。彼の実存に〈世界否認〉をみるのは、作家の想像力だ。柳美里は彼の混濁した犯罪に在日をみた。在日を投影したのではなく、あからさまにそのものを発見してしまったのだ。それは、私の、犯罪、だ。仮面が、そこに、己れを、語って、いる。覗け。そして、書かねばならぬ。在日者だから、少年Aの内面を感知できたのだと、短絡的に結論するとつまらなくなる。作家のうちに起こったのは、もっと深層の想像力の格闘だ。それは在日者にしか視えない幻像だったが、在日者なら誰にも覗きえたとは、もちろんいえない。

横浜黄金町に生まれ育った少年。少年が在日者だとはっきり指定されているわけではないが、そう読み取ることは一つの答えだ。唯一の答えだという身ぶりを作者が避けているにしても――。

一貫して選ばれる主語は少年だ。一視点世界ではなく、作者は時折り他の人物の内面にも無遠慮に介入してみせる。だが少年という主人公は絶対の存在として物語に君臨している。けれどもこれは、いわゆる少年小説ではない。他のどんなレッテルがつこうと、少年小説でないことだけは明瞭だ。「少年は」「少年は」と、無機的に繰り返される文体が、いつしか冷たい熱狂をかもしだしてくる。これは稀有の事態だ。気づいたときには、主人公の絶対世界にはまりこみ、脱け出られなくなっている。

物語が開始されてまだ一幕目あたりのところで、少年は犬を叩き殺す。父親の大事にしていた獰猛なドーベルマンを、父親の大事にしていたゴルフアイアンを使って叩きのめすのだ。暴力の爆発。この場面が恐ろしいのは、淡々と行為が記述されるところにもよるが、前ぶれがまったく呈示されていないからだろう。彼が行動を開始すると、作者はナラティヴの基点を別の脇人物にゆだねてしまう。彼らの《目には少年の動きはスローモーションのようにゆっくり映った》と。けれど、ほんとうにゾッとするのは、少年の動きが操り人形のように感じられるからだ。約二ページにわたって描かれる殺戮。だが、少年は何らこの行為に主体的に関わっていないと思わせる。

これが序曲にすぎないのは自明なのだった。愛犬を目の前で殺されても、父親は少年に直接の怒りはみせない。彼はパチンコ屋で財力を蓄えた一代の成り上がり者だ。彼はドーベルマンとゴルフアイアンの値段を少年の頭に確認させようとする。金の価値だけが彼のプライドの尺度だ。少年は、父親の声を《憐れっぽい恨みが語尾を持ち上げているだけ》だと聞いている。どこまでも父親は、少年の美意識の内側に入ってこないのだ。

この小説のプロットを取り出してもさしたる意味はない。あまりに劇画的に安っぽいので当惑するだけだ。少年が町に出て知り合い、配下のように従える男は金本と命名されている。代理父というか、やくざ小説の代貸しのような役柄だ。パチンコ屋の跡取り息子である少年を〈王子〉として遇する渡世人。存在感は与えられているが、便宜的な人物だ。小説の背景に在日のコミュニティを感じさせる臭いはないが、金本の造型と名前は、明らかに彼を在日者いがいの何者でもないと指定している。

ともあれ、破局への布石はなされた。次は、父親の暴力。順序としてか、泥酔した父親が少年の姉を凄まじく撲り倒す。これはむしろ、定番コースのような場面なのだが、ここでも、というのか、作者の目は唐突に、父親の内面に潜りこむ。暴力をふるった瞬間の記憶は酔いのなかに消え去り、彼は、《眠る前になにかひとつ重要なことをかたづけなければならない（のに）、それがなんなのか思い出せない》ことに当惑するばかりなのだった。視点がミクロに父親の内面にもぐりこむところは、この一、二行だけなので、これには少なからず読む側も当惑させられる。

次にくるのは、少年による父親殺し。

描写は、さすがに、ゴルフアイアンで犬を叩きのめすシーンよりずっと念入りに描かれている。そこに追いつめられるまでの過程も、妥当な心理の動きで埋められている。発作的な暴力衝動で片づけられる場面処理はされていない。やるかやられるか。退路を断たれてしまった結果として、少年は日本刀を手に、一撃、二撃、三撃、四撃……と斬撃を加えたのだ。

日本刀は《備前長船長光といって一千万する》と言われる代物。陳列ケースから取り出して使ったのだ。奇妙な光景だ、これは。

前段階として叩きのめしたドーベルマン犬と、それに使ったゴルフアイアンとは、父親の財力のシンボルだったともいえる。日本刀も当然そうなのだが、作者の意識のなかにはそのシンボル効果が入っていない。手近にあった殺人道具といった以上の意味は帯びていないのだ。なぜ日本刀なのか、日本刀でなければならないのか。《妹よ、／諷刺か、さもなければ自殺だ。》という金洙暎《キムスヨン》の詩を引いて、金芝河は彼の追悼に変えた。その一節が、身ぶるいをもって蘇えってきた……。日本刀は朝鮮野郎の血を吸って打ち震える気配もなかった。メタファーであって、メタファーでない。これは、植民地支配の歴史が遠ざかってしまったことの証明なのだろうか。それはあまりに紋きり型の解釈にすぎないように思える。この父親殺しが身の毛もよだつ惨劇であること変わりはないにしても、描かれるべきイメージの片側であるような気がする。

〈日本と朝鮮〉がここにはない。あっても、浮遊している。

犬殺しの場面からも漂ってきたおぞましさは、さらに色濃い。少年はまるで操りの糸に手繰られるように行動している。物語作者と主人公との関係にとしては、べつだん奇異とはいえない共犯構造も、『ゴールドラッシュ』においては特別だ。ここには柳美里の最も苛烈な真髄が宿っている。〈仮面の告白〉の純粋さは何にも増して心を打つ。真摯であるほどに仮面だ。彼女はそして、攻撃的な暴力衝動の只中にあってしか告白を果たしえない型の作家なのだろう。この告白の背理を辿ることによって、柳美里の在日の錯綜はいくらかは解明されてこよう。

『ゴールドラッシュ』の後半には、また別の問題提起がみられるのだが、それについては略する。

4

その後、柳美里は、最大の長編『8月の果て』を書く。一般的な意味合いでの、初めての在日小説となったわけだ。

これは祖父のルーツを求めるという（いかにも大衆的支持を得やすい）モチーフによって構想された。祖父は、かつてのオリンピック出場候補ランナーだった。『水辺のゆりかご』においては、祖父の足跡は「アマチュアだったんだろう」と、ごく軽く片づけられているだけだが、作者のなかでは変遷があったようだ。

物語の巫女を任じ、祖父という〈歴史的存在〉に分け入り、彼を形成した過去への遡行をはかった。野心的な小説である。その壮挙はなかば達成され、なかば空転したようだ。

クレオール言語表記、民族的風物の取りこみ、民謡や楽器音の挿入、などの方法は、一つひとつ柳美里の独創とはいえないにしろ、これほどの物量を搭載した小説は他にない。部分的にはすぐれているが、美点は全体にまで行き渡っていない。

物語の冒頭は、祖父の存在と、自らマラソン走者として彼に重なろうとする作者のシンクロが鮮やかだ。その激しい希求によって、小説のなかばくらいまでは強固な併走がつづく。それが後半折り返しを過ぎたあたりで失速してくる。必ずしも失速ではなく、速度は堅持されているのだが……。

途中から、一人の従軍慰安婦の物語が現われ、そちらに切り替わり、そのままつながっていく。十六歳の少女が〈人買い〉に騙されて汽車に乗りこむ描写から始まる、もう一つの物語といえようか。

長編小説のなかに別エピソードが現われ、それが異様に肥大して、本体を脱線させかけることは、特別なケースではない。物語というヒドラが軌道修正してくれればいい。だが逆も起こりうる。肥大する後発モチーフの力が増し、作家を翻弄してしまう場合だ。厄介な事態であるが、作家のほうでこれを修復させることはほとんど困難だ。簡単にいえば、『8月の果て』は、祖父の像にもどる道をふたたび見い出すことに失敗した。あるいは、途上で使い切ってしまっていたのか。

だがこの中座をみとどけることは、それほど無意味な作業とは思えない。

スキャンダルを作品の付帯データとして捧げる（あるいは逆か？）柳美里に特有の作法は、

作品のみを分析しようとする研究欲求を大幅に減退させる。けれども、『8月の果て』が来日を畏れ入らせる傑作になりそこねたという一事は、次なる挑戦作に、いつしか作者を衝き動かすだろう。と暫定的に書きとめておく。

2　永続するテロル――梁石日『死は炎のごとく』

Bを工作した工作員だという噂のあくまで噂の
北の竜なる人がトレンチコートの衿立てて
腕を通さぬ袖ふりながら役者のように
道を往き　人に混じり　まぎれる町中に
K・K団よろしく人間狩りの
ふくめん軍団が潜伏し人々を疑心暗鬼に
おとしめた　あの事件の余波は
Bよ！君の無念の魂魄の応報はなるか

――宗秋月「これは一つの物語《デジャブー》です」

1

四章8にみたように、梁石日の夢魔は、『族譜の果て』の末尾近く、テロリスト文世光に不可解な転移を一瞬、果たして消えた。十数年の後に、作家は、当のテロリストの物語に全面的に帰還してくる。そのことを作家自身は当時、はたして夢想しえていただろうか。

李珍宇や金嬉老、在日の犯罪者たちがいかに深く在日文学に深い刻印を遺したは、まだまだ語り残されたことが多いと想像する。

また、七〇年代前半は、韓国の維新独裁体制下で起こった諸事件が日本社会にも深刻な波紋を与えた時期だった。詩人金芝河の救援運動、在日留学生へのスパイ容疑・逮捕・拷問と長期拘留、金大中《キムテジュン》の拉致、そして文世光の決起とつづく。

とりわけ文世光の事件は、作家を揺り動かしたようだ。

事件について、朴慶植の『解放後在日朝鮮人運動史』（89・3　三一書房）は年表の部分で、「一九七四年八・一五　在日韓国人文世光の大統領狙撃事件」と短くふれるにとどめている。しかし年表のつづく行には次の記述がある。《朝総連中央、「朴正煕八・一五狙撃事件」と関連づけ、共和国と総連に罪をきせようとする朴正煕一味の謀略策動を糾弾する声明発表》

現代史のなかには〈真相は藪の中〉といった事件は数多く散乱している。しかし藪の中をつつくことすら許されない事件となると、これは限られてくる。許されないとは幅広い、曖昧な意味合いだ。一般的には、事件についてのデータを取得できないケースと理解できる。その内実は、データがすでに存在しないとか、データに近づく者に安全が保証されないとかいうものだ。文世光事件はそうした困難な事象のなかでも、とりわけ厳重に封印されてきたケースだといえるだろう。

起こった外面的な事実は明らかである。——一人の在日朝鮮人青年がソウルに渡って、日本の官憲が採用している正式拳銃によって大統領朴を狙撃し、狙った朴には一発も当たらず、大統領夫人を射殺するという結果に終わった。しかしその背景はまったく明らかではない。先の引用にあるように、犯人の背後関係に関する情報は、謀略説を含め、さまざまに飛びかった。それらの真偽を判断するだけの材料がない。またこの種の事件には必ず付随してくることだが、大統領夫人に命中した弾丸が文世光の銃によるものではないという説も囁かれる。狙撃事件の犯人は、四ヵ月後に死刑が確定し、その三日後に処刑された。

文世光事件とは、それを題材にして作品を書くこと自体が事件とみなされるような事例なのだ。事件から四半世紀が経過したのでより客観化が可能になったというわけではない。記憶が風化することによって、事件そのものも、事件を覆っていたどす黒いヴェールも遠く色褪せてしまっただけだ。あるいはこう言い換えてもいい。想像力を駆使したフィクションとしてだから事件を書くことができたのであり、仮に、綿密膨大で決死の取材をつみかさねて事件をノンフィクションとして書こうとした者がいたとしても、その試みは途上で物理的に不可能になったことだろうと。

どんな事件であるにしろ、歴史のなかで単独に突発的に起こることはない。文世光事件に最も直接的な関連として考えられるのは、前年にあった金大中拉致事件だ。この事件と関連させることによって、文世光による大統領狙撃事件の本質はいくらか一般的な理解に近づくだろう。周知のように、当時朴の強力な政敵であった金大中は東京のホテルで拉致され、ひそかに韓国に送られたが、その中途でか到達地点においてか、密殺されようとした。アメリカの介入によって生命は救われたが、政治的生命は確実に、数年のあいだは、刈り取られてしまった。今では、直接に拉致に関わったＫＣＩＡ（当時）の存在にしても、逃走ルートの確保に一役かった（らしい）日本の暴力団のことも、事件の概要は大まか明らかにされている。つまり文世光事件がヴェールに包まれているのとは逆に、金大中事件にはほとんど謎は残っていない。金大中自身も、その長い政治的キャリアの後期になってついに民主的選挙によって大統領職につくという念願を果たした。

四半世紀の経過は当然ながら大きな変容を落とした。韓国社会のみをみるなら、アメリカに見放された朴が悪あがきしてその後数年も権力にしがみついたにせよ、また彼のあとを簒奪した朴と同タイプの軍人たちの政権がさらに十年近くつづいたにせよ、かつては悲願であった民主化が現実のものになっていることは否定できない。そしてまた分断国家をめぐるパワーゲームがいまだに錯綜しているにせよ、南北統一は〈近づき〉つつあると認められるだろう。

しかしそのなかにあって在日の置かれた状況は何らかの前進をみせているのか。

他ならぬこの点こそが、『死は炎のごとく』が書かれた第一のモチーフだったと思える。梁石日は、現実の事件に材を求めながら、それに解釈を与えるのではなく、事件を描くことによって在日の現在に何かを訴えようとした。

2

フィクションと事実とはしばしば誤認される。事件の絵解きを小説に要求するといった初歩的な誤読もまかりとおる。そうであるが、『死は炎のごとく』は、現実の事件をもとにした作品であっても、史実の再現を目ざしたものではない。

作者のとった方法論は単純明快だ。〈文世光は私だ〉と表明したのである。『族譜の果て』で砂を口にそそぎこまれて悶死する青年が主人公の幻の分身であったように――。かなり乱暴な話だが、これは動かしがたい。

現実の文世光と作中の宗義哲は一致しない。もちろんそうなのだが、史実の人物と想像の人物とは、作者のなかで一体になっている。文世光は私で、宗義哲という人物も私だ。

最後のシーンを例にとろう。朴暗殺に失敗した宗義哲は四人のSPによって現場で射殺される。

壮絶な最後だった。朴正熙大統領暗殺は失敗に終わったが、これほど果敢でおそるべき執念を燃やして自らの命を賭した人間を見たのははじめてだった。池順玉は激しく胸をゆさぶられ、しばし茫然とした。宗義哲が何のために死を賭してまで闘ったのか、その答えは必要なかった。宗義哲にとってすべての答えは無意味だったのだ。

そっけないほどの数行である。「無意味だった」という断定は、いったい誰の内面なのか。もちろん「宗義哲にとってすべての答えは無意味だったのだ」と言っているのは作者なのだ。乱暴きわまりない話だが、文世光は私で、宗義哲も私であるなら、これ以外の表明は考えられないのかもしれない。

このような乱暴さに比べるのなら、人物が次つぎと正体不明の何者かに殲滅されてその謎のいっさいが解かれないままに終わるという、一般の謀略小説ではルールに反する処理も、それほど気にならない。一般的な謀略小説などではないのだ。

むしろそれ故、宗義哲は史実の世界に迷いこんできた一人の在日青年の典型のように印象させられる。彼の行動は事実をなぞったものだが、さまざまな道具立てに正確な帰属性は必要ない。時代背景はあっても、それは時代そのものを呈示するためのものではない。宗義哲の頼みで交番から短銃を盗んでくる「アジア民族解放戦線」の二人（最後の二行で作者にあっさりとその存在を消される）に、その組織名から錯覚されるようなモデルはいないし、現実に似たような人物がいたかどうかも定かではない。彼らは偽物くさい人物だし、物語に、その役割以外に積極的に貢献しているわけではない。おおむね宗義哲を除く人物は役割としてのみ使い回されていくのだが、この日本人過激派の扱いは極端なまでに便利屋である。

こうして首尾一貫して宗義哲とだけ寄り添う作者の視点に導かれて、読者は、在日の置かれた困難な状況はこの数十年変わっていないという痛切な認識にたどりつくはずだ。一九七四年のテロリストの情念として作者が活写したものは、現代の在日青年の胸に巣くう空虚と激情とに置き換えて読むことができる。いや、梁石日はむしろ積極的に、暴力的なばかりのナイーヴさ、ナイーヴなばかりの暴力性をもって、現代の在日青年に語りかけているのだ。だとすれば作者が無頓着なまでに振る舞う主人公への超越性とは、主人公を現代の在日青年に重ね合わせて造型していることからくる必然の結果なのだろう。

『死は炎のごとく』は現実の事件から題材をとりながらも、その事件を解釈することから頑なに距離を保とうとしている。常識に照らせばそれは奇妙な姿勢であるが、その常識とは日本人の尺度にすぎない。解釈は「無意味」なのであり、それは作者が特別の注意をもって注釈したように、宗義哲の闘いが無意味であったのと同じく無意味なのである。

彼が選んだ答えはテロリズムだったが、一九七四年の夏に彼が立たされた岐路は、二十数年後の在日青年の胸に同じ苦さでひらけている。

3

永続するテロル。

これは在日の無念の物語なのだ。

だからわたしは儀礼上、わたしのこの物語への違和を最低限だけ、書きつけておこう。そうせずにはおられない。

『夏の炎』と改題された文庫版の解説で、姜尚中は、この小説を一読「魂を震撼された」という意味のことを書いているが、こうした衝撃は、先験的に、日本人のわたしには訪れないのだなと納得した。だが納得して終わるのでは、挨拶にならない。

戦後というクロニクルのほぼ半ばに置かれた文世光事件の約二週間後に、日本の首都中枢において東アジア反日武装戦線〝狼〟を名乗るグループが三菱重工本社ビルを爆破し、多くの死傷者を出した。あとになって逮捕された彼らの自供によって判明することだが、彼らは文世光事件の一日前、天皇お召し列車を鉄橋ごと爆破するという「虹作戦」の実行一歩手前までいっていた。参考のために彼らの言葉を引用してみる。

くやしいことであるが、この計画は九分通り準備されていながら、爆弾設置という詰めの段階で中止せざるを得ず、虹作戦は未完に終わった。……天皇ヒロヒトの死刑をしそこなった翌日、八月十五日の朝鮮解放記念日（日本では敗戦記念日）に、在日朝鮮人文世光義士が韓国で決起するという衝撃的なニュースに接し、私たちは自らの無力感を増大させました。骨のズイまでトコトン帝国主義本国人である私たちは何をやってもドジを踏みつづけるのか？　片方がドジッて挫折している時、片方は単身決起を貫徹する。この対照は、ドジッた奴には耐え難い無力感を与えるものです。

――『反日革命宣言』1979・10

文世光を「義士」と呼ぶ、パセティックな調子や、彼らの堅苦しい誠実さに、あまり共感したおぼえはない。だが、わたしのなかで、文世光の決起と「反日」の諸君の虹作戦はほとんど一体化していた。沖縄で焼身決起した船本洲治の死もテルアビブで銃撃戦を展開した三戦士も同じことだ。わたしのなかで、彼らは、ほとんど分かちがたい魂の死者《デッド・ソウルジャ》として生きつづけてきた。

わたしの記憶では、文世光はそこらでよくみかけるタイプの同世代の在日者だった（面識があったという意味ではない）。わたしの慄きは、同じ年代のふつうの男が深い闇のなかにリクルートされぼうっと炎になって燃え上がったことに関してだった。在日者の恨《ハン》は視えないし、共にすることもできない。昔も今もそうだ。身近に感じはしたが、民族の断裂があることはよく承知しているつもりだった。

『死は炎のごとく』の、主人公の死につづく末尾の二頁で、テロリストを導いた女は「何者かに」狙撃されて死ぬ。日本人の協力者二人も「何者かに」殺害される。二人の殺害に、作者はたった二行しか充てない。また時刻の指定も《その日の午前二時頃》とあって、これだと当の事件より早く日本人二人に刺客がさしむけられたことになる。

主人公は単独者であり、作者の視点もまた単独者のものだ。彼の目には、日本人テロリストは拳銃を手に入れるためだけの道具的人物としてしか映っていない。それが残念だ。口惜しいかぎりに残念だ。

例示は唐突で関連も跳ぶが、李恢成の短編「水汲む幼児」（72・2『砧を打つ女』所収）で、主人公が猟銃で自殺した日本人の友人のことを回顧する場面にあたったときも、似たような索漠とした感情に襲われたことをおぼえている。その人物とは中里迪弥なのだが、小説にはイニシャルで登場しあまり熱い感情はそそがれていない。山村政明については遺稿集に序文を寄せるなど、あれだけ熱烈な関心を示した李恢成が、中里迪弥にたいしてはごく素っ気ない回想しか与えていない。それは望みえないことだろうか、と思ったのだ。

むろん事柄は別個だが、『死は炎のごとく』に表わされた〈日本人評価〉の低さは、わたしの身をすくませるものだった。一般の日本人のことなどいっているのではない。生命を賭して天皇爆殺をはかった特殊な〈非国民〉のことをいっているのだ。『死は炎のごとく』が焦熱をもって噴きつけてきた在日ナショナリズムの視野に〈彼ら〉が入っていないという事態に、わたしはしばし茫然としてしまったのをおぼえている。

どちらかといえば、冷え冷えとした衝撃で、在日の読者が体験する、痛撃されるような身を揺すられる衝撃ではなかった。サイードの『文化と帝国主義』には、抵抗文化が排他的ナショナリズムに傾くことに警告する一節がある。自分の位置するところもまた、警告される領域から離れることはできないと痛感した。

わたしは〈日本人的〉贖罪意識をふれまわることなどご免だし、空疎なインタナショナルで欺き合うのも望まない。違和の生じない文学論など無用だろう。本書であつかった作品のすべてがそうであるかもしれないが、客観的な評価に距離を保つことが不可能なものについては、違和を表明するよりすべがない。

これは批難ではない。身勝手な希求だ。わたしが『死は炎のごとく』に望んだものは、在日テロリストと反日テロリストの〈連帯〉といったような観念だった。

3　植民地小説の逆襲——李殷直『朝鮮の夜明けを求めて』など

三本の糸が切れても
G線上のありあは奏でられる
ぴん止めにされた蝶よ
はかない生命《いのち》よ　はばたくがよい
お祈りした三十歳の言葉は
高麗青磁の意匠よりも絢爛であつた
こはれた楽器のやうに
音楽を欲しながら

——金鐘漢《キムジョンハン》「くらいまつくす」1943

1

より激しく混沌たる深淵を垣間見せている在日朝鮮人小説の最近の十年。そのもう一つの表徴は、一世および年長二世の活動だ。自伝の継続である。植民地小説の逆襲といった事態が相次いでみられる。

これはしかし、大々的な復興といえるほどの有力な動きではない。むしろ、ここで強調しなければ、誰も気づかずに通り過ぎてしまうだろう、といった程度のささやかな息吹きだ。

李殷直の名前は、在日朝鮮人文学史の最初のほうには、だいたい記されている。学生時代に書いた短編が、金史良の登場とほぼ同時期に、日本文壇の公認を得かけた。金達寿の回想的エッセイに、よく言及される人物でもある。したがって、活動時期は半世紀以上にわたるが、小説家としては、二作が知られるにとどまる。

一種の反時代的作家といえなくもないが、そう呼ぶのは、時代を超越しているという否定的ニュアンスに傾くだろう。三巻本の『濁流』は、『その序章』『暴圧の下で』『人民抗争』となっているが、一つながりの長編である。解放後一年、朝鮮半島の激動を講談読み物風に書いたものだ。一冊目は一九四九年頃に書かれたが、長いあいだ眠っていたという。約二十年後に機会を与えられて、第二部、第三部を書き下ろしたということだが、文体はまったく連続している。時間の断絶を感じさせない——ただし、ネガティヴな意味で……。いうなれば、戦前プロレタリア小説の硬直した世界が無傷のまま冷凍保存されているのをみる思いだ。

この作品は、金達寿『太白山脈』、李恢成『見果てぬ夢』、金石範『火山島』（三巻本）などとともに韓国語に翻訳された。そのさい、『濁流』は、かなり教条的と思われる評家からさえ「過度の英雄主義」という批判を受けている。他の三作に関してはともかく、『濁流』への批判は正鵠を射ている。

五巻本となる『朝鮮の夜明けを求めて』は作者自身の半生をもとにしたらしい自伝小説だ。時代は、主人公サングニ（李相根）が小僧の奉公をはじめる一九二九年から、敗戦直後までの十六年間。名前は、『火山島』の主人公と兄弟みたいでまぎらわしいが、一貫してカタカナ表記で、『濁流』のヒーローと同じ名だ。執筆の成立事情など（いつ書かれたか）は、わからない。

自伝小説としての前半は、保留ぬきに、素晴らしいといえる。この作家の長所である、具体的な描写によって、力強く読ませる。植民地に育った主人公が、小学校を出てすぐに日本人薬屋の丁稚奉公にやられる。利発な少年の曇りない目をとおして語られていく植民地支配のすがた。あこぎな日本人もいれば、同情を与えてくれる日本人もいる。日常はすべて具体物、薬の売り値から給金までの克明な数字によって再現されてくる。ただ事実の集積によって、読者は植民地の小僧の生活を目の当たりにすることができる。この臨場感は貴重だ。また、当時の渡航手続きが植民地人にとって、どれほど煩瑣な苦労を要したか、という事実も鮮やかに記録されている。

第二巻、主人公は下関に移り、さまざまな下層労働について金を貯め、東京に出て行くことになる。主人公の年齢は、十代なかばから後半へと長じていく。

これは、鄭承博についてもいえることだが、〈植民地の自伝〉の貴重さは、少年小説の価値でもある。成長途上の少年が植民地でなめ、渡日して下層社会を転々とする体験。それらを素朴に語るものほど素晴らしい。

だが、いったん、物語が少年小説の枠組みをこえてしまう時、その価値は急速に落ちる。主人公が少年でなくなるにつれ、小説は説教臭を増してくる。細部はまだ申し分ないのだが、少年ならば許されるヒロイズムが次第に不自然な視野の狭さに感じられてくる。その傾きは、三巻のなかばあたりから露出してきて、だんだんと我慢のならないものとなる。描かれる時代背景が戦争期に入ってくるほど、虚構の偉人伝めいた臭気が漂ってくる。近代小説は、自己を相対化する契機を持つ。通俗ものであってもそれは必要だ。己れを輝きの星に美化するのは宗教家の自伝で沢山だろう。創作家として継続してこなかった李殷直には、その契機が訪れなかったのかもしれない。

あえていえば、『朝鮮の夜明けを求めて』の後半は、文学研究のために読まれるべきテクストではない。歴史家の資料棚に安置されていればいい。

一点だけ、例示する——。第五巻の末尾近く、戦後二ヶ月の時点、サングニは文学仲間の金と孫（片方はフルネーム、片方は姓だけの表記）と話し合う。二人は《戦争中のかげをそのまま引きずっているように思える》と、彼を批判する。彼は、二人が《戦争中にはなかった生き生きしたものを感じさせた》と思い、批判を心情的には受け入れる。だがそこから彼の内面は、連続して、《サングニは何か生活観の違いのようなものを感じ、憮然とした思いになった》としか描かれない。そして、孫が帰った後、金が孫の悪口を言いはじめる、という場面に移る。ちょっと首をひねるようないじましい展開だ。

モデルを容易に特定できる人物にたいして姑息な批難を書きつけている点などは無視すればよろしい。しかし、ここで言語化されている批判と対立点は「生活観の違い」とかいって済ませるものだろうか。小僧の喧嘩じゃあるまいし。解放直後に無数になされただろう青年たちの対立。それは多くの在日小説に苦悶のテーマを与えてきた。李殷直はそこに直面して、不徹底な掘り下げしかできないことを曝け出してしまった。モデルとして描かれた人物が故人でなければ、当然、反応は返ってきたはずだ。

李殷直が少年小説の書き手としてしか卓越していなかったことは、たいへん残念であるが、遺された植民地小説の価値は、それだけは切り捨てられるべきではない。

2

活動が孤立的であったり、執筆が断続的であったりするところが共通する、もう一人。

崔碩義の場合、作品集『黄色い蟹』の刊行は、ごく最近だが、その内容の多くは、十年をさかのぼるものだ。崔碩義の最も重要な仕事は、『放浪の天才詩人 金笠《キムサッカ》』(01・3 集英社新書)だろう。小説と銘打ったものは、短編が二編あるが、ここでは取り上げない。ごくささやかな仕事しか遺していない一世作家というイメージになる。

この項に並べるのは、長編譚詩「夢幻泡影」があるからだ。雑誌の初出で見たときは、何か安っぽいプロパガンダ詩みたいな印象で素通りしてしまった。作品集の末尾、二十ページで読むと、初めてモチーフが伝わってきた。

昨晩万金にまさる夢をみた
夢枕にあらわれた主人公こそは
まさにこの俺　崔固執《チェコジプ》氏
夢想だにしなかった南北朝鮮統一国家の
大統領閣下として颯爽登場

という書き出しで始まる長編詩である。

3

金在南は一世作家だが、経歴にはかなり独自なものがある。年齢的には二世に近く、渡日は朝鮮戦争のさなか。つまり、〈潜水艦組〉と称された密航者だった。日本の大学を出るが、組織に所属し、朝鮮語で創作していた。五十歳くらいで組織を離脱し、作品発表手段を喪った。日本語小説のデビューは、在日文芸誌『民涛』の「暗渠の中から」(89・2)。同誌に載った「暗闇の夕顔」(89・6)は、『〈在日〉文学全集』の十三巻に収録された。

同全集の「自筆年譜」は長々と書かれ、じつに興味深い故郷喪失者《エグザイル》の記録となっている。つづめていえば、彼は大学受験に必要な外国人登録証明書を持っていなかった。兄がすでに帰国した知り合いの証明書を用意してくれた。本籍は同じだが、十歳も年上の男。写真だけ貼り替えてその証明書を使った。その男の名「金在南」を借りたため、以降も、この名で通有《パッシング》せざるをえず、ペンネームにも使うことにした。

故郷を喪失するとともに、名前も喪った男の物語。このエピソードはもちろん、金在南の自伝的長編『遥かなり玄海灘』にも描かれている。名前を奪われる悲劇は創氏改名で頂点をむかえた。記号めいた日本語の適当な呼び名の悲喜劇は李箱のケースをはじめとして無数にある。多かれ少なかれ、複数の名前を使い分けることが在日者の日常だったといえる。だが、金在南のように、偽造登録証に借用した名前によってアイデンティティを規定されるといった例は、他にきかない。

金在南の自伝の多くのページは、李恢成小説とも重なる五〇年代の在日青春に当てられている。そのなかで、名前を〈偽った〉男にくだされた法的顛末も明かされる。それは、大日本帝国軍隊の脱走兵（もしくは徴兵忌避者）だったプロレタリア作家里村欣三のケースとも、いくらか通じるようだ。自伝に書かれている範囲で要約してみる――。

地方検察庁から出頭命令がくる。ついに強制送還か、大村収容所送りか、と彼は恐怖する。ところが検察庁に行ってみると、担当書記官は、無登録の罰金九千六百八十円を課しただけで、在留許可手続きまで整えてくれる。担当官は大学の先輩で《学生運動をしていたような気配があった》。信じられない話だが、こうして一人の在日作家の滞在は合法化されたのだった。金在南のペンネームはしかし、記念に残された。

自伝の後半にはもう一つ、奇妙な寓話めいたエピソードが書かれている。朝鮮戦争のさい生き別れになった彼の兄が、共和国で高官になって、今は西ベルリンで諜報活動に従事しているという。その情報をもたらせたのは、韓国情報部の男だった。深く静かに潜行した〈潜水艦組〉

を釣り上げにやってきた執行人。情報部は兄からの情報を流すことを条件に種々の便宜をはかってやるともちかけ、彼を激怒させる。これはフィクションが入っていると思われるが、似たような話が分断故国の家族にはいくらでもあったのだろう。エピソードとして終わっているが、在日生活の外縁には、たしかに酷薄な諜報世界と政治工作があったことを語っている。グレアム・グリーンやジョン・ル・カレの世界は、おとぎ話のたぐいではなく、仮面としての名前ともども、在日の現実に深く根を張っていたのである。

4

もう一人は、第四章10で考察した二世作家の朴重鎬。

執筆履歴が何年か途切れた後、集大成ともいえる『にっぽん村のヨプチョン』を問うてきた。物語は、昭和初期に植民地から若い夫婦が北海道に渡航してくる情景から始まる。終局は、東京オリンピックの年、精神に異常をきたした母を息子が見舞うところ。四十年に近い、一つの家族の転変を描く大作である。

母たる女性と次男の男の二元視点が採用されている。終戦直前に起こる船員の父の遭難死、母の再婚相手が引き起こすさまざまの混乱、商売の失敗、密航女が投げかける波紋、帰国事業の諸相など……。朴重鎬の小説には、すでに幾度か描かれた話が再度、構成され直されている。精密化をともなう書き直し。この大作の意味はそこに尽きるのか。

これはいわゆるオモニ系作家朴重鎬の〈母を恋うる記〉の完成なのか。若い娘であった母の視点、成長していく次男（これは作家自身と置き換えできる）の視点を軸とするかぎりでは、そう読める。だが、作者は、あえて年代記の構成も強引に押しこんでくる。多くを詰めこみすぎたので、雑多に散らばるエピソードはかえって力を喪ってしまった。

技法をもって在日の苦渋に関わる作家のすがたはここにはない。むしろ刻まれているのは、素朴な自伝、植民地小説への後退だ。後退？　事態を後退といわなければならないのだろうか。これが朴重鎬の最初の、そして唯一の小説であったなら、こうした観点はとらない。だが『にっぽん村のヨプチョン』は書き直された自伝断片の集積だ。そして成功していない。とりわけ何度も何度も書き直されたという事実に目を向けるべきテクストなのだ。それは、作家がテーマを何度も書き損ねたことを意味する。書き損ねたことの結果として、何度も書き直しをする必要に迫られたのだ。

作品の水準としては後退したが、作家のテーマ把握は、部分的なものでしかなかったと保留をつけざるをえないにしても、かえって深まったのである。朴重鎬の作品は母への仮借ないまなざしに貫かれていた。年下の男との自堕落な関係、愛欲にほだされた密告というおぞましい行為、そして精神の病い。だが、それらはいまだ、真に暴かれねばならない深奥の一歩手前にとどまっていたような気がする。『にっぽん村のヨプチョン』に初めてひらかれてくる言葉もある。母の暴力やその特別な精神疾患への直截な言及。いずれも、以前の小説にあっては、あからさまな言葉は避けられていたように思う。

短編「離別《イビョル》」では、兄が母の状態を伝えるのに「あの通りの女だろ」という言い方を選ぶ。わかるようでいて、近親者のあいだでしか伝わりそうもない符牒的な言い回しだ。もちろん小説の表現としては、このほうが効果的だという判断もあろう。だが作家としては、最終的に不満が残ったのだと思われる。「離別《イビョル》」は相対的に鮮やかに完結した。しかして朴重鎬には不活性が残った、ということだろう。

父が生きているころから、母の暴力的性向は、幼な子だった息子を怖れさせた。船員暮らしの父が家にいない期間、母のヒステリーは強くなる。後年の精神的不安定もその延長であることはたしかなのだ。もっと下世話に言ってしまえば片づく問題なのかもしれないが、作者には、大きな口ごもりが残ったと思われる。この件に断乎とした造型を与え得ないかぎり、彼は解き放たれないのである。多くの在日二世作家を捕らえた父親との確執、それが朴重鎬の場合、母親にたいするものだったといえる。

母を作品世界において〈完結〉させたい。その原始的な欲求が伝記作者をわしづかみにしたのだろう。その情熱が冥い熾き火となって、再度の挑戦を強いたのなら、『にっぽん村のヨプチョン』という長大で雑駁な自伝小説への〈後退〉も納得できるのである。

もう一人の有力な二世作家、李恢成は長大な長編小説『地上生活者』を最近、問い、今も続編を書きつづけている。その文体は、初期短編「死者の遺したもの」（70・2『われら青春の途上にて』所収）に《そのまま暗い森のなかに消えてしまいそう》な人、と記された自己認識の持続なのだろう。未成年の森は、いまだ彷徨いこむにふさわしい、未開拓の沃野か。その明滅する、まだ瑞々しさは保っている、途切れることのない、ポストモダンもいくらか採りこんだ饒舌体のはざまに、〈在日コリアンとして生きる道〉が市民李恢成によって指し示されたとしても、わたしは驚かない。

4　ふたたび言語と沈黙

たとえ無神論者を公言してはいても、マルクスの、トロツキーの、エルンスト・ブロッホの社会主義はメシア的終末論に直接の根をおろしたものである。ブルジョワ的な邪悪の都《ゴモラ》の破壊を夢み、人間のために新しく清浄な都市の創造を夢みる社会主義者のヴィジョンほど宗教的なものはない。このヴィジョンほどかつての預言者たちが抱いた、正義の陶酔的熱狂に近いものはない。マルクスの一八四四年の『経済学・哲学草稿』はその言葉使いそのものが、メシア的予言の伝統のなかにひたされている。その驚くべき一節のなかで、彼はまるで『イザヤ書』や原始キリスト教のヴィジョンの言い換えでもしているかのようだ。「人間を人間として、また世界に対する人間の関係を人間的な関係として前提せよ。そうすれば、君は愛をただ愛とだけ、信頼をただ信頼とだけ交換することができる」。人間の搾取が根絶されたあかつきには、この疲れ果てた地球から垢は洗い流され、世界はもういちど楽園とされるだろう。それが社会主義者の夢であり、千年王国の契約なのである。そのために、幾世代かの人たちが死んできた。その名において虚偽と圧制とが地球の多くに拡がった。それでもやはり、その夢の牽引力は変わらない。

——ジョージ・スタイナー『青鬚の城にて』１９７１　桂田重利訳

1

金石範は、ごく最近の新聞寄稿（08・4・17）に記した。《4月3日、韓国・済州島の四・三平和公園で、島民を政府軍が虐殺した済州島四・三事件60周年の慰霊祭が、1万人参席のもとに行われた。日本から日本人、「在日」合わせて150人の大規模な訪問団が招待されたが、私もその一人だった》

『火山島』第二部の連載途上に、作家の故国行は実現し、それを境に済州島四・三事件は、物語《イストワール》から事実としての歴史へと移行した。それによって『火山島』の作品世界が変容したわけではないが、現実のレベルで、事件への追悼や調査が進行していった。序章にふれたように、死者たちが掘り返され、正当に葬られる機会を得はじめたのだ。作家はそのなかで、歴史再審の前線に立つことになる。

『火山島』完成以降も衰えることのない、金石範の作品活動は、およそ三つの方向に整理できる。整理は便宜的なものであって、どれもが絡まり合っていることは、いうまでもないが。一は、現実となった四・三事件関連の報告。これは従来の作家小説のスタイルで書かれたものから、紀行エッセイとしての注文に応じたものまでである。そのなかでも「虚日」（『虚日』所収）は、ニューカマーのつくる在日コミュニティに題材を拡げている。二は、『満月』のように済州島ものでありつつ、フィクショナルな仕様を試みた作品。三は、『地底の太陽』で一歩踏み出された『火山島』第三部。全体像がまだ見えてきているわけではないが、たんなる続編、後日譚ではおさまりそうもない不穏な予感を与える。

要するに、『火山島』の作者の激しいマグマは、『火山島』後に真の大爆発を起こしているのだ。ここに対等に伍しうる者はいないと思わせる。

金時鐘は詩集『化石の夏』の一篇「ここより遠く」の末尾を、こう閉じた。《故国に遠く　異郷に遠く／さりとてさまでは離れてもない／立ち帰ってばかりの　いまいるところ／ここより遠く　よりこのここに近く》。異郷に遠く、金時鐘は、尹東柱を翻訳し、金素雲の訳詩『朝鮮詩集』を再訳した。

在日朝鮮人文学の、小説と詩を代表する二人だが、彼らの存在は、在日朝鮮人文学の中心にあるというより、やはり周縁に位置するような気がする。

二人は対談集『なぜ書きつづけてきたか　なぜ沈黙してきたか　済州島四・三事件の記憶と文学』を刊行した。単行本の容量としては平均的だが、その質量の重さは測り知れないほどの畏怖にみちた書物だ。わたしの尊敬する、影響を受けた日本の文学者は、みな故人だ。現存の文学者で尊敬する二人の対談。これを片づけることが、本書に課されたいわば最終の関門であると思う。「なぜ書きつづけ・なぜ沈黙してきたか」。といって、二人の対処が対照的だったのではない。この本の問いかける問題は二方向ある。現実に強いられた問題と、原理的な問題と。

2

どちらかといえば、軽めのほうからあつかおう。この本の刊行された日付は、今となっては象徴的な意味を負っている。「9・11」の直後だ。

グローバリゼーション支配のシンボル・タワーに向けられた〈二十一世紀型〉の戦争。予想もつかなかった恐ろしい扉がまた一枚こじあけられてしまった。戦争誘発につながる動きは、単一日本的には、その一年後にやってきた。二〇〇二年九月、北朝鮮政府が日本人拉致を公式に認めた。国家指導者による関与の肯定は、〈ならず者国家〉への制裁感情として日本社会に燃え上がったのみではない。またしても、というのか、在日コミュニティに向かって、あの報復の情感がぶつけられていったのである。十円五十銭いってみろ。数年を経ても、あの狂騒の日々を虚心にふりかえるのは困難だ。ナニモ変わっていなかった……。

それはともかく、デマゴギーをさらに煽り立てるためではなく、微かな良心の証しを発信するためにいくつかの〈少数異見〉は残っている。そのとき、発言を求められたのが、金石範であり金時鐘であったことは、まだしも日本社会の健全さといえようか。ただ、矢面に立たされたかにみえた彼らのすがたは、一種の殉教劇にすら映ったのだった。

一国社会主義の同盟国圏が次つぎと自壊を起こし、歴史の舞台から退場していって十数年が過ぎた。〈共和国〉はその惨憺たる国勢から十年ともたないなどと観測されていたわけだが、結果的には生き残っている。現代史の奇跡のエアポケットに保護されたようにも、もはや、地上にほとんど唯一に近い一国〈社会主義国家〉として東アジアに君臨している。社会主義の名に値するのかどうかは問うまい。東アジア情勢のバランス・シートの賜物といってしまって済むものかどうか。外交カードの切り方のしたたかさに関しては、日本の為政者たちをかなり上回っているようだ。

ある政治学者は、北朝鮮をさしてパルチザン国家と定義したが、それが擁護のためだとしたら、逆効果なのではないかとも思われた。目的は手段を浄化する――としたら、パルチザンの正義はあらゆる強権国家にたいしてオールマイティになりうるからだ。それはかえって、白色テロに口実を与える。

少なくとも、文学者にとって、〈そこ〉は、すでに忠誠を捧げうる対象ではなくなって久しいはずだ。だが、わたしは、彼らが〈共和国〉と口にするさいの独特の感情の昂揚をいくどか聴いている。いちど耳にしたら忘れられない。その一語にこめられた誇りと希望と、一抹の恥辱と苦しみと。混沌と渦巻きながら、揺らぎ、いきどころのない無念と……。それは、日本人が日本国と呼んだり、あるいは、大日本帝国と呼んだりするさいの単構造のナショナリズムとは、まったく隔絶している。

故国はない。だが、ある。在る。あるという事実の何という耐えがたさだろうか。それは、最もあってはならない様態で、在る。故国ではないと断念することはできる。だが、そこ以外に故国と呼べる場処がなければ、どうして断念などできよう。〈地上の楽園〉の像は徹底して失墜した。そして、失墜には果てがない。日々、失墜しつづけている。にもかかわらず、故国だ。〈ならず者国家〉は、あくまで外交カードとして、日本人拉致被害者の一部について関与を認めるという譲歩を示したにすぎない。故国喪失の耐えがたい継続が、さらに故国への幻滅として強いられる状況。

それに加えて、日本社会からの暴圧が降りてきた。その国を支持することは、たとえ幻滅にみちた支持であってさえ、〈拉致の共犯者〉だとする踏み絵が横行した。新たな狂った忠誠審問の単純さは、またふたたびの恐怖を蘇らせる。

在日の民族体験の変容という事象だけでなく、冷戦体制崩壊後には、さまざまな歴史論争がとびかった。歴史的事実を細かく断片化し、その一つひとつに相対化の皮膜を悪性脂肪のようにへばりつかせることが、ポストモダンの作法だ。曰く、朝鮮人の強制連行はなかった。曰く、従軍慰安婦問題など存在しない。曰く、植民地経営は自力で近代化をなしえない劣等民族への善政であり西洋の帝国主義とは異なる。などなど。均質化がいちおう行き渡ったところで、踏み絵だ。共犯者でないなら、論理的な〈日本語〉で言えと。

単一民族化という日本独特の統治システムは何ら変更を受けていないようだ。異民族は排除されるが、日本人化というコースには（表向き）寛容なポーズをとりつづける。アメリカの「9・11」以降に対応する日本的〈新秩序〉は、拉致疑惑の解明（解明したのは〈敵側〉だ）を境にして再編成の道をとった。

それに対抗する（対抗しなければならない）言論はだれに託されるのか。いわば在日を代表して語るという意味で。それを考えたとき、金石範と金時鐘しかいないことに気づく。そういう感慨にとらわれる。最近は、姜尚中の活躍も目立つが、根源的な深みから罪責について語れるのは、二人の文学者なのだ。

3

次の問題点に移る。

対談集『なぜ書きつづけてきたか　なぜ沈黙してきたか』は、原理を問うた書物だ。なぜ書くか。書かずに沈黙するのはなぜか。問いは単純だが、深く、執拗で、永続的だ。二人の歩みは対照的だが、原理は一つだ。済州島を基点とした戦後文学。蜂起とその壊滅後に書き遺されねばならなかった文学である。

日本にも狭い意味での戦後文学はあった。生き残った者の、生き残った恥辱と死者への責務を語る。野間宏や武田泰淳、埴谷雄高、椎名麟三、あるいは鮎川信夫など『荒地』派の初期の詩篇。済州島戦後文学は、明らかにそれらと本質を異にする。戦後、解放後の、血みどろの脱植民地化過程の〈後に〉きた文学なのである。第二次大戦後のどの地域の文学とも共通しないし、どのポストコロニアル文学とも似ていない。歴史の空白を独力で埋めるように、金石範の二十年を超える制作があったことは、すでにみたとおりだ。

言語と沈黙。

タイトル上、二人の立場は対比されているが、じっさいはごく近い。言葉は無力だ。だが徒労の剣をふるうことなしには、己れは無だ。言葉に拠らねば、小説家も詩人も虚無に帰する。対談において、どちらも個的な〈敵前逃亡〉体験について、おそらく初めて率直に明かしている。どちらも作品のなかでは、幾重ものフィルターをかけてしか形象化してこなかったことだ。〈逃亡〉しなければ書く位置にも立たなかった。死んだ兵士《デッド・ソウルジャ》は語れない。語れない者になりかわって語らねばならない。

とくに金時鐘が語る、虐殺の島からの奇跡的な脱出、密航船での日本潜入の細部は、生なましさに息をのむ。畏怖に打ちのめされるのは、彼が長く秘してきたことではなく、歳月を経てもまったく色褪せることのない微細な記憶のありようだ。語れなかったことではなく、まるで昨日の出来事のように回想がめくられてくることだ。それこそ、金石範の二十数年に渡る執筆持続を深く支えてきた内実ではなかったか。記憶は語られなければ無だと金石範はいった。金時鐘は語ることを封印したまま、記憶を片時も離さなかった。対談集での発言を、たとえば長編詩『新潟』とつきあわせてみれば、実体験がどんなイメージに昇華されていったかがみてとれる。その意味では、詩人は沈黙などしていなかった。

ここで、言語に対置されるべき対抗概念は、失語だ。言葉を失する。単純な意味で言葉を喪う。心を閉ざし、ひらけなくなる。語れなくなること。二十世紀の酸鼻な体験のいくつかが、人間から基本的な伝達能力を奪う質のものだったことはよく知られている。

失語は戦後文学の隠れた表徴でもある。また済州島戦後文学にとっても同じだ。語り伝えるという行為の背後には、無数の失語が砂浜のように虚しく拡がっている。

もはや手垢がついてしまって誰も顧みないような命題に「アウシュヴィッツ以降、詩は存在できるか」という問いかけがある。問いは否定の答えを前提にして発されている。これは、二十世紀のなかばには、まだ有力であった一つの思考モデルだ。完全に過去のものになったと断じることはできないが、ドイツ人による六百万人のユダヤ人虐殺をもしのぐような事象の連続を前にすると、ガス室による能率的な〈殺人工場〉が何ら、人類の野蛮な想像力の極限などでなかったことを認めざるをえないのだ。量的にはともかく、質的に凌駕する例はいくらでも発見できる。二十世紀という時代の一面は、まさしく、人間が大量に人間を屠る時代だった。過去形で述べることは、事態を直視するのに耐ええないからでもある。スタイナーは『青鬚の城にて』に書いている。

収容所は十二世紀から十八世紀にかけて、ヨーロッパの芸術や思想に現われた地獄のイメージと年代記を、しばしばその些細な細部に至るまで具現してみせた。これらの地獄絵図こそ、ベルゼンに起こった狂気的な凄惨事に一種の「予期された論理」を与えたものであった。非人間的なものをリアルな芸術題材としたものを、西欧の図像学に求めれば、そこには際限もなく、そして詳細な表現が見られる。……

強制収容所に関する文献は広範囲にわたる。だが、そのなかにもダンテの観察の豊かさに匹敵するものは絶無である。……二十世紀の強制収容所、死の収容所とは……長い年月をかけて精密に想像されつづけたものを、慎重にこの世の現実に行使したものである。『神曲』は他のどんな文献より完全な想像力を駆使しているという理由で、また西欧の秩序のなかで地獄が占める中心性を問題にしている点で、今も文字どおり焼却炉の炎へ、氷結の原野へ、そして屠殺された人肉の吊りかぎへ、われわれを案内するガイドブックとして残されてある。

——桂田重利訳

ここに述べられているのは、たんに、ヨーロッパの事象にすぎない、ということもできる。さらには、人は人を大量に殺しても平静でいられる。加害者の人間性は、虐殺の実行によってまったく損なわれない。虐殺の業務と芸術鑑賞とは矛盾せず一人の人間のなかに同居できる、ということ。そうした言明すら、すでに古びてしまっているようだ。

ルワンダでは、三ヶ月のあいだに八十万人が虐殺された。この十年での出来事だ。

悪趣味ないい方をすれば、人類は記録を更新することに熱心なのだ、この部門でも。百メートルのトラックを九・七四秒で駆け抜け、百メートルのプールを四七・五〇秒で泳ぎ抜くことを競うかのように……。いや、気の狂ったポストモダニストなら、もっと大胆なことを叫びだすかもしれない。「虐殺こそ、人類の、発明した、最高の、真性の総合芸術である」などと。

失語とは仮死だ、と強制収容所の体験を通過した石原吉郎は書いている。また、《体験とは、一度耐え切って終るものではない。くりかえし耐え直さねばならないものだ》とも。語るとは、一度くぐり抜けて耐えた極限体験を、語る行為によって再度、体験しなおすことだ。失語に抗うことは、仮死よりもずっと苦痛をともなうのだ。沈黙することは外見から仮死と見まがうかもしれない。だが仮死そのものではない。

石原は元日本軍兵士の捕虜として、シベリアの収容所を体験した。ここでは説明の便宜として、アウシュヴィッツの固有名詞をシンボルとして使うが、〈後に〉きた文学とは、収容所からの生き残りに関してもあてはまる。虐殺の災禍は、直接的な人命の損傷のみにとどまらない。文化が壊され、あるいは跡形もなく破壊され、共同体がずたずたになり、生き残った個人には深刻な精神疾患が負わされる。どんな地域でも同じだ。加害者が罰されようと、消え失せて罪を免れようと、被害者の側に拡がる損傷は癒しがたい。仮死とは、それらから個体を守る生存本能という一面もある。「体験を耐え直す」ことが不可能だとすれば……。

言葉を喪う。捨て去るでもいい。喪った言葉は再生しない。仮死のまどろみを受け容れるしか余力を持たない生き残り〈生〉もある。忘却が仮死の完成だとしても、生き直すことの苦痛は贖われるものではない。

そして語りかけて、途中で口を閉ざしてしまうことが起こる。伝達が不可能だという諦めによって語ることを断念してしまうのだ。戦後文学や『荒地』派において、危機を通過することがきわめて短命に終わったことはまた、別の観点から問題にすべきだろう。石原吉郎のケースでいえば、彼が帰還してきたのは戦後八年の時点だったので、すでに日本社会の一面で〈戦後が終わる〉という事態が現われていた。遅れて始まった石原の戦後は、仮死への抗いであり、最終的に屈服だった。喪失を取り返したが、取り返しきれなかった。石原の詩で想起するのは、アウシュヴィッツの生き残りであり、戦後はフランスで制作したユダヤ系ドイツ人の詩人パウル・ツェラン（1920—70）だ。ツェランは自殺した。ツェランの詩語は次第に静謐に寡黙になっていったが、石原の詩もまた、日本的な意味で定型化していった。わたしには、彼の死が、消極的で緩慢な自殺だったように思えてならない。

沈黙か言葉か。

仮死から蘇るか断念に墜落するか。

金石範と金時鐘が示している原理はここにかかる。心を閉ざし闇のなかにうずくまるか、それとも、全的な文学の貫徹に向けて自らを鼓舞しつづけるか。中間はない。いや、もちろんあるのだろうが、少なくとも彼らはそこには安住していないのだ。彼らが安住していないということが、わたしを、本書に向かわせた最大の脅迫であったともいえる。

——そのように書いてしまうと、しめくくりの挨拶になりかねないが、まだ、いくらか確認事項が残っている。

4

『海の底から、地の底から』は、主人公の四・三事件五十周年慰霊集会参加の周辺を描いた作家小説といえる。事実の報告と、虚構と推測できる挿話と、事実をもとに少し脚色を加えたと思える部分とから成り立っている。集会は大阪でひらかれる。

先に引用した新聞掲載の小文は「六十周年」のものであるから、その十年前。いま読み直すと、済州島事態を歴史に残そうとする運動の中間の段階がみわたせる。序章に引用しておいた、作家が飛行場で白骨死体の発掘に立ち会う場面の前奏も、この作品のなかばに描かれている。

家の近郊から離れた街を訪れた主人公が、過去の亡霊を背負った男に出会う。ストーリーの発端は、以前の作品とも共通する運びだ。構成的にはべつだん刷新されたところはない。だが、この作品にみなぎっているぎらぎらした輝きはいったい何なのか。時間をおいてみわたせば、ここから金石範の〈現在〉が異様な密度で発していることは明瞭だ。

わかりやすくいえば、『火山島』全七巻が完結してから、初めての作品である。かの大作に向かっていたエネルギーが一気に流れこんできたということになる。冒頭には主人公の夢がおかれるのだが、海の底の幻想、この勢いに圧倒される。海の底、沈没船、海女、死体、魚……。短いけれど、この幻想の源流は、対談集『なぜ書きつづけてきたか　なぜ沈黙してきたか』を参照したあとなら、容易に見当がつく。ここには、金時鐘『新潟』が投影されているのだ。引用という技法ではなく、これは呼応といえばよいか。親しい書き手の作品世界に応える造型を試みる、ということだ。

小説の末尾近くにも、金時鐘をモデルにした人物が出てきて、対談集で交わされたやりとりや、それ以上の場面が展開される。主人公より少し年少のこの人物は、一定の敬愛の念をもって描かれている。最初に読んだときは、作者が『火山島』の世界を拡大して登場人物を配しているという印象を持ったが、それは一面的な感想にすぎなかった。試みられているのは〈呼応〉なのだった。呼びかけ・応える。

前作『地の影』に招聘された李良枝的人物のことは、四章の4と13に少しふれたが、あれも〈呼応〉の試みだった。これは技法的にトレースできるようなものではなく、作家同士の魂の感応がなければ実現しない。またよほど自らの作品世界への自負と強固な意志がなければ成功はおぼつかない。金石範は、梁石日『血と骨』にたいして絶賛をおしまなかったわけだが、ほとんどといっていいほど他人の作品を高く評価しないこの作家が例外的に、『血と骨』に〈兜を脱いでいる〉すがたに、かなり驚いたことをおぼえている。

金石範の〈呼応〉には、相手の作品世界を呑みこんで咀嚼して、自分の世界に配列し直してしまうような凄まじさがある。彼の身近にいる表現者はいっときも安穏としてはいられないだろう。『海の底から、地の底から』は、半身は作家の現実世界に基点を置きながら、人ならぬ幽鬼がつむぎだすような戦慄すべき幻想小説だ。結末は、『地の影』のように異様なリズムに高まるものではなく、一種の日常回帰に回収されてくるが、幻想のたゆたいは鮮やかだ。作家の日常そのものが、どこまでも幽冥にもやっていることを否応なく感得させられる。

『満月』になると、民族的リズムがふたたび前面に出てくる。《デデン、デンデンデン、デデン、デンデンデン、ドゥンダン、ドゥンダン、ドゥドゥン、タンタン……》。舞台は猪飼野、久方ぶりのフィクション世界なのだが、そんなことより何よりページに充満する民族臭の濃密さにただただ賛嘆させられる。作品と作者の実年齢は関係ないとはいえ、これは、何ということだろう、満々たる青年の小説だ。

もう一つ、見逃せないのは、ここで、複数の作品への〈呼応〉が試みられていることだ。この貪欲さには、総身に戦慄が走る思いがする。一は、李静和の「つぶやきの政治思想」(あとさきになるが、この作品への言及は次項にまわす)。金石範には、これへの応答として「忘却は蘇えるか」があるので、わかりやすいだろう。李静和への〈呼応〉はすでに前作から明らかだったかもしれない。

二は、梁石日作品。目印は、酒に酔った主人公らがタクシーに乗って「運転手さん、今夜、満月なのを知ってるか…?」と、話しかける場面。満月はタイトルにもかかっているが、空には見えない。隠されている月。梁石日原作の映画『月はどっちに出ている』の一場面が、明らかに引き入れられている。他に、主人公と父親の挿話にも、『血と骨』が影を落としている。

三は、たぶん、玄月。たぶん、というのは金石範が〈呼応〉を意識するほど玄月を評価していないと考えられるからだ。結果として、そういう方向が読み取れるだけかもしれないし、軽い気持ちでパロディを試みたにすぎないとも読める。前二者とは重みがぜんぜん違う。おそらく彼は(絶対にやらないだろうけれど)パロディ作家としても一流の腕前を持っているはずだ。

四は、作者自身の作品。主には「鴉の死」だ。とはいえ、自作の参照はどの書き手にもみられるので、とくに注記するまでもないだろう。

さらにいえるのは、『満月』には、金石範作品には珍しく(!)エロスが充満していること。これは若々しさとはべつだ。谷崎・川端的な老人性エロスの手だってあることだし。つまり、無造作にエロス的要素を描きこんでいる、ということだ。母の死のイメージ、また主人公がその真相に行き着く幻想シーン、それらもまたエロティックなのだ。これまでの作品において、虐殺を呈示するさいの厳しさには、これだけは伝えねばならぬという切迫によってなのか、別の読み取りを許容する余地はなかったと思う。性的な拷問が描かれる「遺された記憶」にしても、被害者の女性への同情より、事態を報告することが優先されたような、まるで女性がないがしろにされたような息苦しさがともなったのだ。

『満月』においては、虐殺の島が母胎のエロスに転化されて、ふくよかなメタファーを獲得しているように思える。虐殺死体を諧謔の目をもって眺めるなどということは現実にはありえない。ありえないことを反転させる物語が可能ならば、それは救いではないだろうか。タナトスとエロスなどという思考遊戯が金石範小説に適用できるわけはないけれど、『満月』での、母の死の真相を発見するシーンは、性的豊饒として描かれているのだ。

十代の後半まで故郷の済州島にいた主人公は、虐殺の史実を知らなかった。ディアスポラの街大阪に流れ着くニューカマーになってからその事実を知った。〈なくても・ある〉四・三事件。現地の故郷では〈あっても・なかった〉が、それが虚構だと知った。五十年前に目撃者だった老人の耳には今でも血が河のように流れる音が響いているが、記憶を蘇らせる話は絶対にしない。それは前世の出来事だと。

母が殺された場処。正房瀑布《チョンバンポックポ》、海に直接落ちる滝。母を求める旅。ここには、エロスのみならず、母につながるイメージに真っ直ぐ結びつく、金石範としては、ジェンダーを橋渡しする、最初の達成があるように思う。

『満月』は一つの交響楽だ。オーケストラは民族楽器で鳴り響く。金石範はあるいは、在日朝鮮人文学の〈統合〉を己れの作品において目論んでいるのかもしれない。かつて金石範は日本語を使って小説を書くことに関して、日本語に呑みこまれないために鉄の胃袋を持つ朝鮮の怪獣ブルガサリになって対抗する、と述べたことがある。鉄の胃袋は今、在日文学総体の〈統合〉に向かっているかのようだ。

一言でいえば、『満月』には作家の大らかな自由がある。『火山島』にはなかった自由が——。『火山島』において、物語《イストワール》が歴史のページを埋めたのだとすれば、その勝利によって作家も解き放たれたのだ。彼の物語は、もはや第一義に史実を伝える責務をおびなくてもよくなった。四・三事件は描かれねばならない義務から解放され、小説家がどう描いても許される題材の一つとなった。『満月』は、作家の勝利がゆるぎないものとなって初めて、その解放を享受した作品といえるだろう。

そして『地底の太陽』。ここからも低く聴こえてくるのは、金時鐘の詩句なのだった。《光など／地上のどこかに照ってさえいりゃいい！／願いのうちにあるのが／禱りなら／仰げぬ太陽こそ／最たるぼくの憧れだ。》

真に卓越した作家は、他のどの作家とも比較できない特別の創作軌跡を描いて、己れの地歩を確保する。金石範の背後にある航跡もその例に洩れず、そういってよければ、想像を絶して奇怪きわまりないものだ。

しかも、金石範に関して、これは結論ではない、まだ。

5

金時鐘の近年の仕事は、『再訳　朝鮮詩集』に結実した。巷間では、村上春樹訳『グレート・

ギャツビー』とか、亀山郁夫訳『カラマーゾフの兄弟』とか、時ならぬ名作新訳ブームなのだ。その余波は在日文学にも達してきたか……。いや、冗談ではない。

これは一つの通過点なのだ、金時鐘にとって。

日本的叙情との対決、〈二言語間戦争〉は、金素雲という複雑な媒介を経て、よりいっそう困難な磁場をむかえたようだ。金素雲、最初の朝鮮詩紹介者という位置にとどまらず、民族詩を日本的叙情という出来合いの範型に換骨奪胎してみせた先覚者でもあった。

金素雲は否定されねばならないのか。否定されるとしたら、どうやって。

金時鐘は十代で金素雲訳『朝鮮詩集』(『乳色の雲』)と出会った。身体がとろけるほど感動し、本がボロボロになるほど、丸暗記するほど読みふけったという。

「日本語の石笛」(『わが生と詩』所収)に、金時鐘は書く。

私にはまず、音節を七五調にとりそろえようとする習い性が、言葉の法則のように居座っている。私の少年期の感傷や、それをロマンチシズムと受けとめた青春のはしりの多感な情緒は、皆がみな五七五の韻律にかもしだされた情感の流露である。早くから親しんだ藤村の『若菜集』をはじめ、北原白秋の数ある詩集や童謡も、定型韻律の作品集であったし、私の成長期の近代抒情詩もまた、その多くが韻文の音数律を拠りどころとする歌人たちの詩であった。ために私には、韻を踏んだ音数律なくしては詩ではなかった。だからこそ日本語は、美しい言葉だとしんそこ思ったものだった。

呉林俊における娯楽映画・通俗小説の摂取と並ぶ、黒い恨《ハン》としての日の丸。これに類する表明はすでにたびたび語られていたと思う。日本語、というより、定型韻律詩から身を引きはがす。引きはがせないのが、金素雲の日本語だった。《見事な日本語訳の〝朝鮮の詩〟》だ。はたしてあれは名訳なのか。名訳だとすれば、何を根拠にそういえるのか。

再訳を試みることによって、金時鐘は、《金素雲の訳は訳詩というより金素雲自身の詩の歌であるという実感を強く》する。そこから翻訳詩論になるのだけれど、問題は端的に何か。金素雲は定型韻律つくりに長じただけの〈言葉の職人〉だったのだろうか。朝鮮にも日本と同じ抒情詩の定型があることを疑問の余地なく示したが、それだけにとどまる思想も志操もない職人。彼は〈詐欺師〉にころりと騙されたということなのか。そうではない。

ここで詩人が試みているのは、ここでも（というべきか）、〈在日を生きる〉という厳しい道のりの実践にほかならない。金素雲が誤解にみちた仮象におおわれながらも、在日朝鮮人の原像であることは、一章にみたとおりだ。李箱について《まぎれもない天才詩人》と書くような率直さで、金時鐘は、金素雲について語ることはしていない。語れなかった。それは、『朝鮮詩集』を自らの朝鮮語と日本語を賭けて訳し直すという行為の先にしかみえてこないものだった。《誰知らず／踏まれてできた／筋を／道と／呼ぶべきではない。》（『新潟』）

彼の望郷詩は、たんに彼のみの故郷喪失《エグザイル》の悲哀ではない。彼が望郷の悲哀を、純日本的韻律の厚化粧にくるんで〈非・朝鮮化〉してしまったことは誤りなのか。それが日本文学の旦那方を喜ばすための仮面の演技だったとしても、どこまでが演技でどこまでが本心だったか、区別はつけられるか。誤りだったとしたら、その書物を夢中になって読み、熱に浮かされ、口に出して暗誦した己れとは何者だ。その〈似非朝鮮〉に魂を奪われた愚かな者の罪責はいかにして贖われるのか。

金時鐘は疑問を自らの奥深くまで抉りこんでいる。在日を生きる。ふてぶてしく、だが恥じらいをもって生きる。金素雲の苦悶は、後続の在日者のなかに共通する苦しみとして引きつがれていった。《打って　打って／打ちまくる。》（「うた　またひとつ」）。引きつがれたものをさらすのだ。さらされたものを、さらし返すのだ。

5　《騾馬よ　権威を地におろせ》――女性文学はどこに

騾馬よ　権威を地におろせ
おとこよ
その毛皮に時刻を書きしるせ
私の権威は狂気の距離へ没し
なんじの権威は
安堵の故郷へ漂着する
騾馬よ　とおく
怠惰の未来へ蹄をかえせ

――石原吉郎「サンチョ・パンサの帰郷」1955

1

新たな反措定として、在日女性文学の台頭があげられる。個々の書き手に焦点をあてるのではなく、層として、カテゴリとしての在日女性文学に注目する動きである。

韓国の研究者金壎我《キムフナ》による『在日朝鮮人女性文学論』（04・8　作品社）は、その最初の結実といえる。宗秋月、李正子、李良枝、深沢夏衣、金真須美《キムマスミ》、柳美里が主要に論じられている。日本語を母語としない〈異国〉の研究者から、地道な研究が発信されてくるのは、それのみでも画期的なことだ。

サイードの『文化と帝国主義』にもあるように、文化的抵抗運動がある段階に達すると男性中心主義への批判が自然と高まってくる。性差への視点は、世界史的にみても、共通のコースを歩む。四章でもいくらかふれたが、在日女性の書き手は七〇年代からいたし、在日コミュニティにおける女性の役割への注目は散見された。ようやく、それらが、文学論の枠組として浮上してきた、ということになる。

そうした流れにあって、在日女性文学誌を標榜する『地に舟をこげ』が創刊（06・11　社会評論社）された。金蒼生、金真須美、深沢夏衣の新作が掲載され、宗秋月もエッセイを寄せている。残念ながら、この宗秋月のエッセイに問題は低次元に露出してしまった。彼女は、そこで在日男文学への憤懣を述べているが、〈男批判〉のみで論議が前進するとは思えない。男を批難することだけが女の少数異見なのか。下世話にいえば、在日男性作家はことごとく例外なく、マッチスモの権化であり、この観点からするなら〈在日男流文学論〉のネタなどいくらでもかぎりなく見つけられる。だが、その方向で何か実りある議論が積み重ねられるだろうか？

この号には、他に、呉文子《オムンジャ》「在日一世の介護問題」があり、高齢化社会における在日について、体験談レベルとはいえ、男小説からは産まれえない世界の拡がりを示している。

この雑誌の主催者、高英梨《コヨンイ》は、金嬉老公判対策委員会ニュースにいくつか難解で概念的な文章を寄せていた人。

『地に舟をこげ』二号（07・11）には、公募作品の受賞作として、康玲子《カンヨンジャ》「私には浅田先生がいた」が掲載されている。在日二世の半生記の序章にあたる作品である。素朴な意味で、創作ではなく、自伝だ。水をさすわけではないが、在日女性文学は、聞き書き、自分史の領域を再度めざすのだろうか。気になるところだ。

同系列のノンフィクションとして、たまたま目についたものに、城戸久枝『あの戦争から離れて』（07・9　情報センター出版局）がある。これは、中国残留孤児を父親として日本に生まれた著者が、父を語るとともに自分を形成した歴史にさかのぼることを意図した作品。城戸はおそらく、日本で出生したただ一人の残留孤児二世なのだと思う。彼女の父親は、孤児たちの訪問団が定期化し彼らの故国帰還が実現する十年以上前に、つまり日中国交が結ばれる以前に、帰国を果たしていた。その結果、日本生まれの残留孤児二世である彼女が生まれたわけだ。

記述は、ルーツを辿るといったわかりやすい展開にしたがっている。著者の旅は、現在の中国東北部に向かい、やがて、時間を超えて戦時中の満洲に迫っていく。日本軍人だった祖父、彼は幼い子だった父を敗戦下の植民地に置き去りにせざるをえなかった。帰還してからあっただろう父子の葛藤など、作品は、内部に立ち入るまでは到っていない。ノンフィクションとしての性格上やむをえない展開だが、結果的に、意図したものかどうかは知らないが、『あの戦争から遠く離れて』は、口当たりのよい美談的な話に仕上がっている。

これらに、民族学校におけるイジメを綴った辛淑玉《シンスゴ》『鬼哭啾啾』（03・5　解放出版社）や、オペラ歌手としての苦難を語った田月仙《ジョンウォルソン》『海峡のアリア』（07・1　小学館）などのノンフィクション作品を加えてもよい。

偽りのない記録か、小説か。

倫理主義を前提にしてテクストに接しようとする〈文学鑑賞〉。かつての作法が、在日女性文学という〈新しい〉カテゴリにおいても、また復活してくるのだろうか。〈オモニの聞き書き〉といったものの鉱脈はまだ掘り尽くされていないともいえる。記録文学の原初の力はフィクションを凌駕する、とあらためて認めるのも簡単だ。

――こういった動きにも考察を拡げることは、もはや、文学研究の範囲を超えている。

2

在日女性文学において、過渡的ではあっても、最も刺激にみちた討議の源泉を提供すると思えるテクストは、李静和の「つぶやきの政治思想」だ。

このめざましい詩についてのささやかな考察を試みることは、本書全体の終章としても最適の位置取りであるように思える。

語りうることと語りえないこと。

その両者の差異とは何なのか。あるいは、両者に本質的な差異は、はたしてあるのだろうか。

語らないことと語れないこと。それらは違うのだろうか。あるいは、違わないのだろうか。

李静和の提起する問いは危険な臨界に近接している。問いは答えに円環し、思考をぶすぶすと不活性に疲労させる。答えられない問いを問うという自己満足にからめとられ、身動きできなくなってしまうかもしれない。

「つぶやきの政治思想」を、わたしは、詩と分類した。筆者は政治学者であり、詩人ではない。テクストは論文として論壇誌に発表されたものだ。わたしは不見識を咎められるだろうか。いや、同じタイトルを持つ単行本（98・12　青土社）全体ならともかく、単発の論文としてこのテクストは何も提起していない。特異な行文を採用した詩作品と受け取ることによって、初めていくらか理解に近づけるものだと思う。

李静和は、金石範の紹介によれば、《隠遁者のような生活をしてほとんど公けの表に出ない人だ》。彼女の《三十年前に病死した父親は済州四・三事件当時のゲリラ最後の生き残りの一人で、下山後十年の獄中生活をした人……母親はいままでかつての四・三事件の話は口を堅く閉ざして一切語らなかったという。そして、娘にも絶対口にすることを許さなかった》（私は見た、四・三虐殺の遺骸たちを）

金石範の紹介文は、生身の人物を語るというより、それ自体、彼自身の小説のようなマグマの迷路を呈しているが、像はまっすぐ伝わってくる。

「つぶやきの政治思想」には、以下のサブタイトルが付される。《――求められるまなざし・かなしみへの、そして秘められたものへの――》

いくつかのキーワードは、ある。「つぶやき」「抱き取る」といった動詞。そして、何より

「ベー」――韓国語では腹、日本語では舟。提起されているのは、この二重化だ。そして、その彼方に海がある。海、海峡だ。キーワードは、このテクストの読解のために必要となる。いや、読解ではなく、詩の味読のために。

　李静和は、政治学者のふつう使うようなスタイルを採用していない。『サバルタンは語ることができるか』という書物のような問題提起も選んでいない。その位置取りが論議をほとんど硬直させることをよく知っているかのように。また、〈表象＝代表《リプリゼンテイション》〉などといったポストモダニストの生理に貼りついたかのような術語を使うことも避けている。《ポストコロニアリズムに行く手前を探る言葉がほしい》からだ。学者なら、論文書きなら、そんな面倒なことは考えず、横断も縦断も好き勝手な〈言葉〉を使いまくって自己満足するだろう。

　李静和は、明晰に語ることを回避しているわけではない。けれども語ることへの不信、語りすぎることへの敵意が、しばしばセンテンスの完結を途中で阻んで、意図された断章をかたちづくっていく。そこから見えてくるのは一種の抗いだ。彼女が批判しようとする勢力への抵抗だけでなく、彼女がともに歩もうとする戦列にたいしての不信、もっといえば自らの歴史理解の限界にも違和は表明されていく。そのために李静和は、論理によって滑っていくことのない、つっかえつっかえの「つぶやき」のスタイルを試行していく。

　詩人にとってサバルタンの位置にいるのは、元〈従軍慰安婦〉のハルモニたちだ。彼女らの語りは二つの問題を持つ。一、日本に向けられるとき、自らの免罪符としてだけ機能してしまうこと。二、自分の記憶を吐き出しても救われないということ。

「慰安婦」ハルモニたちの語りを、完全に完結した物語として、証言として問題化するとき出てくる問題。網に引っ掛かってくるものと、網から抜け出していくリアリティ。網に引っ掛かってくるもの、つまり社会が要求する必要性に応じたもの。そこから抜け出していくもの、つまりリアリティ。抜け出していく、網からずるずると抜け出していくリアリティ、それは言いかえれば、まだ語れない、語ることのできない、あるいは語ってしまった場合生きていくことができなくなってしまうもの。

李静和は、歴史存在として慰安婦たちの位置を測定するような姿勢を取らない。常識的にいえば、証言を集め、量化された体験に歴史を与えようとする方向を採らない。問題を整理するよりも、問題を整理しない意志を明らかにしていく。証言からすら抜け出していく〈リアリティ〉を執拗に追っていく。

語ってしまったことが、語られるべきだった歴史の総体を裏切っているとしたら、すくえなかった〈リアリティ〉とは何なのか。

仮死から蘇えるために語りださねばならない。しかし語ることによって仮死を乗りこえられないとき、どうするか。

〈サバルタンは語ることができるか〉という命題は、それ自体に、サバルタンが語ることは自明に正当であるという認識を含みこんでいる。語りえない者が語るとき、正義は彼（女）らにあるのだから、人はそれに耳を傾けねばならないと。そこに根深く横たわる判断停止、視野脱落をどう考えればいいのか――。これは在日朝鮮人文学論の全体にも関わってくる。原初的な語りのはらむ問題も、多少とも小説ジャンルとして洗練された作品が強いられる問題性と異なるわけではない。被抑圧者による文化は、自明に価値を備え、自明に活力にみち、歴史的罪責を背負った日本人に向かっての警告だ、という前提。

そうした前提に支えられた文学研究はもはや無効だと思える。

脱植民地、ポストコロニアリズムとジェンダーの問題では、韓国のいくつかの米軍基地における売春と軍隊の関係、さらに六〇年代以降続いている都市労働者との関係も含めて何重もの構造になっている。外部から来てすでに内在化されているコロニアリズム。その現状。問題は立体的に呈示されようとして、またしてもメモ書きのように断ち切られる。「その現状——」とだけ書いて、李静和は、論文の下書きを連ねるといったほうが相応しい構文で、アメリカという外部の圧力が影響を与える「内部の植民地主義」の現状に注目する。書かれた内容や情報の切り取りがそうなのではなく、彼女は文体そのものに生理を刻みつけていく。金石範がこのテクストを評して「ほとんど分泌液のように」組み立てられているといったのは、まったく正しい。生理から外れるものは、言葉として必要であっても、拒まれているのだ。「つぶやき」はポーズではなく、思想のたたずまい、男の論理が侵入することのできない領域なのだ。

歴史を語ることが、どこまでもジェンダー支配を補完するものであるなら、言説そのものに男性の支配原理がはりめぐらされているのなら、いかにしてそれと抗うことが可能なのか。帝国主義vs植民地主義という審級とは別に、しかし不可分に絡まり合って、男の論理、男の歴史観への女の屈伏がある、と「つぶやきの政治思想」は提起している。

　外圧と内部のねじれから再生産される韓国のポストコロニアル。李静和は論理化するのではなく、感性のレベルで訴えかけようとする。問題を解きほぐす糸口は文体そのものの中にもぐりこんでしまうかのようだ。あるいは名詞で止められたセンテンスは、その先の迷路を選び取ることもなく、ずっとそこに佇んでいるかのようだ。

> 語れない記憶。歴史化することのできない、そうさせない記憶。破片のような記憶。いま続いている本人たちが生きることにつながる記憶。つまり、証言に、歴史になっていく過程ではない、歴史化できない記憶の破片を抱えていま現に続いている生。その生には大事な破片。

　これらは完璧な文章を呈さない。覚え書きが投げ出されていないのだとしたら、これらの断片は、一つひとつが触手を伸ばして、やがて大きな書物を、大きな物語を語り出していくのだろうと思わせる。そう予感はさせるけれども、触手は伸びていかず、物語はつぶやきの中で充足する。

　これは語りの否定なのだろうか。素朴な意味でいうのなら、答えは否だ。

　問題はふたたび差し戻されている。語りの文学、語りがそのまま文学を凌駕してしまうような〈作品〉は存在する。先にふれた、一九七一年、静岡地方裁判所の金岡時子こと朴得淑の証言や、『朝を見ることもなく　徐《ソ》兄弟の母呉己順《オギスン》さんの生涯』（80・10　現代教養文庫）の呉オモニの聞き書きなど。それらは、いずれも、現実の矛盾の所産でありながら、矛盾自体を抱き取るように輝いている。一回性の自伝に勝るものはない。それらはかえって、文学の貧しさの反対給付を呈している。

語ってはならぬ。語らねばならぬ。

李静和は、長い詩を、次のように結ぶ。——島に生まれた女が、海へと漕ぎ出していきたい、と。ここには、思索の結実があるのではなく、まなざしの彼方への希求があるのみだ。

だが「つぶやきの政治思想」は、この十年の在日小説の沸騰によって、おおかた乗り越えられてしまったかもしれない。おおかたは金石範の作品群によって。『満月』は、ベーを呑みこむ荒海のように彼女の問題提起を貪欲に取りこんでいった。もはや、詩人は、同じ位置にとどまることはできない。

再度の返礼が望まれるだろう。それはすでに金石範のエッセイ「私は見た、四・三虐殺の遺骸たちを」に深く仕込まれているのかもしれないが。

ふたたび思念は還流する。
言葉か沈黙か。沈黙か言葉か。
元にもどるのではなく、別の磁場に流れ着く。

語りえないものを、前にして、想い屈しては、ならない。

本書を閉じるにあたって、終わりに、呉林俊の詩「わかれ」の一部を引くことを許していただきたい。絶筆であった。

おまえはもうきょうかぎり
このおれとわかれるのだ
おれはしずかに愛情をこめたはたきで
ほこりをはらってやる
あらい縄でくくってはいたかろう
そこで二・三回しか使っていないふろしきに
おまえをきっちりくるんでやろう
おまえがおれのところにきたのはいつか
くるべきところ　それはいつも書棚のなかで
おちついていられない身分である男のそば
……

あとがき

在日朝鮮人文学論は、わたしにとって、久しく長きにわたる懸案事項だった。書かねばならないという漠然とした想いにとらわれてから数えれば、はや三十年は超えてしまっただろう。「三千枚構想」などの大言壮語をあちこちで触れ回ってからでも、十年はとうに過ぎている。このあたりで完済しておかなければ、こちらの持ち時間がどうにもこうにも心細くなってきた。

思い切って、全体の構成を軽量化して、三ヶ月で片づけた。できてしまえば、どうということもない。本文にもことわったとおり、通史的に微細な目配りや、主要作家の全作品への分析といった方向は、いくらか省略されている。長大な論考をめざすほど、現実的な書物となる可能性は遠のいたし、また、そのことが常に仕事を先送りにする口実となっていた。気分の重い事柄ではあったが、どうにも打開しえないまま、日めくりに置き去りにされつづけた。軽量化・短縮化とはいっても、それは書き手の主観にすぎないだろう。書かねばならないことは、大体すべて貫徹できた。やむなく割愛したといったような心残りはまったくない。対象が必要としただけの、最低限の記述はここにそそぎこめたと思う。

なぜ在日朝鮮人文学論なのか。本文には書き入れなかった私的な情景を、注釈のために記してみよう。

本書は、罪責感や償いの意識によって用意されたものではない。

わたしの年代には、在日朝鮮人への罪責感が顕著であるらしい。たとえば東アジア反日武装戦線の諸君がかつて主張したような倫理的な自己告発。選びようもなく帝国主義戦争の尖兵であった者らの子弟として生まれ落ちたことへの〈責任〉意識。東アジア反日武装戦線は罪責感の極限的な浄化を求めて行動し、極刑を受けた。わたしは、彼らとその罪責感については、分かち合えない。わたしの親爺は、いわゆる戦時利得者であったらしいが、その報いなのかどうか、ひどく惨めな晩年をおくった。義父は中国戦線に徴用されているが、軍隊のことについて話を交わしたという記憶はない。〈反日思想〉を極点とする痛切な罪責感は了解できるだけで、自分のものとして考えたことはない。

本文に少しふれたように、「鴉の死」という作品との、回避できなかった、一生を誤まらせるような決定的な出会いはあった。その点からさかのぼるなら、呼応するに足る何らかの要素はわたしのうちにあったのだろう。それは明視できるような体験のかたちではなかった。こういった問題が語られるとき、必ず表面に出る、差別の不正義に心を痛めたといったような〈原体験〉は、わたしにはない。そういうわかりやすい話ができないので間の悪い思いをしたことも多々あった。

韓国の文学研究者による『傷跡と克服』や『親日文学論』などは、七〇年代のなかばに熱心に読んだが、どういう思考の流れを形成していったのか、今は、明確に再現できない。

東京に生まれ、十二歳で京都に移住させられた。さまざまなカルチャー・ショックの錐揉み状態にほうりこまれたわけだが、ここでの関連でいえば、最初の衝撃は、被差別部落の現状を目の当たりにしたことだった。中学校の校庭の隣が刑務所の作業畑だったことにも驚いたが、これは、驚きという次元より拡がらなかった。〈朝鮮〉に関しては、こうした明瞭な衝撃がない。東京の小学校で、朝鮮人の級友は、民族名・通名とりまぜて何人かいたはずだが、ほとんど個人的な記憶はない。特別な理由ではなく、それほど親しくなかったから記憶が残っていないのだ。なぜ自分が在日朝鮮人文学に惹かれていったのか——答えはこの方面の体験からは引き出されてこないのだ。

若年のころは、わたしの戸籍名からくる呼び名で、読み方はちがうのだが、KINともっぱら呼ばれていた。キムではなく、キンだ。そのころ京都には、わたしも含めて三人のKINがいて、そのうち一人は間違いなくキムなんとかさんだった。その例によれば、キンちゃんとはキムさんのことだと勘違いする者が、確かめたことなどなかったが、半数はいたのかもしれない。わたしの容貌を「いっぱしの朝鮮人面だ」と言った者もいて、「中野重治じゃあるめえし」と思ったが、悪い気はしなかったのを憶えている。要するに、そんな文化圏・生活圏を這いずり回っていた、それだけのことだ。

ただ生活の資を得るための労働現場は、そうした通称のまかり通る世界とは別個にあったので、いわゆる「通名問題」というのがわたし個人の領域で特殊に発生してもいた。二つの名前で存在していたのだ。使い分けている分にはどうということはない。だが、これが一気に顕在化したことがある。ある時、仕事場に電話をしてきた友人が「キンちゃんを呼んでくれ」と何気なく言ったわけだ。使い分けとは、あくまでこちらの都合であり、思いこみだった。ところが、電話を受けたその時のわたしの雇い主の男は「ふん、おまえはＫＩＮなのか」と、明らかにキムという認知によってわたしという存在を再確認したらしい。もともと、何を考えているのかわからない風来坊とわたしをみなしていた彼の感情は、そこで明確な方向を与えられたようだ。はっきりと言葉に出すことは避けたものの、へんな野郎だとは思っていたが「やっぱりおまえは朝鮮人やったんか」、という一瞥をよこした。その眼に雄弁すぎるほど宿った〈差別〉の痛烈さは、それがごく自然の流れであっただけに、わたしをたじろがせるに充分だった。他人の眼がこれほど蔑みと嘲りに染まるのだという現存に、虚をつかれてしまったのだ。十円五十銭、言ってみな。その男は個人企業の主、つまり社長さんと呼ばれて歓ぶ普通の庶民だったが、京都人の一般基準より以上に差別意識が強いということはなかった。平均レベルの差別発動だった。

といって、わたしは事実として日本人なので、この件における実害はこうむっていない。こうむりようがない。ともあれ、これは、わたしに差別されることの痛みを具体的に体験させる唯一の教育だったようだ。

それより少し以前だったと思うが、やたらに「モノにした女」の自慢話をしたがる奴がいた。自慢するに足る実績は充分にあったのだろう。ある時、「朝鮮女は、抱けばわかるのや、いひひ」というような話になった。そんなもん、どないしてわかんねん。わかるんや、そこは経験やで。どこが、どう違ういうねん。そら、一言で言われへんけど、わかんのや。などという押し問答を重ねて、細目は聴き出したはずなのだが、すべて忘れてしまった……。

この調子でだらだら思い出していっても際限がない。話が大幅にずれたが、かくも長く在日朝鮮人文学にかかずらうことになった直接の契機というものは、わたしの越し方には見つかりそうもない。是非ともにというなら、話をこしらえるしかなさそうだ。

注釈的なことをいっておけば、これは、所属性《ビロンギングネス》の物語だ。

本書を読み解くキーワードは、所属性《ビロンギングネス》である。たぶん、この用語を辿っていけば、本書の記述の面倒と思われるところも容易く解けてくるのではないだろうか。でもないか。考えてみれば、ビロンギングネスという言葉は、ずっと前に『北米探偵小説論』を書いたとき、初稿の段階で多用していた概念・イメージだった。たしか、熟していないような気がして、完成稿に近づけるにつれ、削り落としていったと憶えている。本にどれだけ残っているのか、あるいは、一つ残らず消えているのか、そのあたりは頼りないことに、朦朧としている。

故郷喪失《ディアスポラ》は、本書の論述対象についての言葉であって、わたし自身に内包された状況ではない。わたしは一貫して、故郷喪失《ディアスポラ》の観察者にすぎない。わたしによりふさわしいのは、帰属性《ビロンギングネス》についての哀しみだ。わたしは帰属性《ビロンギングネス》を持たない人間だ。規格品の日本人ではないし、良心的な痛みを糧に在日者理解者のふりをすることもできない。その点は、ＫＩＮと呼ばれたチンピラだった時分と少しも変わっていない。

帰属性《ビロンギングネス》という概念に加えて、著者の身勝手な注釈を、もう一つつけるなら、それは憑かれた者《ポゼスト》だ。本書は、全体として、憑かれた者《ポゼスト》の物語だろう。憑かれた者《ポゼスト》らの肖像画を、同じ憑かれた者《ポゼスト》が追う試み。

話を、在日朝鮮人文学論という固有のテーマにもどそう。わたしにとって、こだわりの軌跡は歴然としているかもしれない。八〇年代初めに実現した初期の著書には、とりわけ最初の三冊には、そのテーマの断片が流れこんでいる。一冊目には、キャロルや李学仁。二冊目には、麗羅。三冊目には、宗秋月や李正子。といった対象への言及があったはずだ。

文芸評論集としては初めての『物語の国境は越えられるか』は、既発表原稿の寄せ集めであり、不統一の印象に汗顔ものだったとはいえ、その三分の一はたしかに在日朝鮮人文学論にあてられていた。金鶴泳論やつかこうへい論などが、その内容だった。

何も首尾一貫した持続を誇りたいがための自慢ではない。むしろ反対だ。著作の傾向をほじくっていけば、この領域からいかに長く、そして遠くに離れていたかが証拠立てられてしまうだろう。

ようやくこのグラウンドに回帰することができた。そういったほうが実状に近い。ホーム・グラウンドとはとてもいいがたいにしても……。

執筆は二〇〇八年の三月と四月。五百枚枠をめざしながら、かなりはみ出してしまった。純然たる書き下ろしであるが、以下の諸稿を元に使ったパーツもある。

○金石範のマジック・リアリズム　『再審』一号（98・6）
○幻夜の在日　『金時鐘の詩』（00・3）
○皇国の無名身体《マルチチュード》『文学史を読みかえる』八号（07・1）

などである。これらとその他（ここに記すことは遠慮したい）は、招請もしくは注文によって書かれたものだったが、遺憾なことに、どこか半端で万全の出来とはいいがたい。再構成して何とか生かすには適切ではなく、原型をとどめない新稿とするほかなかった。

何点かは、野崎のホームページに収めてあるので、参照していただくことはできる。URLは――

http://www002.upp.so-net.ne.jp/nozaki/Z/z-top.html
なお、同サイトには、本書執筆のために参考にした文献の資料倉庫もつくってある。興味のある読者はアクセスしていただきたい。

執筆の速度などはいつものペースだったとはいえ、その環境が大きく変わっている。その激変にたいして、いつもに似ず、感慨にさそわれた。評論作品の場合、たいていは、対象とする作家の著作リストなどノートを作成するところから始めるが、ノートを手書きで埋めていくという作業が、だんだんとコンピュータにデータを入力する作業に移行しつつある。右記の資料倉庫ページもそうだが、データ作成と一次資料の整理を併行してすすめていくという行程が多くを占めてくるのだ。

さらには、手元にない書籍を探し購入するまでのことも、インターネットを介して、じつに簡便迅速にできる。結果的に、執筆作品の出来映えは変わらないにしても、基礎作業が見えない部分でずいぶんと効率化しているように感じた。ネット生活の礼讃を、わたしなどが書いても仕方がないけれど、作業時間の軽減は何よりありがたい。

執筆のさいの音楽は欠かせないものだったが、原稿の手書きとレコード盤の取り換え作業というのは、まったく面倒なので、ついつい無音状態におちいる羽目になった時間も短くない。

それがだんだんと、ワープロとＣＤコンポになり、今は、執筆専用のラップトップ（古い型式の中古ＰＣ）とインターネットラジオに様変わりした。ただし、夜半まで書きつづけることは、もうない。

健康維持のために散歩するといったいまいましいサイクルが日常習慣化してきたここ数年。夜の徘徊散歩は、構想整理のための恰好の時間となっている。ポータブルオーディオシステムには二千曲近いファイルを入れたので、なかなか飽きることはない。片面半時間しかもたなかったウォークマンから比べると、何という〈進化〉だろうか。頭のなかには、五〇年代のアメリカン・ポップスや日本のド演歌から、ごく最近のヒップホップまで、入れ替わり立ち代わり鳴り響いてくる仕掛けだ。その片隅で、言葉が、先走りに先走りを重ねて屹立してくる。その結実が、ここにある。

本書のＢＧＭを一曲だけ選ぶなら、

ＮＷＡ（ニガー・ウィズ・アティテュード）の"FUCK THA POLICE"だ。

これで積年の宿題を果たした――などと、絶筆のあいさつでもあるまいし、体裁のいいことはいえない。

持続が可能だったのは、もちろん、わたし一人の力によるものではない。あまり怠け者ではないとはいえ、弱気の虫を踏みつぶす根気がじょじょに磨り減っていくばかりだった。折りにふれ、叱咤激励をたまわった方がたのご厚情がなければ、ここまで完走することは難しかっただろう。いちいち名前はあげないが、この場を借りて謝意を表する。

前記三作品の執筆機会を与えていただいた、金時鐘先生、栗原幸夫氏、池田浩士氏には、特別の感謝をもって本書を捧げたい。また、梁石日先生には、ご多忙中のところに、推薦の辞をたまわるという無理なお願いをきいていただいた。重ねてありがとうございます。本書が、諸先生方の日頃の格別なご配慮に少しでも応えうる内実になっていれば、幸いである。

深田卓氏およびインパクト出版会には、非常に厳しくもある企画を実現していただき、さらに著者の専横を寛大に通していただいた。最大の感謝をここに記しておきたい。

作品年表

李箱「異常の可逆反応」1931.7 「朝鮮と建築」
張赫宙「餓鬼道」1932.4 「改造」
張赫宙『春香伝』1938.3 新潮社
金史良「光の中に」1939.10 「文芸首都」
金素雲『乳色の雲』1940.5 河出書房
金史良「無窮一家」1940.9 「改造」
張赫宙「岩本志願兵」1943.8-9 毎日新聞
金達寿『後裔の街』1948.3 朝鮮文芸社
許南麒『朝鮮冬物語』1949.9 朝日書房
張赫宙『嗚呼朝鮮』1952.5 新潮社
金素雲『朝鮮詩集』1953.10 創元社
金達寿『玄海灘』1954.1 筑摩書房
金時鐘『地平線』1955.12 チンダレ発行所
金達寿『故国の人』1956.9 筑摩書房
金達寿『日本の冬』1957.4 筑摩書房
金石範「看守朴書房」「鴉の死」1957.8、12 「文芸首都」
金時鐘『日本風土記』1957.11 国文社
朴壽南、李珍宇『罪と死と愛と』1963.5 三一新書
金達寿『密航者』1963.6 筑摩書房
立原正秋「剣ヶ崎」1965.4 「新潮」
朴慶植『朝鮮人強制連行の記録』1965.5 未来社
鄭貴文『民族の歌』1966.3 東方社
姜魏堂『生きている虜囚』1966.8 新興書房
金鶴泳「凍える口」1966.9 「文芸」
李殷直『濁流』1967.5、68.7、68.10 新興書房
呉林俊『海と顔』1968.5 新興書房
呉林俊『記録なき囚人』1969.2 三一書房
金達寿『太白山脈』1969.5 筑摩書房
李恢成「またふたたびの道」「われら青春の途上にて」1969.6、8 「群像」
金鶴泳『凍える口』1970.3 河出書房
金時鐘『新潟』1970.8 構造社
李恢成「伽倻子のために」1970.8 「新潮」
姜舜『なるなり』1970.8 思潮社
金達寿『日本の中の朝鮮文化 1』1970.12 講談社 →講談社文庫
呉林俊『朝鮮人のなかの日本』1971.3 三省堂
『宗秋月詩集』1971.4 編集工房ノア
呉林俊『日本語と朝鮮人』1971.5 新興書房
呉林俊『朝鮮人としての日本人』1971.9 合同出版
李恢成「砧を打つ女」1971.6 季刊芸術
高史明『夜がときの歩みを暗くするとき』1971.9 筑摩書房
金石範『万徳幽霊奇譚』1971.11 筑摩書房
キム・ジハ『長い暗闇の彼方に』渋谷仙太郎訳 1971.12 中央公論社
李恢成「人面の大岩」1972.1 「新潮」
安宇植『金史良』1972.1 岩波新書
『金史良作品集』1972.4 理論社
金泰生「骨片」1972.6 「人間として」
金石範『ことばの呪縛』1972.7 筑摩書房
鄭承博『裸の捕虜』1973.2 文芸春秋
成允植『朝鮮人部落』1973.7 同成社
高史明『彼方に光を求めて』1973.8 筑摩書房
呉林俊『海峡』1973.10 風媒社
金石範『夜』1973.10 文芸春秋
金石範『鴉の死』1973.12 講談社文庫
李恢成『北であれ南であれわが祖国』1974.3 河出書房
金石範『1945年夏』1974.4 筑摩書房
金石範『詐欺師』1974.7 講談社
李恢成「追放と自由」1974.8 「新潮」
高史明『生きることの意味 ある少年のおいたち』1974.12 筑摩書房
野口赫宙『嵐の詩』1975.4 講談社
金達寿『小説在日朝鮮人史』1975.5、7

創樹社
金允植『傷跡と克服』1975.7 大村益夫訳　朝日新聞社
李恢成『イムジン河をめざすとき』1975.8 角川書店
金時鐘『さらされるものとさらすものと』1975.9 明治図書出版
金達寿『わが文学』『わが民族』1976.2、3 筑摩書房
金石範『遺された記憶』1977.1 河出書房
麗羅『死者の柩を揺り動かすな』1977.7 集英社
金泰生『骨片』1977.9　創樹社
李恢成『見果てぬ夢』1-6 1977.11、78.2、5、8、11、79.5　講談社　→講談社文庫
金泰生『私の日本地図』1978.6 未来社
金石範『マントギ物語』1978.7 筑摩書房
金時鐘『猪飼野詩集』1978.10 東京新聞出版局
『李珍宇全書簡集』1979.2 新人物往来社
成律子『異国への旅』1979.6 創樹社
金石範『往生異聞』1979.11 集英社
梁石日『夢魔の彼方へ』1980.8 梨花書房
金時鐘『クレメンタインの歌』1980.11 文和書房
金石範『祭司なき祭り』1981.6 集英社
梁石日『狂躁曲』1981.11 筑摩書房　→ちくま文庫
成律子『白い花影』1982.4 創樹社
金石範『幽冥の肖像』1982.10 筑摩書房
李良枝『ナビ・タリョン』1982.11「群像」
鄭貴文『故国祖国』1983.1　創生社
高史明『歎異抄との出会い』１２３ 1983.3、11、85.10　径書房
金素雲『天の涯に生くるとも』1983.5 新潮社
金石範『火山島』ⅠⅡⅢ　1983.6、7、9 文芸春秋
金時鐘『光州詩片』1983.11　福武書店
金鶴泳『郷愁は終り、そしてわれらは――』1983.11 新潮社
金泰生「紅い花」1983.11「すばる」
朴壽南『新版罪と死と愛と』1984.7　三一新書
李良枝「刻」1984.8「群像」
『宗秋月詩集』1984.8 ブレーンセンター
李正子『鳳仙花〈ボンソナ〉のうた』1984.9 雁書館
鄭貴文『透明の街』1984.10 同成社
成允植『オモニの壺』1985.1 彩流社
金泰生『私の人間地図』1985.2 青弓社
金泰生『旅人〈ナグネ〉伝説』1985.8 影書房
『金鶴泳作品集成』1986.1 作品社
金時鐘『「在日」のはざまで』1986.5 立風書房
成律子『朝鮮史の女たち』1986.5 筑摩書房
宗秋月『猪飼野タリョン』1986.7 思想の科学社
金石範『金縛りの歳月』1986.9 集英社
宗秋月『サランへ』1987.7 影書房
元秀一『猪飼野物語』1987.7 草風館
李良枝「由熙」1988.11「群像」
梁石日『族譜の果て』1989.1 立風書房→幻冬舎文庫
朴重鎬『犬の鑑札』1989.3 青弓社
梁石日『アジア的身体』1990.4 青峰社→平凡社ライブラリー
金石範『故国行』1990.8 岩波書店
朴重鎬『澪木』1990.12 青弓社
高井有一『立原正秋』1991.11 新潮社→新潮文庫
金時鐘『原野の詩』1991.11 立風書房
梁石日『子宮の中の子守歌』1992.5　青峰社　→幻冬舎文庫
李恢成『流域へ』1992.6 講談社
『李良枝全集』1993.5 講談社
金石範『転向と親日派』1993.7 岩波書店
梁石日『断層海流』1993.10 青峰社　→幻冬舎文庫
『鄭承博著作集１』1993.10 新幹社

李恢成『百年の旅人たち』1994.9 新潮社
梁石日『夜を賭けて』1994.12 ＮＨＫ出版 →幻冬舎文庫
梁石日『修羅を生きる』1995.1 講談社現代新書 →幻冬舎文庫
金石範『夢、草深し』1995.6 講談社
金石範『地の影』1996.6 集英社
金石範『火山島』ⅣⅤⅥⅦ 1996.8、11、97.2、9 文芸春秋
李恢成『死者と生者の市』1996.10 文芸春秋
高史明『生きることの意味 青春篇』１２３ 1997.1、2、3 筑摩書房
柳美里『水辺のゆりかご』1997.2 角川書店 →角川文庫
李静和「つぶやきの政治思想」1997.6「思想」
金時鐘『草むらの時』1997.8 海風社
李殷直『朝鮮の夜明けを求めて』全五巻 1997.9 明石書店
梁石日『血と骨』1998.2 幻冬舎 →幻冬舎文庫
金時鐘『化石の夏』1998.10 海風社
柳美里『ゴールドラッシュ』1998.11 新潮社 →新潮文庫
玄月「悪い噂」1999.5 「文学界」
玄月「蔭の棲みか」1999.11 「文学界」
金嬉老『われ生きたり』1999.12 新潮社
金石範『海の底から、地の底から』2000.2 講談社
金城一起『ＧＯ』2000.3 講談社 →講談社文庫
金在南『遥かなり玄海灘』2000.11 創樹社
梁石日『死は炎のごとく』2000.12 毎日新聞社 →幻冬舎文庫
金石範『満月』2001.8 講談社
金石範 金時鐘『なぜ書きつづけてきたか なぜ沈黙してきたか』2001.11 平凡社
梁石日『裏と表』2002.2 幻冬舎 →幻冬舎文庫
梁石日『終りなき始まり』2002.8 朝日新聞社 →朝日文庫
金石範『虚日』2002.12 講談社
『張赫宙日本語作品選』2003.12 勉誠出版
朴重鎬『にっぽん村のヨプチョン』2003.12 御茶の水書房
梁石日『闇の子供たち』2004.4 解放出版社 →幻冬舎文庫
『金鶴泳作品集』2004.7 クレイン
金時鐘『わが生と詩』2004.10 岩波書店
梁石日『異邦人の夜』2004.10 毎日新聞社 →幻冬舎文庫
高史明『闇を喰む』2004.11 角川文庫
『在日コリアン詩選集 1916 ～ 2004』2005.5 土曜美術社出版販売
玄月『山田太郎と申します』2005.6 文芸春秋
李恢成『地上生活者』1、2 2005.6 講談社
金時鐘『境界の詩』2005.8 藤原書店
『金石範作品集』ⅠⅡ 2005.9、10 平凡社
梁石日『カオス』2005.9 幻冬舎
崔碩義『黄色い蟹』2005.10 新幹社
『〈在日〉文学全集』全十六巻 2006.6 勉誠出版
梁石日『シネマ・シネマ・シネマ』2006.6 光文社
柳美里『８月の果て』2006.8 新潮社 →新潮文庫
『李箱作品集成』2006.9 作品社
梁石日『ニューヨーク地下共和国』2006.9 講談社
金石範『地底の太陽』2006.11 集英社
金時鐘『再訳 朝鮮詩集』2007.11 岩波書店
金重明『叛と義と』2008.1 新人物往来社
姜尚中『在日』2008.1 集英社文庫
梁石日『夜に目醒めよ』2008.3 毎日新聞社
梁石日『冬の陽炎』2008.6
李恢成『地上生活者』3 2008.8 講談社

人物リスト

張赫宙　チャン・ハクヒョン[1905-97]　慶尚北道生れ
金素雲　キム・ソウン[1908-81]　釜山生れ
李箱　イー・サン[1910-37]　京城生れ
金史良　キム・サリヤン[1914-50]　平壌生れ
鄭貴文　チョン・キィムン[1916-]　慶尚北道生れ
李殷直　イ・インジク[1917-]　全羅北道生れ
姜舜　カン・スン[1918-88]　京畿道生れ
許南麒　ホ・ナムギ[1918-88]　慶尚南道生れ
林英樹　リム・ヨンス[1919-]
金達寿　キム・タルス[1919-97]　慶尚南道生れ　十歳で渡日
朴慶植　パク・キョンシク[1922-98]　慶尚北道生れ　七歳で渡日
鄭承博　チョン・スンバク[1923-01]　慶尚北道安東郡生れ　九歳で渡日
金泰生　キム・テセン[1924-86]　済州島生れ　五歳で渡日
麗羅　れいら[1924-01]　慶尚南道生れ
金石範　キム・ソッポム[1925-]　大阪市猪飼野生れ
立原正秋　[1926-80]慶尚北道安東郡生れ　十一歳で渡日
呉林俊　オ・リムジュン[1926-73]　慶尚南道生れ　四歳で渡日
崔碩義　チェ・ソギ[1927-]　慶尚南道生れ　幼児期に両親と渡日
金時鐘　キム・シジョン[1929-]　元山生れ
成允植　ソン・ユンシク[1930-]　慶尚南道生れ　十一歳で渡日
北影一　きた・えいいち[1930-]　京城生れ
高史明　コ・サミョン[1932-]　山口県下関市生れ
安宇植　アン・ウシク[1932-]　東京生れ
金在南　キム・ジェナム[1932-]　全羅南道生れ
成律子　ソン・ユルジャ[1933-]　福井県生れ
李恢成　イ・フェソン[1935-]　樺太真岡町生れ
朴重鎬　パク・チャンホ[1935-]　北海道室蘭市生れ
朴壽南　パク・スナム[1936-]　神奈川県生れ
梁石日　ヤン・ソギル[1936-]　大阪市生れ
金賛汀　キム・チャンジョン[1937-]　京都生れ
任展慧　イム・ジョネ[1937-]　東京生れ
金鶴泳　キム・ハギョン[1938-85]　群馬県生れ
深沢夏衣[1943-]　新潟県生れ
宗秋月　ソン・チュウォル[1944-]　佐賀県生れ
李学仁　イ・ハギン[1945-98]
李正子　イ・ジョンジャ[1947-]　三重県生れ
つかこうへい[1948-] 福岡県生れ
崔洋一[1949-]　チェ・ヤンイル　長野県生れ
元秀一　ウォン・スイル[1950-]　大阪市猪飼野育ち
姜尚中　カン・サンジュン[1950-]　熊本県生れ
徐京植　ソ・キョンシク[1951-]　京都市生れ
李静和　イ・ジョンファ　済州島生れ
李良枝　イ・ヤンジ[1955-92]　山梨県生れ
金重明　キム・チョンミン[1956-]　東京生れ
玄月　げんげつ[1965-]　大阪市猪飼野生れ
金城一紀　[1968-]　埼玉県生れ
柳美里　ユン・ミリ[1968-]　神奈川県生れ

野崎六助（のざきろくすけ）
著書（*は小説）
『幻視するバリケード　復員文学論』田畑書店　1984.7
『獣たちに故郷はいらない』田畑書店　1985.4
『亡命者帰らず』彩流社　1986.1
『空中ブランコに乗る子供たち』時事通信社　1988.3
『地図の記号論』（共著）批評社　1990.1
『アクロス・ザ・ボーダーライン』批評社　1991.5
『北米探偵小説論』青豹書房（1992年度・日本推理作家協会賞受賞）1991.9
『エイリアン・ネイションの子供たち』新宿書房　1992.10
『夕焼け探偵帖』* 講談社　1994.3
『李珍宇ノオト』三一書房　1994.4
『殺人パラドックス』* 講談社ノベルズ　1994.8
『幻燈島、西へ』（芝居台本原作）現代企画室　1994.8
『花火の夜には人が死ぬ』* 講談社ノベルズ　1995.3
『ドリームチャイルド』* 学研ホラーノベルズ　1995.3
『ラップ・シティ』* 早川書房　1995.5
『アメリカン・ミステリの時代』日本放送出版協会NHKブックス　1995.10
『物語の国境は越えられるか』解放出版社　1996.5
『臨海処刑都市』* ピレッジセンター　1996.6
『大藪春彦伝説』ピレッジセンター　1996.7
『これがミステリガイドだ！』毎日新聞社　1997.2
『世紀末ミステリ完全攻略』ピレッジセンター　1997.5
『超・真・贋』* 講談社　1997.5
『複雑系ミステリを読む』毎日新聞社　1997.8
『異常心理小説大全』早川書房　1997.9
『謎解き「大菩薩峠」』解放出版社　1997.10
『復員文学論』（復刊）インパクト出版会　1997.12
『Ryu's Virus　村上龍読本』毎日新聞社　1998.1
『給食ファクトリー』* 日本放送出版協会　1998.8
『北米探偵小説論』（増補決定版）インスクリプト　1998.10
『京極夏彦読本　超絶ミステリの世界』情報センター出版局　1998.10
『宮部みゆきの謎』情報センター出版局　1999.6
『ミステリの書き方12講』青弓社　1999.9
『煉獄回廊』* 新潮社　1999.9
『前世ハンター』* 新潮社　2001.7
『これがミステリガイドだ　1988-2000』東京創元社　2001.11
『高村薫の世界』情報センター出版局　2002.6
『ミステリを書く！　10のステップ』東京創元社　2002.11
『世界の果てのカレイドスコープ』原書房　2003.7
『安吾探偵控』* 東京創元社　2003.9
『アノニマス』* 原書房　2003.10
『アメリカを読むミステリ100冊』毎日新聞社　2004.4
『風船爆弾を飛ばしそこねた男』* 原書房　2004.12
『イノチガケ　安吾探偵控』* 東京創元社　2005.11
『北米探偵小説論』双葉文庫　日本推理作家協会賞受賞作全集69　2006.6
『オモチャ箱　安吾探偵控』* 東京創元社　2006.12

魂と罪責
ひとつの在日朝鮮人文学論

2008年 9月15日　第1刷発行

編著者　野 崎 六 助
発行人　深 田 　卓
装幀者　藤 原 邦 久
発　行　㈱インパクト出版会
東京都文京区本郷2-5-11 服部ビル
Tel03-3818-7576 Fax03-3818-8676
E-mail：impact@jca.apc.org
郵便振替　00110-9-83148

シナノ印刷